Der Preis dieses Bandes versteht sich einschließlich
der gesetzlichen Mehrwertsteuer.

Umwelthinweis:
Dieses Buch wurde auf chlor- und säurefreiem Papier gedruckt.

Susan Wiggs

Vertrau deinem Herzen

Roman

Aus dem Amerikanischen von
Ivonne Senn

Genehmigte Sonderausgabe 2018
für BEBUG mbH / vip Verlag

HarperCollins Germany GmbH
Valentinskamp 24
20345 Hamburg

Originaltitel: Lakeside Cottage
erschienen bei: Harlequin Enterprises Ltd., Toronto

Published by arrangement with
HARLEQUIN ENTERPRISES II B.V./SARL

Umschlaggestaltung: Birgit Tonn
Umschlagabbildung: Harlequin Books S. A.
Printed in Germany
Dieses Buch wurde auf FSC®-zertifiziertem Papier gedruckt.
ISBN 978-3-86789-613-9

Für Martha Keenan,
meine Lektorin und liebe Freundin.
Danke für alles.

1. TEIL

„… wie Sie sicher schon gehört haben, wird der Präsident einigen unserer tapferen Männer im Walter-Reed-Krankenhaus einen Besuch abstatten. Der Präsident möchte jenen Menschen danken, die sich dafür aufopfern, die Welt sicherer zu machen."
Das Weiße Haus, Büro des Pressesekretärs

„Alle lieben Helden. Die Menschen stehen Schlange, um sie zu sehen, jubeln ihnen zu, rufen ihre Namen. Und Jahre später erzählen sie noch davon, wie sie stundenlang im kalten Regen gestanden haben, nur um einen Blick auf denjenigen zu erhaschen, der sie gelehrt hat, ein wenig länger durchzuhalten. Ich glaube, in jedem von uns steckt ein Held, der dafür sorgt, dass wir ehrlich bleiben, der uns Kraft gibt und uns Wahrhaftigkeit lehrt."
Spider Man 2

1. KAPITEL

Washington, D. C.
Heiligabend

Der Krankenwagen, der rückwärts ins Gebäude 1 setzte, sah aus wie jeder andere. Er schien von einer Routinefahrt zurückzukommen. Vielleicht holte er einen Patienten von der Intensivstation ab oder fuhr ein Traumaopfer zu einer Operation in den Lowery-Flügel. Das Ambulanzfahrzeug hatte alle notwendigen Aufkleber, um die Sicherheitskontrollen des Army Medical Centers zu passieren. Das Team trug die üblichen gestärkten weißen Hosen und Dienstparkas, an denen die Ausweise baumelten. Und auch der Patient sah ganz normal aus. Er war in eine Thermodecke eingewickelt und trug eine Sauerstoffmaske.

Sergeant Jordon Donovan Harris hätte ihn keines zweiten Blickes gewürdigt, wäre er nicht aus lauter Langeweile zum Shaw-Flügel hinübergeschlendert. Dort hatte er aus dem verglasten Zwischengeschoss alles im Blick.

Er konnte die Buchten für die Krankenwagen sehen und dahinter den Rock Creek Park und die Georgia Avenue. Die Bäume standen kahl und starr auf der Schneedecke, wie Tuschezeichnungen auf einem weißen Blatt Papier. Der Verkehr rollte über die Straßen, die zu den glitzernden Türmen der Landeshauptstadt führten. Das Walter Reed Army Medical Center war ein im georgianischen Stil erbauter Gebäudekomplex; die verschiedenen Flügel waren auf einem etwa fünfzig Hektar großen Gelände verteilt. Frischer Puderschnee verlieh der Szenerie einen zeitlosen Anstrich. Nur die Aktivitäten an den Notaufnahmetüren deuteten darauf hin, dass es sich hier um das wichtigste Militärkrankenhaus an der Ostküste handelte.

Auch wenn niemand in der Nähe war, wusste Harris, dass

er beobachtet wurde. Es gab hier mehr Sicherheitskameras als in einem Kasino in Las Vegas. Ihm war das egal. Er hatte nichts zu verbergen.

Langeweile war ein willkommener Gast im Leben eines Rettungssanitäters. Die Tatsache, dass er hier herumstehen konnte, bedeutete, dass nichts schiefgegangen war, niemandes Welt durch einen Autounfall, einen ungeschickten Sturz, ein bösartiges Fieber, einen außer Kontrolle geratenen Liebhaber mit einer Waffe zerstört worden war. Für einen Rettungssanitäter, dessen Job es war, Menschen zu retten, hieß das: Er hatte nichts zu tun.

Sergeant Harris verlagerte sein Gewicht auf den anderen Fuß und zog eine kleine Grimasse. Seine Ausgehschuhe drückten. Heute trugen alle ihre Ausgehuniform; der Präsident war hier, um den Soldaten Mut zu machen und ein wenig weihnachtliche Stimmung zu verbreiten. Natürlich hatten nur einige wenige das Glück, ihn auch wirklich persönlich zu treffen. Seine Besuchsrunde war von den Secret-Service-Agenten und den höchsten Köpfen des Krankenhauses sorgfältig geplant worden, und das offizielle Pressekorps schirmte ihn gegen die normalen Menschen ab.

Also war Sergeant Harris ein wenig erstaunt, als er sah, wie eine Gruppe schwarzer Anzüge und militärischer Orden den direkt unter ihm befindlichen Fahrstuhl verließ. Seltsam. Die normale Route für offizielle Besucher beinhaltete die Station 57, wo die meisten verwundeten Veteranen lagen. Heute schien die Aufnahmestation mit auf dem Programm zu stehen. Sie war erst kürzlich dank einer großzügigen Spende von Grund auf renoviert worden.

Die Besucher eilten den blitzsauberen Flur entlang. Instinktiv richtete Sergeant Harris sich auf und bereitete sich darauf vor, zu salutieren – auch wenn niemand bemerken würde, ob er das tat oder nicht. Aber es war schwer, alte Gewohnheiten wieder loszuwerden.

Er entspannte sich ein bisschen. In seinem gläsernen Aussichtspunkt streckte er den Hals ein wenig, um einen Blick auf den mächtigsten Mann der Welt zu erhaschen. Doch alles, was er sah, waren die begleitenden Journalisten und die Entourage, die von einem Major der Armee angeführt wurde. Einen Augenblick später wurden alle von der Leiterin der Verwaltung mit einem breiten Lächeln begrüßt. Offensichtlich stand ihre Abteilung auch auf dem Besuchsplan.

Die Dame hieß Darnelle Jefferson und arbeitete hier schon seit einem Vierteljahrhundert. Eine Tatsache, die sie gerne jedem erzählte, der nicht rechtzeitig die Flucht ergriff. Wenn man sie jetzt so anschaute, würde man nicht denken, was die meisten Angestellten hier wussten: dass sie wie die meisten Zivilisten hier eine fürchterliche Nervensäge war, die dem Personal den ganzen Tag Scherereien machte und Berge von Papierkram verlangte, nur um ihre Existenz zu rechtfertigen. In ihrem roten Kostüm mit der gelben Schleife am Revers wirkte sie jedoch freundlich und effizient. Ihr Lächeln wurde noch breiter, als das Undenkbare passierte und der Präsident einen Schritt zur Seite trat, um sich mit ihr fotografieren zu lassen.

Noch überraschender war, dass Mrs Jefferson danach die Leitung der Führung übernahm und die Gruppe den breiten, hell erleuchteten Korridor hinuntergeleitete. Zwei Kameramänner gingen neben ihnen her, die großen Linsen ihrer Kameras fingen jede Bewegung für die abendlichen Nachrichten ein. Die Gruppe hielt an dem ersten Aufnahmezimmer an, in dem ein verwundeter Soldat lag, der von einem anderen Krankenhaus hierhergebracht worden war. Sergeant Harris wusste, dass die offiziellen Bilder den Präsidenten mit dem Soldaten und seiner Familie in vertrauter Runde am Bett stehend zeigen würden. Nicht zu sehen wären hingegen der wachsame Secret Service oder die Fotoapparate und Mikrofone, die außerhalb der Kameralinsen in die Höhe gestreckt wurden.

Das ist das Showbiz, dachte Sergeant Harris. Er verstand nicht, wie man sich mit einem Leben in der Öffentlichkeit abfinden konnte. Ständig jedermanns kritischen Blick auf sich gerichtet zu fühlen war aus seiner Sicht eine ganz besondere Art der Folter.

Die Entourage machte sich wieder auf den Weg in Richtung Talbot Lounge, einen der kürzlich renovierten Wartebereiche, wo eine Nordmanntanne stand, die von einem der führenden Floristen Washingtons dekoriert worden war. Hier legte man für weitere Fotos eine erneute Pause ein. Sergeant Harris sah die Blitzlichter aufleuchten, hatte den Präsidenten aber inzwischen aus den Augen verloren.

An anderer Stelle in dem gleichen Flügel lag der gerade eingelieferte Patient in einem Aufnahmezimmer, das an zwei Seiten mit Draht verstärkte Glaswände hatte. Die Mannschaft, die ihn eingeliefert hatte, war bereits zum Empfangstresen geeilt, um ihren Report auszufüllen, und noch war kein Krankenhausmitarbeiter zu ihm gekommen, um die weiteren Aufnahmeformalitäten abzuwickeln. Den diensthabenden Mitarbeitern ging es sehr wahrscheinlich wie Sergeant Harris: Sie gingen ihrer Arbeit etwas langsamer nach, um einen Blick auf den Präsidenten werfen zu können. Der Patient lag alleine in seinem Zimmer. Keine Familie oder Freunde waren an seiner Seite, um ihm in dieser fremden Welt Trost zu spenden. Einige Menschen hatten einfach niemanden. Sergeant Harris selber wäre ein gutes Beispiel dafür, wenn es nicht Sam gäbe. Sie hatten sich vor Jahren während eines Einsatzes in Kunar kennengelernt, einer Provinz im Nordosten Afghanistans. Seitdem waren Sam Schroeder und er die besten Freunde. Sam und seine Familie bedeuteten Harris alles, und er sagte sich, dass das ausreichend war.

In der Hoffnung, dem Präsidenten wenigstens einmal ins Gesicht schauen zu können, ging er die Treppe ins Erdgeschoss hinunter. Er wusste nicht, wieso ihm das so wichtig war. Vielleicht, dachte er, weil ich es nach einem Jahrzehnt im Dienst und weiteren vier Jahren hier im Krankenhaus verdient habe, meinen obersten Dienstherren einmal aus der Nähe zu sehen. Er hatte auch den Rundbrief bekommen, in dem angekündigt worden war, dass es später einen Empfang für die Mitarbeiter des Krankenhauses geben würde, aber auf das Gedränge dort hatte er wenig Lust.

Zwei Marines in blauer Uniform standen an der Doppeltür zur Station Wache. Sergeant Harris winkte mit seinem Klemmbrett und zeigte seinen Ausweis. Er wurde durchgelassen. Er musste so tun, als wäre er schwer beschäftigt, sonst würde man sehr schnell merken, dass er nur herumlungerte, um einen Blick auf den Präsidenten zu werfen. Etwas, das nicht gerne gesehen wurde.

Vor dem Zimmer mit dem Neuankömmling blieb Sergeant Harris stehen. Er nahm das Krankenblatt aus der Halterung an der Tür, schlug das Deckblatt um und gab vor, den Inhalt zu lesen.

Das Geräusch von Schritten und Stimmen wurde lauter, als die Gruppe mit dem Präsidenten sich näherte.

„... neue Herz-Lungen-Station ist mit den neuesten Überwachungssystemen ausgerüstet“, erklärte Mrs Jefferson gerade mit ernster Stimme. „Wir haben jetzt das führende Zentrum für klinische Versorgung, Forschung und Entwicklung des Landes ...“ Sie redete weiter, als würde sie von einem Blatt ablesen, und Sergeant Harris blendete sie einfach aus.

Die Besucher kamen näher. Endlich konnte Sergeant Harris einen Blick auf seinen Oberbefehlshaber werfen. Sein Gesicht trug den vertrauten, mitfühlenden Ausdruck, der ihm nun schon zum zweiten Mal die Stimmen des Volkes gesichert hatte. Der Präsident und die Krankenhausverwalterin trennten sich von der Gruppe. Darnelle Jefferson führte den mächtigsten Mann der Welt in den Raum, in dem der Neuankömmling lag.

Verdammt, dachte Sergeant Harris, Zeit zu verschwinden. Schnell – aber nicht zu schnell – schlüpfte er in einen Raum, der durch grüne Schwingtüren mit der Abteilung verbunden war. Durch die runden Fenster in der Tür konnte er durch die gläsernen Trennscheiben von zwei Zimmern hindurchschauen. Er konzentrierte sich auf den neuen Patienten und erwartete, ihn ganz alleine und ruhig in seinem Bett liegen zu sehen. Bestimmt war er zu Tode verängstigt und sich der Anwesenheit des Präsidenten nur wenige Meter entfernt gar nicht bewusst.

Nur: Der Patient war nicht ruhig. Für einen Herzpatienten schien er sogar ausgesprochen aktiv zu sein. Jetzt setzte er sich in seinem Bett auf und riss sich die Sauerstoffmaske vom Gesicht.

Sergeant Harris studierte noch einmal die Patientenakte, die er sich von der Tür geschnappt hatte. Terence Lee Muldoon. Ein Kriegsveteran, der vom Militärkrankenhaus in Landstuhl in Deutschland hierher überführt worden war. Die Akte wies ihn als fünfundzwanzig Jahre alt aus. Verdammt jung für Herzprobleme.

In seiner Zeit hier hatte Sergeant Harris Tausende von Herzpatienten gesehen. Die Krankheit wurde immer von einer gräulichen Haut und einem offensichtlichen Ausdruck von Müdigkeit im Gesicht begleitet.

Nicht so bei diesem Patienten. Sogar aus der Entfernung und durch zwei Glasscheiben hindurch konnte Sergeant Harris sehen, dass sein Gesicht eine gesunde rosafarbene Tönung hatte und seine Bewegungen effizient und sicher waren.

In dem Moment hielt die Entourage im Flur an, und der Präsident und Mrs Jefferson betraten Muldoons Zimmer. Der Glaskubus war zu klein, um mehr Besucher zu erlauben, und so blieben die Bodyguards vor der Tür stehen und reckten die Köpfe, ließen ihre Blick hin und her schweifen und murmelte in ihre Mikrofone. Ein paar Fotografen drückten ihre Kameras gegen das Glas. Der Präsident schüttelte Muldoon zur Begrüßung die Hand, dann trat er für das obligatorische Foto ans Kopfteil des Bettes.

Es gab keinen bestimmten Augenblick, in dem Sergeant Harris entschied, dass irgendetwas nicht stimmte. Er sah kein manisches Glitzern in den Augen des Angreifers, hörte kein hämisches Lachen wie im Film. Das wirklich Böse verhielt sich nicht so. Es war alles irgendwie ... gewöhnlich.

Es gab auch keinen besonderen Moment, in dem Sergeant Harris sich entschied zu handeln. Eine Entscheidung zu treffen beinhaltet einen Gedankenprozess, der einfach nicht passierte. Sergeant Harris – und der überraschte Präsident – hatte dafür einfach keine Zeit. Mit einem Druck auf den Knopf des stummen Alarms auf seinem Funkgerät schlüpfte er in den angrenzenden Raum. Er war jetzt nur noch ein Zimmer vom Präsidenten entfernt. Jede seiner Bewegungen wurde von Kameras aufgenommen, das wusste er. Doch weder der Präsident noch der Patient hatten ihn bisher bemerkt.

Sergeant Harris schrie nicht und machte auch keine schnellen Bewegungen. Der Patient war sich seiner Anwesenheit noch nicht bewusst, und er wollte keine Aufmerksamkeit auf sich ziehen. Trotzdem musste er schnell sein, denn für die Überwachungskameras würde sein Verhalten sehr suspekt aussehen. Diejenigen, die ihn beobachteten, würden denken, er wäre ein Irrer – oder schlimmer noch, ein Attentäter.

Der Lauf der Ereignisse entfaltete sich mit seltsamer Unausweichlichkeit. Später – viel, viel später – würde Sergeant Harris sich die Videos der Überwachungskameras und der Presseleute ansehen und sich an nichts davon erinnern.

Nur Sekunden bevor die Mitarbeiter im Flur auf seinen stummen Alarm reagierten, riss der Patient die Thermodecke von sich und zerrte das Krankenhausnachthemd beiseite. Darunter waren mehrere Stangen Dynamit mit Tape an eine eng anliegende Weste geklebt.

„Wenn mich jemand angreift", schrie er, „gehe ich hoch wie ein Feuerwerk. Und dabei nehme ich das gesamte Gebäude mit." Er sprang auf den Boden und starrte die entsetzte Menge auf der anderen Seite der Scheibe an. Seine Finger schlossen sich um den Zünder, bereit, den Sprengstoff explodieren zu lassen.

Der Präsident stand stocksteif da. Darnelle Jefferson stieß einen markerschütternden Schrei aus. Sergeant Harris erstarrte; er war zu erfahren, um sich von Angst beeinflussen zu lassen. Er erkannte die Tätowierung auf Muldoons Oberarm. Der eiserne Falke mit Schwert, das Abzeichen einer Spezialeinheit.

Also hatten sie es mit dem Abtrünnigen einer Sondereinheit zu tun, der genauso gut ausgebildet war wie Sergeant Harris. Ein professioneller Killer, der durchgedreht war. Der Attentäter hatte ihn immer noch nicht entdeckt. Er stolzierte vor der Glaswand auf und ab, während ein Dutzend Waffen auf ihn gerichtet waren.

Sergeant Harris unterzog die selbst gemachte Weste einer genaueren Betrachtung und fragte sich, wie zum Teufel sie der Besatzung des Krankenwagens entgangen sein konnte. Es schien sich um Plastiksprengstoff zu handeln. Der Zünder wurde per Druckknopf ausgelöst, der mit noch mehr Tape festgeklebt war. Wenn es nicht noch einen zweiten Zünder gab, den er von hier aus nicht sehen konnte, würde Muldoon die Sprengladung manuell auslösen müssen.

Außerhalb des Glaskastens verfielen Bodyguards und Marines in hektische Betriebsamkeit. In unzähligen Übungen war ihnen das richtige Vorgehen in solchen Situation eingeimpft worden. Erst das Schließen aller Ausgänge, dann Alarm in den Stationen sowie per Sirene auf dem gesamten Gelände. Sehr wahrscheinlich war die Sicherheitsstaffel in diesem Moment gerade dabei, das Gebäude zu umzingeln.

Mrs Jefferson gab einen erstaunlich kleinen Laut für eine so große Frau von sich, dann fiel sie in Ohnmacht und riss den Monitor für die Herzüberwachung mit sich. Er knallte auf den Boden und erschreckte Muldoon. Sergeant Harris war sich sicher, dass er jetzt panisch werden und auf den Zünder drücken würde. Doch seine linke Hand, die den Auslöser umklammert gehalten hatte, löste sich kurz, während er sich wieder sammelte.

Darnelle hatte Sergeant Harris ein sekundenlanges Fenster zum Handeln geöffnet. Es reichte ihm, zu wissen, dass er eine Chance hatte. Auch wenn es die einzige Chance war. Wenn er es vermasselte, würden sie alle geröstet werden. Oder korrekt gesagt: zu Konfetti zerfetzt.

Er brach durch die Schwingtür, voll auf die Hand des Attentäters konzentriert, die den Auslöser hielt. Mit seinem kompletten Körpergewicht warf er sich in einer einzigen fließenden Bewegung, die er oft trainiert, aber noch nie angewendet hatte, auf den Angreifer.

Mit einem Schrei fiel Muldoon, als Sergeant Harris dem Mann sein linkes Handgelenk brach, um ihn handlungsunfähig zu machen. Gemeinsam stürzten sie zu Boden. Durch den Schmerz seines gebrochenen Gelenks stand Muldoon unter Schock. Das war gut.

Sergeant Harris hörte etwas, das wie ein Schuss klang. Dann hatte er das Gefühl, von einer Kanonenkugel getroffen worden zu sein. Verdammt, hatte der Hurensohn etwa doch die Explosion auslösen können?

Nein, aber den Zünder, wurde Sergeant Harris bewusst. Der Aufprall hatte ihn ausgelöst, aber er hatte fehlgezündet. Das waren gute Neuigkeiten. Die schlechten Neuigkeiten waren, dass die verpatzte Explosion ihn umbringen würde. Seine Gliedmaßen wurden sofort eiskalt, als wenn alles Leben aus ihm herausgesaugt worden wäre. Er war sich hektischer Aktivitäten um sich herum bewusst: der Präsident, der in Deckung ging, der Rausch, mit dem die hoch spezialisierten Jungs vom Secret Service sich an die Arbeit machten. Alarmsirenen schrillten, und irgendjemand schrie. Ein betäubendes Klingeln dröhnte in seinen Ohren. Der ätzende Geruch von Chemikalien drang in seine Lunge.

Die Welt löste sich in Doppelbilder auf, als Sergeant Harris' Bewusstsein so langsam wegsickerte wie das Blut auf dem Boden. Geräusche zogen ein seltsames Echo hinter sich her, als wenn sie in einen Brunnen gerufen würden. „Stehen bleiben *...ehen bleiben ...ehen bleiben ...*" Der gebrüllte Befehl hallte in Sergeant Harris' Kopf nach. „Niemand bewegt sich! *...egt sich ...egt sich ...*"

Sein Puls ging schwach. In einer sich immer weiter ausbreitenden Blutlache liegend, stellte er sich vor, wie seine Systeme langsam herunterfuhren, eines nach dem anderen, wie das Licht in einem Theater, das nach dem letzten Vorhang erlischt. Er fühlte, dass er zitterte, oder vielleicht war es auch der Attentäter, der versuchte, sich unter ihm zu befreien. So zu sterben, dachte er, zu den Füßen des Präsidenten, das ist doch Scheiße! Das beleidigte seinen Sinn für Anstand. Sicher, es sollte ihm egal sein, wenn er erst einmal tot war. Es sollte ihm überhaupt egal sein. War es aber irgendwie nicht.

Sergeant Harris konnte sein Spiegelbild in der Linse der 360-Grad-Überwachungskamera sehen, die an der Decke angebracht war. Blut hatte sich wie ein Teppich unter ihm ausgebreitet. Es sieht immer schlimmer aus, als es ist, sagte er sich. Das sagte er seinen Patienten auch immer.

Der Schwarm stieß herab, ein wildes Durcheinander aus schwarzen Anzügen und Uniformen, als der Secret Service sich daranmachte, den Verrückten abzuführen und den Präsidenten in Sicherheit zu bringen.

Sergeant Harris war kalt, und er war auf dem Weg in die

Dunkelheit. Er konnte fühlen, wie er sich selbst entglitt und in ein dunkles Loch fiel.

„Machen Sie Platz!", rief eine laute Stimme. Die Worte hallten nach, dann verschwanden sie. „Dieser Mann braucht Hilfe!"

2. TEIL

„Der beste Weg, ein Problem aus der Welt zu schaffen, ist, es zu lösen.“
Alan Saporta, amerikanischer Musiker

2. KAPITEL

Port Angeles, Washington
Sommer

„Die ganze Welt weiß doch, dass jede alleinerziehende Mutter auf der dringenden Suche nach einem Ehemann ist." Mable Claire Newman blinzelte durch ihre Katzenaugenbrille aus den Fünfzigerjahren.

„Sehr lustig", erwiderte Kate Livingston, die ihr gegenübersaß. „Das sagst du jedes Jahr."

„Weil du jeden Sommer herkommst und immer noch Single bist."

„Vielleicht gefällt es mir, Single zu sein", antwortete Kate.

Aus dem Fenster der Hausverwaltung schaute Mable Claire dem halbwüchsigen Jungen und seinem ausgewachsenen Beagle zu, die in Kates Jeep ein wildes Zerrspiel mit einer Socke veranstalteten. „Gehst du im Moment wenigstens mit jemandem aus?"

„Das erste Date bekomme ich hin. Das Problem liegt eher darin, die Männer zu einem zweiten Treffen zu überreden." Kate schenkte ihrer mütterlichen Freundin ein selbstironisches Lächeln, beinahe übermütig und gerade breit genug, um sich dahinter zu verstecken. Kate hatte Aaron mit zwanzig bekommen und schon immer sehr viel jünger ausgesehen, als sie wirklich war. Viele Männer waren überrascht, dass sie Mutter war. Aber wenn sie dann mitbekamen, wie anstrengend ihr Junge war, neigten sie dazu, sich gleich wieder auf Nimmerwiedersehen zu verabschieden.

„Dann sind sie verrückt! Du hast einfach noch nicht den Richtigen getroffen." Mable Claire blinzelte ihr zu. „Im Haus von den Schroeders wohnt ein Mann, den du dir mal genauer ansehen solltest."

Kate schüttelte sich übertrieben. „Ich glaube nicht."

„Warte nur, bis du ihn siehst! Das wird deine Meinung ändern.“ Sie öffnete einen Schrank, in dem diverse Schlüssel hingen, und fand den mit Kates Namen darauf. „Ich hatte dich eigentlich erst morgen erwartet.“

„Wir haben uns entschieden, schon einen Tag früher herzukommen“, sagte Kate und hoffte, dass es keine weiteren Fragen geben würde. Auch wenn Mable Claire sie seit dem ersten Sommer ihres Lebens kannte, war sie noch nicht bereit, über das zu reden, was passiert war. „Ich hoffe, dass das in Ordnung ist?“

„Was sollte falsch daran sein, den Sommer einen Tag früher zu beginnen? Das Reinigungsteam und die Gärtner sind bereits bei euch gewesen. Ist die Schule denn schon zu Ende?“ Sie neigte leicht den Kopf, um einen besseren Blick auf Kates Jungen werfen zu können. „Ich dachte, die Kinder hätten noch eine Woche.“

„Nein, die letzte Glocke des Schuljahres klingelte gestern um Viertel nach drei, und heute ist die dritte Klasse für Aaron schon nicht mehr als eine schlechte Erinnerung.“ Kate suchte nach ihrem Schlüsselbund. In ihrer Tasche flogen tausend kleine Notizzettel umher, die sie brauchte, weil sie ihrem eigenen Gedächtnis nicht traute. Außerdem hatte sie so das Gefühl, organisiert zu sein und alles unter Kontrolle zu haben – auch wenn es die meiste Zeit über nicht stimmte. Für den Sommer hatte sie sich eine Fülle von Projekten vorgenommen. Sie musste das untere Badezimmer im Sommerhaus neu verfugen, die Fensterrahmen streichen, ganz zu schweigen davon, dass sie die Beziehung zu ihrem Sohn vertiefen, sich einen anderen Beruf überlegen und zu sich selbst finden musste.

In dieser Reihenfolge? Kate schüttelte unmerklich den Kopf. Sie musste sich doch sehr über ihre Prioritäten wundern.

„Und das ist in Ordnung für euch“, unterbrach Mable

Claire ihre Gedanken, „so ganz allein in dem großen, alten Haus?"

„Klar! Wir kommen schon zurecht", beruhigte Kate sie, auch wenn es sich komisch anfühlte, die Einzige aus der Familie zu sein, die diesen Sommer am See verbringen würde. Jedes Jahr pilgerten alle Mitglieder der Livingstons zu dem Ort am Lake Crescent, aber in letzter Zeit hatte sich einiges verändert. Kates Bruder Phil, seine Frau und die vier Kinder waren an die Ostküste umgesiedelt. Ihre Mutter hatte nach fünfjähriger Witwenschaft am Valentinstag erneut geheiratet und war zu ihrem neuen Mann nach Florida gezogen. Zurück blieben Kate und Aaron in ihrem Haus in West Seattle, einen ganzen Kontinent vom Rest der Familie getrennt. Manchmal fühlte es sich an, als wenn jemand ihre engen Familienbande heimlich zerschnitten hatte und nun nach und nach aufribbelte.

Diesen Sommer gäbe es nur sie beide in dem Haus mit den sechs Schlafzimmern.

Hör auf, dich in Selbstmitleid zu suhlen! schalt sie sich und schenkte Mable Claire ein Lächeln. „Wie ist es dir in der Zwischenzeit ergangen?", fragte sie.

„Alles in allem ganz gut." Vor zwei Jahren hatte Mable Claire ihren Ehemann verloren. „An manchen Tagen – den meisten Tagen – fühle ich mich immer noch verheiratet, als wenn Wilbur mich nicht wirklich verlassen hätte. An anderen Tagen erscheint er mir so weit entfernt wie die Sterne. Aber mir geht es gut. Mein Enkel Luke verbringt den Sommer bei mir."

Kate füllte das Formular für die Müllabfuhr aus. Der Sommer hing verführerisch lang vor ihr, eine goldene Kette leerer Tage, die sie mit allem füllen konnte, wonach ihr war. Ein ganzer Sommer nur für sie alleine. Sie konnte sich so viel Zeit nehmen, wie sie wollte, um herauszufinden, was sie mit ihrem Leben, ihrem Sohn, ihrer Zukunft anstellen sollte.

Mable Claire musterte sie eindringlich. „Du siehst ein bisschen abgespannt aus."

„Ich bin nur ein wenig erschöpft, denke ich."

„Also nichts, was ein Sommer am See nicht wieder richten kann."

Kate zwang sich zu einem Lächeln. „Genau." Aber plötzlich schien ihr ein Sommer nicht mehr lang genug.

„Auf der Suche nach einem Ehemann, so weit kommt's noch", murmelte Kate vor sich hin, als sie den Jeep vor dem Supermarkt abschloss. Ein Fenster hatte sie einen Spalt breit offen gelassen, damit Bandit frische Luft bekam. Aaron rannte bereits auf den Eingang zu. Verdammt, dachte Kate und schaute einem Mann nach, der über den Parkplatz ging, im Moment würde ich mich schon mit einem One-Night-Stand zufriedengeben.

Der Mann trug das für die Gegend typische Outfit: ein schlichtes weißes T-Shirt, ausgewaschene Jeans, derbe Boots und eine John-Deere-Kappe. Er war groß und breitschultrig und ging, nein, schritt mit beinahe militärischer Haltung. Dazu trug er etwas längere Haare und eine Pilotensonnenbrille. Oder war das etwa ein Vokuhila da unter der gelbgrünen Kappe? Igitt! Aus der Entfernung konnte sie es nicht genau erkennen. Gut, es sind nur die Haare, sagte sie sich, nichts, was nicht mit einem beherzten Griff zur Schere wiedergutzumachen wäre.

„Mom? *Mom.*" Aarons Stimme durchbrach ihre Tagträume. Er rüttelte an dem Einkaufswagen, den er verwaist auf dem Parkplatz gefunden hatte.

„Du benimmst dich wie ein ungeduldiger Großstädter", sagte sie.

„Ich *bin* ein ungeduldiger Großstädter", erwiderte er.

Sie gingen an dem Schild mit dem riesigen lachenden Schweinchen vorbei, das den Eingang des Supermarktes bewachte, solange sich Kate zurückerinnern konnte. Auf der Angebotstafel stand: „*Geräucherter Schinken 99 Cent/Pfund*".

Worüber freust du dich so? dachte Kate und schaute das rosafarbene Schwein an. Drinnen machten sie und Aaron sich daran, die Vorräte für das Haus am See aufzufüllen, das seit dem Ende des letzten Sommers leer stand. Kate liebte dieses Ritual. Es war, als würde man noch mal ganz von vorne anfangen. Und dieses Mal, ohne ihre Mutter und ihren Bruder an der Seite, konnte sie alle Entscheidungen ganz alleine treffen. Was für eine Erfahrung!

„Mom? *Mom.*" Aaron schaute sie finster an. „Du hörst mir überhaupt nicht zu."

„Oh, tut mir leid, Großer." Sie suchte ein paar Pflaumen aus und legte sie in den Wagen. „Ich bin ein bisschen zerstreut."

„Was du nicht sagst! Also bist du nun gefeuert worden oder nur vorübergehend entlassen?", fragte er, während er sich an den Wagen klammerte und sich von ihr durch den Gang schieben ließ. Über den Berg Tüten und Kartons und Gemüsetüten hinweg schaute er sie unerbittlich an.

Sie erwiderte den Blick ihres neunjährigen Sohnes. Seine so seltsam erwachsen klingende Frage hatte sie völlig unvorbereitet getroffen.

„Vielleicht habe ich ja auch gekündigt", sagte sie. „Darüber schon mal nachgedacht?"

„Nee, du würdest nie kündigen!" Im Vorbeirollen schnappte er sich eine Tüte Bonbons aus dem Regal und warf sie in den Einkaufskorb.

Kate packte die Tüte wieder zurück ins Regal. Diese Bonbons hatten mehr Zähne gezogen als ein schlechter Zahnarzt. „Warum glaubst du, dass ich niemals kündigen würde?", fragte sie erstaunt. Je älter er wurde und je mehr er zu einer eigenständigen Persönlichkeit heranwuchs, desto öfter sagte ihr Sohn Dinge, die sie überraschten.

„Weil es stimmt“, sagte er. „Du würdest nur selber kündigen, wenn dir etwas Besseres angeboten würde, und ich weiß, dass das nicht passiert ist. Das passiert nie.“

Kate trommelte mit den Fingern auf den Griff des Einkaufswagens, dessen Plastikoberfläche im Laufe der Jahre ganz zerkratzt war. Sie ging in den Gang mit den Konservendosen. „Ach“, sagte sie leichthin, „was lässt dich da so sicher sein?“

„Weil du ausflippst“, informierte er sie.

„Ich flippe nicht aus“, widersprach Kate.

Aber sie tat es doch. Und wie! Nachts wanderte sie durchs Haus und starrte aus dem Fenster; oft blieb sie so lange wach, bis die Lichter am Fährterminal von Seattle ausgingen, nachdem die letzte Fähre eingefahren war. Das war die Zeit, in der sie sich besonders alleine und verängstigt fühlte. Die Zeit, in der die ewige Optimistin Kate der verzweifelten Kate Platz machen musste. Wenn sie Geschmack an Alkohol finden würde, wäre das vermutlich die Zeit, in der sie zur Flasche greifen würde. *L'heure bleue*, wie die Franzosen sie nannten. Die blaue Stunde zwischen Dunkelheit und Dämmerung. Das war die Zeit, zu der ihre unermüdlich fröhliche Fassade zerbrach und sie sich einer Tätigkeit hingab, die sie hasste: sich in Selbstmitleid baden. Das war ihre Zeit, sich bewusst zu werden, woher sie kam und wohin sie gehen wollte. Die Zeit, zuzugeben, dass es manchmal zu viel für sie war, Aaron alleine großzuziehen. Aber wenn die Sonne dann aufging, riss sie sich von dieser Stimmung los und stellte sich dem neuen Tag. Augen zu und durch.

„Wir sollten Sachen kaufen, die den WIC-Aufkleber haben“, verkündete Aaron und zeigte auf ein grün-schwarzes Etikett auf einem Stapel Thunfischdosen. „Chandler hat davon erzählt“, erklärte er. „Das ist ein start… staat… Ach, irgendein Programm für arme Leute.“

Kate stellte die Thunfischdose, die sie in der Hand hielt,

so schnell ins Regal zurück, als hätte sie sie gebissen. „Wir sind aber keine armen Leute."

Ihr war nicht bewusst gewesen, wie laut sie gesprochen hatte, bis ein Mann am anderen Ende des Ganges sich nach ihr umdrehte. Es war der gleiche, den sie schon auf dem Parkplatz gesehen hatte, nur dass er jetzt nicht mehr so weit weg war. Unter seinem Bartschatten konnte sie einen starken Kiefer erkennen. Seine Sonnenbrille hatte er gegen eine normale Brille mit Horngestell eingetauscht, die an einer Seite mit Klebeband repariert worden war. In der kurzen Sekunde, in der sich ihre Blicke trafen, fiel ihr auf, dass seine Augen die Farbe und Tiefe von altem Whiskey hatten. Aber Klebeband? Was war er – ein Computerfreak?

Sie wirbelte auf dem Absatz herum, damit er die Röte nicht sah, die ihr in die Wangen schoss, und schob den Einkaufswagen schnell in die entgegengesetzte Richtung.

„Siehst du?", sagte Aaron. „Deshalb weiß ich auch, dass du deinen Job niemals kündigen würdest. Dir wäre es viel zu peinlich, arm zu sein."

„Wir sind nicht ..." Kate zwang sich, stehen zu bleiben. Sie nahm einen tiefen, beruhigenden Atemzug. „Hör zu, Großer. Uns geht es gut. Besser als gut. Bei der Zeitung gab es für mich keine Entwicklungsmöglichkeiten, und außerdem war es sowieso an der Zeit weiterzuziehen."

„Also sind wir nun arm oder nicht?"

Sie wünschte sich, dass er etwas leiser sprechen würde. „Nein", versicherte sie ihm.

Tatsächlich hatte ihr Gehalt bei der Zeitung gerade so eben zum Leben gereicht; der Hauptteil ihres Einkommens kam durch die Mietwohnungen in Seattle, die ihr Vater ihr hinterlassen hatte. Trotzdem hatte sie sich über den Job definiert. Sie war Journalistin. Und jetzt, wo man sie hatte gehen lassen, fühlte sie sich, als hätte man ihr den Boden unter den Füßen weggezogen. „Aber weißt du, was die neue Jobsituation für uns bedeutet? Dass wir beide den ganzen Sommer zusammen verbringen können, nur du und ich." Sie betrachtete Aarons Mienenspiel und sprach weiter, bevor er sich zu sehr in seine Verzweiflung hineinsteigern konnte. „Oder hast du damit ein Problem?"

„Ja", sagte er mit einem kleinen frechen Funkeln in den Augen. „Vielleicht habe ich das."

„Klugscheißer", neckte sie ihn und zog ihm die Baseballkappe über die Augen. Mein Gott, dachte sie, bevor ich mich versehe, wird der kleine rothaarige Junge mit den Sommersprossen so groß sein wie ich.

Der Stimmungsumschwung kam so schnell wie immer, ohne Vorwarnung und ohne dass etwas vorgefallen wäre. „Das ist doof", nörgelte er plötzlich mit zusammengekniffenen Augen. Alle Farbe war aus seinem Gesicht gewichen. „Das wird ein doofer, langweiliger Sommer, und ich weiß gar nicht, wieso wir überhaupt hierhergekommen sind."

„Aaron, fang gar nicht erst an ..."

„Ich fange nicht an." Er riss sich die Kappe vom Kopf und warf sie mitten in den Gang.

„Gut", sagte sie und versuchte, jegliche Emotionen aus ihrer Stimme herauszuhalten. „Denn ich muss noch Verschiedenes einkaufen. Je mehr wir uns beeilen, desto schneller sind wir am See."

„Ich hasse den See."

Sie hoffte, dass er nicht noch mehr Aufmerksamkeit erregt hatte, lenkte den Wagen um ihn herum und erledigte die restlichen Einkäufe. Dabei versuchte sie, sich nicht anmerken zu lassen, wie aufgewühlt sie war. Sie erlaubte nicht, dass seine Unfähigkeit, sein Verhalten zu kontrollieren, sie kontrollierte. Wann würde es aufhören? Sie hatte Ärzte und Psychologen besucht, Hunderte von Büchern über das Thema gelesen, aber nirgendwo hatte sie eine Lösung für den Umgang mit Aarons Temperament und seinem Schmerz gefunden. Bisher schien die effektivste Waffe Zeit zu sein. Die Minuten erschienen ihr endlos, als sie durch die Gänge ging und ihn die ganze Zeit ignorierte. Manchmal wünschte sie sich, sie könnte in seinen Kopf schauen, die Quelle seines Schmerzes finden und ihn heilen. Aber es gab weder Pflaster noch Salbe für die unsichtbaren Wunden, die er mit sich herumtrug. Gut meinende Mitmenschen merkten gerne an, ihm fehle ein Vater. Ach was, dachte Kate dann immer.

„Mom", sagte eine ruhige, zerknirschte Stimme hinter ihr. „Es tut mir leid, Mom. Ich werde mich noch mehr anstrengen, nicht immer so böse und laut zu werden."

„Das hoffe ich", sagte sie, und wieder einmal brach ihr Herz ganz leise, wie immer, wenn sie miteinander stritten. „Es ist verletzend und peinlich, wenn du die Geduld verlierst und so laut herumschreist."

„Ich weiß. Es tut mir leid", wiederholte er kleinlaut.

Sie hatte ein Dutzend Ideen, vielleicht sogar mehr, wohin sie diesen lehrreichen Moment steuern könnte. Aber sie hatten auch gerade eine dreistündige Autofahrt von Seattle hinter sich, und sie konnte es kaum erwarten, endlich ins Haus zu kommen. Also sagte sie nur: „Wir brauchen noch Zutaten für S'mores."

Erleichterung glättete seine Züge, und er war wieder er selbst: ein kleiner Junge, der so gern gefallen wollte. Der Junge, den die Lehrer an seiner Schule so selten sahen. Seine Gefühlsausbrüche waren heftig, aber auch schnell vorbei, ohne irgendwelche Nachwehen.

„Ich geh schon!", rief er und rannte den Gang hinunter.

Einige Rituale im Haus am See waren tief in der Familientradition verankert und mussten auf eine genau festgelegte Weise getan werden. S'mores waren eines davon. Die süßen Sandwiches mussten immer mit Butterkeksen und ohne Zimt gemacht werden, und die klebrigen Marshmallows wurden in Mini-M&Ms gerollt – etwas anderes kam nicht infrage.

Wann immer es einen Abend mit S'mores gab, musste auch am Strand Scharade gespielt werden. Im Kopf ging Kate die Liste der vorgeschriebenen Aktivitäten durch und fragte sich, ob sie sich wohl an alle erinnern würde. Das Abendbrot wurde durch das Schlagen der alten Schiffsglocke angekündigt, die an der Veranda hing. Im Juli mussten sie Feuerwerk an dem wettergegerbten Straßenstand des Makah-Stammes kaufen, um es am 4. Juli zu entzünden. Um die Sonnenwende zu feiern, würden sie das alte Krocket-Set entstauben und so lange spielen, bis die Sonne gegen zehn Uhr abends unterging, wobei sie sich so in den Wettkampf stürzten, als hinge ihr Leben davon ab. Wenn es regnete, wurde das Scrabble-Brett herausgeholt, an dem genauso erbitterte Wettbewerbe ausgetragen wurden. Diesen Sommer war Aaron alt genug, um Canasta und Whist zu lernen. Allerdings wusste sie bei den meisten Spielen nicht, wie man sie mit zwei Personen spielen sollte.

Alle Traditionen aus dem Haus am See waren geboren worden, bevor Kate das Licht der Welt erblickt hatte. Mit der Feierlichkeit altertümlicher Rituale waren sie von Generation zu Generation weitergegeben worden. Ihr war aufgefallen, dass Aaron und seine Cousins – die Kinder von ihrem Bruder Phil – die Traditionen genauso begierig aufnahmen und weiterverfolgten, wie sie und Phil es als Kinder getan hatten.

Aaron kehrte mit Butterkeksen, Mini-M&Ms und Marshmallows zurück.

„Danke", sagte Kate und legte die Sachen in den Wagen. „Ich glaube, das ist jetzt alles." Als sie durch den letzten Gang schoben, fiel ihr der Mann mit der John-Deere-Kappe wieder auf. Er schaute sich gerade interessiert die verschiedenen Angelköder an. Dieses Mal sah Aaron ihn auch. Für einen Moment spiegelte sich auf seinem Gesicht eine schmerzhafte Mischung aus Neugierde und Sehnsucht, als er näher heranging. Der Mann hakte seine Daumen in die hinteren Hosentaschen seiner Jeans, und Aaron tat es ihm nach. Je älter er wurde, desto mehr identifizierte sich Aaron mit Männern, wie es schien sogar mit Fremden im Supermarkt.

Kate ertappte sich dabei, wie sie das Objekt von Aarons Aufmerksamkeit ebenfalls interessiert musterte. Der Fremde war eine ungewöhnliche Mischung aus männlicher Attraktivität und hinterwäldlerischer Rauheit. Sie fragte sich, wie viel er vorhin wohl mitgehört hatte.

„Aaron", sagte sie. „Wir müssen weiter." Sie drehte sich weg, um den Augenkontakt mit dem Fremden zu vermeiden, und gab vor, das Zeitschriftenregal durchzusehen. Was auch schon das höchste der Gefühle für sie war. Es war wirklich eine Schande, dass sie sich als Journalistin bezeichnete, aber überhaupt kein Interesse an den Medien hatte. Sie besaß keinen Fernseher, las keine Tageszeitungen und benahm sich im Großen und Ganzen überhaupt nicht so, wie man es angesichts ihres Jobs erwartet hätte. Ein weiteres persönliches Versagen ihrerseits. In ihrem ehemaligen Job hatte ihre ganze Arbeit darin bestanden, Seattles Modeszene zu beobachten.

„Die Stars der Reality-TV-Shows – was tun sie heute?", fragte *People.*

„Ein Thema, das mich brennend interessiert", murmelte Kate.

„Lass uns die hier mit dem zweiköpfigen Baby nehmen." Aaron zeigte auf eine der Illustrierten. Kate schüttelte den Kopf, auch wenn ihr Blick von einem kleineren Foto gefangen genommen wurde, auf dem ein Mann mit kantigem Kinn und durchdringendem Blick abgebildet war. Er trug einen militärischen Haarschnitt und einen flotten Schnurrbart. *„Amerikanischer Held von Terrorsekte entführt"*, lautete die Schlagzeile.

„Lass uns eine Fernsehzeitung mitnehmen", schlug Aaron nun vor.

„Wir haben keinen Fernseher."

„Dann kann ich wenigstens sehen, was ich verpasse. Warte ... Schau mal, Mom!" Er schnappte sich eine Zeitung aus dem Regal und reichte sie ihr. „Deine Zeitung."

Kates Hände fühlten sich mit einem Mal eiskalt an, als wenn sämtliche Nerven abgestorben wären. Sie hasste das Pochen in ihrer Kehle, das Zittern ihrer Finger, als sie die Zeitung entgegennahm. Es ist nur eine dumme Zeitung, sagte sie sich. Es waren die *Seattle News*, ein dummes kleines Wochenblatt, vollgestopft mit Artikeln über örtliche Musikbands, Poetry Slams, Filmkritiken und oberflächlichen Kulturbeiträgen. Neben Produktion und Layout war ihr Spezialgebiet in den letzten fünf Jahren Mode gewesen. Sie hatte fässerweise Tinte über die Angewohnheit der Einwohner Seattles verschrieben, Birkenstocksandalen mit Socken zu tragen. Oder um die Vor- und Nachteile von Piercings gegenüber Tätowierungen als Fashionstatement gegeneinander abzuwägen.

Offensichtlich nicht genügend Fässer, wenn man Sylvia, ihrer Herausgeberin, glauben konnte. Anstatt einer goldenen Nadel für ihr fünfjähriges Engagement hatte Kate die Kündigung bekommen.

Die Zeitung raschelte, als sie zu „ihrer" Seite blätterte. Hier, über dem Falz, hatte ihre Kolumne seit dem ersten Tag gestanden. Nun strahlte ihr „Style Girl" entgegen. Kate knirschte mit den Zähnen. Style Girl, die sich Wendy Norwich nannte, hieß tatsächlich Elsie Crump und war gerade erst aus der Poststelle befördert worden. Ihr heutiges Thema waren Sprühbräune-Studios.

Am unteren Ende der Seite, in kleiner, kursiver Schrift, stand folgender Satz: *„Kates Mode-Meinung nimmt sich eine Auszeit."*

Das war's. Ihr gesamtes Berufsleben in nur sieben Worten zusammengefasst.

„Was heißt Auszeit?“, wollte Aaron wissen.

„So etwas wie Urlaub“, sagte sie und hasste den dicken Kloß, den sie in ihrer Kehle spürte. Sie schob die Zeitung ins Regal zurück. *Nur dass ich aus diesem Urlaub nicht wieder zurückkomme.*

„Kann ich den Kaugummi hier haben?“, fragte Aaron, dem ihr innerer Aufruhr offensichtlich entgangen war. „Er ist auch ohne Zucker.“ Er zeigte ihr eine flache Packung, die mehr Baseballkarten als Kaugummis enthielt.

„Klar“, sagte sie und fing an, ihre Einkäufe auf das Laufband zu legen.

Ein älteres Pärchen stellte sich hinter ihnen in die Schlange. Kate genügte ein Blick aus dem Augenwinkel, um zu sehen, dass die beiden schon immer zusammen waren. Sie hatten diese Leichtigkeit im Umgang miteinander, die aus Jahren des Zusammenlebens und Füreinandersorgens entstand, dieses spezielle Band, wo Gesten und Blicke ganze Sätze ersetzen konnten.

In Kate stieg eine fürchterliche Sehnsucht auf. Sie war neunundzwanzig Jahre alt und hatte das Gefühl, dass sie eine der grundlegendsten Freuden des Lebens verpasste. Ihr hatte noch nie ein Mann gesagt, dass er sie liebte, und es auch gemeint. Sie wusste nicht, wie es war, einen echten Partner zu haben, einen besten Freund, jemanden, der an ihrer Seite war, egal, was passierte. Immerhin hatte sie einen Sohn, den sie anbetete, und eine Familie, von der sie unterstützt wurde. Dafür war sie dankbar und beinahe etwas beschämt, dass sie sich nach mehr sehnte, sich wünschte, dass die Dinge anders wären.

Denn manchmal, wenn sie ein glückliches Pärchen sah, das sich umarmte, sich ineinander verlor, fühlte sie den tiefen Stachel der Einsamkeit. Verliebt zu sein sah so einfach aus. Dennoch war es ihr noch nie passiert.

Vor langer Zeit hatte sie von ganzem Herzen geglaubt,

dass sie und Nathan ineinander verliebt waren. Zu spät hatte sie herausgefunden, dass das, was sie miteinander hatten, auf keiner festen Basis stand. Im Angesicht ihrer Schwangerschaft war ihre Beziehung zerbrochen, waren sie auseinandergetrieben wie zwei Eisschollen in der Antarktis.

Als sie den Einkaufswagen leerte, fühlte sie, wie der John-Deere-Kerl sie beobachtete. Sie war sich sicher, konnte die blitzenden Augen hinter der Sonnenbrille spüren. Er stand zwei Kassen entfernt und hatte ihr den Rücken zugewandt, aber sie wusste verdammt gut, dass er sie noch eine Sekunde zuvor angeschaut hatte. Sehr wahrscheinlich wollte er gucken, ob sie Essensgutscheine benutzte.

Das geht dich gar nichts an, dachte sie. Und du hast doch eine Vokuhila-Frisur. Sie starrte auf seine breiten Schultern.

Am Ende des Laufbands packte sie alles wieder in den Wagen, schaute zur Kasse und schluckte in Anbetracht der Summe. Nun ja, neu anzufangen brauchte etwas Startkapital. Sie zog ihre Kreditkarte durch die Maschine und bekam eine Fehlermeldung. Großartig, dachte sie und zog die Karte noch einmal durch. „Bitte wenden Sie sich an den Kassierer", leuchtete eine Nachricht auf.

„Ich fürchte, meine Karte funktioniert nicht", sagte sie und reichte ihre Karte über das Laufband.

Die Kassiererin nahm sie und tippte die Nummer per Hand ein. „Es tut mir leid, Ma'am, die Karte ist zurückgewiesen worden."

Zurückgewiesen. Kates Magen zog sich zusammen, aber sie suchte und fand noch ein Lächeln. „Ich schreibe Ihnen einen Scheck", sagte sie und zog ihr Scheckbuch hervor.

„Wir können leider nur Schecks von örtlichen Banken annehmen", sagte die Kassiererin entschuldigend.

Kate warf einen Blick auf das Pärchen hinter ihr. „Dann bezahle ich eben in bar", fluchte sie unterdrückt. „Sie nehmen doch Bargeld?"

„Hast du denn genug?“, fragte Aaron. Seine Stimme tönte durch den ganzen Supermarkt; Kate wusste, dass der Holzfällertyp sie hören konnte.

Sie kräuselte die Lippen und kramte vier Zwanzig-, einen Zehn- und vier Eindollarscheine und dreiunddreißig Cent hervor. Das war alles, was sie an Bargeld dabeihatte. Sie schaute noch einmal auf die Anzeige der Kasse. „Guck mal in deinen Taschen, Aaron“, bat sie ihren Sohn. „Mir fehlen zwei Dollar und neun Cents.“

Ich hasse es! dachte sie, während Aaron in seinen Taschen suchte. Ich hasse es.

Sie behielt ihr Lächeln bei, wenn auch mit zusammengebissenen Zähnen, und vermied jeglichen Blickkontakt mit der Kassiererin und dem Pärchen hinter ihr.

„Ich habe einen Quarter und einen Penny“, tat Aaron kund. „Das ist alles.“ Er reichte ihr das Geld.

„Dann muss ich was zurücklegen.“ Kate wünschte, im Erdboden verschwinden zu können. „Es tut mir leid“, sagte sie an das ältere Pärchen gewandt. Sie streckte die Hand nach der Tüte Cheetos aus, ihrer gemeinsamen Lieblingssünde.

„Nicht die Cheetos! Alles, aber nicht die Cheetos“, flüsterte Aaron durch ebenfalls zusammengebissene Zähne.

„Lassen Sie nur“, sagte eine Stimme hinter ihr. „Ich mach das schon.“

Bevor Kate ihn anschaute, wusste sie, wer es war. Der Vokuhila-Mann, der zu ihrer Rettung eilte.

Sie atmete tief durch und drehte sich zu ihm um. *Gehen Sie bitte,* wollte sie sagen, *ich brauche Sie nicht.* Stattdessen sagte sie: „Danke, aber das ist nicht nötig …“

„Kein Problem.“ Er reichte der Kassiererin zwei Dollar und ging dann mit seiner Einkaufstüte im Arm durch die Tür nach draußen.

„Hey, danke!“, rief Aaron ihm nach.

Der Mann drehte sich nicht um, tippte sich aber mit der

Hand an den Schirm seiner Mütze, bevor er auf den Parkplatz trat.

Gründlich in Verlegenheit gebracht, packte Kate ihre Lebensmittel in Tüten und stellte diese wieder in den Einkaufswagen. Dann beeilte sie sich, den Supermarkt zu verlassen, und hoffte, den Mann noch zu erwischen, bevor er abfuhr. Sie entdeckte ihn in einem grünen Pick-up, der gerade den Parkplatz verließ.

„Das war nett von ihm, oder?“, sagte Aaron.

„Hm.“

„Du hast vergessen, dich bei ihm zu bedanken.“

„Ich habe es nicht vergessen. Ich war ... ich war nur so überrascht, und dann war er auch schon weg, bevor ich was sagen konnte.“

„Du warst nicht überrascht“, widersprach Aaron. „Du warst total verlegen.“

Sie öffnete den Mund, aber dann ließ sie die Schultern sacken. „Das war total peinlich“, gab sie zu und schenkte ihrem Sohn ein Lächeln. „Ich hätte das nicht sagen sollen. Ich sollte sagen, wie selten und wunderbar es ist, Hilfe von Fremden zu bekommen.“

„Selten und wunderbar und total peinlich“, grinste er.

„Hilf mir lieber, die Lebensmittel zu verstauen, Quatschkopf! Mal sehen, ob wir es zum Haus schaffen, bevor das Eis geschmolzen ist.“

3. KAPITEL

Kates Jeep Cherokee hatte auch schon bessere Tage gesehen, aber er war das perfekte Auto für den See: robust genug, um es mit den ungeteerten Straßen und Schotterwegen aufzunehmen, die sich durch die Berge und den Wald der Olympic-Halbinsel wanden. Bandit begrüßte sie, als ob sie ein Jahr fort gewesen wären, nieste immer wieder und klopfte wie wild mit dem Schwanz auf den Sitz.

„Und jetzt auf zum See", sagte Kate fröhlich. „Wir haben das Haus ganz für uns alleine. Wie findest du das?"

Aaron schnallte sich abwesend an und reagierte auch kaum auf Bandits feuchte Küsse. Kate fiel auf, dass sie wohl das Falsche gesagt hatte.

„Es wird ein ganz toller Sommer", versicherte sie ihm.

„Bestimmt", erwiderte er ohne großen Enthusiasmus.

Sie konnte die Anspannung in seiner Stimme hören. Auch wenn sie es nicht laut aussprechen würde, verspürte sie doch tief im Inneren genau das gleiche Gefühl.

„Sie haben dich meinetwegen gefeuert, oder?", fragte Aaron mit verstörender Einsicht.

„Nein. Mir ist gekündigt worden, weil Sylvia ein unflexibler Stock von einem Menschen ist, die echtes Talent sowieso nie zu würdigen wusste. Termine und Bilanzen, das ist alles, was sie interessiert." Kate unterbrach sich selbst. Es gab keinen Grund, bei Aaron Luft abzulassen. Er wusste sowieso schon, dass sie wütend war. Besonders schmerzlich war es, dass Kate von Sylvia Latham, der Herausgeberin, entlassen worden war. Wie Kate war auch Sylvia eine alleinerziehende Mutter. Aber anders als Kate war sie die perfekte alleinerziehende Mutter mit zwei perfekten Kindern. Und weil dem so war, ging sie davon aus, dass auch jeder andere in der Lage sein sollte, Kinder und Karriere so elegant unter einen Hut zu kriegen wie sie.

Kate zog den Kopf ein wenig ein und verbarg ihren Gesichtsausdruck. Aaron verstand viel mehr, als die Leute gemeinhin von ihm dachten. Er wusste genauso gut wie jedes andere Kind, dass heutzutage alleinerziehende Mütter oft wegen ihrer Kinder nicht zur Arbeit gehen konnten. Warum verstand Sylvia das nur nicht? Weil sie das perfekte Kindermädchen für ihre perfekten Kinder hatte. Bis zum letzten Jahr hatten Aarons Oma und manchmal auch seine Tante auf ihn aufgepasst, wenn er krank war und nicht zur Schule konnte. Aber nachdem sie nun ans andere Ende des Landes gezogen waren, hatte Kate es ganz alleine schaffen müssen. Und versagt. Kläglich und unmissverständlich versagt.

„Ich muss eben noch die Bank anrufen und herausfinden, was mit meiner Kreditkarte nicht stimmt", sagte sie und holte ihr Handy hervor. „Am See haben wir keinen Empfang."

„Laaangweilig", kommentierte Aaron und sackte im Sitz zusammen.

„Da hast du recht, Kumpel." Sie wählte die Nummer von der Rückseite ihrer Karte. Nachdem sie sich alle Optionen angehört hatte – „weil unsere Menüpunkte kürzlich verändert wurden", wie die Automatenstimme ihr mitteilte –, musste sie eine absurde Kombination verschiedener Nummern eintippen, nur um zu erfahren, dass die Bank aufgrund der Zeitverschiebung bereits geschlossen hatte. „Alles okay", versicherte sie Aaron. „Ich kläre das später." Sie lehnte den Kopf gegen die Kopfstütze und atmete tief durch. „Oh, ich muss ja auch noch Georgie anrufen!"

Alle fünf Enkelkinder – die vier von Phil und Barbara plus Aaron – nannten Kates Mutter Georgie, manchmal sogar Georgie Girl.

„Mach's nicht so lang", sagte Aaron. *„Bitte."*

Kate tippte die noch unvertraute neue Nummer ein und wartete auf das Freizeichen. Eine Männerstimme antwortete.

„Hier ist Clinton Dow." Georgies neuer Mann meldete sich immer mit vollendeter Höflichkeit.

„Und hier ist Katherine Elise Livingston", zog sie ihn ein wenig auf.

„Kate!" Sie konnte das Lächeln in seiner Stimme hören. „Wie geht es dir?"

„Ausgezeichnet. Wir sind in Port Angeles und gerade auf dem Sprung zum See."

„Das klingt nach einem großen Abenteuer", sagte er fröhlich. Man hätte nie vermutet, dass er ihre Mutter noch letztes Jahr gedrängt hatte, das Sommerhaus zu verkaufen. Es wäre nichts weiter als eine große, leere Verbindlichkeit, hatte er gesagt, die ihren Nutzen für die Familie schon längst überlebt hatte. Mit dieser Aussage hatte er beinahe die Zuneigung seiner neu erworbenen beiden Stiefkinder verloren. Das Haus am See gehörte schon seit den Zwanzigerjahren zu den Livingstons – viel länger also als ein verwitweter und einmal geschiedener Buchprüfer.

„Wir werden das Sommerhaus nie verkaufen!", hatte Phil bestimmt. „Niemals! Ende der Diskussion." Es war Phil egal gewesen, dass er quer durchs Land nach New York gezogen war und nicht mehr so oft zum Haus kommen konnte. Für ihn, Kate und die Kinder bedeutete das Haus am See alles, was am Sommer magisch und besonders war. Es zu verkaufen wäre ein Sakrileg.

„Ich hole eben deine Mutter", sagte Clint. „Schön, mit dir gesprochen zu haben."

Während sie wartete, fuhr Kate den Jeep an den Rand des Parkplatzes, sodass sie über den Hafen schauen konnte. Sie hatte schon hunderte Male an dieser Stelle gestanden und den Blick genossen. Sie bekam einfach nie genug davon. Port Angeles war eine seltsame Stadt: ein bunter Haufen von billigen Motels und Diners, malerischen Bed and Breakfasts, Fußgängerzonen und holprigem Asphalt, teuren Restaurants und Läden am Wasser. Ein paar Mal am Tag schleppte die Fähre ihren vollgestopften Rumpf über die Juan-de-Fuca-Straße nach Victoria. Die Autofahrer standen teilweise stundenlang Schlange, um einen Platz an Bord zu ergattern.

„Du bist also auf dem Weg in die Wildnis", unterbrach ihre Mutter fröhlich Kates Gedanken.

„Ja, nur wir beide", antwortete Kate.

„Ich wünschte, du hättest Aaron für den Sommer zu uns gebracht", sagte Georgina. „Wir sind nur eine Stunde Autofahrt von Disney World entfernt."

„Was genau der Grund ist, warum ich ihn nicht zu euch gebracht habe", erwiderte Kate. „Ich bin nicht so ein Disney-Fan."

„Und Aaron?"

„Oh, der würde es lieben", gab sie zu. „Er würde auch euch gerne wiedersehen." Sie schaute zu, wie ihr Sohn in den Einkaufstüten nach was zu essen suchte. Er fand die Papiertüte mit den Kirschen und machte sich daran, herauszufinden, wie weit er die Kerne aus dem Fenster spucken konnte. Bandit, der erstaunlich gute Manieren zeigte, wenn seine Menschen aßen, beobachtete ihn mit zurückhaltender, aber dennoch intensiver Konzentration. „Wir möchten diesen Sommer einfach gerne hier verbringen", rief sie ihrer Mutter ins Gedächtnis zurück. „Das ist genau der Ort, wo wir sein sollten."

„Wenn du das sagst." Georgina hatte das Haus am See nie so sehr geliebt wie der Rest der Livingstons, auch wenn sie ihrem verstorbenen Ehemann und den Kindern zuliebe immer gute Miene zum bösen Spiel gemacht und die Sommer hier verbracht hatte. Jetzt, da sie endlich neu verheiratet war, war sie mehr als glücklich, in Florida bleiben zu können.

„Ja, das sage ich", erklärte Kate. „Ich kann endlich etwas Zeit mit meinem Sohn verbringen. Und ich will herausfinden, was ich einmal werden möchte, wenn ich groß bin."

„Ihr werdet euch gegenseitig in den Wahnsinn treiben", prophezeite Georgina.

Kate dachte an das neue Zuhause ihrer Mutter, ein luxuriöses Appartement an einem Golfplatz in Florida. *Das* würde sie in den Wahnsinn treiben.

Sie ließ Aaron noch kurz mit seiner Großmutter sprechen und rief dann Phil an. Sie erreichte aber nur seinen Anrufbeantworter, auf dem sie eine Nachricht hinterließ. „Okay", seufzte sie. „Jetzt haben wir uns bei allen gemeldet, die wichtig sind."

„Das sind ja nicht sonderlich viele."

„Es geht nicht um die Anzahl der Menschen, sondern darum, wie viel sie einem bedeuten", bemerkte Kate. Bei dem Gedanken daran, wie sehr sie ihren Bruder und seine Familie diesen Sommer vermissen würde, wurde sie ganz wehmütig. Sie zeigte es jedoch nicht. Sie wollte, dass Aaron glaubte, den Sommer seines Lebens vor sich zu haben. Manchmal würde sie alles dafür geben, eine Schulter zum Ausweinen zu haben, aber sie würde niemals erlauben, dass ihr Sohn diese Rolle einnahm. Sie hatte andere Single-Mütter gesehen, die sich zur emotionalen Unterstützung auf ihre Kinder verließen, und sie fand das nicht fair. Das war nun wirklich nicht die Aufgabe von Kindern.

Letztes Jahr hatte sie einen Lifecoach konsultiert, der sie beraten hatte, wie sie ihr eigener Partner bei der Erziehung von Aaron und in ihrem Leben sein konnte. Er hatte ihr geraten, sich langen, ausführlichen Unterhaltungen mit sich selber hinzugeben. Es hatte nicht geholfen, aber wenigstens hatte sie sich mit jemandem unterhalten, den sie mochte.

„Bereit?", fragte sie ihren Sohn, als sie das Telefon wegpackte. Sie lenkte den Jeep vom Parkplatz und fuhr auf den Highway 101 Richtung Westen. Die Douglastannen und Zedern wuchsen immer dichter, je weiter sie auf der Halbinsel vorrückten. Über sechzig Meter erhoben sich die moosbewachsenen Stämme über der zweispurigen Straße und erzeugten einen mystischen, kathedralenähnlichen Effekt, der Kate jedes Mal aufs Neue verzauberte. Die Nachmittagssonne glühte über ihnen und malte rotgoldene Muster auf die Straße.

Diese Straße entlangzufahren ließ in ihr das Gefühl wachsen, eine ganz neue Welt zu betreten. Dies war ein so abgelegener Ort, wo die Stille so breit und tief war wie die urtümlichen Wälder, die den See umgaben. Dank der Umsicht der Parkverwaltung hatte sich das Land hier nicht verändert. Aaron erlebte alles so, wie sie und Phil es als Kinder erlebt hatten und ihr Vater und Großvater vor ihnen. Sie erinnerte sich daran, auf dem Rücksitz des Kombis ihres Vaters zu sitzen, das Fenster heruntergerollt, die kalte Brise des Windes auf dem Gesicht und den fruchtbaren Geruch von Moos und Zedern in der Nase.

Ihr Bruder Phil war vier Jahre älter als sie und hatte damals die Gabe, sie so lange zu ärgern, bis sie weinte. Sie hatte ihm schon vor langer Zeit all die Torturen aus der Kindheit verziehen. Und wie von Zauberhand war ihr Bruder über die Jahre zu ihrem besten Freund geworden.

Fünf Meilen vom See entfernt fuhren sie über den letzten Hügel, auf dem man noch Handyempfang hatte, und zwar auf den Parkplatz von Grammy's Café, wo man den besten Brombeerkuchen der Welt machte.

Am Straßenrand sah sie einen grünen Pick-up stehen. Sie fuhr langsam daran vorbei und sah, dass der Fahrer vornübergebeugt auf der Beifahrerseite stand. Vermutlich wechselte er einen Reifen.

Es war Mr John Deere. Der sie im Supermarkt ausgelöst hatte.

Sie trat auf die Bremse, legte den Rückwärtsgang ein und fuhr ebenfalls an den Straßenrand. Sie hatte keine Ahnung, wie man einen Reifen wechselte, und sehr wahrscheinlich brauchte oder wollte er auch keine Hilfe, aber sie hielt trotzdem an. Denn ob es ihr gefiel oder nicht, sie war ihm was schuldig.

„Was machst du?", fragte Aaron.

„Bleib im Wagen!", befahl sie. „Und lass auf keinen Fall Bandit raus." Sie stieg aus und ging zum Pick-up.

Hier, inmitten des Waldes, sah er noch interessanter aus als im Supermarkt. Ein Mann in seinem Element. Plötzlich fühlte Kate sich verletzlich. Das hier war ein einsamer Straßenabschnitt, und wenn er auf die Idee kommen sollte, sie anzumachen, hatte sie ein Problem. Ihr Bruder beschuldigte sie oft, zu naiv und vertrauensvoll zu sein, aber sie konnte nicht anders. Sie vertraute den Menschen und war selten enttäuscht worden.

„Bleiben Sie weg!", rief er ihr zu, ohne von dem aufzusehen, was er tat. „Ich habe hier ein verletztes Tier."

Definitiv keine Anmache.

Sie sah einen halbwüchsigen Waschbär auf der Seite liegen, der heftig strampelte und ein fürchterliches Geräusch von sich gab. Mit einem Paar Waldarbeiterhandschuhen versehen, versuchte der Mann, die zischende, kratzende Kreatur in einen Leinensack zu stecken, aber der Waschbär war damit offensichtlich überhaupt nicht einverstanden.

Obwohl sie ihn gebeten hatte, im Auto zu bleiben, stieg Aaron aus. Bandit jaulte im Jeep.

Kate packte Aarons Schulter und hielt ihn an ihrer Seite fest. „Können wir irgendwie helfen?"

„Das ist … verdammt!" Der Mann sprang zurück und untersuchte seine behandschuhte Hand.

„Hat er Sie gebissen?", fragte Kate.

„Er hat's versucht."

„Haben Sie ihn angefahren?", wollte Aaron wissen. Sein Kinn zitterte. Er hasste es, wenn Tiere verletzt wurden.

„Nein. Ich habe ihn so gefunden", erwiderte der Mann.

Er hob das erste Mal den Blick von dem verletzten Waschbären und sah die beiden an. Die Sonnenbrille verbarg seine Reaktion, aber sie sah, dass er sie aus dem Supermarkt erkannte. Irgendetwas – ein kaum spürbares Anspannen seines Körpers – reagierte auf sie.

„Wird er sterben?", fragte Aaron.

„Ich hoffe nicht. In Port Angeles ist eine Wildtierrettungsstation. Wenn wir es schaffen, ihn dahin zu bringen, bin ich mir ziemlich sicher, dass sie ihn retten können."

„Wie kann er sich denn noch so heftig wehren?", wunderte Kate sich. „Er ist halb tot."

„Das sieht nur so aus. Und außerdem ist der Überlebensinstinkt sehr mächtig, wenn er sich bedroht fühlt."

„Hey", sagte Aaron und wühlte im Heck des Jeeps herum. „Sie können unsere Kühlbox haben."

Kate half ihm, die 40-Liter-Box auszuleeren, die genug Platz für einen noch nicht ganz ausgewachsenen Waschbären bot. Gemeinsam trugen sie die Kühlbox und stellten sie umgekehrt auf den Waschbären. Er krabbelte darunter herum, aber der Mann schaffte es, den Deckel unter Kühlbox und Waschbär zu schieben. Langsam und vorsichtig drehten sie zu dritt die Kühlbox um, bis sie wieder richtig herum stand, dann schlossen sie den Deckel.

„Wird er darin ersticken?", sorgte sich Aaron.

Kate öffnete den Ablaufhahn. „Für das kurze Stück wird es gehen."

Der Mann lud die Kühlbox in seinen Pick-up. Die Ladefläche war übersät mit Werkzeug, Dosen mit Schiffslack und einer Kettensäge. Hinter dem Fahrersitz gab es einen Gewehrständer, in dem statt Waffen, Angeln und ein Kaffeebecher steckten. Als der Mann sich umdrehte, erhaschte Kate einen guten Blick auf sein Gesicht. Sogar mit der Brille hatte er diese raue Männlichkeit, die ihr die Knie weich werden ließ – starke Gesichtszüge, ein wie gemeißelter Mund, der Fünfuhrschatten auf den Wangen. Oh Kate, dachte sie, du bist wirklich armselig.

„Danke", sagte er.

Aaron richtete sich auf die unbewusste Weise auf, wie er es immer tat, wenn ein Mann in der Nähe war. Kate zerzauste seine Haare. „Ich freu mich, dass wir helfen konnten."

„Wohnen Sie hier in der Nähe?", fragte der Fremde. „Kann ich Ihnen die Kühlbox vorbeibringen, wenn ich fertig bin?"

Kate spürte ein leichtes Zögern in sich. Es war nie eine gute Idee, einem Fremden zu sagen, wo man wohnte. Vor allem wenn es sich um ein abgeschiedenes Haus am See handelte, wo niemand einen hören konnte.

„Ich wohne im Haus der Schroeders", sagte er, als ob er ihre Gedanken lesen könnte. „Das steht am Lake Crescent."

Das Schroeder-Haus. Als sie klein war, hatte sie mit Sammy und Sally Schroeder gespielt. Und hatte Mable Claire Newman diesen Mann nicht erwähnt? Hatte sie. „*Warte nur, bis du ihn siehst*", das waren ihre Worte gewesen. Außerdem hat der Mann gerade einen Waschbären gerettet, dachte Kate. Wie schlecht konnte er da wohl sein?

„Wir wohnen nur eine Viertelmeile die Straße runter", erklärte sie ihm. „Ich bin Kate Livingston, und das ist mein Sohn Aaron."

„Schön, euch kennenzulernen. Verzeihen Sie, dass ich Ihnen nicht die Hand gebe, aber ich habe gerade ein Wildtier angefasst."

Aus irgendeinem Grund fand Kate das lustig und kicherte wie ein Schulmädchen. Mit viel Mühe gelang es ihr, sich wieder zusammenzureißen. „Dann sind Sie also einer der Schroeders?", fragte sie.

„Nein, ich bin ein Freund der Familie", erwiderte er. „JD Harris."

„JD?", wiederholte Aaron.

„Für dich Mr Harris“, berichtigte ihn Kate.

„Jeder nennt mich JD, Aaron eingeschlossen“, widersprach der Mann.

Aaron stand noch ein bisschen aufrechter und reckte die Schultern. Kate starrte JD Harris weiter an. Da war etwas ... es war verrückt, aber sie war sicher, dass er sie hinter den dunklen Gläsern der Sonnenbrille einer eingehenden Musterung unterzog und vielleicht sogar mochte, was er da sah. Und anstatt davon beleidigt zu sein, verspürte sie einen Anflug von gegenseitigem Interesse.

„Ich mach mich mal besser auf den Weg“, sagte er und drehte sich um. „Ich bringe Ihnen die Kühlbox später vorbei.“

Na und? dachte Kate, als sie den ersten Gang im Jeep einlegte und den Wagen wieder auf die Straße lenkte, vielleicht habe ich ihn falsch interpretiert. Und wenn schon! Sein Bild ging ihr nicht aus dem Kopf, als sie die Fahrt in Richtung Westen fortsetzte. Er faszinierte sie. Sogar die Sonnenbrille verlieh ihm eine unerwartete Sexiness, die sie an ihren geheimsten aller geheimen Traummänner erinnerte: Johnny Depp.

Reiß dich zusammen! befahl sie sich. Er war sehr wahrscheinlich mit Frau und Kindern hier. Das wäre sogar sehr schön, denn er hätte bestimmt großartige Kinder, mit denen Aaron spielen könnte.

Ihr Sohn kniete rückwärts auf dem Sitz und schaute dem grünen Pick-up nach, der in die andere Richtung davonfuhr. „Meinst du wirklich, dass der Waschbär überleben wird?“

„Er wirkte sehr lebendig“, antwortete Kate.

Am östlichen Ende des Sees verengte sich die Straße. Die Gemeinde am See war in der Vergangenheit gefangen. Vor Jahrzehnten hatte Präsident Roosevelt den Lake Crescent und seine Umgebung zum Nationalerbe erklärt und als Nationalpark ausgewiesen. Nur die wenigen, die hier bereits lebten, durften ihre Grundstücke behalten; die Umbau- und Renovierungsmaßnahmen an den Gebäuden unterlagen strengen Vorgaben. Die malerischen Häuschen und Cottages und die hier und da ins Wasser ragenden Bootsstege unterstrichen mit einem Hauch von Exklusivität die Besonderheit dieses Sommerortes. Hier schien die Zeit stehen geblieben zu sein.

Die Familien am See blieben meist für sich. Mable Claire Newmans Hausverwaltung kümmerte sich um die Häuser, inklusive das der Livingstons.

Kate bog von der schmalen Straße ab und fuhr zwischen zwei riesigen Fichten durch. Aaron sprang aus dem Wagen, um die quer über der Einfahrt gespannte Kette zu lösen. Ganz aufgeregt, endlich hier zu sein, sprang Bandit ihm hinterher.

Sogar dieses kleine Ritual war Teil der Familientradition. Die Kette wurde immer vom ältesten Kind im ersten Auto geöffnet. Dieses Kind hatte bereits den alten, stumpfen Schlüssel in der einen und eine Dose WD-40 in der anderen Hand, weil das Schloss über den feuchten, dunklen Winter unvermeidlich eingerostet war. Aaron öffnete das Schloss und ließ die dicke Eisenkette auf die Kiesauffahrt fallen. Dann trat er einen Schritt zur Seite und ließ seine Mutter mit einer altmodischen Verbeugung passieren.

Kate hob den Daumen und fuhr vor. Nun war der Sommer offiziell eröffnet.

Den Hund dicht auf den Fersen, rannte Aaron die Einfahrt hinunter. Sie war mit Pinienzapfen und Ästen bedeckt, die in den Winterstürmen abgebrochen waren. Als das Grundstück in Sicht kam, verspürte Kate ein erwartungsvolles Gefühl, das ihr aus ihrer Kindheit vertraut war. Ein mit Farnen bedeckter Hain, von denen einige die Größe von VW Käfern hatten, füllte den Waldboden an der Einfahrt. Mit den durch die Blätter fallenden Sonnenstrahlen sah er aus wie eine magische Gartenlaube. Kates Großmutter hatte ihr immer erzählt, dass dort Feen lebten, und Kate hatte ihr geglaubt.

Ein bisschen glaube ich es heute immer noch, dachte sie, während sie beobachtete, wie ihr Sohn und der Hund einen kleinen Freudentanz aufführten.

Die Einfahrt wurde breiter, und die Bäume zogen sich zurück und ließen das Sonnenlicht durch. Und vor ihr, wie ein Edelstein auf einem Stück smaragdgrüner Seide, stand das Haus.

Sie liebte es, wie das Seegrundstück sich erst nach und nach in seiner vollen Pracht zeigte. Es hatte so viele schöne Winkel, von dem mit Moos bewachsenen Gartenhäuschen bis zu dem Bootshaus, in dem nicht nur ein Boot lagerte, sondern auch noch Selbstgebrannter aus der Zeit der Prohibition. Wie immer war das Wasser des Sees von erstaunlicher Klarheit, und das Trinkwasser im Haus war schon immer direkt aus ihm bezogen worden.

Vor ihrer Ankunft war der Rasen gemäht worden. Mit seinen halb geschlossenen Jalousien sah das Haus aus, als wenn es gerade aus dem Winterschlaf erwachte. Über dem obersten Fenster stand die Zahl 1921, um an das Jahr zu erinnern, in dem das Haus gebaut worden war.

Godfrey James Livingston, ein Einwanderer, der mit Holzhandel ein Vermögen gemacht hatte, hatte das Haus am See in Auftrag gegeben. Seine Fassade aus Holz und Flusssteinen verlief leicht gebogen am Ufer entlang, als wollte es den einzigartigen Blick über den lang gestreckten See mit den sich aus seinen Tiefen erhebenden Bergen umarmen. Die umlaufende Veranda bot einen spektakulären Ausblick über den See.

Godfreys Sohn Walden war Kates Großvater gewesen. Er war eine gute Seele; allerdings hatte er fast das ganze Familienvermögen innerhalb einer Generation durchgebracht.

Hauptsächlich weil er sich schon zum Naturschützer berufen fühlte, als dieses Wort noch niemand kannte. Schon in den Dreißigerjahren kämpfte Kates Großvater darum, die Wälder zu beschützen. Später, während des Zweiten Weltkriegs, diente er als Sanitäter und bekam einen Bronze Star verliehen, die höchste militärische Auszeichnung der Vereinigten Staaten. Mit dem neu erworbenen Ruf eines Helden erschien er später vor dem Kongress, um seine Forderung nach Begrenzungen für das Schlagen von Bäumen in staatlichen Wäldern vorzutragen. In den Fünfzigerjahren dann wurde er von seinen Feinden als Kommunist denunziert.

Eine Dekade später kam endlich seine große Zeit. Die Blumenkinder der Sechzigerjahre nahmen ihn mit offenen Armen auf. Er und seine Frau Charla, eine unbedeutende Hollywood-Schauspielerin, die einmal eine kleine Rolle in einem Marlon-Brando-Film gehabt hatte, protestierten Seite an Seite mit Hippies und Anarchisten gegen die Zerstörung der Umwelt. Zur akuten Beschämung ihrer erwachsenen Kinder nahmen sie auch an Woodstock teil und rauchten Pot. Walden wurde ein Volksheld, und er schrieb ein Buch über seine Erfahrungen.

Charla starb, als Kate ein kleines Mädchen war, und ihr Großvater zog zu ihrer Familie. Sie liebte den alten Mann ohne Vorbehalte und verbrachte Stunden damit, bei ihm zu sitzen und auf ihre kindliche Art auf ihn einzuplappern. Sie zweifelte nie daran, dass er gebannt an ihren Lippen hing.

Mit einer Geduld, die man nur als heilig bezeichnen konnte, hörte er zu, wenn sie die gesamte Geschichte von Schweinchen Wilbur und seinen Freunden nacherzählte oder jedes Ausstellungsstück von der Schulmesse in allen Einzelheiten beschrieb. Später, als sie schon Teenager war, war es Großvater Walden, der sich jeden Montagmorgen ihre Erzählungen von Footballspielen, Partys und Verabredungen des Wochenendes anhörte. Ihr Großvater war der Hüter all ihrer Geheimnisse und Träume. Er war der Erste, dem sie ihr ehrgeiziges Ziel gestand, eine berühmte internationale Reporterin zu werden. Er war auch der Erste, der erfuhr, dass sie in das Begabtenprogramm der University of Washington aufgenommen worden war. Und ihm beichtete sie zuerst, was ihre Zukunft für immer verändern würde: „Ich bin schwanger, und Nathan will, dass ich es wegmache."

„Zum Teufel mit Nathan!" Der alte Mann, der damals bereits an den Rollstuhl gefesselt war, winkte lebhaft ab. „Was willst *du*?"

Ihre Hände rutschten unbewusst zu ihrem noch flachen Bauch. „Ich will dieses Baby."

In seinen Augen hinter der Brille blitzte es auf. „Ich liebe dich, Katie. Ich werde dir helfen, wo ich nur kann."

Damit gab er ihr das Wertvollste, was es in diesem Moment gab – seine aus vollem Herzen kommende, nicht verurteilende Zustimmung. Das bedeutete ihr mehr als alles andere. Ihre Eltern unterstützten sie natürlich auch; das war wohl die Rolle, die sie glaubten, spielen zu müssen. Aber ab und zu spürte Kate ihre Frustration. *Wir haben dich zu etwas anderem erzogen, als alleinerziehende Mutter zu werden.*

Nur ihr Großvater kannte die Wahrheit: dass es keine Karriere oder Berufung gab, die aufregender, fordernder oder lohnender war, als ein Kind aufzuziehen.

Sie liebte ihren Großvater für sein großes Herz und seinen offenen Geist. Für seine Leidenschaft und seine Ehrlichkeit. Sie liebte ihn dafür, dass er sie genauso akzeptierte, wie sie war, mit all ihren Fehlern. Im Laufe der Jahre hatte er ihr viele Ratschläge gegeben. Aber der, der ihr am meisten im Gedächtnis geblieben war, lautete: „Gib niemals auf!"

Sie wünschte, dass sie diesen Rat besser befolgt hätte, zumindest im Beruf. Sie hatte sich mit einem Job bei einer beliebten, aber vollkommen einflusslosen Zeitung zufriedengegeben, der ihr nicht viel abverlangte außer einer gewandten

Formulierung hier, einem guten Auge für die Mode da und der Fähigkeit, in schöner Regelmäßigkeit achtzehnhundert veröffentlichungswürdige Wörter zu produzieren.

Aber jetzt, entschied sie, als sie den Wagen in der Nähe der Hintertür abstellte, habe ich die Gelegenheit, herauszufinden, was ich wirklich tun will. Dieser Sommer war ihre Chance herauszufinden, welcher Job ihre Leidenschaft wecken könnte. Sie würde es für sich tun und im Andenken an ihren Großvater.

Sie schnappte sich die am nächsten stehende Einkaufstüte, sprang aus dem Jeep und schloss die Hintertür auf. Zumindest wollte sie sie aufschließen. Doch als sie den Schlüssel drehte, spürte sie keinen Widerstand.

Das ist seltsam, dachte sie. Sie öffnete die Tür und trat ein. Die Reinigungstruppe musste vergessen haben, hinter sich abzuschließen. Sie hatten auch das Radio angelassen, denn aus den Lautsprechern erklang Musik. Sie würde Mable Claire Newman darauf ansprechen. Hier in der Gegend gab es keine Verbrechen, aber das war kein Grund, sorglos zu sein.

Abgesehen von der nicht verschlossenen Tür hatten die Reinigungsleute einen hervorragenden Job gemacht. Die Pinienholzböden glänzten, und die ganzen Holzvertäfelungen und -verkleidungen hatten einen tiefen, öligen Schimmer. Die Fensterläden waren geöffnet worden und gaben den Blick auf das in der Sonne glitzernde Wasser frei.

Kate atmete den Duft nach Zitronenöl und Möbelpolitur ein und trat ans vordere Fenster. Jeder, der hierherkam, begrüßte das Haus auf seine Weise. Kate begann immer mit dem Inneren des Hauses, schaute nach, dass die Schubladen und Schränke alle in Ordnung und die Uhren gestellt waren, dass Herd und Ofen funktionierten, die Betten gelüftet waren und das heiße Wasser angestellt worden war. Erst danach würde sie nach draußen gehen, um jede Planke auf dem Steg zu berühren, den Rasen zu bewundern und eine Hand ins Wasser zu tauchen, um unter der eisigen Temperatur wohlig zu erzittern.

Aaron war direkt nach draußen gegangen, den Hund immer noch auf den Fersen. Er rannte an der Grenze des Grundstücks entlang, von den Brombeerbüschen auf der einen bis zu den Rohrkolben auf der andern Seite. Bandit rannte freudig hinterher.

Als sie auf den Steg hinausgelaufen kamen, biss Kate sich auf die Zunge und schluckte die dort liegende Warnung hinunter. Es würde Aaron nur ärgern, wenn sie ihm raten würde, vorsichtig zu sein. Außerdem musste sie ihn nicht bitten, sich vom Wasser fernzuhalten. Das würde er schon von ganz alleine tun. Weil er sich nämlich weigerte, schwimmen zu lernen.

Sie wusste nicht, warum. Er hatte nie einen Unfall mit dem Boot oder beim Schwimmen gehabt. Es machte ihm auch nichts aus, mit dem Boot hinauszufahren oder im flachen Wasser zu waten. Aber er ging nicht mit dem Kopf unter Wasser, egal wie.

Kate tat er leid. Je älter er wurde, desto mehr litt er unter seiner Phobie. Immer wenn einer der Jungen aus seiner Klasse seinen Geburtstag im Freibad feierte, entschuldigte Aaron sich mit Magenschmerzen. Als er dem Schwimmteam beitreten sollte, hatte er das entsprechende Formular verschwinden lassen. Letzten Sommer hatte er Stunden damit verbracht, am Ende des Stegs zu sitzen, während seine Cousins und Cousinen – sogar Isaac und Muriel, die jünger waren als er – sich mit Begeisterung ins Wasser geworfen und endlos im See gespielt hatten. Aaron hatte ihnen wehmütig zugeschaut, aber die Sehnsucht, es ihnen gleichzutun, war nicht groß genug, um ihn zu motivieren, es mit dem Schwimmen noch mal zu versuchen. Sie sah, dass er alles dafür gegeben hätte, auch ins Wasser zu gehen. Aber er konnte sich einfach nicht überwinden. Er musste sich damit zufriedengeben, auf dem Steg zu sitzen oder im Kajak herumzupaddeln.

Gib nicht auf! wollte sie ihm zurufen. Und wenn sie diesen Sommer nichts anderes täte – sie würde Aaron helfen, schwimmen zu lernen. Wenn er seine Angst überwinden könnte, würde ihm das eine Welt voller neuer Möglichkeiten eröffnen. Und Kate wollte ihm zeigen, dass er sich niemals mit weniger als seinen Träumen zufriedengeben musste.

Da. Der Gedanke drängte sich an die Oberfläche. Aaron hatte „Probleme". Wenn man seinen Lehrern, dem Schulpsychologen und dem Kinderarzt glaubte, zeigte er Anzeichen von ungenügender Wut- und Impulskontrolle. Eine ganze Anzahl von Tests hatten allerdings keine wie auch immer gearteten Aufmerksamkeits- oder Lernstörungen aufdecken können. Was Kate nicht überrascht hatte. Sie wusste, was Aaron wollte – einen Mann. Eine Vaterfigur. Das war kein Geheimnis. Er sagte es ihr immer wieder, ohne zu ahnen, dass jedes Mal, wenn er es erwähnte, er ihrem Herz einen kleinen Stich versetzte. „Du hast doch deinen Onkel Phil", sagte sie ihm immer. Und jetzt, wo Phil weggezogen war, hatte sich Aarons Verhalten in der Schule noch verschlimmert. Sie hatte im Zuge dessen einen Abgabetermin zu viel verpasst, eine Eltern-Lehrer-Konferenz zu viel besucht, und Sylvia hatte ihr gekündigt.

Ihre Kehle war mit einem Mal ganz eng vor ungeweinten Tränen. Wirklich, dachte sie, ich sollte dankbar sein, dass mein Sohn gesund ist, dass er seine Familie liebt und meistens ein großartiges Kind ist. Aber diese anderen Zeiten … Sie wusste oft nicht, wie sie damit umgehen sollte.

Vielleicht war das der Grund, wieso Eltern als Paar gedacht waren. Wenn einer seine Grenze erreichte, konnte der andere den Faden aufnehmen und weitermachen.

Zumindest dachte Kate das. Sie war sich nicht sicher, da sie bei der Erziehung von Aaron nie einen Partner gehabt hatte. Bei seiner Zeugung schon, aber danach war Nathan schneller verschwunden, als sie hatte „Bleib doch" sagen können.

Kate ging zum Auto und nahm zwei weitere Einkaufstüten heraus. „Wie wär's, wenn du mir hier ein bisschen hilfst?", rief sie Aaron zu.

Er sauste über den Rasen, das Gesicht hochrot. Er roch bereits nach neuen Blättern und frischer Luft. „Klar, bin schon da", sagte er.

In der Küche stellte Kate die Tüten auf die Arbeitsplatte aus geschrubbter Pinie. In der Spüle stand ein halb volles Glas Wasser. Sie schüttete es weg. Wahrscheinlich hatten die Putzleute es vergessen. Sie packte die Einkäufe in den Kühlschrank, öffnete dann das Gefrierfach und fand eine abgedeckte Plastikschüssel mit einer Gabel darin.

„Was zum …", fluchte Kate. Sie nahm die Schüssel heraus und warf sie direkt in den Müll. Gott allein wusste, wie lange sie schon da dringestanden hatte!

„Was ist das?", fragte Aaron.

„Nichts. Die Putzfrauen haben ein paar Dinge übersehen. Ich werde Mrs Newman wohl darauf ansprechen müssen." Sie verstaute die restlichen Lebensmittel und ließ Aaron draußen mit Bandit Stöckchen werfen spielen.

Dann nahm sie sich zwei Koffer und stieg die Treppe hinauf. Da sie und Aaron diesen Sommer alleine waren, entschied sie sich, das Hauptschlafzimmer zu nehmen. Es hatte ein großes Gaubenfenster mit einem wunderschönen Blick über den See, und man fühlte sich wie auf der Brücke eines Schiffs. Sie hatte dieses Zimmer noch nie bewohnt, weil sie nie die Älteste am See gewesen war. Dieses Zimmer war für Paare gedacht. Ihre Großeltern. Dann ihre Eltern. Dann Phil und Barbara. Nun ja, jetzt gehört es einen ganzen Sommer lang mir, dachte sie etwas trotzig.

Mit den beiden Koffern jonglierend, öffnete sie die Tür.

Noch etwas, was die Putzleute vergessen hatten – die Gardinen zu öffnen. Der Raum lag im Halbdunkeln und strahlte eine ungewohnte Düsterkeit aus.

Mit einem erschöpften Stirnrunzeln stellte Kate die Koffer hin. Ihre Augen hatten sich noch nicht an die Dunkelheit gewöhnt. Als sie sich wieder aufrichtete, sah sie einen sich bewegenden Schatten.

Der Schatten nahm eine menschliche Form an und kam auf sie zu.

Ein einziger Gedanke schoss Kate durch den Kopf: *Aaron*.

Und damit stürzte sie zur Tür hinaus und die Treppen hinunter.

4. KAPITEL

JD spürte die Augen der Frau auf sich gerichtet. Sein Puls ging schneller, als sie ihren Blick einen Augenblick zu lang auf ihm ruhen ließ.

„Sind das alle Angaben, die sie von mir brauchen?“, fragte er und schob das Formular über den Tresen.

„Ja, danke.“ Sie schenkte ihm ein Lächeln, das er nicht recht deuten konnte. In der letzten Zeit kam ihm jeder Blick, jedes Lächeln verdächtig vor. „Danke, Mr ...“, sie warf einen Blick auf das Formular. „Harris.“

Sie war noch jung. Hübsch, auf eine frische Collegemädchenart. Sehr wahrscheinlich jobbte sie den Sommer über in der Wildtierstation. „Darla T. – ehrenamtliche Helferin“, stand auf dem Schild an ihrer Brust.

Er hoffte, dass sie keine Informationen über ihn weitergab. Sogar hier, im entferntesten Winkel des Landes, war er paranoid. Sam hatte ihm versichert, dass er in Port Angeles all dem Trubel entkommen konnte, der nach dem *Vorfall* in sein Leben eingebrochen war. Vor allem wenn er sein Äußeres verändern und sich möglichst ruhig verhalten würde.

Seitdem er auf jede mögliche Art angesprochen worden war – auf Arten, die er sich niemals hätte vorstellen können –, war er vorsichtig geworden. Und an jenem Tag, als er im Pyjama den Müll rausbrachte und ein Paparazzo mit Kamera aus dem Container gesprungen kam, wusste JD, dass sein Leben nie wieder dasselbe sein würde. Diese Ahnung wurde bestätigt, als eine Frau sich selbst verletzte, nur um von ihm gerettet zu werden. Der Tag schließlich, an dem er ein „Top-Secret“-Paket erhielt, in dem sich der Prototyp einer Jordan-Donovan-Harris-Actionfigur befand, war der Tag, an dem er sein Entlassungsgesuch einreichte. Dann, in einer regnerischen Aprilnacht, bekam er einen Anruf. Ein Reporter, der ihn nach seiner Mutter fragte.

JD hatte daraufhin das Telefon aus der Wand gerissen. Es war schlimm genug, dass sie ihn verfolgten. Aber als sie sich wie ein Rudel hungriger Wölfe auf seine Mutter stürzten, war etwas in JD übergeschnappt.

Genug.

Wenn er sich weiterhin einem so großen allgemeinen Interesse stellen müsste, würde er so verrückt werden wie der Typ, dessen Bombe er aufgehalten hatte.

JD musste für eine Weile verschwinden, den Aufruhr verebben lassen. Wenn er erst einmal vom öffentlichen Radar verschwunden war, würde er sich heimlich wieder in sein Privatleben zurückschleichen können. Sam hatte ihm das Sommerhaus seiner Familie angeboten, ohne eine Gegenleistung dafür zu verlangen. Denn genau so ein Freund war er.

Bis jetzt hatte JDs Rückzug die erhoffte Wirkung. Seine Mutter Janet bekam die Hilfe, die sie brauchte, und hier, in diesem einsamen Landstrich, dreitausend Meilen von Washington, D. C., entfernt, schien ihn niemand zu erkennen. Auch wenn er sicher war, dem adretten Soldaten, der er mal gewesen war, nicht mehr im Entferntesten zu ähneln, hatte er trotzdem ab und zu seine Zweifel. Zum Beispiel wenn ein hübsches Mädchen ihn etwas länger anschaute. Dem Lächeln eines Fremden vertraute er nicht länger. Vielleicht hatte es eine Zeit gegeben, in der ein Mädchen ihn anlächelte, weil er ihr gefiel, aber das erschien ihm nun wie in einem anderen Leben. Jetzt waren ihm jeder freundliche Gruß, jede freundliche Geste oder Einladung suspekt. Die Menschen interessierten sich nicht länger dafür, wer *er* war – nur dafür, dass er den Präsidenten vor einem Selbstmordattentäter beschützt hatte.

Die Presse- und Überwachungskameras im Krankenhaus hatten jede Sekunde gefilmt. Das Drama dauerte nur ein paar Sekunden, aber als es vorbei war, war auch sein Leben vorbei – zumindest das Leben, das er gekannt hatte. Fernsehstationen auf der ganzen Welt zeigten die Bilder wieder und wieder, und noch heute konnte man sie sich im Internet anschauen. Die Presse hatte ihm sofort den Namen „*Amerikas Held*" verliehen, und demütigenderweise war er hängen geblieben.

„Ich habe zu danken", riss er sich aus den Gedanken und lächelte Darla an. Er nahm die Kühlbox in die Hand. „Es ist gut zu wissen, dass es hier in der Gegend so eine Rettungsstation gibt."

Sie nickte. „Wir können nicht alle retten, aber wir geben unser Bestes." Sie reichte ihm einen Flyer. „Wir können immer Freiwillige gebrauchen, alles zwischen acht und achtzig Jahren. Denken Sie mal darüber nach."

Mit der nun leeren Kühlbox in der Hand ging er zurück zu seinem Wagen. Sams Wagen. Er hatte sich alles von Sam geliehen – den Pick-up, das Ferienhaus, die Privatsphäre. JD warf noch einen Blick auf den Flyer und schob ihn dann in seine hintere Hosentasche. Er stieg ein, ließ den Motor an und überlegte, wo sich hier wohl die nächste Autowaschanlage befände. Er wollte die Box lieber reinigen, bevor er sie der Frau vorbeibrachte.

Als er vom Parkplatz fahren wollte, hörte er das hohe Fiepen einer Sirene. Er schaute die Straße entlang. Ein Krankenwagen fuhr in entschlossenem Tempo an ihm vorbei in Richtung Krankenhaus. Die Autos, die ihm Platz gemacht hatten, fuhren zurück auf die Straße; normale Menschen, die ihr normales Leben lebten. Anonymität war so eine einfache Sache; man betrachtete sie als garantiert. Bis sie einem weggenommen wurde.

JD verspürte ein vertrautes Gefühl, als der Krankenwagen an ihm vorbeifuhr. Das war genau das, was er jetzt eigentlich tun sollte. Helfen. Nicht sich wie ein Flüchtiger verstecken und verletzte Waschbären retten.

Natürlich, nachdem sein Gesicht erst einmal die Titelblätter aller wichtigen Magazine auf der ganzen Welt geziert hatte, war er bei Notfällen nicht mehr gut zu gebrauchen. Manchmal zog seine Anwesenheit mehr Gaffer und Reporter an als eine Massenkarambolage mit fünf Autos.

Er hatte keine Zeit gehabt, sich daran zu gewöhnen, jeglicher Privatsphäre beraubt zu werden. Er war aus einem künstlichen Koma erwacht und hatte festgestellt, dass er zum einen seine Verletzungen überleben würde und zum anderen sich alles in seinem Leben verändert hatte. Direkt nach dem Attentat hatte man sein Bild in zehnfacher Lebensgröße am Times Square aufgehängt. JD war derweil bewusstlos gewesen. „*Er kämpft um sein Leben*", schrieben die Zeitungen, auch wenn er natürlich gar nichts tat, schon gar nicht kämpfen. Er lag einfach nur da, während die Ärzte ihre Wunder wirkten.

Wenn er geahnt hätte, was draußen los war, welcher Wirbel um ihn gemacht wurde, hätte er vielleicht einfach noch ein bisschen länger geschlafen.

Aber das hatte er nicht. Und aus „*Jordan Donovan Harris – die Nation hält Nachtwache*" wurde „*Jordan Donovan Harris – der neue Held der Nation*". Es war verrückt, ein sich immer weiter steigernder Rausch. Die Presse nannte ihn immer mit allen drei Namen, wie sie es auch gern bei Massenmördern tat – John Wayne Gacy, Coral Eugene Watts, John Wilkes Booth – oder gar bei JDs eigenem Attentäter, Terence Lee Muldoon.

Niemand hatte den Angriff kommen sehen. Niemand hätte ihn kommen sehen können, was der Grund dafür war, dass Muldoon beinahe Erfolg gehabt hätte. Er war Mitglied des *Blue Light Commandos*, nahm an verdeckten Operationen teil. Und er war für seine Tapferkeit im Irak-Krieg ausgezeichnet worden.

Er hatte den perfekten Lebenslauf für einen Soldaten. „Er war ein ruhiger, bescheidener Mann, der gerne alleine war ..." Sagten das nicht immer alle über die Irren und die

Mörder? Niemand hat je gesagt: „Er war verrückter als ein Hamster im Käfig, und man konnte ihm nicht halb so weit trauen, wie man ihn werfen konnte."

Nein. Wie die meisten Verrückten wurde er als „ein hart arbeitender Mann" und „Vorzeigebürger" bezeichnet. Das Furchterregendste war jedoch: Als Muldoon seinen Plan in die Tat umsetzen wolle, war niemand da gewesen, um ihn aufzuhalten. Außer JD, der sprichwörtlich in die Situation hineingeplatzt war.

Das alles liegt jetzt hinter mir, dachte er und spülte die Kühlbox auf der Autowaschstätte noch ein letztes Mal aus. Er hatte nicht direkt sein Leben wieder, weil er hatte untertauchen müssen, aber zumindest hatte er ein wenig Privatsphäre zurück. Etwas Raum zum Atmen. Versau das nicht! ermahnte er sich und dachte an Kate Livingston und ihren Sohn. Sie konnten es nicht wissen, aber ihre heutige Begegnung war seine längste Unterhaltung gewesen, seit er in das Cottage der Schroeders eingezogen war.

In diesen paar Minuten am Straßenrand mitten im Nirgendwo hatte er sich so entspannt und natürlich gefühlt, beinahe wie er selbst. Nur ein Mann, der ein paar Wochen am See verbringt, ein wenig Urlaub macht und sich mit einer Frau unterhält, die rote Haare, sexy Beine und ein freundliches Kind hat. Eine Frau, die ihn die Dinge, die er niemals gehabt hatte, vermissen ließ.

Sams Frau Penny war eine hoffnungslose Romantikerin und immer auf der Suche nach einer Frau für ihn; nach jemandem, bei der er sich besonders fühlte, mit der er sesshaft werden und eine Familie gründen konnte. Seit Weihnachten wusste er, dass er sich nicht besonders fühlen wollte. Er wollte sich wie er selber fühlen.

Zu der Zeit des Attentats hatte es eine Frau in seinem Leben gegeben. Tina, eine Mitarbeiterin des Kongresses, hatte gesagt, dass sie ihn anbetete. Das war alles gut und schön, bis er berühmt wurde. Dann ging sie zum landesweiten Fernsehen und sagte, dass sie ihn anbetete. Sie wiederholte es in Zeitschrifteninterviews und in Radiotalkshows. Aber das war nicht alles. Sie zögerte auch nicht, einige der privatesten Details ihrer Beziehung zu verraten, inklusive wann er ihr das erste Mal „Ich liebe dich" gesagt hatte, was das erste Geschenk von ihm gewesen war, seine Vorliebe für Blaukrabben und seine Lieblingsstellungen im Bett. Irgendwie hatte sie es sogar geschafft, ihre vorgebliche Anbetung seiner Person in einen dummen Selbsthilfe-Ratgeber zu verpacken: „*Wie man einen richtigen Mann kennenlernt*", hieß das Werk.

Er erinnerte sich noch gut des Gefühls der Hilflosigkeit, als er da in seinem Krankenhausbett gelegen und seine Freundin mit naiver Ernsthaftigkeit über die intimen Details ihres Lebens hatte sprechen sehen. Der Verrat war wie Schüttelfrost durch seinen Körper vibriert. Tinas Verhalten hatte Erinnerungen geweckt – an all die anderen Male, an denen er verraten worden war.

Warum überrascht es mich? hatte er sich gefragt. Das war es doch, was die Menschen taten. Sie nahmen sich von ihm, was sie wollten, und verließen ihn dann.

Nach dem Attentat war sogar Janet aus dem Unterholz gekrochen und hatte angefangen, sich wieder als seine Mutter zu bezeichnen. Sie hatte an seinem Krankenbett geweint. Die Fotos in den Zeitschriften zeigten sie madonnengleich um seine Genesung betend.

Die Ironie war: Er brauchte diese Frau nicht länger. Sie musste ihn nicht mehr lieben, nicht mehr für ihn beten. Das hätte er gebraucht, als er ein Kind gewesen war. Als er in der Schule war, sich nach Liebe und Bestätigung gesehnt hatte. Er hätte es als Teenager gebraucht, als er sich Sicherheit und Kontrolle herbeigewünscht hatte. Damals war sie nicht für ihn da gewesen. Und als er achtzehn wurde, hatte er seine Zukunft verkauft, um seine Mutter in eine Entzugsklinik einweisen zu lassen. Alles, was er für das College und – ja, er hatte große Träume gehabt! – das Medizinstudium gespart hatte, gab er für den Entzug aus. Das Wunder daran war: Seine Investition zahlte sich aus. Nach neunzig Tagen kam Janet Harris clean und trocken raus, und sie war ihrem Sohn ernsthaft dankbar. Er hatte sie vor der unvermeidlichen Überdosis gerettet, die ihn zum Waisen gemacht hätte.

Sie war ein ganz neuer Mensch, das hatte JD sofort gesehen. „Ich muss neu anfangen", hatte sie gesagt. „Ich kann nicht an den Orten, bei den Menschen sein, die ein Teil meines Lebens waren, als ich noch abhängig war."

JD brauchte eine Weile, um zu verstehen, dass er genauso dazugehörte wie die Dealer und Luden, mit denen sie während JDs Kindheit und Jugend herumgehangen hatte.

Ihr Verschwinden in dem Sommer war ein Geschenk gewesen, zumindest hatte er sich das immer eingeredet. Ihre Nüchternheit hatte ihn zwar sämtliche Ersparnisse gekostet, aber sie hatte ihm dafür deutlich gezeigt, was die Zukunft für ihn bereithielt. Er war auf sich allein gestellt. Und das war ihm nur recht.

Dann war der Ruhm über ihn gekommen, und plötzlich war Janet wieder zurück in seinem Leben, die ideale Mutter des amerikanischen Helden. Sie hätte es besser wissen müssen. Sie hätte verstehen müssen, dass die Reporter, die sie umschwärmten, nicht ihre Freunde waren. Sie drehten jeden Stein in ihrem Leben um, und die Enthüllungen, die sie ans Licht brachten, verwandelten Janet wieder in die Frau, die sie JDs ganze Kindheit über gewesen war: eine Abhängige. Zu Janets Glück hatte er nun die finanziellen Möglichkeiten, um sie vor seinem Verschwinden in die beste Entzugsklinik Südkaliforniens einweisen zu lassen. Er hoffte verzweifelt, dass die Leute dort Ahnung von ihrem Job hatten – und dass Janet ihren Teil dazu beitragen und wieder clean werden würde. Jahre des Trockenseins waren in Sekunden von einigen wenigen Reportern zerstört worden. Wie er die Medien hasste!

Als Kind hatte JD immer gedacht, dass er mal Allgemeinmediziner werden würde, der sich von der Geburt bis zum Tod um die Menschen kümmerte.

Aber da hatte er falsch gelegen. Seine wahre Berufung war es, Rettungssanitäter zu sein, wie die Männer und Frauen, die seine Mutter aus der letzten Überdosis zurückgeholt hatten. JD hatte nie erfahren, wie sie hießen, hatte sie nie wiedergesehen. Und das schien irgendwie angemessen zu sein. Für JD war es der ideale Job – er konnte Leuten helfen und sie dann wieder in die Freiheit entlassen. Das war das Beste aus beiden Welten. Als Rettungssanitäter konnte er den Rausch der Befriedigung genießen, jemanden vor dem Tode bewahrt zu haben, und musste sich gleichzeitig keine Gedanken darüber machen, wo derjenige am nächsten Tag, im nächsten Monat oder im nächsten Jahr sein würde. Ein Rettungssanitäter verbrachte durchschnittlich dreizehneinhalb Minuten im Leben eines Opfers, aber in diesem kurzen Augenblick machte er den entscheidenden Unterschied.

Klingt gut, hatte JD zum Anwerber der Armee gesagt. Und nachdem seine Mutter den Rest von seinem Erspartem abgeräumt und sich in der Hoffnung auf ein besseres Leben nach Kalifornien aufgemacht hatte, hatte JD bei der U. S. Army unterschrieben. Sie versprachen ihm einen guten Job, ein festes Einkommen, ein abwechslungsreiches Leben mit Reisen und Abenteuern und außerdem Geld für seine Ausbildung.

Manchmal wünschte JD sich, er hätte das Kleingedruckte aufmerksamer gelesen. Er absolvierte das härteste Training, das die Army zu bieten hatte. Nach achtzehn Monaten unvorstellbarer Höllenqualen war er zum Special Forces Medic geworden, einem hochqualifizierten Elite-Traumaspezialisten.

In Port Angeles, so weit weg vom Rest der Welt, bog er

in die First Street ein und fand sofort einen Parkplatz. Er ging zum Bootsausrüster, um seine lange Liste abzuarbeiten – Teer und Spachtel, Lack, Epoxidharz, Sperrholz für den Bootsbau, Fiberglaskleber. Als Sam ihm das Haus für den Sommer angeboten hatte, hatte er JD auch gedrängt, die kleine Jolle zu benutzen, ein hölzernes Ruderboot, das Sams verstorbener Vater gebaut hatte. Er hatte erzählt, wie er und sein Vater Stunde um Stunde in dem Boot verbracht hatten, als Sam noch ein kleiner Junge gewesen war. In seiner Erinnerung war es sicherlich noch genauso perfekt wie damals. Aber es war nicht perfekt. Nicht einmal nah dran. JD hatte das Bootshaus in Spinnenweben gehüllt vorgefunden, und das Boot hatte kieloben und halb verrottet darin gelegen. Irgendwelche Nagetiere – Streifenhörnchen oder Waschbären – hatten sich darunter ein Nest gebaut. Auch wenn JD nicht die geringste Ahnung vom Bootsbau hatte, hatte er auf der Stelle entschieden, dieses Boot zu seinem Projekt zu machen. Er würde die Jolle so restaurieren, dass Sam, wenn er Ende des Sommers mit seiner Familie an den See käme, ein einsatzbereites Boot vorfände.

Nachdem er seine Einkäufe im Pick-up verstaut hatte, beschloss er, noch schnell nach seinem Postfach zu sehen. Sam schickte ihm gewissenhaft seine gesamte Post von Washington, D. C., hierher. Er hatte freie Hand, die Post vorher zu öffnen und die Briefe wegzuschmeißen, die seltsam aussahen – was in letzter Zeit beinahe auf seine gesamte Post zutraf. Von Einladungen zu Gebetskreisen bis zu unerwünschten Heiratsanträgen erhielt JD die seltsamsten Zusendungen. Er wurde mit Fotos von Frauen und hin und wieder sogar Männern überflutet, die ihn unbedingt treffen wollten. Ihre Bilder waren teilweise mitleiderregend, teilweise anstößig, teilweise richtiggehend Furcht einflößend. Ganz zu Anfang hatte er den Fehler gemacht, einen Vertrag mit Maurice Williams zu unterzeichnen. Der Agent hatte JD versprochen, seine Interessen zu wahren und ihn durch den Sumpf des öffentlichen Lebens zu geleiten. Stattdessen hatte er jedoch versucht, JD davon zu überzeugen, Berater für einen Film über sein Leben zu werden – und das, was als *„der Vorfall"* bekannt geworden war. Sam zufolge war Williams außer sich über das Verschwinden von JD. Er hatte sogar angedroht, ihn zu verklagen, was Sam und JD höchst amüsant fanden.

Als er die First Street hinunterging, überlegte er kurz, die Straßenseite zu wechseln; er wollte eigentlich lieber nicht zu nah am Rekrutierungsbüro der U. S. Army vorbeigehen. Doch er widerstand dem Drang. Penny und Sam hatten ihm versichert, dass er nicht erkannt werden würde. Trotzdem war es seltsam und surreal, sein eigenes Gesicht auf den ausliegenden Broschüren und dem im Fenster aufgehängten Poster zu sehen. Ohne seine Erlaubnis – denn die brauchte die Army nicht – war er der Vorzeigesoldat des Jahres geworden. Das Plakat im Schaufenster war einen Meter hoch, und darauf war er mit seinem offiziellen Foto und der Überschrift *„Echte Helden für eine echte Welt"* abgebildet.

Ja, das war JD, ganz sicher. Er war so echt, dass ein nicht autorisierter Film über ihn in die Kinos kommen würde. So echt, dass er Angebote bekam, für einen Campingausrüster oder Sonnenbrillen Werbung zu machen. Der ebenfalls nicht autorisierten Biografie nach, die nur wenige Wochen nach dem Attentat erschienen war, war er *„Amerikas Lieblingsheld – einer, der nur seinen Job macht"*.

Tina hatte mit dem Herausgeber dieses Buches zusammengearbeitet. Genau wie Janet. Jessica Lynch hatte einen Pulitzer-Preisträger als Co-Autor bekommen, aber nicht so JD. Sein sogenannter „Biograf" Ned Flagg war ein gescheiterter Journalist mit einer Vorliebe für Erfundenes und einer sehr schnellen Internetverbindung. Das Buch war heftig beworben worden und sensationell genug, um einen kurzen Auftritt in den Bestsellerlisten zu haben.

Beinahe trotzig blieb JD vor dem Rekrutierungsbüro stehen. Durch die offene Tür konnte er einen pausbäckigen Jungen mit einem ernst blickenden Rekrutierungsoffizier sprechen sehen. Zweifellos versprach er ihm die gleichen Abenteuer, die JD vor Jahren versprochen worden waren.

Er stellte sich direkt vor das Rekrutierungsposter und betrachtete es eingehend, während die Fensterscheibe sein wahres Ich spiegelte.

Seltsamerweise hatte er sich aber gar keine große Mühe mit einer ausgefallenen Verkleidung gegeben. Auf Rat von Sam und Penny hatte er sein Haar wachsen lassen und war genauso überrascht gewesen wie die Schroeders, als es ein glänzendes Dunkelblond annahm. Er hatte es schon so lange militärisch kurzgeraspelt getragen, dass er gar nicht mehr gewusst hatte, wie seine Haarfarbe aussah. Dann hatte er sich seinen Schnurrbart abrasiert, die Kontaktlinsen gegen eine altmodische Brille eingetauscht und einen Dreitagebart kultiviert. „Provinz-Chic", hatte Penny seinen neuen Look genannt. „Niemand wird erraten, dass sich darunter Amerikas Liebling versteckt."

„Ich könnte ein wenig an deinen Zähnen herumpfuschen", bot Sam an. „Dir helfen, dieses Zahnpastalächeln loszuwerden."

„Ach, ich lass es mal drauf ankommen", hatte JD lachend erwidert. „Ich lächle einfach nicht." Dieses Versprechen war bemerkenswert einfach zu halten gewesen. Bis heute. Bis er Kate Livingston und ihren Jungen getroffen hatte. Er würde nicht schwören, dass er sie angelächelt hatte, aber die Wahrscheinlichkeit bestand. Zumindest für ein kleines Lächeln.

Zwei kaugummikauende Teenager gingen an ihm vorbei. Sie blieben stehen, um das Poster zu bewundern.

„Mein Gott, er ist so *heiß*", murmelte das eine Mädchen. Kurz spürte JD ihre Blicke auf sich. Mist! dachte er. Er war sich seiner Verkleidung zu sicher gewesen, und nun war er aufgeflogen.

„Entschuldigung“, sagte das Mädchen jedoch nur und schob sich an ihm vorbei.

JD stieß den angehaltenen Atem aus und ging in die andere Richtung weiter. Das war verrückt, total verrückt! Die Leute projizierten alle ihre Sehnsüchte auf ein überlebensgroßes Poster, während sie durch die echte Person einfach hindurchschauten, als wäre sie gar nicht da.

Kopfschüttelnd ging er in die Post und leerte sein Postfach. Sam hatte ihm einige Rechnungen und Nachrichten weitergeleitet. Ganz unten in dem Stapel war ein Gegenstand, der nicht von Sam kam. JD hatte es klopfenden Herzens selber angefordert. Es war ein flacher weißer Umschlag, der schwer in seiner Hand wog.

Er konnte kaum glauben, wie einschüchternd er sich anfühlte. Merkwürdig. Nach allem, was er durchgemacht hatte, sollte ihn eigentlich so leicht nichts mehr einschüchtern können. Aber das hier war etwas, was er schon immer hatte haben wollen. Immer.

Er öffnete den Umschlag und holte ein kleines glänzendes Booklet heraus. Es hatte etwa die Größe des Telefonbuchs eines kleinen Ortes.

Er fuhr mit der Hand über das Logo: David Geffen School of Medicine. Die medizinische Fakultät der University of California.

JD sagte sich, dass er ja immer noch nicht entschieden hatte, ob er sich für das kommende Semester bewerben sollte oder nicht. Aber er würde die Entscheidung treffen. Er hatte den gesamten Sommer, um darüber nachzudenken.

Für den Moment jedoch wandte er seine Gedanken wieder anderen Dingen zu. Auf der Fahrt zum See verspürte er ein leichtes Gefühl der Vorfreude. Um seine Mutter musste er sich im Moment keine Sorgen machen, und er fing langsam wieder an, sich wie ein Mensch zu fühlen.

5. KAPITEL

Kate warf die Schlafzimmertür gerade rechtzeitig hinter sich zu, bevor der Eindringling sich auf sie stürzen konnte.

„Aaron", schrie sie, während sie nur so die Holzstufen hinunterflog und durch die Hintertür nach draußen stürzte. „Aaron! Steig ins Auto! Sofort!"

Er warf gerade einen Stock für Bandit. Statt auf ihre Panik entsprechend zu reagieren, sah er sie nur an. „Was?"

„Ins Auto, verdammt noch mal!", rief sie schrill, was für sie schon das absolute Maximum an Fluchen war. „Da ist jemand im Haus! Nimm Bandit mit! Ich meine es ernst, Aaron!"

Es fühlte sich an, als ob ihr Entkommen Stunden dauerte, aber vermutlich waren es nur Sekunden. Aaron und der Hund stiegen hinten ein, und sie sprang auf den Fahrersitz.

Sie griff nach dem Schlüssel.

Oh verdammt!

„Keine Schlüssel", stieß sie in einem panischen Flüstern aus. „Wo sind die Schlüssel?"

Es war ein Albtraum, schlimmer als der schlimmste Horrorfilm, in dem ein Mädchen namens Julie verzweifelt versucht, ein Auto zum Laufen zu bringen. Und bevor man sich's versieht, ist sie Hackfleisch.

„Ich hab's vermasselt." Kate ließ ihren Kopf gegen die Kopfstütze fallen und erinnerte sich, dass sie die Schlüssel auf der Arbeitsplatte in der Küche hatte liegen lassen.

Ein dunkler Schatten erhob sich am Beifahrerfenster. Bandit verfiel in ein rasendes Bellen.

„Tu uns nicht weh!", flüsterte Kate. „Bitte, ich flehe dich an …"

„Mom", sagte Aaron vom Rücksitz aus und beruhigte den Hund.

„Pst“, erwiderte sie. „Ich muss verhandeln … oh.“

Das Monster hielt ihre Autoschlüssel hoch und fragte: „Suchen Sie die hier?“

Nur dass es kein Monster war, wie Kate bemerkte, als die Panik aus ihrem Blick schwand. Es war ein … Mädchen. Die beim Anblick des Hundes zusammenzuckte.

„Um Himmels willen!“, sagte Kate und ließ das Fenster herunter. Bandit steckte seine Schnauze durch den Spalt, und die Fremde trat ein paar Schritte zurück. „Was ist denn hier nur los?“

Das Mädchen sah so verlegen aus, wie Kate sich fühlte. Ihr Gesicht war rot, und sie starrte auf ihre dreckigen, nackten Füße. Ihr zerzaustes Haar fiel ihr ins Gesicht. „Ich wollte Sie nicht erschrecken.“

„Nun, das hast du aber.“ Das Adrenalin in Kates Körper fand keinen Ausgang mehr, also kristallisierte es sich in Wut heraus. „Was machst du in meinem Haus?“

Das Mädchen straffte die Schultern und schüttelte das Haar zurück. „Ich hab, äh, sauber gemacht. Ich arbeite mit Yolanda für Mrs Newman und putze die Sommerhäuser.“

Den Schlaffalten auf ihrem Gesicht nach zu urteilen, hatte das Mädchen so geputzt wie Goldlöckchen für die drei Bären. Bei näherer Betrachtung sah sie sogar ein wenig aus wie Goldlöckchen mit ihren lockigen blonden Haaren. Sie war allerdings älter. Fülliger. Sie hatte sich offensichtlich mehr als nur ein Schüsselchen Brei gegönnt.

Aber wie Goldlöckchen schien auch dieses Mädchen harmlos und sehr reuig zu sein. Kate spürte, wie ihr Ärger abschwoll. „Wie heißt du?“

„California Evans, Kurzform Callie. Kriege ich jetzt Ärger?“ Das Mädchen schnüffelte und wischte sich die Nase mit dem Handrücken ab. Sie hatte schlechte Haut und eine unmögliche Körperhaltung.

Als sie sie betrachtete, spürte Kate eine Welle des Mitgefühls, aber sie hielt es im Zaum. „Das habe ich noch nicht entschieden."

„Können wir jetzt wieder aussteigen?", wollte Aaron wissen.

Kate war immer noch ein bisschen besorgt. Im Haus gab es kein Telefon, und ihr Handy funktionierte hier nicht. Aber das Mädchen schien sein Verhalten wirklich zu bedauern und war offensichtlich mehr als peinlich berührt von dem ganzen Vorfall. Kates üblicher Impuls, anderen Menschen zu vertrauen, gewann die Oberhand, und sie nickte. „Okay."

Callie schnappte nach Luft, als Aaron und Bandit aus dem Auto sprangen. Der Hund wedelte mit dem Schwanz und nieste zu Begrüßung, aber das Mädchen schlang nur die Arme fest um seinen Oberköper und trat einen Schritt zurück. Die Gesichtsfarbe wechselte von rot zu leichenblass. „Ich habe Angst vor Hunden", sagte sie.

„Bandit tut dir nichts, ehrlich", versicherte Aaron.

„Halt ihn von ihr fern", wies Kate ihn an. Sie sah die Panik in Callies Augen. „Ich bin Kate Livingston, und das ist mein Sohn Aaron. Und Bandit."

„Er ist hauptsächlich Beagle", sagte Aaron. „Wir haben ihn Bandit genannt wegen der schwarzen Maske um seine Augen." Er zeigte auf die ungewöhnliche Farbgebung des Hundes, aber das Mädchen zog sich nur noch mehr zurück.

„Was machst du hier?", fragte Aaron rundheraus.

Callie sah etwas unwohl aus. Kleine Schweißperlen bildeten sich auf ihrer Oberlippe und ihrer Stirn.

Oh mein Gott, dachte Kate. Ist sie krank? Eine Süchtige? Das war nicht gut.

Auf der anderen Seite war die Situation äußerst interessant. Kate rief sich in Erinnerung, dass sie jetzt eine freie Journalistin war. Sie musste sich von nun an selber um Geschichten kümmern. Vielleicht war ihr gerade eine in die Hände gefallen.

„Lasst uns erst einmal hineingehen“, sagte sie. „Bandit kann so lange draußen bleiben.“ Er hatte ein Körbchen auf der Veranda stehen, eines mit einer orthopädischen, wertvollen Matratze. Verwöhntes Ding. Callie betrachtete Kate durch zusammengekniffene Augen, aber sie ging bereitwillig mit hinein. In der Küche wurden ihre Augen groß, als sie die Fülle an Lebensmitteln auf dem Tresen sah.

Kate schenkte jedem ein Glas Eiswasser ein und holte eine Schüssel mit Kirschen heraus, ihr Lieblingsobst im Sommer.

„Setz dich“, sagte sie. „Erzähl mir von dir, Callie. Wie lange arbeitest du schon für Mrs Newman?“

„Ein paar Monate?“ Das Mädchen schaute sehnsüchtig zu den Kirschen.

Kate schob die Schüssel näher zu ihr. Ihr fiel auf, dass der alte Pinienholztisch, eines der originalen Möbelstücke im Haus, etwas heller geschrubbt war, als sie ihn in Erinnerung hatte, und mit viel Wachs auf Hochglanz gebracht worden war. Auch der Fußboden und die Armaturen glänzten, und nirgendwo hing der Hauch eines Spinnenwebens. Wenn das Callies Arbeit war, dann war es beeindruckend. Allerdings musste sie trotzdem noch daran arbeiten, Grenzen zu akzeptieren.

„Ähm … werden Sie es ihr sagen?“, fragte Callie.

„Das sollte ich“, erwiderte Kate.

„Mom.“ Aarons Stimme erhob sich im Protest. Er hasste es, wenn Menschen Ärger bekamen, vermutlich weil er sich selber so oft welchen einhandelte.

Da sie selber vor einer Woche erst ungerechtfertigt gefeuert worden war, konnte Kate mit Callie mitfühlen. „Gut, ich werde ihr nichts sagen“, versicherte Kate. „Aber ich hätte gerne eine Erklärung.“

Das Mädchen nahm einen Schluck Wasser. „Ich, also, ich habe in den Häusern gewohnt, die ich sauber gemacht habe.

Also die, die leer standen", gab sie zu. „Ich habe nie jemanden belästigt, und ich habe immer hinter mir sauber gemacht, hundertprozentig. Ich wusste nicht, dass Sie schon heute kommen, ich schwör's. Sie standen erst für morgen auf der Liste."

„Wir haben uns entschieden, einen Tag früher herzufahren." Kate musterte die besorgten Augen des Mädchens, die in Falten gezogene Stirn. „Wo ist deine Familie, Callie?"

„Ich habe keine Familie", kam die dünne Antwort.

„Dazu hätte ich auch noch gerne eine Erklärung."

„Meine Mutter ist weg, und meinen Vater habe ich nie kennengelernt." Sie warf den Kopf zurück und tat so, als würde ihr das nichts ausmachen.

„Also bist du obdachlos?", fragte Aaron.

Callie nahm sich eine Kirsche und steckte sie in den Mund. „Ich sollte eigentlich bei einer Pflegefamilie sein, aber bei der letzten konnte ich nicht bleiben. Also bin ich gegangen."

„Wieso?", wollte Aaron wissen.

„Ich bin mit der Familie nicht zurechtgekommen", murmelte das Mädchen. Seine Augen waren so grau und stürmisch wie der See im Winter.

„Du kannst bei uns bleiben", schlug Aaron vor.

Kate verschluckte sich beinahe an einer Kirsche.

Glücklicherweise hatte Callie ihre Reaktion vorhergesehen. „Das würde ich dir und deiner Mom nie antun, Süßer." Sie erhob sich vom Tisch. „Es ist jetzt auch an der Zeit. Ich geh nur schnell hoch und hole meine Sachen, dann seid ihr mich auch schon los." Sie ging in Richtung Treppe.

Kate schaute ihr hinterher. Irgendetwas an dem Mädchen berührte sie. Sie bewegte sich so ungelenk in dem zu großen grauen Jogginganzug, und sie hielt den Kopf stets leicht eingezogen, als wenn sie jederzeit einen Schlag erwartete. Doch trotz der hässlichen Klamotten und der dreckigen Füße gab es einen Hauch von Teenagereitelkeit in ihr. Ihre Finger- und Fußnägel waren in einem wundervollen Pinkton lackiert.

Aaron schaute Kate vorwurfsvoll an.

„Sag nichts!", warnte Kate und stand auf. „Ich werde mit ihr reden."

„Ich wusste es." Er sprang vom Stuhl auf und reckte jubelnd eine Faust in die Luft.

„Du kannst mit Bandit spielen gehen, während ich versuche, das hier zu klären."

Im großen Schlafzimmer hatte Callie die Jalousien geöffnet, um die Nachmittagssonne ins Zimmer zu lassen. An der Tür stand ein großer Rucksack, und Callie war gerade eifrig damit beschäftigt, das Bett neu zu beziehen.

„Ich habe meinen Schlafsack benutzt, ehrlich", sagte sie. „Ich habe Ihre Bettwäsche nicht angerührt." Sie steckte das Laken unter einer Ecke der Matratze fest.

Kate nahm sich die andere Ecke vor. „Ich mache mir keine Sorgen um meine Bettwäsche", sagte sie. „Ich mache mir Sorgen um dich. Wie alt bist du, Callie?"

„Ich werde, äh, im Juli achtzehn", sagte sie, wobei ihr Blick nervös hin und her eilte. „Das ist gut, weil ich dann offiziell erwachsen bin und tun kann, was immer ich will."

Kate fragte sich, was Callie wohl tun wollte, entschied sich aber, mit anderen Fragen anzufangen. Callie sah nicht so aus, als wenn sie beinahe achtzehn wäre. Da waren diese unterschwellige Weichheit in ihrem Gesicht und der gejagte Ausdruck in ihren Augen, die sie wesentlich jünger aussehen ließen. „Rede mit mir, Callie", sagte sie. „Ich werde dich nicht den Behörden übergeben. Wo kommst du her?"

Callie schüttelte das Laken aus. Die Bewegung ließ goldene Staubflöckchen in der Luft tanzen, als wenn das Haus langsam erwachte. Der Duft von frisch gewaschener Wäsche erfüllte den Raum.

„Kalifornien", sagte sie.

„Das grenzt es schon mal ein", kommentierte Kate. „Würdest du mir sagen, warum du in Pflegefamilien gelebt hast?"

„Weil meine Mutter Mitglied dieser gruseligen Kommune war, in der Nähe von Big Sur in Kalifornien." Sie bot die Informationen ohne Widerstand an. „Es sollte so eine Art autarkes Utopia sein." Callie musste Kates erstaunten Blick bemerkt haben. „Sie haben uns dort zu Hause unterrichtet, und einige von uns haben tatsächlich eine ganz ordentliche Ausbildung bekommen. Bruder Timothy – er war der Gründer – hatte ein Berkeley-Diplom in Kultureller Anthropologie." Sie öffnete die Zedernholzkommode am Kopfende des Bettes. „Ist diese Überdecke okay?"

Kate nickte und half ihr, die Decke auszubreiten, ein farbiges Familienerbstück, das von den Livingston-Frauen vor einigen Generationen gestickt worden war.

„Also, dieser Bruder Timothy?", hakte Kate nach, als sie Callies Ablehnung spürte.

„Er ist niemandes Bruder, und ich bin mir sicher, Berkeley schämt sich inzwischen, mit ihm in Zusammenhang gebracht zu werden. Er sitzt wegen Kindesmissbrauchs."

Kates Haut fing an zu jucken. „Bist du eines seiner Opfer?", fragte sie.

Callie war zwar etwas angespannt, arbeitete aber sehr schnell und machte das Bett so perfekt wie im besten Hotel. „Als Kind war es lustig, da zu leben. Wir liefen herum und schwammen im Meer und hatten auch ein paar echt gute Lehrer. Aber als wir in die Pubertät kamen – peng. Wir durften keine Kinder mehr sein. Bruder Timothy nannte uns, die jungen Mädchen, seine Engel."

Kate hielt im Bettenmachen inne. Sie setzte sich auf die Matratze und bedeutete Callie, sich neben sie zu setzen. „Hat deine Mutter nicht …" Sie zögerte, wusste, dass sie ihre Worte sorgfältig wählen musste. „Meinst du, dass die Erwachsenen in der Kommune davon wussten?"

Callie schnaubte und schüttelte den Kopf. „Keine der Mütter rührte auch nur den kleinen Finger, um ihn aufzuhalten. Sie waren alle wie unter seinem Bann oder so. Er überzeugte sie, dass wir ihre Geschenke an ihn waren. Wenn ein Mädchen hysterisch wurde und sich wehrte, sorgten die Mütter dafür, dass es trotzdem zu Bruder Timothy ging. Sie taten alles, was er von ihnen verlangte. Sie waren wie Stepford-Hippies, wissen Sie?"

„Das ist ja ein Albtraum!", sagte Kate.

„Da sagen Sie was."

Kate fiel auf, dass Callie ihre Frage, ob sie ein Opfer von Bruder Timothy gewesen war, nicht beantwortet hatte. „Gibt es die Kommune noch?"

„Nein. Ein Mädchen namens Gemma O'Donnell hat uns vor ungefähr drei Jahren alle gerettet." Callie schaute zu Boden. „Gemma hat immer wieder versucht, jemandem zu erzählen, was da vor sich geht. Und ab und zu kam jemand vom Sozialamt oder der Schulbehörde vorbei und hat sich umgesehen, aber sie haben nie etwas gefunden. Für einen Außenstehenden sah es aus wie das Paradies – Gemüsegärten, eine Blumenfarm, unsere eigenen Milchkühe. Niemand hörte Gemma zu, bis sie schließlich einen Weg fand, wie man ihr zuhörte." Callie holte tief Luft. „Sie ging zum Jugendamt von Big Sur und drohte, sich umzubringen, wenn sie ihr nicht glaubten." Callies Stimme senkte sich zu einem leisen Flüstern. „Sie war schwanger von Bruder Timothy. Sie haben ihn abgeholt, und ich habe Gemma nie wiedergesehen. Ich weiß nicht, was mit ihr oder ihrem Baby passiert ist."

Kate legte eine Hand auf die Schulter des Mädchens. Callie zuckte zusammen, und Kate nahm die Hand wieder weg. „Das tut mir leid. Ich hoffe, dass es für dich danach besser wurde."

„Für einige von uns schon", sagte sie. „Für mich auch, zumindest eine Weile. Aber in der letzten Familie, zu der man mich gebracht hatte, na ja, da war es so schlimm, dass ich abhauen musste."

„Callie, wo ist deine Mutter?"

Callie senkte den Blick, zupfte an ihren Fingernägeln. „Ich habe sie seit über einem Jahr nicht gesehen."

„Meinst du, dass sie sich Sorgen um dich macht?"

„Sie hätte sich Sorgen machen sollen, als wir alle mit diesem Perversen zusammengewohnt haben", gab Callie zurück. Dann senkte sie die Stimme wieder. „Werden Sie das Jugendamt anrufen?"

„Nicht wenn du ehrlich mit mir warst."

„Sie können meine Geschichte im Internet nachlesen", sagte Callie. „Googeln Sie einfach ‚Millennium Commune'."

„Ich habe hier keinen Internetanschluss. Wenn ich ins Internet muss, fahre ich nach Port Angeles in die Bücherei."

„Wie auch immer. Ich war jedenfalls ehrlich zu Ihnen." Während Callie sprach, schaute sie aus dem Fenster.

Es lagen immer noch Geheimnisse in diesem Mädchen verborgen, da war sich Kate sicher. Sie betrachtete Callies Profil. Sie war hübsch, auch wenn das durch die Akne und einige dunkle Flecken auf der Haut, die sie beim Waschen wohl vergessen hatte, nicht offensichtlich war. Ihre Haare mussten mal wieder geschnitten werden, und die formlose Jogginghose und das alte T-Shirt waren nicht gerade schmeichelhaft für ihre etwas plumpe Figur. Aber wenn das Sonnenlicht auf die weiche Kurve ihrer Wange fiel, sah Kate eine andere Person neben sich sitzen. Ein Mädchen, das immer noch ein Kind war – egal, was sein Geburtsdatum sagte.

Der Beschützerinstinkt in Kate wurde noch größer. Sie entschloss sich, einfach zu vertrauen. Sie wusste, dass sie diesem Mädchen eine Chance geben musste.

„Würdest du gerne im Gästezimmer wohnen?", hörte sie sich sagen. In den Zwanzigerjahren waren die Livingstons mit einer Haushälterin und einem Koch gereist. Das Personal hatte die kleinen Schlafzimmer mit angrenzendem Badezimmer im Erdgeschoss bewohnt. Spätere Generationen hatten ihre Gäste in diesen Räumen untergebracht; sie hatten dort mehr Privatsphäre als oben.

Callie musterte sie mit zusammengekniffenen Augen. „Wo ist der Haken?"

„Kein Haken. Du brauchst ein Dach über dem Kopf, und ich habe hier mehr Zimmer, als ich nutzen kann ..."

„Danke, aber ... besser nicht." Sie schaute auf den geflochtenen Teppich auf dem Boden.

„Du hast keine große Wahl mehr", wies Kate sie hin. „Außerhalb der Saison stehen genügend Häuser leer, aber jetzt, wo der Sommer da ist, wird sich das ändern."

„Ich habe Campingsachen dabei."

„Ich habe ein Haus mit sechs Schlafzimmern."

„Warum?", fragte Callie. „Da muss doch ein Haken an der Sache sein."

„Nein, kein Haken, das verspreche ich dir. Du hast gesagt, dass du ehrlich zu mir warst. Du hast eine schwere Zeit hinter dir. Warum willst du nicht hier bleiben, wo du in Sicherheit bist?"

Sie schnaubte leise, ein Geräusch bitterer Heiterkeit.

„Findest du irgendwas lustig?", wollte Kate wissen.

Callie schüttelte den Kopf. „Ich bleibe heute Nacht. Dann sehen wir weiter."

Tu mir bloß keinen Gefallen, dachte Kate. Dann erinnerte sie sich daran, was für einen Albtraum dieses Mädchen hinter sich hatte, wenn ihre Geschichte auch nur ansatzweise stimmen sollte. Sie nahm Callies Zögern nicht persönlich. Ihr ein Zimmer anzubieten war richtig. „Ich rufe Mrs Newman an und sage ihr, dass du bei uns bleibst."

Das Mädchen sah überrascht aus, sein Gesichtsausdruck ähnelte einem kurz vor dem Verhungern Stehenden, dem man einen Teller mit Essen reicht.

„Alles wird gut", sagte Kate sanft. „Wirst schon sehen."

Callie saß einen Augenblick sehr still und ruhig da. Kate vermutete, dass solch einfache Gesten der Mitmenschlichkeit ihr bisher noch nicht begegnet waren.

„Erwarten Sie noch jemanden?" Callie stand auf und trat ans Fenster.

Kate hörte das Knirschen von Reifen auf Kies, dann das Geräusch einer zufallenden Autotür. Bandit ließ seine übliche Begrüßung ertönen.

„Wer ist das?", fragte Kate.

„Ein ziemlich heißer Typ. Ist das Ihr Freund?"

Aus irgendeinem Grund ließ diese Vermutung Kate das Blut in die Wangen schießen, als sie sich neben Callie ans Fenster stellte. „Ah, das ist der Mann, der ein Stück die Straße hinunter wohnt. Komm mit, ich stelle euch einander vor."

6. KAPITEL

Als Kate und Callie aus dem Haus kamen, lief Aaron bereits im Kreis um JD herum und redete ununterbrochen auf ihn ein. JD wirkte ein wenig verwirrt von dem Enthusiasmus des Jungen. Vielleicht bereute er es bereits, hier vorbeigekommen zu sein.

Beim Anblick von Aarons Versuch, die Aufmerksamkeit des Mannes zu erregen, verspürte Kate einen vertrauten Stich. Aaron wollte unbedingt einen Vater haben. Das war schon immer so gewesen. Als Kleinkind war er ihr manchmal beim Einkaufen entwischt und war irgendwelchen Männern hinterhergelaufen – so wie eine Gans dem ersten Wesen folgt, das sie nach dem Schlüpfen sieht.

An der Art, wie er den Fremden nachahmte, konnte sie einen Hauch Heldenverehrung ausmachen. Soweit Kate das beurteilen konnte, war JD genau so, wie Aaron sich seinen idealen Vater vorstellte – mit seiner ausgeblichenen Hose und den derben Boots. Er hatte einen Pick-up und eine Kettensäge. Was wünschte sich ein Junge mehr?

Sie ertappte sich dabei, seine Schultern anzustarren. Sie waren breit, ohne mächtig zu sein, und er bewegte sich mit einer gewissen athletischen Leichtigkeit, die auf eine natürliche Fitness hinwies. Irgendwie hatte JD was. Wenn Kate auch nicht sagen konnte, was es war. Seine sorglose Kleiderzusammenstellung ließ auf einen Mangel an Eitelkeit schließen, aber trotzdem hielt er sich mit einer erstaunlichen Würde.

„Hallo“, rief sie und bedeutete Callie, mit ihr zu kommen. „Wie geht es dem Opfer?“

JD drehte sich zu ihr um, und ihr Herz machte einen Salto. Das war verrückt! Er war doch überhaupt nicht ihr Typ! Trotzdem konnte sie den Blick nicht abwenden. Okay, dachte sie und schaute auf seinen Kopf, dann ist es also kein Vokuhila. Nur langes Haar, wie Brad Pitt in seinen besten Filmen.

„Die Leute in der Auffangstation glauben, dass er sich erholen wird." Er zeigte auf seinen Pick-up. „Ich habe Ihre Kühlbox ausgewaschen."

„Danke. JD, darf ich Ihnen Callie Evans vorstellen? Sie wird bei uns wohnen."

Aaron hob die Augenbrauen auf beinahe komische Art, aber er sagte nichts.

„Schön, dich kennenzulernen", lächelte JD.

Callie errötete und blickte verlegen zur Seite. Kate fragte sich, ob sie aufgrund ihrer Geschichte ein Problem mit Männern hatte.

„JD, willst du dir mal den Steg ansehen?" Aaron war von dem Steg und dem Wasser total fasziniert. „Du auch, Callie!"

„Klar", sagte sie. „Ist es tief genug, um hineinzuspringen?"

„Ja. Meine Cousins machen das alle naselang."

„Und du?"

„Mhm", verneinte Aaron mit roten Wangen, ohne sich weiter zu erklären. Kate vermutete, dass er auch gar keine Erklärung dafür gehabt hätte. Er kannte nicht die richtigen Wörter, um seine Gefühle auszudrücken. Vielleicht, nur vielleicht, dachte Kate, wird er diesen Sommer endlich schwimmen lernen.

Callie machte einen großen Bogen um den Hund. „Ein Kajak", sagte sie und hob die Plane, die das lange, schmale Boot bedeckte. „Fährst du damit auf den See hinaus?"

„Klar, ständig!" Aaron genoss ihre Aufmerksamkeit eindeutig. „Es ist für zwei, siehst du?"

Trotz seiner Weigerung, schwimmen zu lernen, liebte er alles, was auf dem Wasser schwamm – Schiffe, Boote, Flöße, die Fähren am Puget Sound. Vielleicht fand er sie so ungemein faszinierend, weil sie ihn dem näherbrachten, was er fürchtete.

„Vielleicht können wir mal zusammen damit rausfahren", schlug Aaron vor.

„Natürlich werden wir zusammen rausfahren!“, versicherte ihm Kate. Sie war entschlossen, ihm einen wunderschönen Sommer zu bereiten, auch wenn seine Cousins nicht da waren.

Aaron gab ein bisschen mit dem Kajak an, das am Haus war, seit vor einigen Jahren Motorboote auf dem See verboten worden waren. Kate blieb ein wenig zurück. Sie beobachtete ihn, diesen Jungen, von dem die Lehrer sagten, er wäre ein schlechter Schüler mit mangelnder Fähigkeit zur Selbstkontrolle. Den Jungen, der jetzt so locker und lässig über die Vorzüge seines Bootes referierte.

Sie hatten noch nie zwei Fremde an einem Tag kennengelernt, fiel Kate auf. Und ganz sicherlich hatten sie noch nie eine jugendliche Ausreißerin und einen unerwartet interessanten Mann an einem Tag getroffen. Jetzt sah sie ihn neben ihrem Sohn stehen, und seine geduldige und respektvolle Art berührte sie tief im Inneren.

Die meisten Männer, die sie kennenlernte, verloren das Interesse, sobald sie feststellten, dass sie ein Kind hatte, oder wenn sie das erste Mal mit Aarons Temperament in Berührung gekommen waren. Dieser hier schien sich bisher von Aarons Geplapper nicht groß stören zu lassen. Er schien auch Callie gegenüber sehr sensibel zu sein. Er gab ihr ausreichend Platz und stellte ihr kaum Fragen.

Ein sensibler, ungeschliffener Diamant. Direkt hier am Ufer des Lake Crescent. Wer hätte das gedacht?

Du greifst ein wenig vor, Kate! bremste sie sich. Er hatte nicht mehr getan, als sich ihre Kühlbox zu leihen.

Aaron schien im Gegensatz zu ihr keine Vorbehalte zu haben. „Wollen wir jetzt gleich mit dem Kajak rausfahren oder erst nach dem Abendessen?“, fragte er gerade.

„Vielleicht ein andermal.“

Er ist diplomatisch, dachte Kate. Er ahnte wohl, dass man mit einem Kind, das man gerade erst kennengelernt hatte, nicht gleich auf einen abgelegenen See hinausfährt.

Enttäuschung machte sich auf Aarons Gesicht breit. Dann kam Bandit von einem seiner für Menschen unerklärlichen Hundebesorgungen zurück. Er war mit Zweigen und Blättern übersät und atmete schwer. Callie ging ihm eilig aus dem Weg, auch wenn sie versuchte, dabei diskret zu sein.

„Okay“, murmelte Kate. „Ich muss weiter einräumen …“

JD nickte. „Ich muss auch wieder los.“

„Ach, komm“, quengelte Aaron. „Bleib doch noch ein bisschen!“

„Wir sehen uns bestimmt wieder“, versicherte JD. „Danke noch mal, Kate. Bis bald, Callie. Pass auf dich auf.“

Sie sah ihn mit gerunzelter Stirn an. „Klar.“

Aaron begleitete JD zum Pick-up, wobei er wie ein Ball neben ihm hersprang. „Hey, rate mal! Als ich sechs war, bin ich den ganzen Spruce Railroad Trail alleine gegangen.“

„Was du nicht sagst!“

„Jupp. Im Schuppen stehen Mountainbikes. Fünf Stück. Willst du mal Mountainbike fahren?“ Er wartete die Antwort nicht ab. „Das ist ein echt cooler Pick-up!“ Aaron rannte voraus und kletterte über die Heckklappe. „Ist das der von den Schroeders?“

„Ja. Ich habe ihn mir für den Sommer geliehen. Die Schroeders leben jetzt an der Ostküste.“

„Hey, meine Cousins sind auch an die Ostküste gezogen.“ Aaron fing wieder an, auf und ab zu springen. „Alle vier. Das ist alles, was ich habe, vier Cousins. Keine Brüder oder Schwestern. Hast du Kinder?“

Gut gemacht, Aaron, dachte Kate und hielt den Atem an, als sie auf die Antwort wartete.

„Nein“, gab JD leichthin zu, während er die Schlüssel aus der Hosentasche zog.

„Bist du verheiratet?“

„Nein.“

„Hast du ne Freundin?“

„Aaron!" Kate konnte es nicht mehr mit anhören.

„Ich habe nur versucht, all das herauszufinden, was dich interessiert", verteidigte sich Aaron, bevor er sich wieder JD zuwandte. „Wenn wir in der Stadt wären, würde sie dich googeln, aber hier gibt es kein Internet."

„Okay, mein Freund", unterbrach Kate ihn. „Warum machst du dich nicht nützlich und hörst auf, mich vor allen Leuten in Verlegenheit zu bringen?"

Er salutierte und sprang davon, wobei er JD noch einmal zuwinkte.

„Es tut mir leid", sagte sie, als er in seinen Truck stieg.

„Machen Sie sich keine Gedanken." Er stützte den Ellbogen auf den Fensterrahmen. Er sah aus, als wenn er noch etwas sagen wollte, aber er schwieg ein paar Herzschläge lang und schaute auf den See hinaus. Sein Arm lag immer noch locker auf der Tür, als wenn er es nicht eilig hätte loszukommen. „Googeln Sie wirklich andere Leute?"

„Natürlich. Sie etwa nicht?"

„Ich denke, wenn ich etwas von einer Person wissen will, frage ich sie einfach."

„Was für ein Konzept!"

„Zum Beispiel: Was ist mit Aarons Vater?"

„Verzeihung?" Sie hatte ihn sehr wohl verstanden, aber sie brauchte einen Augenblick, um ihre Gedanken wieder zu zügeln.

„Wie passt er ins Bild?"

Oh mein Gott! dachte sie. Das klingt ja wie bei einer Verabredung.

„Gar nicht", erwiderte sie. „Hat er auch nie." Und weil sie sich nicht zurückhalten konnte, fragte sie im Gegenzug: „Warum wollen Sie das wissen?"

„Was denken Sie?" Er hatte sie immer noch nicht angelächelt, aber sie sah ein Fünkchen Humor in seinen Augen aufblitzen. Zumindest nahm sie an, dass es Humor war.

Als er sie so anschaute, fühlte sie ein leichtes … sie konnte es nicht sagen. Wiedererkennen? Wie konnte das sein? Sie hatten sich doch noch nie zuvor getroffen, oder doch?

Sie betrachtete ihn genauer. Was war das nur mit ihm? Außer der Tatsache, dass unter seinem rauen Äußeren durchaus Potenzial steckte.

„Ich denke, Sie haben gefragt, weil Sie an mir interessiert sind“, antwortete sie. „Hab ich recht?“

„Lady, ein Mann müsste im Koma liegen, um nicht an Ihnen interessiert zu sein“, erwiderte er mit einem leicht gereizten Unterton. Dann startete er den Motor. Das Radio – auf KXYZ eingestellt, den einzigen Sender, den man hier einigermaßen empfangen konnte – verkündete die Topnachrichten der Stunde. Er schaltete es aus, winkte ihr noch einmal zu und fuhr davon.

Sie schaute ihm noch lange hinterher. „Und warum bist du dann nicht glücklicher darüber, mich getroffen zu haben?“, murmelte sie.

7. KAPITEL

Kate brauchte jedes Jahr einige Tage, um sich am See zu akklimatisieren. Sie neigte immer noch dazu, frühmorgens aufzuwachen und aus dem Bett zu springen, bereit, ihre mentale To-do-Liste anzulegen und abzuarbeiten. In der Stadt war das meist eine recht lange Liste: ihre Deadlines bei der Zeitung, Einkäufe und Erledigungen, Verabredungen, Termine und Gedankenstützen für sich selbst und Aaron betreffend. Sich um ihren Sohn zu kümmern bedeutete, seine Hausaufgaben zu kontrollieren, ihm sein Schulbrot vorzubereiten, seinen Rucksack zu packen, den Fahrdienst zu übernehmen. Nach der Schule war sein Tag vollgestopft mit Karateunterricht, Pfadfindern, Hausaufgaben und Verabredungen mit Freunden zum Spielen.

Verabredungen zum Spielen. Na, das ist doch mal eine Idee, dachte sie. Traurig genug, dass Aaron weit mehr Verabredungen aufzuweisen hatte als sie. Andere Kinder mochten ihn, auch wenn deren Mütter ihn für einen kleinen Terroristen hielten.

An ihrem dritten Morgen am See stand Kate auf und setzte den Kessel für Teewasser auf. Hier gab es für sie keinen Kaffee. Kaffee war gleichbedeutend mit Berufsverkehr und Arbeit und Stress. Tee bedeutete Gelassenheit.

Sie war entschlossen, sich nicht zu hetzen oder sich in eine Panik zu steigern, weil sie keine Arbeit hatte. Sie bezog ein ausreichendes Einkommen von ihren Mietwohnungen in Seattle. Ihr Vater hatte ihr ein wundervolles Erbe hinterlassen. Wenn sie es richtig anstellte, konnte sie es eine ganze Weile ohne ein zusätzliches Gehalt von einer Zeitung aushalten. Was sie allerdings vermisste, war ihre Identität. Das Schreiben hatte definiert, wer sie war. Sie wollte sich wieder wie sie selber fühlen, Artikel schreiben, veröffentlicht werden.

Stopp! rief sie sich zur Ordnung. Du hast den ganzen Sommer, um eine Lösung zu finden. Mit einem tiefen Atemzug schaute sie auf den See hinaus. Alleine der Anblick beruhigte sie. Klar und glatt wie ein Spiegel reflektierte die Oberfläche die den See umgebenden grün bewachsenen Berge, von denen einige noch klitzekleine Schneeflächen hatten, die ihre Spitzen wie Adern durchzogen. Sie schaute auf das Thermometer. Zehneinhalb Grad morgens um halb acht. Perfekt. Vielleicht würde sie Aaron und Bandit nachher auf eine Wanderung mitnehmen.

Wie so oft in den letzten Tagen wanderten ihre Gedanken zu JD Harris. An ihn zu denken war vermutlich eine schlechte Idee, aber es war genau das, was ihr undisziplinierter Kopf immer wieder tat. Im reifen Alter von neunundzwanzig Jahren war sie immer noch weichherzig und romantisch und in der Lage, sich vorzustellen, wie es wohl wäre, eine Liebesaffäre zu haben. Oder sogar eine ausgewachsene Beziehung. Oder zusammen mit einem Partner die Zukunft zu planen. Während ihre Freunde am College gefeiert und sich alle paar Wochen neu verliebt hatten, war Kate schwanger gewesen. Nachdem Aaron geboren war, hatte sie ihn gestillt. Sie war weitaus produktiver gewesen als ihre Freunde. Aber sie hatte sich niemals Hals über Kopf in eine Affäre gestürzt. Als alleinerziehende Mutter hatte sie dafür keine Zeit gehabt.

Aber einem Mädchen war es ja wohl noch erlaubt, zu träumen, und das tat Kate. Sie fragte sich, was es mit JD Harris auf sich hatte – wer er war, warum er hier an den See gekommen war. Sie hatte sehr wohl den Funken zwischen ihnen gespürt. Und er hatte es ja zugegeben. Auch wenn sie nicht wusste, ob er vielleicht nur einen Scherz gemacht hatte.

Er hatte ihr nichts versprochen, und dennoch rechnete sie halbwegs damit, dass er noch einmal vorbeikommen würde.

Aber wann war sie im Leben mal nicht von einem Mann enttäuscht worden?

Der Kessel fing an, auf dem Herd zu tanzen, und sie stellte die Flamme aus, bevor er sein durchdringendes Pfeifen anstimmen konnte. Kurz darauf setzte sie sich mit ihrem Tee an den alten Schreibtisch in der Ecke und öffnete ihren Laptop. Gestern hatte sie einen Brief an eine alte Collegefreundin verfasst. Tanya Blair war Redakteurin beim *Smithsonian Magazine* und Kates erste und beste Hoffnung. Es war ein ganz schöner Sprung von einer wöchentlichen Zeitung zu einem national erscheinenden Magazin, aber Kate hatte sich entschieden, groß zu denken. In der Vergangenheit hatte sie immer klein gedacht und sich niedrige Ziele gesetzt. Man sah ja, wohin sie das gebracht hatte.

Sie las ihren Brief noch einmal, und als sie damit zufrieden war, druckte sie ihn aus, faltete ihn und steckte ihn in einen Briefumschlag. Sie verspürte ein leichtes Gefühl der Unzufriedenheit. Obwohl sie Tanya gesagt hatte, dass sie als freie Mitarbeiterin zur Verfügung stünde, hatte sie doch keine Arbeitsproben, die sie ihr zeigen konnte. Noch nicht zumindest. Sie musste schreiben, das stimmte, aber sie war sich nicht sicher, *worüber*.

Ein paar Minuten später kam Callie aus ihrem Zimmer geschlurft. Wie üblich hatte sie ihre Jogginghose und ein T-Shirt an. Ihr Gesicht war noch ganz verquollen vom Schlaf. „Morgen", gähnte sie.

„Hi", lächelte Kate. „Möchtest du auch einen Tee?"

„Ich denke, ich werde mich gleich übers Frühstück hermachen", erwiderte Callie und schüttete sich Cornflakes in eine Schüssel. Sie hielt den Karton auch Kate hin, aber die schüttelte den Kopf.

„Ich warte auf Aaron", sagte sie.

Callie zeigte auf das Fenster. „Und er wartet auf dich." Auf dem Rasen waren er und Bandit in ein wildes Zerrspiel mit etwas vertieft, von dem Kate hoffte, dass es ein altes Handtuch war.

„Ich habe gar nicht gehört, dass er aufgestanden ist.“ Kate runzelte unmerklich die Stirn. „Und, was hast du heute vor?“

„Yolanda holt mich gleich ab. Wir müssen heute drei Häuser am Lake Sutherland fertigmachen.“ Sie zog eine Grimasse. „Ich habe heute so überhaupt keine Lust auf Arbeiten.“

Kate fiel auf, dass sie ein bisschen abgezehrt aussah, auch wenn das definitiv nicht an mangelndem Appetit liegen konnte. Teenager, dachte sie. Sie gingen immer zu spät ins Bett, egal, wann sie morgens aufstehen mussten. Obwohl Kate sich über das Mädchen nicht beschweren konnte. Sie half im Haushalt, und Aaron betete sie an. Sie schien sich gut eingelebt zu haben.

Callie nahm sich eine zweite Schüssel Cornflakes und bemerkte, dass Kate sie beobachtete. „Ich weiß, ich sollte nicht“, sagte sie zerknirscht. „Ich werde fett wie ein Schwein.“ Aber sie goss trotzdem Milch drauf und streute Zucker darüber. „Was ist mir dir? Hast du heute irgendwelche Pläne?“

Da das Mädchen nun mal bei ihnen wohnte, hätte Kate es albern gefunden, von ihr gesiezt zu werden. „Vielleicht mache ich mit Aaron eine Wanderung zu den Marymere Falls. Bist du schon mal an den Wasserfällen gewesen?“

„Nein. Aber ich habe gehört, dass es da sehr hübsch sein soll. Vielleicht schaue ich sie mir an meinem freien Tag mal an.“

„Außerdem sollte ich mich endlich mal an die Arbeit machen“, fügte Kate mit einem Seitenblick auf ihren Laptop hinzu.

„Weißt du schon, was du schreiben willst?“

„Ach, ich habe ein paar Ideen …“

„Ich finde immer noch, dass du über Walden Livingston schreiben solltest“, sagte Callie. „Immerhin ist er ein echt berühmter Mann.“

„Ich weiß. Er bekommt immer noch Briefe von seinen Fans“, nickte Kate. „Nur ein paar im Jahr, aber immerhin.“

„Er war auch der Grund, warum ich mich für dieses Haus entschieden habe“, gab Callie zu. „Als ich die Fotos sah, die

Annie Leibovitz von ihm gemacht hat, und herausfand, dass das hier sein Haus war, hat es mich echt umgehauen. Seine Bücher sind ... heilig für Leute, die sich für die Erhaltung der Erde einsetzen."

Dieses Mädchen schaffte es immer wieder, Kate zu erstaunen. Sie war eine Mischung aus bauernschlauer Ausreißerin und naiver Idealistin, in einigen Gebieten unglaublich belesen und in anderen vollkommen ahnungslos. „Nicht viele junge Menschen kennen Walden Livingston. Wie hast du von ihm erfahren?"

„Ich habe mal bei einem Pärchen gewohnt, die ihr gesamtes Leben dem Umweltschutz gewidmet haben. Walden war ihr absolutes Vorbild. Sie hatten ein handsigniertes Buch von ihm und auch die Sammlung seiner Zitate. Du weißt schon: ‚*Hinterlasse keine Spur für den zukünftigen Reisenden – lass ihn seinen eigenen Weg finden*' und so. Hat er wirklich so gesprochen?"

Kate stützte ihr Kinn in die Hand und betrachtete das Leibovitz-Porträt, das an der Wand neben der Tür hing. Das Bild fing das Funkeln in seinen Augen ein, den dramatischen Schwung seiner schneeweißen Haare, das, wie er immer sagte, früher genauso rot gewesen war wie ihres. Sein Gesicht hatte die gleiche Ausdruckskraft wie die Natur, für die er sich sein Leben lang eingesetzt hat, und Annie Leibovitz' Kamera hatte all das eingefangen. Ich vermisse dich, dachte Kate. Dann richtete sie ihre Aufmerksamkeit wieder auf Callie. „Ich bin mir nicht mal sicher, ob er all das überhaupt gesagt hat."

„Wirkte er ... ich weiß nicht ... in echt irgendwie anders als die anderen Leute in deinem Leben?"

„Gute Frage." Kate lächelte bei der Erinnerung. „Vielleicht, ja. Für mich war er einfach Grandpa. Das war schon besonders genug."

„Ich habe meine Großeltern bisher leider nur ein einziges Mal getroffen."

„Meinst du, dass du sie irgendwann vielleicht noch mal wiedersehen willst?“

Callie schob sich einen Löffel Cornflakes in den Mund und warf Kate einen wachsamen Blick zu.

„Ich will nicht herumschnüffeln“, sagte Kate.

„Warum hast du dann gefragt?“

„Ich muss zugeben, ich bin einfach neugierig. Ich möchte mehr über dich und dein Leben erfahren.“

Callie dachte einen Moment darüber nach. Dann legte sie den Löffel hin und schob die Schüssel von sich. „Ich erzähle dir, was ich über meine Großeltern mütterlicherseits weiß. Da sie meinen Dad nie gefunden haben, haben seine Eltern nie eine Rolle gespielt. Als Bruder Timothy aufgeflogen war und die Kommune auseinanderbrach, sind meine Mom und ich nach Washington gekommen. Sie war so am Boden zerstört, dass sie zu ihrer Familie nach Tacoma gefahren ist und mich dort einfach abgegeben hat. Sie hat sich nicht mal verabschiedet oder gesagt, wohin sie geht.“

Kate brach es das Herz, sich das vorzustellen. „Es tut mir so leid, Callie.“

Das Mädchen zuckte mit den Schultern. „Nicht so schlimm, ich bin drüber hinweg. Egal ... Sie haben den Child Protective Service gerufen. Sie sagten, ich könnte nicht bei ihnen wohnen, das wäre zu viel für sie. Ich schätze, dein Großvater war anders.“

„Ja“, sagte Kate. „Er war ... magisch. Ich bin so froh, ihn gekannt zu haben.“

„Wusstest du, dass er anders war?“

„Ich glaube, ich habe mich nie wirklich mit seinem Leben befasst. Ich wusste, dass er viele Aufgaben und Termine hatte. Während des Schuljahres war er viel auf Reisen.“ Sie ging zum Bücherregal und zog ein ledergebundenes Album heraus, das der Karriere ihres Großvaters gewidmet war.

Zusammen blätterten Callie und sie durch Fotos, Zeitungsausschnitte und Zeitschriftenartikel. Es gab eine ganze Seite mit Fotos, auf denen Walden mit US-Präsidenten posierte oder Hände schüttelte, von Lyndon B. Johnson bis zu Ronald Reagan. Er hatte alle von ihnen dazu gebracht, die eine oder andere Vorschrift zum Schutz der Umwelt zu unterschreiben.

„Ich frage mich", sagte Callie leise, „wie es ist, etwas so Großes, so Wichtiges mit seinem Leben anzustellen."

„Ich glaube, er konnte sich für sich nichts anderes vorstellen." Auch wenn Walden von den Naturschützern auf der ganzen Welt geliebt worden war, hatte er seine Eltern schwer enttäuscht, indem er sich geweigert hatte, das Familienunternehmen zu übernehmen. Wenn die Familie ihr Vermögen mit Holz machte und der älteste Sohn Umweltschützer wird, sorgt das unweigerlich für Spannungen. Vor allem wenn er den Großteil des Familienvermögens für seine Sache ausgibt. Aber all das war vor Kates Zeit passiert. Sie musterte Callie, die jetzt, nachdem sie was gegessen hatte, schon etwas besser aussah. In ihrer Frage nach Waldens Leben hatte noch etwas anderes mitgeschwungen: Bin ich jemand? Spiele ich überhaupt eine Rolle?

„Callie, wie ist deine Mutter so?" Kate wusste, dass es riskant war, das Thema aufzubringen, aber sie spürte, dass es der Kern der Probleme des Mädchens war. „Wenn du nicht willst, musst du nicht antworten."

„Nein, ist schon okay. Da gibt es sowieso nicht viel zu sagen. Sie ist eine Versagerin, und ich vermisse sie überhaupt nicht." Eine Hupe ertönte, und Callie sprang auf. „Ich muss los", sagte sie. „Bin so gegen sieben zurück."

„Vergiss dein Essen nicht", Kate reichte ihr die Papiertüte.

Callie schenkte ihr ein dankbares Lächeln und rannte dann aus dem Haus.

Kate wusste, dass das Mädchen in seinem Leben noch nicht viel Freundlichkeit erfahren hatte. Sogar das kleinste bisschen Zuvorkommenheit war für Callie eine Überraschung. Kate wünschte sich, dass jemand sie als kleines Kind geliebt, ihr ein Schulbrot gemacht und ihr am Morgen einen guten Tag gewünscht hätte. Sie war überzeugt davon, dass die Welt ein besserer Ort wäre, wenn jeder Mensch diese Kleinigkeiten erleben dürfte. Der Gedanke ließ ihren Blick zu ihrem Computer wandern. Nein, dachte sie. Nein. Ein Kreuzritter in der Familie ist genug. Sie musste erst einmal ihr eigenes Leben in den Griff bekommen, bevor sie anfing, die Welt zu retten.

Sie klappte das Album zu und wischte mit einem weichen Tuch über den Ledereinband. Ihr Großvater hatte ein wichtiges Leben geführt. Genau das hatte sie auch tun wollen, mit all ihren großen Karriereplänen. Doch die Dinge waren anders gelaufen.

Genau in diesem Moment stürzte Aaron durch die Tür und hüpfte wild vor dem Schuhregal umher bei dem Versuch, seine Schuhe auszuziehen. „Mom!", schrie er. „Hey, Mom!"

„Ich bin hier", sagte sie. „Du musst nicht so schreien."

„Okay. Ich habe ein Fossil gefunden." Er kam zu ihr gerannt und zeigte ihr einen Stein, in den eine käferförmige Muschel geprägt war.

„Tatsächlich. Toll", lobte Kate ihn. „Wo hast du es gefunden?"

„Im Wald." Er hielt es ihr hin. „Du kannst es behalten, wenn du magst", sagte er. „Ist ein Geschenk."

„Danke schön." Sie stellte das Album wieder ins Regal. Ich mache etwas Wichtiges in meinem Leben! dachte sie und nahm das Geschenk ihres Sohnes in die Hand. Was könnte wichtiger sein als das hier?

8. KAPITEL

Kate Livingston", sagte JD, als Sam sich am Telefon meldete. „Was kannst du mir über sie erzählen?"

Er war in den Ort gefahren, um ein paar Sachen fürs Fliegenfischen zu kaufen und seine Post abzuholen. Den ganzen Tag nichts zu tun zu haben hielt ihn ganz schön auf Trab.

„Kate Livingston aus dem großen Haus am Ende der Straße?" Sam stieß einen leisen Pfiff aus. „Ich habe seit Jahren nicht mehr an sie gedacht. Hast du sie getroffen?"

„Ja. Also, was weißt du über sie?"

Ein gedämpftes Rascheln drang durch den Hörer, als Sam sich bewegte, vermutlich um außer Hörweite seiner Frau und seiner Kinder zu gelangen. „Dass ich mal in sie verliebt war", gab er mit einem angestrengten Flüstern zu.

„Wie kommt's?" JD grinste und schüttelte den Kopf. Sam hatte ein großes Herz und überhaupt keine Angst vor ebenso großen Gefühlen. Seit JD ihn kannte, hatte er sich ein Dutzend mal ver- und entliebt, war mit sorgloser Hingabe aus den höchsten Höhen des Glücks in die tiefsten Tiefen der Verzweiflung gefallen. Bis er schlussendlich vor ein paar Jahren Penny kennengelernt hatte und ihr sofort verfallen war. Mit ihr, hatte er JD verkündet, habe er endlich seine Seelenverwandte gefunden. Er behielt sein Versprechen bei, überschüttete sie und die Kinder mit Aufmerksamkeit und Liebe und blühte unter den Sorgen und Freuden des Familienlebens förmlich auf.

„Siebte Klasse", gab er zu. „Sie war ein Jahr jünger. Ich war höllisch in sie verknallt. Als hormongesteuerter Teenager von zwölf Jahren konnte ihr Anblick im Bikini mich in ein sofortiges Schockkoma fallen lassen. Mein Gott, sie war aber auch süß! Rote Haare, Sommersprossen. Später, als wir in der Highschool waren ..." Er stieß einen erneuten leisen Pfiff aus.

„Das beantwortet meine Frage nicht.“ Bilder von einer erwachsenen Kate im Bikini stahlen sich in JDs Kopf.

„Verdammt! Kate Livingston. Ich war verrückt nach ihr, jeden Sommer aufs Neue. Ist sie immer noch so heiß?“

Oh ja, dachte JD. „Du bist verheiratet.“

„Und habe auch vor, das zu bleiben. Trotzdem. Ist sie’s?“

„Sie ist ...“ JD schaute aus dem Fenster des Pick-ups. Spiegelglatt, glänzend und tiefblau lag die Juan-de-Fuca-Straße vor ihm, nur getüpfelt von Frachtern, die aufs offene Meer hinausfuhren. Er suchte das passende Wort für Kate. „Verdammt heiß trifft es immer noch ganz gut.“

Ein weiterer Pfiff. „Mann! Ich habe seit Jahren nicht an sie gedacht“, wiederholte sein Freund.

„Ich habe mir ihre Kühlbox geliehen. Lange Geschichte. Sie hat ein Kind. Scheint so um die zehn Jahre alt zu sein.“

„Ehemann?“

„Ich hab keinen gesehen.“

„Wenn sie immer noch Livingston heißt, ist sie vielleicht nicht verheiratet. Sie stammt aus einer sehr, sehr alten Familie vom See. Ihr Anwesen ist legendär. Riesig. Seit fast einem Jahrhundert im Familienbesitz. Die Familie hat ihr Vermögen während der Prohibition gemacht, mit Holz und kanadischem Whiskey. Politisch nicht unbedingt korrekt, aber es hat sie eine Weile über Wasser gehalten, wie man so sagt. Ich glaube, die nachfolgenden Generationen haben es geschafft, das gesamte Geld durchzubringen, aber das Haus am See haben sie immer behalten. Ich habe den Kontakt zu Kate über die Jahre verloren. Ich bin in die Army eingetreten und hab gehört, dass sie aufs College gegangen ist. Sie war so eine Art Genie, und wir dachten immer, dass sie mal was Großes mit ihrem Leben anfängt.“ Er machte eine kurze Pause. „Ist die gesamte Familie da?“

„Nein, aber sie hat ein Kind“, wiederholte JD.

„Kaum zu glauben, dass sie nie geheiratet hat.“

„Warum?“

„Du hast sie doch kennengelernt. Sag du es mir. Wie ist sie so?“

Wunderschön, dachte JD. Liebevoll und lustig und ein kleines bisschen verletzlich. In jeder Hinsicht die vollkommen falsche Frau für ihn. Die ganze Welt ist falsch für mich, dachte er. Das war das Problem mit dem, was er getan hatte. Er bedauerte es nicht eine Sekunde lang, aber seitdem war er ein Außenseiter, wohin er auch kam.

Zu Sam sagte er: „Sie scheint eine … nette Person zu sein.“

„Eine nette Person. Na, das sagt mir ja eine ganze Menge.“

„Wie ich schon sagte, ich bin ihr nur einmal zufällig über den Weg gelaufen.“

„Es könnte dich schlimmer treffen mit deinen Nachbarn, mein Lieber.“

JD sagte nichts, aber er nickte. Sam hatte recht. Ihrer ersten Begegnung nach zu urteilen, war sie genau die Art Frau, von der ein Mann träumen konnte. Die richtige Mischung aus dem Mädchen von nebenan und einer Stripteasetänzerin. „Ich glaube, ich werde mich diesen Sommer lieber um meine eigenen Angelegenheiten kümmern“, sagte er.

„Quatsch. Ich kann es in deiner Stimme hören. Die Frau hat dich berührt. Ich kann dir da allerdings nicht weiterhelfen, es ist schon zu lange her, dass ich sie gesehen habe. Wenn du was über sie wissen willst, wirst du es wohl alleine herausfinden müssen.“

JD hörte die Herausforderung in der Stimme seines Freundes. „Danke, aber ich verzichte. Dafür bin ich nicht hierhergekommen. Außerdem ist meine Erfolgsbilanz in diesen Dingen einfach nur gruselig.“

„Ach, komm schon! Nur wegen ein paar Stalkern und Verrückten musst du doch nicht gleich der gesamten Damenwelt den Rücken zuwenden.“

„Die scheinen aber die Einzigen zu sein, dich ich anziehe. Wie geht es überhaupt meinem größten Fan?" JD wappnete sich für die Antwort.

„Dank des District of Columbia weilt sie immer noch in verlängerten Ferien. Ich habe nichts weiter gehört, also gehe ich davon aus, dass alles gut läuft."

JD stieß einen Seufzer der Erleichterung aus. Seit dem *Vorfall* waren so viele Dinge geschehen … schlimme Dinge, irrwitzige Dinge: Eine junge Frau namens Shirlene Ludlow hatte sich selbst verletzt, nur damit sie den Notruf wählen konnte, um sich von Jordon Donovan Harris retten zu lassen. Sie war beinahe verblutet. Kurz darauf kam ein Anruf aus Kalifornien: JDs Mutter nahm wieder Drogen. In dieser Nacht realisierte er, dass man ihm nicht nur seine Privatsphäre genommen hatte, sondern dass er für Menschen wie seine Mutter und Shirlene Ludlow eine echte Gefahr darstellte. Er traf eine Entscheidung – und bat Sam um Hilfe, um unterzutauchen.

„Also funktioniert deine Tarnung noch?", wollte Sam wissen.

„Soweit ich das beurteilen kann, ja."

„Ich wusste es! Vielleicht wird Kate Livingston ja dafür sorgen, dass dein Exil weniger einsam ist."

Oder noch offensichtlicher, dachte JD. Zumindest schien sie nicht der Typ Frau zu sein, der sich die Pulsadern aufschneidet, um die Aufmerksamkeit eines Mannes zu erregen. „Wohl kaum", sagte er.

„Wo bleibt denn da der Spaß?", fragte Sam.

„Ich bin nicht zum Spaß hier", sagte JD. „Ich bin hier, um mein Leben zurückzubekommen. Oder ist es dumm von mir, zu hoffen, dass das überhaupt möglich ist?"

„Wenn man erst einmal vom *People's Magazine* zu einem der fünfzig schönsten Menschen der Welt gewählt worden ist, ist es schwer, wieder in der Versenkung zu verschwinden."

„Das ist nicht lustig, Sam!“

„Hör zu, ich verstehe ja, dass du nach der Sache mit Tina ein gebranntes Kind bist.“ Sam hatte JD während der gesamten Tortur im Militärkrankenhaus zur Seite gestanden. Er war der Einzige, der nach dem *Vorfall* informiert worden war. JD hatte keine nennenswerten Verwandten, zumindest keine, die er in einem egal wie schlimmen Notfall unterrichten wollte. „Aber irgendetwas sagt mir, dass Kate nicht wie Tina ist.“

JD wusste verdammt gut, dass er für eine neue Beziehung noch nicht bereit war. Aber trotzdem hatte Kate etwas an sich, das ihn beinahe gegen seinen Willen anzog. Ihre Herkunft, ihre ganze Welt reizte ihn. Er kannte sie nicht einmal. Aber es war bemerkenswert, wie viel er in ihre erste Begegnung hineininterpretierte. „Bei ihr wohnt außerdem ein junges Mädchen“, sagte er seinem Freund. „Weißt du irgendetwas über eine Callie Evans?“

„Der Name sagt mir nichts.“ Sam machte eine kurze Pause, um seinen Kindern zu sagen, dass sie ihre Hände aus dem Aquarium nehmen sollten. „Hast du schon mal was von Walden Livingston gehört?“

„Nein.“

„Er ist Kates Großvater. Er war eine Art Aktivist, eine Ikone der Sechziger.“

„Aha“, sagte JD. „Und?“

„Also weiß sie, dass auch eine Berühmtheit nur mit Wasser kocht, genau wie der Rest der Menschheit.“

„Ich werde es ihr auf keinen Fall sagen.“ Alleine der Gedanke rief böse Erinnerungen in ihm hervor. Nach Wochen seelischer und körperlicher Therapie hatte er sich darauf gefreut, entlassen zu werden – sowohl aus der Army als auch aus dem Krankenhaus. Er hatte ein neues Leben für sich geplant. Medizin zu studieren war ein alter Traum, der durch seine Begegnung mit dem Tod wieder lebendig geworden war. Er hatte immer gedacht, dass er eines Tages Arzt werden würde ... irgendwann. Der Vorfall mit Muldoon war Mahnung gewesen, wie schlecht es war, seine Ziele auf später zu verschieben. Aber als er endlich entlassen war, war nicht alles vorbei. Im Gegenteil: Seine Probleme fingen erst richtig an.

„Du kannst dich nicht für immer verstecken."

„Ich hoffe, dass ich das auch nicht muss." JD stieg aus dem Truck und wanderte auf dem Parkplatz auf und ab. Eine vierköpfige Familie ging direkt an ihm vorbei, ohne ihn überhaupt wahrzunehmen. Die Frau schob einen Kinderwagen, während der Mann einen kleinen Jungen auf den Schultern trug. Sie lachten, und der Kleine klatschte begeistert in die Hände.

JD hatte gesehen, was für fürchterliche Dinge Familien sich gegenseitig antaten, und er wusste, dass Liebe sich in tödliches Gift verwandeln konnte. Trotzdem gab es da etwas in ihm, das nicht totzukriegen war. Ein Wunsch, eine Hoffnung, eine Sehnsucht, eines Tages auch mehr zu sein als nur er selbst, nämlich ein Teil einer Familie.

„Du wirst nicht mehr lange dort bleiben müssen", versicherte ihm Sam. „Deine fünfzehn Minuten Ruhm sind fast vorüber."

„Gut."

„Bald wird es Jordon-Donovan-Harris-Actionfiguren bei eBay geben."

„Jetzt fängst du langsam an, mir auf die Nerven zu gehen."

Sam lachte. „Genieß einfach den Sommer, JD! Brauchst du noch was?"

„Nein, es ist alles bestens. In meinen wildesten Träumen hätte ich mir nicht vorstellen können, dass es einen Ort wie diesen gibt."

„Ist schon ganz schön, was?", sagte Sam. „So, und jetzt hör auf, dir Gedanken über die Zukunft zu machen. Alles wird gut, okay?"

Die Veränderung in seiner Stimme war so subtil, dass nur JD, der Sam wie einen Bruder kannte, sie bemerkte. „Okay“, sagte er und ging weiter vor seinem Pick-up auf und ab. „Was ist los?“

„Du, äh, erinnerst dich an Max Glaser?“

„Natürlich, ja.“ Glaser war das erste Opfer gewesen, das er und Sam an der Front gemeinsam behandelt hatten. „Warum fragst du?“ Er riss die Beifahrertür auf und blätterte durch seine Post. Wut kochte in ihm hoch, als er ein Klatschmagazin aus einem der Umschläge zog. Den Titel zierte eine Schwarz-Weiß-Aufnahme von drei jungen Männer: JD, Sam und einen Marine, den er aus dem Schussfeld gezogen hatte. Das Bild war vor Jahren in Afghanistan aufgenommen worden. „Was zum Teufel ist das?“

„Ah“, machte Sam. „Ich sehe, du hast den neuesten Klatsch gefunden.“

„Meine Güte, Sam!“, stieß JD ungläubig aus.

„Das meiste, was sie veröffentlichen, ist reine Fiktion. Aber ich dachte, auf das hier willst du sicher mal einen Blick werfen.“

Mit gerunzelter Stirn schlug JD die Zeitschrift auf und überflog den Artikel. Er war mit weiteren Fotos und einigen fett hervorgehobenen Zitaten geschmückt. „Das ist Glasers Geschichte, oder?“ Max Glaser war ein Marine, dem Sam und er vor Jahren das Leben gerettet hatten. Sie hatten ihn danach nie wiedergesehen. Aber offensichtlich reichte es aus, von Jordon Donovan Harris gerettet worden zu sein, um eine Titelstory zu bekommen.

„Äh“, unterbrach Sam seine Gedanken. „Bist du noch da?“

„Ja.“ JD schüttelte die Erinnerungen ab und legte die Zeitschrift zur Seite. Er hatte das Bedürfnis, sich die Hände an der Hose abzuwischen, sein Gehirn mit Seife auszuwaschen. Er nahm einen tiefen Atemzug und richtete seine Aufmerksamkeit auf die schneebedeckten Berge, die hinter der Meerenge aufragten. „Ich dachte, du hättest gesagt, meine fünfzehn Minuten Ruhm wären fast vorbei?“

„Weißt du, was ich glaube? Ich glaube, du siehst das alles ganz falsch. Du solltest deine Berühmtheit dafür einsetzen, was zu verändern, das zu kriegen, was du willst.“

Wie einen Platz für meine Mutter in einer Entziehungsklinik? fragte JD sich.

„Anstatt von all der Aufmerksamkeit zurückzuschrecken, solltest du sie zu deinem Nutzen einsetzen“, fuhr Sam fort.

„Jetzt klingst du wie Maurice Williams“, bemerkte JD und runzelte die Stirn, als sein Blick in diesem Moment auf einen Umschlag von seinem Agenten fiel. Maurices Rat hatte ihm schon mehr eingebracht, als er hatte haben wollen. Er hatte bei ihm unterschrieben, weil ihm die Kontrolle über den Film, über sein Leben und das Attentat versprochen worden war. Naiverweise hatte er gedacht, er hätte ebenfalls die Kontrolle darüber, ob der Film überhaupt gedreht werden würde oder nicht. Aber das interessierte die Produktionsfirma natürlich nicht im Geringsten.

„Er hat nicht ganz unrecht“, sagte Sam. „Durch das, was du getan hast, kannst du jetzt noch ganz andere Sachen anleiern. Hast du mal auf die Spendensumme deiner Stiftung geschaut?“

„Es ist nicht ‚meine Stiftung‘.“ Es war eine gemeinnützige Stiftung, die er ins Leben gerufen hatte, nachdem immer mehr ungebetene Spenden für ihn eingetrudelt waren. Schecks und Bargeld wurden ohne weitere Erklärungen, ohne Rücksendeadresse und manchmal mit einer kleinen, handgeschriebenen Notiz an seine Adresse geschickt. *Für ihre Anständigkeit* oder *Als Ausdruck meiner Bewunderung*. Ihm war es unangenehm, Geld für etwas zu erhalten, das jeder Mensch in seiner Situation getan hätte. Er versuchte, es wieder zurückzuschicken, aber zu viele Umschläge waren ohne Absender. Es dauerte nicht lange, bis ihn die Briefflut überwältigte.

Er hatte einen Verwalter eingestellt, der die Stiftung gegründet hatte und sich um das Geld kümmerte. JD musste nichts tun. Und er wollte auch nichts tun, denn seiner Meinung nach gehörte ihm das Geld nicht. Er wollte, dass es Sanitätern zugutekam, die im Dienst verletzt wurden, und benachteiligten Jugendlichen, damit diese aufs College gehen konnten.

„Du findest die aktuelle Bilanz in deiner Post“, sagte Sam. „Du musst ein paar Entscheidungen treffen. Du kannst alles tun, wovon du immer geträumt hast. Also, was willst du?“

Oh, da gab es so viel! Und so wenig. Er wollte, dass das alles aufhörte und er wieder er selbst sein konnte. Er wollte die Vergangenheit ändern, einen Vater haben und eine Mutter, die Mutter war. Er wollte den amerikanischen Traum von einem normalen, durchschnittlichen Leben. Er wollte, dass es Janet besser ging.

Er hatte in den Krieg ziehen müssen, um sich eine Ausbildung leisten zu können. Seine Stiftung bot den Jugendlichen, die so waren wie er, eine andere Option. Dank der Großzügigkeit seiner Mitmenschen konnte er nun vielen Kindern cinc Ausbildung finanzieren.

Und all das kostete JD das Leben, das er bisher gekannt hatte.

Vor der Bücherei von Port Angeles stellte Kate ihr Handy aus und grinste Callie an, die neben ihr auf der Bank saß. „Das war eine Zusage“, sagte sie.

Callie grinste zurück. „Echt?“

„Ja. Meine Freundin Tanya findet die Idee einer Retrospektive über meinen Großvater großartig. Sie hat das Projekt in der Redaktionskonferenz vorgestellt, und sie haben grünes Licht gegeben. Sieht so aus, als wenn eine ganze Menge Arbeit auf mich wartet." Kate spürte die Euphorie in sich aufsteigen. Der Sommer hatte mit einem Gefühl der Niederlage angefangen, doch nun sah es so aus, als hätten die Wolken am Himmel sich langsam verzogen. „Das habe ich nur dir zu verdanken", sagte sie zu Callie. „Du hast mich auf die Idee gebracht."

Callie wurde rot und wandte den Blick ab. Sie konnte nicht gut mit Lob umgehen.

Kate drängte sie nicht weiter. „Lass uns hineingehen. Ich muss mit meiner Recherche anfangen."

Aaron war bereits in der Kinderabteilung; dort fand an diesem Freitagmorgen ein Kurs im Papierfliegerbasteln statt. Kate konnte nicht anders: Sie musste kurz nachschauen, ob er sich auch gut benahm. Für den Augenblick schien er ganz darin aufzugehen, Papier zu falten. Sie stieß einen kleinen Seufzer der Erleichterung aus und machte sich auf den Weg zu den Computern.

Hier verbrachte sie eine vergnügliche halbe Stunde damit, archivierte Artikel und Bilder von ihrem Großvater herauszusuchen. Einige davon hatte sie noch nie zuvor gesehen. Dann wanderten ihre Gedanken zu Callie, und sie suchte nach den Stichwörtern „Millennium Commune" und „Bruder Timothy". Innerhalb weniger Minuten war sie ganz vertieft in die schockierenden, grässlichen Details der Sekte. Alles, was Callie ihr erzählt hatte, stimmte. Außerdem erfuhr sie noch einige Einzelheiten, die Callie nicht erwähnt hatte. Zum Beispiel, dass es die Mutter war, die das Kind für Bruder Timothy vorbereitete, badete und wie eine kleine Braut anzog, wenn er ein Mädchen erwählt hatte, das er zur Feier ihres Erwachsenwerdens vergewaltigen wollte.

Kate fand auch den Namen und Bilder von Callies Mutter. Sie klickte sich durch verschiedene Links und stieß schlussendlich auf das Verbrecherfoto von Sonja Evans, das im Sheriffbüro von Pierce County, Washington, aufgenommen worden war. Selbst auf diesem Bild sah die Frau kaum wie eine Verbrecherin aus. Ganz im Gegenteil: Sie war sehr hübsch, wirkte sehr weich und verletzlich.

Kate fühlte sich ein wenig mulmig. Sonja Evans war wegen Diebstahls verhaftet worden und saß ihre Strafe im Frauengefängnis von Washington State ab. Ich bin so froh, dass sie dich eingesperrt haben! dachte Kate. Du verdienst es nicht, von irgendjemandem als Mutter bezeichnet zu werden.

Sie packte ihre Sachen weg und machte sich auf die Suche nach Callie. Das Mädchen saß an einem Tisch und blätterte durch ein großformatiges Buch. „Hast du was Interessantes gefunden?", fragte Kate.

„Ein Buch über Cake – das ist meine Lieblingsband. Ich stell es schnell zurück."

„Du kannst es auch ausleihen, wenn du magst."

„Ich habe keinen Büchereiausweis."

„Kein Problem. Dann besorgen wir dir einen."

Kurze Zeit später hatten sie Callies vorläufigen Ausweis in der Hand, den sie so vorsichtig hielt, als fürchte sie, dass er kaputtgehen könnte. Als Kate sie ansah, schenkte sie ihr ein kleines Lächeln. „Ich hab noch nie einen Bibliotheksausweis gehabt."

Kate verspürte den überwältigenden Drang, sie in den Arm zu nehmen, aber sie unterdrückte ihn. Callie schien Umarmungen nicht so gut zu vertragen. Sie verließen die Bücherei und traten hinaus in den Sonnenschein. Auf dem Rasen probierten Kinder ihre Papierflieger aus, und gemeinsam schauten sie zu, wie Aaron seinen wieder und wieder in die Luft steigen ließ.

„Ich habe die Millennium Commune gegoogelt", sagte Kate. „Ich hoffe, das macht dir nichts aus. Ich war einfach nur … neugierig."

„Es ist ja kein Geheimnis oder so. In Kalifornien stand es in jeder Zeitung."

„Es ist einfach schrecklich, Callie! Wenn es irgendetwas gibt, was ich tun kann, wenn du mit jemandem reden möchtest …"

„Ich hatte einen Psychologen und den ganzen Kram."

Kate berührte sie sanft an der Schulter. „Du hast mir das von deiner Mutter gar nicht gesagt."

„Oh, verzeih", erwiderte Callie sarkastisch. „Das ist normalerweise das Erste, was ich Leuten erzähle: dass meine Mutter im Knast sitzt."

„Darfst du sie besuchen?", fragte Kate.

„Sicher. Aber ich tu es nicht."

„Ich könnte dich hinbringen", schlug Kate vor. „Natürlich nur, wenn du das willst."

„Nein."

Kate ließ ihre Hand fallen. „Entschuldige. Was mir wirklich leidtut, ist, dass du nichts getan hast, um all das zu verdienen."

„Wieso bist du dir da so sicher?"

„Weil du etwas Besseres verdient hast, Callie. Du bist jung und unglaublich klug, und du hast das Beste verdient, was das Leben zu bieten hat."

Callie schaute Kate ungläubig an. „Meine Güte, gibt es dich wirklich?"

„Hast du ein Problem damit, dass ich nur das Beste für dich will?"

„Nein. Es scheint mir nur ziemlich sinnlos zu sein", murmelte Callie.

„Das finde ich nicht. Was wäre gewesen, wenn ich es sinnlos gefunden hätte, zu versuchen, einen Artikel für eine landesweite Zeitschrift zu schreiben?", beharrte Kate. „Was, wenn ich es nicht einmal versucht hätte? Dann würde ich immer noch durchs Haus tigern, in der festen Überzeugung, keine Zukunft als Schreiberin zu haben. Es ist nichts Schlechtes, etwas zu wollen, und ich denke, du hast es verdient. Also, was willst du?"

„Ein anderes Leben!", kam es wie aus der Pistole geschossen. „Ich will ein anderer Mensch sein, keine fette Versagerin mit Pickeln!" Callie schaute zu Boden. „Ich kann nicht glauben, dass ich das gesagt habe."

Es war nicht ganz das, was Kate vorgeschwebt hatte. Teenager, dachte sie und schaute zu Aaron und den anderen Kindern, die immer noch auf dem Rasen spielten. „Ich will nicht, dass du jemand anderes bist, und ich glaube, du willst das auch nicht wirklich."

„Ja, klar, alles ist super."

Kate ließ sich davon nicht irritieren. „Vielleicht interessiert es dich ja, dass ich in deinem Alter auch dachte, ich wäre ein Loser. Die ganze Collegezeit über bin ich mit dem gleichen Typen ausgegangen. Ich dachte, Nathan wäre das Beste, was ich jemals kriegen würde – und natürlich hat er mich fallen lassen. Er hat Aaron noch nie in seinem Leben gesehen."

„Was für ein Idiot!"

„Für diese Erkenntnis habe ich Jahre gebraucht." Kate fing Aarons Blick auf und winkte ihm, dass es an der Zeit war zu gehen. Darüber vergaß sie, was sie hatte sagen wollen. „Das ist jetzt das einzig männliche Wesen in meinem Leben", sagte sie und beobachtete, wie Aaron sich von der Bibliotheksmitarbeiterin verabschiedete.

„Was? Wegen einer schlechten Erfahrung verabredest du dich nicht mehr? Meinst du nicht, dass du was Besseres verdient hast?" Carrie schaffte es, Kates Ton genau zu imitieren.

„Ich habe nicht gesagt, dass ich mich nicht mehr verabrede. Ich habe bisher nur leider … nicht sonderlich viel Glück dabei gehabt."

„Was ist mit dem Typen?“

Kates Herz machte einen Satz. „Welchem Typen?“

„Du weißt genau, wen ich meine.“

Kate drehte sich kommentarlos um und ging in Richtung Jeep. Sie wusste es. Sie wusste es nur zu genau.

9. KAPITEL

Als Kate die Einfahrt der Schroeders hinunterging, überlegte sie, dass das wohl der lahmste, offensichtlichste Trick war, den eine verzweifelte Frau sich ausdenken konnte. Er würde sie sofort durchschauen. Und das Schlimme war: Sie hatte es sich trotzdem nicht ausreden können. Ihre Unterhaltung mit Callie hatte sie verfolgt, und schlussendlich hatte sie zugeben müssen, dass das Mädchen, so jung und verwirrt es auch war, einen Punkt getroffen hatte. Sie konnte nicht auf der einen Seite Callie dazu drängen, sich Ziele zu setzen und Risiken einzugehen, wenn sie sich auf der anderen Seite selber nichts traute und so tat, als wenn alles in bester Ordnung wäre.

Denn es war nicht alles in Ordnung. Sie war neunundzwanzig Jahre alt und in machen Nächten so alleine, dass sie Angst hatte, zu zerbrechen, und dass die ganzen kleinen Teile von ihr sich auflösen und sie unsichtbar machen würden. Okay, das war ein wenig übertrieben. Aber es war an der Zeit, sich einzugestehen, dass nicht alles gut war. Dass sie etwas Neues probieren musste.

Sie wollte ihren Nachbarn am See besser kennenlernen, und sie würde nicht darauf warten, bis er den ersten Zug machte. Allerdings würde sie sich vorsichtig herantasten. Mable Claire Newman hatte ihr versichert, dass JD Harris ein großartiger Mann war, der nach seiner ehrenhaften Entlassung aus dem Militärdienst seinen Sommer am See verbringen wollte.

Das Haus der Schroeders war ausgesprochen rustikal. Inmitten von hohen Douglasfichten sitzend, bestand es aus einem Haupthaus mit mehreren Schlafzimmern, einem Bootshaus und einem Schuppen. Wie die meisten Häuser am See hatte es weder einen Fernseh- noch einen Telefonanschluss. Den Leuten gefiel es so. Hier war einer der wenigen Orte auf der Welt, wo man einfach mal alles ausblenden und sich erholen konnte. Denn genau dafür kam man hierher: um sich zu entspannen. Aufzuladen. Das Leben zu entschleunigen und einfacher zu machen.

Durch die Fliegentür konnte sie ihn am Küchentisch sitzen sehen. Wie ein Chirurg am OP-Tisch war er vollkommen auf etwas vor ihm Liegendes konzentriert. Zum ersten Mal sah sie ihn ohne die John-Deere-Kappe. Seine langen Haare waren von der Sonne gesträhnt. Im Profil sah sie eine klare, kantige Attraktivität, die ihr bisher nicht aufgefallen war. Seine Hände arbeiteten mit überraschender Feinfühligkeit, zwischen den Fingern hielt er eine feine Pinzette. Beim Anblick dieser starken Hände, die sich so geschickt bewegten, schlugen ihre Gedanken eine nicht ganz jugendfreie Richtung ein.

Reiß dich zusammen, Kate! ermahnte sie sich.

Vom tragbaren CD-Player ertönte ein Song von Ben Harper, seelenvoll und wahr, eine unerwartete Wahl für einen Mann, der aussah, als würde er Countrymusik bevorzugen. Sich eine schnelle, vollkommen falsche Meinung über Menschen zu bilden war eine von Kates Spezialitäten. Daran musste sie in Zukunft noch arbeiten.

„Hallo", rief sie und klopfte dazu gegen die Tür.

Er schoss vom Tisch hoch, dass die Bank über den Boden schrammte. Kleine Federn flatterten in die Luft.

„Jesus!", sagte er und machte die Musik leiser.

„Ich wollte Sie nicht erschrecken." Ohne eingeladen worden zu sein, trat sie ein. „Tut mir leid. Ich … oh mein Gott, sehen Sie sich nur Ihre Hand an."

„Meine … verdammt." Er hielt seinen linken Daumen hoch. Ein Angelhaken steckte darin. Blut tropfte zu Boden.

„Das ist meine Schuld", sagte Kate und eilte zu ihm. „Es tut mir so leid. Setzen Sie sich, ich helfe Ihnen."

„Das brauchen Sie nicht." Seine Augen verengten sich misstrauisch hinter den Brillengläsern.

„Setzen Sie sich!“, wiederholte sie und drückte ihn an der Schulter sanft nach unten. Unter ihrer Hand spürte sie kräftige Muskeln. Es war schon lange her, dass sie einen Mann berührt hatte. Das Gefühl war überraschend. Als er endlich saß, ging sie zur Spüle hinüber und feuchtete ein Papierhandtuch an. Dann setzte sie einen Topf mit Wasser auf den Gasherd, zündete ihn an und kam zum Tisch zurück.

„Lassen Sie mich mal sehen“, sagte sie.

„Ich schaff das schon alleine“, sagte er, streckte ihr aber trotzdem den Daumen hin.

„Das sieht nicht gut aus.“ Kate spürte, wie sie ein wenig grün im Gesicht wurde. „Der Draht steckt ganz tief in Ihrem Daumen.“ Sie nahm seine Hand und drehte sie um. Sogar unter diesen Umständen fühlte sich die Geste seltsam intim an. „Soll ich Sie vielleicht lieber in die Stadt fahren? In Port Angeles gibt es eine Notfallambulanz …“

„Nein. Ich sagte doch, ich mach das schon, Kate.“

Sie überhörte die Schärfe in seiner Stimme. „Lassen Sie mich Ihnen wenigstens helfen. Ist es ein ein- oder ein zweispitziger Widerhaken?“

„Ein einfacher. Die zweispitzigen sind illegal.“

„Das weiß ich, aber die meisten Angler benutzen sie trotzdem.“

„Eine Forelle zu betrügen – das ist doch erbärmlich!“

Er ist definitiv nicht erbärmlich, dachte Kate. Sie betrachtete seine breiten Schultern, das kantige Kinn. Das, wie sie bemerkte, recht angespannt wirkte. „Ich hätte nicht herkommen sollen“, sagte sie schweren Herzens. „Sie waren gerade beschäftigt, und dann komme ich und ruiniere alles.“

„Hm.“

Sie runzelte die Stirn. „Sie sollten mir eigentlich widersprechen.“

Er stützte die Ellbogen auf dem Tisch auf. „Okay. Wenn Sie helfen wollen, dann machen wir jetzt Folgendes: Ich schiebe den Haken ganz durch, und Sie schneiden die Spitze ab, damit ich ihn herausziehen kann.“

„Das können Sie doch nicht machen“, sagte Kate fassungslos. „Das tut doch weh wie … oh.“

Noch während sie sprach, gab er dem Haken einen kräftigen Ruck, wobei er das Gesicht vor Schmerz verzerrte und einen Fluch ausstieß, der Kate zusammenzucken ließ. Die Wunde blutete jetzt noch stärker, als die Spitze des Angelhakens die Haut durchbrach.

„Holen Sie die Schere aus dem Erste-Hilfe-Kasten über der Spüle“, befahl er ihr.

„Erste-Hilfe-Kasten“, wiederholte Kate wie betäubt.

„Dann müssen Sie den Widerhaken am Ende abschneiden. Ich würde es selber tun, aber ich bin Linkshänder.“

„Wenn ich die Spitze abschneide, wird der Haken sich bewegen und Ihnen noch mehr wehtun.“

„Tun Sie es einfach, Kate.“

„Ich will Ihnen nicht wehtun.“

„Wenn Sie schnell machen, werde ich es überleben.“

„Ich möchte, dass Sie wissen, wie unglaublich leid mir das alles tut!“ Mit zittrigen Knien ging sie zum Küchenschrank und suchte nach dem Erste-Hilfe-Kasten.

„Es war ein Unfall“, beruhigte er sie.

„Den ich verursacht habe.“ So schnell ließ sie nicht locker. Sie fand den erstaunlich großen Erste-Hilfe-Kasten, der eine unglaubliche Sammlung an Utensilien beherbergte. „Sind Sie Arzt?“, fragte sie.

„Nein.“ Er bot ihr keine weitere Erklärung an.

„Ein paranoider Überlebenskünstler?“, riet sie weiter.

„Ja, genau, Sie haben mich ertappt.“ Er zeigte ihr ein mit einem Reißverschluss verschlossenes Fach, in dem sich steril verpackte Scheren aller Art befanden. Traumascheren nannte er sie. Sie öffnete eine Verpackung, atmete tief durch und schnitt dann mit zusammengekniffenen Augen den Haken ab. Er gab kein Geräusch von sich, sondern sog nur heftig den Atem ein. Ihre Hand zitterte, als sie die Schere ablegte.

Mit einer schnellen Bewegung, die sie beinahe nicht gesehen hätte, zog er den Angelhaken heraus. Dann ging er zur Spüle hinüber und ließ Wasser über den Daumen laufen. Mit nur einer Hand und professioneller Effizienz desinfizierte und verband er die Wunde.

„Dann sind Sie also … Tierarzt?“, fragte Kate und dachte an den Waschbären.

Aus irgendeinem Grund beschämte ihn ihre Frage. Sogar aus der Entfernung konnte sie sehen, wie seine Ohren rot wurden.

„Nein“, sagte er.

„Also was machen Sie dann?“

„Ich dachte daran, es mit Fliegenfischen zu versuchen, aber das ist nicht so gut gelaufen.“

„Ich meine, was machen Sie hier am See?“

„Ich habe mir den Sommer über freigegeben.“

Oh, er wurde langsam richtig zutraulich! Vielleicht bekam sie aber auch nur, was sie für ihr uneingeladenes Hereinplatzen verdiente. „Frei von was?“, bohrte sie trotzdem nach.

„Von allem.“ Er grinste, doch sie spürte, dass er es ernst meinte. „Ich denke, ich hab mir genau den richtigen Ort dafür ausgesucht.“

„Mrs Newman sagte, dass Sie beim Militär waren.“ Kate errötete. „Ich hab sie gefragt.“

Er schien darüber nicht sonderlich erfreut zu sein. „Warum dann noch die vielen Fragen?“

Er schaffte es, dass sie sich ein wenig lächerlich vorkam, aber sie gab nicht nach. „Das sind ganz einfache Kennenlernfragen. Die Art Fragen, die Leute sich stellen, wenn sie sich das erste Mal treffen und mehr übereinander erfahren wollen.“

„Okay“, sagte er, ohne zu lächeln. Aber sie meinte, ein

leichtes Glitzern in seinen Augen gesehen zu haben. „Kein Grund, gleich die Stacheln auszufahren. Ich habe mich auch nach Ihnen erkundigt. Bei meinem Freund Sam Schroeder."

Sie wusste nicht, was sie dazu sagen sollte. „Sollte ich mich geschmeichelt fühlen?", fragte sie. *Oder sind Sie ein Irrer?*

„Sie sollten sich definitiv geschmeichelt fühle. Vor allem wegen der Dinge, die er über Sie gesagt hat."

„Was für Dinge?"

„Dass er in Sie verliebt war – und Sie ihm das Herz gebrochen haben."

Kate erinnerte sich an Sam als einen etwas stämmigen, athletischen Jungen mit einer gewissen Respektlosigkeit und absoluter Angstfreiheit, wenn es um Gefahr für Leib und Leben ging. Soweit sie wusste, hielt er immer noch den Rekord für den Sprung vom höchsten Felsvorsprung in den Devil's Punch Bowl. Die Punch Bowl war ein natürliches Schwimmbecken und die beliebteste Badestelle im See. Sie war an drei Seiten von steilen Felswänden umgeben, die bis zum Grund des Sees reichten.

„Er lügt", widersprach sie. „Ich habe Sam Schroeder nie etwas getan."

„Deshalb haben Sie ja sein Herz gebrochen."

„Sehr lustig." Gegen ihren Willen erinnerte sie sich an einige Nächte mit beschlagenen Scheiben im örtlichen Autokino, aber da waren sie in der Highschool gewesen. Ewig her. „Was macht er so?"

„Er ist verheiratet und hat zwei Kinder."

Natürlich war er verheiratet. Und natürlich hatte er Kinder. Hatte das nicht jeder? Kate hatte ihre Entscheidung, Aaron alleine aufzuziehen, nie bereut, aber sie fragte sich oft, wie es wohl wäre, einen Ehemann, einen Partner, einen besten Freund und Liebhaber zu haben, jemanden, der sich für Aaron und sie interessierte, wie ein liebender Mann es eben so täte.

Unruhig stand sie auf und betrachtete die Bilder in den rustikalen Rahmen an der Wand. Einige waren gute zwanzig Jahre alt. Zumindest eines davon kam ihr bekannt vor, und sie zeigte es JD. Ein Schnappschuss von einer Gruppe Kinder in Badesachen, die am Rand des Sees standen und Enten fütterten. „Das bin ich, die da in dem grünen Badeanzug. Sommersprossen, dürre Beine, knochige Knie und eine Zahnspange."

„Ein feuchter Traum für jeden Zwölfjährigen."

„Es ist gemein, so was zu sagen! Vor allem zu jemandem, der einem gerade den Daumen gerettet hat."

Er entschuldigte sich nicht. Stattdessen musterte er sie mit einem undurchdringlichen Blick. „Ich würde sagen, die Knochige-Knie-Phase haben Sie hinter sich."

„Ist das ein Kompliment?"

„Sie erröten doch, oder?"

Verwirrt setzte sie sich wieder. „Ich habe ihn immer Sammy genannt", gestand sie. „Sammy Schroeder. Was hat er Ihnen noch erzählt, außer der Lüge über sein gebrochenes Herz?"

„Dass er Sie seit der Highschool nicht mehr gesehen hat. Er hat nach Ihrer Familie gefragt. Klang so, als würde er eine ganze Menge von ihr halten."

Sie nickte. „Das tut er auch, glaube ich. Jeder mag sie. Mein Vater ist gestorben, und meine Mutter hat wieder geheiratet und ist nach Florida gezogen." Sie wartete auf die übliche Sympathiebekundung, doch die blieb aus. „Also Sie und Sam haben gemeinsam gedient?", wagte sie sich ein Stück weiter vor.

„Richtig." Mehr sagte er nicht. Als das Schweigen unangenehm wurde, suchte sie verzweifelt nach etwas, worüber man reden konnte.

Er war schneller. „Ist Callie immer noch bei Ihnen?", fragte er.

„Ja. Ich denke, sie wird auch erst mal bleiben."

„Also ist sie eine Freundin? Verwandte? Babysitter?"

„Inzwischen ist sie sowohl Freundin als auch Babysitter", erwiderte Kate. „Sie geht großartig mit Aaron um. Um ehrlich zu sein: Anfangs hatte ich schon meine Bedenken, ob es richtig war, sie bei uns wohnen zu lassen." Sie ließ unerwähnt, dass Callie sie am ersten Tag so erschreckt hatte, dass sie um Jahre gealtert war. „Sie macht gerade eine schwere Zeit durch, also hab ich ihr gesagt, dass sie bleiben kann. Das Haus hat so viele Zimmer, die diesen Sommer leer stehen. Normalerweise kommen wir immer mit der ganzen Familie, aber dieses Jahr sind es nur Aaron und ich. Finden Sie es verrückt, dass ich sie bei uns wohnen lasse?"

„Meine Güte, Kate! Ja, das finde ich. Wie viel hat sie Ihnen von sich erzählt?"

„Genug", lächelte sie. „Mehr, als Sie mir über sich erzählt haben."

„Aber ich ziehe ja auch nicht bei Ihnen ein", grinste er.

„Ich weiß alles über Callie, was ich im Moment wissen muss." Tatsache war, dass Kate sich dem Mädchen jeden Tag mehr verbunden fühlte. Callie öffnete sich langsam und bot Einblicke in die Schmerzen und Unsicherheiten eines Lebens, in dem sie nur herumgeschubst worden war und sich niemals hatte sicher fühlen können. Kate wollte ihr dieses langvermisste Gefühl der Sicherheit geben. Und langsam, ganz langsam zeigten sich erste Erfolge. Zum Beispiel wenn Callie nicht länger verblüfft war, eine Lunchbox von Kate gemacht zu bekommen, oder wenn sie schüchtern fragte, ob sie gemeinsam mit ihr in den Drugstore fahren und etwas für ihre Haut kaufen würde. Vielleicht bildete Kate es sich nur ein, aber Callies ganzes Äußeres schien sich zu verbessern.

„Fühlt sie sich gut?"

Da war ein Unterton in seiner Stimme, der Kate aufhorchen ließ. „Ja, ihr geht es gut. In vielerlei Hinsicht ist sie ein typisches Kind – leidenschaftlich, wenn es um Musik geht, neugierig. Sie und Aaron fahren jeden Tag mit dem Kajak raus auf den See. „Anfangs hatte Kate sie gebeten, in Sichtweite des Hauses zu bleiben, aber je mehr sie Callie vertraute, desto mehr Freiraum ließ sie den beiden. Das Mädchen arbeitete hart, stand jeden Tag früh auf, und es hatte sich inzwischen gut bei Kate und Aaron eingelebt. Aaron betete sie an, folgte ihr, wohin immer sie ging. Nur an Bandit hatte sie sich immer noch nicht gewöhnt und schreckte jedes Mal zurück, wenn er ihr zu nahe kam.

„Das ist gut", sagte JD.

„Hab ich irgendetwas verpasst?"

„Das glaub ich nicht. Ich wollte nur sichergehen, dass bei Ihnen alles in Ordnung ist."

„Ja, danke, alles toll. Danke der Nachfrage." Langsam fühlte sie sich ein wenig unbehaglich. Sie stand auf, trat ans Fenster und schaute hinaus auf den See.

„Warum sind Sie hier, Kate?"

Sie drehte sich zu ihm um. Sein intensiver Blick verwirrte sie. „Ich war neugierig, also dachte ich, ich tue so, als ob ich mir eine Fahrradpumpe von Ihnen ausleihen wollte." Ihre Wangen brannten. „Ich bin in diesen Dingen nicht sonderlich gut."

„In welchen Dingen?" Er kam ein bisschen näher.

Sie spürte die Nähe seines Körpers. Auch wenn sie sich nicht berührten, flackerte die Hitze zwischen ihnen wie ein frisch entflammtes Streichholz.

„In ... diesen", wiederholte sie, nach einer Erklärung suchend. „Darin, jemanden kennenzulernen."

„Was kann ich tun, damit es leichter wird?" Seine Stimme war gleichzeitig sanft und rau.

Sie brachte etwas Abstand zwischen sich und ihn, denn wenn er so nahe stand, konnte sie nicht denken. „Und überhaupt", sagte sie, „ich brauche tatsächlich eine Fahrradpumpe. Bei meiner ist die Dichtung kaputt, und die Reifen der Fahrräder sind so platt wie Pfannkuchen."

„Ich schau mal, ob ich eine finde", nickte JD, machte aber keine Anstalten, in den Schuppen zu gehen. Er stand einfach nur da und beobachtete sie.

„Danke", murmelte sie ein wenig unsicher. Sie wusste nicht, wo sie hinschauen sollte. Auf sein Gesicht? Seine Brust? Wusste er, wie sehr diese Brille einen ablenkte? Ihre Lippen fühlten sich trocken an, und sie befeuchtete sie mit der Zunge. Dann fiel ihr auf, wie das auf ihn wirken musste, und sie sagte: „Noch etwas anderes interessiert mich. Warum haben Sie mich im Supermarkt ausgelöst?"

Nun lächelte er beinahe. Sie konnte es spüren, ein Glänzen in den Augen, die leichte Aufwärtsbewegung seiner Mundwinkel, die nur den Bruchteil einer Sekunde andauerte. „Was glauben Sie wohl, Kate?"

Sie hatte keine Ahnung, was sie darauf sagen sollte. Flirtete er mit ihr? War es eine rhetorische Frage, oder erwartete er eine Antwort?"

Als die Spannung beinahe greifbar wurde, meinte er: „Ich guck mal nach der Pumpe."

„Danke." Innerlich zuckte sie zusammen. Wie oft wollte sie ihm denn noch danken?

Er ging hinaus, und sie war alleine. Sie blickte sich um und entdeckte nur wenige persönliche Sachen. Einen Führer durch den Olympic National Park, in dem einige Seiten markiert waren. Neben dem Sofa stand eine Coleman-Laterne. Eine Ersatzbrille und eine schon sehr zerlesene Taschenbuchausgabe eines aktuellen Thrillers lagen auf dem kleinen Tisch. Darunter lag ein Hochglanzmagazin. Sie wusste, dass sie es nicht tun sollte, konnte sich aber nicht zurückhalten und schlenderte zum Tischchen hinüber, um das Buch ein Stück zur Seite zu schieben.

Es war keine Zeitschrift, sondern ein Informationskatalog

der University of California Los Angeles. Genauer: der David Geffen School of Medicine, der medizinischen Fakultät der UCLA. Sie nahm ihn in die Hand und schlug ihn auf. Jemand hatte sich mit schneller Hand Notizen auf der inneren Umschlagseite gemacht.

„Was machen Sie da?“, ertönte JDs Stimme in genau diesem Moment von der Tür.

Erschrocken ließ Kate den Katalog fallen. „Rumschnüffeln?“, sagte sie zaghaft.

„Das sehe ich.“ Mit wenigen Schritten durchquerte er den Raum.

„Studieren Sie Medizin?“, fragte sie, auch wenn er ganz eindeutig nicht in der Stimmung war, darüber zu sprechen.

„Nein.“

„Denken Sie darüber nach, sich zu bewerben?“

„Ich bin aus dem Alter raus, wo man zur Schule geht. Es wäre eine Verpflichtung von mindestens sieben Jahren, das heißt, wenn ich meinen Abschluss hätte, wäre ich beinahe vierzig.“

„Wie alt werden Sie in sieben Jahren sein, wenn Sie nicht studieren?“, fragte sie.

„Ich will das nicht mit Ihnen diskutieren.“

„Weil ich recht habe und Sie kein Gegenargument.“

„Weil es Sie nichts angeht.“

Sie fühlte sich in die Ecke gedrängt. „Hören Sie, ich …“

„Hier ist Ihre Fahrradpumpe.“ Er stieß sie ihr fast gegen die Brust. „Behalten Sie sie so lange, wie Sie wollen.“

Sie nahm die Pumpe und weigerte sich, sich von seiner Laune einschüchtern zu lassen. „Danke“, sagte sie, und dieses Mal klang in ihrer Stimme eine leichte Abweisung mit, als wenn es ihre Idee gewesen wäre, die Unterhaltung an diesem Punkt zu beenden.

Er trat zur Seite, damit sie an ihm vorbeigehen konnte, und mit leicht erhobenem Kinn tat sie genau das. Hierherzukommen war ein Fehler gewesen. So wie beinahe alles, was sie in Bezug auf Verabredungen und Männer tat, sich früher oder später als ein Fehler herausstellte. Sie wusste nicht, warum sie erwartet hatte, dass es heute anders würde. Oder warum seine Zurückweisung mehr wehtat als sonst. Vielleicht weil sie sich so sehr von ihm angezogen fühlte. Sie konnte nichts dagegen tun. Er war fremd und attraktiv und vielleicht sogar ein wenig gefährlich. Und sosehr sie es auch genoss, Zeit mit Aaron und Callie zu verbringen – vielleicht lag JDs Anziehungskraft auch darin, dass sie sich wünschte, auch mal Zeit mit einem Erwachsenen, bevorzugt männlichen Geschlechts, zu verbringen. Ein Glas Wein zum Sonnenuntergang auf der Veranda, eine Unterhaltung über ihren Artikel für den *Smithsonian*. Es war eine ihrer Schwächen, dass sie Bestätigung brauchte. Sie sollte mal versuchen, herauszufinden, wie sie mit den Dingen glücklich werden konnte, so, wie sie waren.

Wie dumm, über einen Mann ganz aus dem Häuschen zu geraten! Sie war doch nicht ganz unerfahren. Sie hätte es doch besser wissen müssen. Es war Lichtjahre her, dass sie mit einem aufregenden Mann verabredet gewesen war. Und in ihrem Leben führte Aufregung immer zu Problemen. Das sollte sie inzwischen gelernt haben.

10. KAPITEL

Du hast Angst vor Wasser, stimmt's?", fragte Callie. Aaron und sie paddelten gemeinsam Richtung Fußgängerbrücke und Devil's Punch Bowl.

Aaron war froh, dass er vor Callie im Kajak saß, einfach weiter geradeaus gucken konnte und sie nicht ansehen musste. Ihr gemeinsames Paddeln wurde immer besser. Beinahe jeden Tag erkundeten sie mit dem Kajak stundenlang neue Ecken des felsigen, bewaldeten Seeufers. Anfangs hatte seine Mutter darauf bestanden, dass sie in Sichtweite blieben, aber als sie sah, wie umsichtig sie waren, ließ sie ihnen freie Hand. „Es ist nicht das Wasser", gab er zu. „Ich mag nur nicht, wenn es über meinen Kopf geht."

„Bei mir heißt das, dass du Angst vor Wasser hast."

„Und wenn schon", gab er zurück.

„Dann sag ich dir, dass du das überwinden sollst", sagte sie leichthin. „Glaub mir – es gibt auf der Welt Schlimmeres als Wasser."

„Was? Beagle zum Beispiel?" Aaron musste diese kleine Spitze einfach loswerden.

„Es hat einen Grund, wieso ich Angst vor Hunden habe."

„Und welchen?"

Das Kajak schwankte, als sie sich anders hinsetzte.

Aaron ließ beinahe sein Paddel fallen, als er sich am Bootsrand festhielt. „Hey, immer vorsichtig!"

„Mach dir nicht ins Hemd!", sagte sie. „Ich werd uns schon nicht umwerfen. Ich will dir nur was zeigen. Pass gut auf."

Aaron nahm das Paddel wieder richtig in die Hand. Dann drehte er sich um. Die dicke Schwimmweste schränkte seine Bewegungen ein, aber er schaffte es trotzdem, sich ganz zu Callie umzudrehen.

Sie hatte ein Bein auf den Rand des Kajaks gelegt und

die Jogginghose bis zum Knie aufgerollt. „Deshalb habe ich Angst vor Hunden."

Aaron wurde ein wenig seekrank, als er den dicken rot schimmernden Schaden betrachtete. Frankensteins Narben zogen sich über ihr Knie, wanden sich wie Bergstraßen in alle Richtungen. Auf beiden Seiten der Kniescheibe waren kleine Löcher zu sehen.

„Du bist von einem Hund gebissen worden", sagte er.

„Zerfleischt", korrigierte sie und zog das Hosenbein wieder bis zum Knöchel. „Das Wort ist *zerfleischt.* Ein Hund hat mich zerfleischt."

Aaron hatte das Wort noch nie zuvor gehört. Es klang böse und schmerzhaft, wie Schuhe einkaufen mit seiner Mutter.

„Wie ist das passiert?"

„Ich habe dummerweise einem Hund vertraut, weil er so freundlich aussah und mit dem Schwanz gewedelt hat. Ich hätte einfach weitergehen sollen, aber nein, ich musste das dumme Ding ja streicheln, weil ich ihn so süß fand. Zwei Sekunden später hat er mir beinahe das Bein abgerissen."

Aaron wusste nicht, was er sagen sollte. In seinem Kopf sah er das Bild eines süßen Hundes, der sich mit einem Mal knurrend auf Callie stürzte. „Das muss wehgetan haben."

„So sehr wie nichts, was ich je erlebt habe. Ich musste mit hundert Stichen genäht und gegen einen toxischen Schock behandelt werden. Das ist also mein Grund", schloss sie. „Immer, wenn ich einen Hund sehe, erinnere ich mich an den da."

„Oh", widersprach Aaron, „Bandit ist aber nicht irgendein Hund. Er ist wirklich vorsichtig. Er hat noch nie jemanden gebissen."

„Ich sag dir was, Kleiner", entgegnete sie. „Ich freunde mich mit Bandit an, wenn du mit mir im See schwimmst."

Alleine bei dem Gedanken daran fingen seine Zähne an zu

klappern. Wasser, das ihm über den Kopf stieg, über Mund und Nase und Augen. „Das kann ich nicht!“

„Okay. Dann kann ich mich nicht mit Bandit anfreunden.“

„Komm schon, Callie!“, fing Aaron nach einer Pause wieder an. „Bandit ist einfach toll! Er ist mein bester Freund. Er könnte keiner Fliege was zuleide tun.“

„Das Wasser im See tut auch nicht weh, solange man es respektiert und lernt, ein starker Schwimmer zu sein.“

„Ich kann es nicht“, wiederholte er.

„Zu schade!“, erwiderte sie mit leichter Stimme. „Es wäre so lustig gewesen, gemeinsam im See zu schwimmen.“

„Aber ...“

„Abgemacht ist abgemacht“, sagte sie.

Aaron biss die Zähne zusammen. Sie verstand das nicht. Niemand verstand ihn. Er wollte wirklich schwimmen und im Wasser spielen wie alle Kinder. Er hatte sich schon gezwungen, so weit hinauszugehen, dass ihm das Wasser bis über die Knie reichte. In manchen Nächten träumte er sogar davon, zu schwimmen, ins Wasser zu springen, wieder hochzukommen, um Luft zu holen, erneut einzutauchen. In seinen Träumen war er der beste Schwimmer der Welt. Und das hier war der beste Ort auf der Welt, um zu schwimmen.

„Es ist cool von deiner Mom, uns mit dem Kajak rausfahren zu lassen“, merkte Callie an.

Seine Mom und *cool?* Das Wort war Aaron im Zusammenhang mit ihr noch nie in den Sinn gekommen. „Sie mag dich“, erwiderte er. „Und sie vertraut dir.“

„Wahnsinn“, murmelte Callie.

An den Wochenenden wimmelte es an der Badestelle nur so vor Collegekids und Teenagern aus dem Ort, aber heute war ein Wochentag, und außer ihnen war niemand hier. Das Kajak glitt leise unter dem kleinen Bogen der Brücke hindurch, der einzigen von Menschenhand erbauten Konstruktion am gesamten See. Aaron lehnte sich zurück, drückte sich in seine Schwimmweste.

Die Felswände erhoben sich in steilen Treppen, die meisten davon breit genug, dass man darauf stehen konnte. Die Mutigen sprangen von dort oben in das kalte, kristallklare Wasser. Aaron versuchte sich vorzustellen, wie sich das anfühlte. Der freie Fall, das Eintauchen ins Wasser, hinunter in die geheimnisvolle Welt des Sees gezogen zu werden. Er beugte sich über den Rand des Kajaks. In die blauen Tiefen des Sees zu schauen verursachte ihm ein schwindeliges, schauriges Gefühl.

„Es gibt angeblich einen Geist, der diesen Ort heimsucht", erzählte er Callie. „Es ist der Geist eines Jungen, der von den Felsen gesprungen und hier ertrunken ist."

„Ja, sicher."

„Man sagt, er war ein Makah-Indianer. Er dachte, wenn er tief genug tauchen würde, würde er ein Fisch werden und für immer leben. Aber er wurde nicht zu einem Fisch. Er wurde ein Geist, und jeden Abend klettert er die Felsen hoch und taucht ins Wasser, wieder und wieder und wieder."

„Wirklich?", fragte sie mit ironischem Unterton.

„Wirklich."

„Tja, weißt du was? Mein Bullshit-Detektor geht gerade an."

Aaron grinste. Er mochte es, wenn Callie so sprach. Dann fühlte er sich so erwachsen. „Es stimmt aber!", beharrte er. „Mein Großvater hat es mir erzählt, und mein Onkel hat den Geist einmal gesehen, als er noch ein Junge war."

„Mit all dem gebotenen Respekt deinem Großvater gegenüber, Kleiner, aber das ist ein Haufen Mist."

„Ist es nicht."

„Ist es doch! Hast du deshalb Angst vor dem Wasser? Weil du glaubst, dass da ein Geist wohnt?", schnaubte Callie.

Aaron zögerte, überdachte ihre Frage sorgfältig. Unglücklicherweise hatte er einfach nur Angst vor Wasser, egal, ob es von einem Geist heimgesucht wurde oder nicht. Swimmingpools, der See, das Meer. Er hatte vor allem Angst. „Es gibt keinen Grund, warum ich kein Wasser mag. Ich mag es einfach nicht. Wie eine Katze."

„Du bist so lustig, wirklich."

„Das ist nicht lustig. Das Kind ist von dem Vorsprung da ganz oben links gesprungen." Aaron zeigte mit dem Finger darauf. „Er tauchte unter, aber anstatt wieder hochzukommen, tauchte er tiefer und tiefer, bis zum Grund. Er ist nie wieder aufgetaucht. Und bis heute kann man ab und zu seinen Geist sehen, wie er das ganze Jahr über immer wieder von dem Felsvorsprung springt."

Callie lachte in sich hinein. Was ihn ziemlich wütend machte, weil er merkte, dass sie nicht ein Wort von seiner Geschichte glaubte.

„Kleiner", sagte sie, „du hast zu viel Folgen *Akte X* gesehen."

„Hab ich nicht!", widersprach er und drehte sich um, um sie böse anzufunkeln. „Ich sehe kein fern, ich habe nicht mal einen Fernseher."

„Nicht hier am See", berichtigte sie. „Ich rede aber über die Stadt."

„Da auch nicht. Meine Mom denkt, dass fernsehen nicht gut für mich ist." Normalerweise war es Aaron peinlich zuzugeben, dass er in einer fernsehfreien Zone lebte, wie seine Mom ihr Haus gerne bezeichnete. Aber jetzt, wo es seine Aussage bekräftigte, machte es ihm nichts aus.

„Quatsch! Jeder hat einen Fernseher."

„Wir nicht. Frag meine Mom. Meine Freunde denken alle, dass das verrückt ist, aber sie weigert sich, einen Fernseher ins Haus zu lassen. Findest du das auch verrückt?"

„Als ich klein war, hatten wir auch keinen Fernseher", sagte Callie mit einer Stimme, die so weit weg klang, als ob sie gar nicht mit ihm reden würde.

Sie sprach mit Aaron nicht über diese Zeit. Er wusste, dass sie aus irgendeinem Grund ihrer Mom weggenommen worden war und bei verschiedenen Familien hatte leben müssen. Pflegefamilien nannte man die.

Aaron war neugierig, wie es dort wohl so war, und jetzt war der richtige Zeitpunkt, danach zu fragen, fand er. Sie paddelten in kleinen Kreisen auf der Punch Bowl herum. Die Sonne schoss goldene Streifen wie Laserstrahlen so tief ins Wasser hinein, dass ihm von dem Anblick ganz schwindelig wurde. Er schaute Callie nicht an, als er seine Frage stellte.

„Hattet ihr denn einen Fernseher, als du bei den Pfleges gewohnt hast?"

Sie schnaubte, wie sie es immer tat, wenn sie zeigen wollte, dass sie sarkastisch war.

Aaron bereute es, gefragt zu haben, aber nun war es zu spät. Die Worte waren draußen, hingen zwischen ihnen in der Luft.

„Die hießen nicht Pflege", sagte sie. „Das Wort ist Pflegefamilie. Das sind Leute, die sich um Kinder kümmern, die nicht bei ihren echten Eltern wohnen können."

Aaron wartete. Er fühlte, dass sie weitersprechen würde, wenn er seinen Mund hielte. Es war schwer, aber er blieb stumm.

Und tatsächlich, nach einer kleinen Pause sprach sie weiter. „Vor ein paar Jahren entschied man, dass ich in einer ungesunden Umgebung aufwüchse und meine Mom eine Loserin wäre, die versuchte, mich loszuwerden. Also wurde ich in meine erste Pflegefamilie gesteckt. Sie war ganz in Ordnung, glaube ich. Sie bekommen Geld vom Staat dafür, dass sie Pflegekinder aufnehmen, und diese Familie hatte einen ganzen Haufen davon. Und wo wir gerade vom Fernsehen sprachen …" Sie stieß einen leisen Pfiff aus. „Dort stand in jedem Zimmer ein Fernseher. Ich habe in dieser Zeit ungefähr hundert Jahre ferngesehen."

Aaron versuchte zu entscheiden, ob das ein fairer Tausch war, seine eigene Mutter aufzugeben und dafür Fernsehen im Gegenwert von hundert Jahren schauen zu dürfen. Nein, entschied er, auch wenn Nickelodeon so ungefähr das Beste war, was die Welt zu bieten hatte. Er schaute es immer bei einem Freund zu Hause.

„Ich musste jedes Jahr umziehen", erklärte Callie. „Immer, wenn ich mich an einen Ort gewöhnt hatte, musste ich wieder weg."

„Warum?"

„Weil das so läuft. Sie haben es mir nie erklärt. Nur gesagt, dass ich meine Sachen packen soll. Bei der letzten Familie bin ich dann aber freiwillig gegangen."

„Warum?"

„Ich bin ... mit denen nicht klargekommen. Also habe ich gedacht, ich versuche mal, allein zu leben. Ich wollte mir eigentlich Kanada anschauen, aber ohne Reisepass und Geburtsurkunde kam ich nicht weit. Und so bin ich in Port Angeles gelandet, wo Mrs Newman mir einen Job gegeben hat."

„Und dann hast du uns getroffen", ergänzte Aaron.

„Genau."

„Sind wir inzwischen deine Familie?"

Sie schwieg, aber er drehte sich nicht zu ihr um. Dann stupste sie ihn leicht an der Schulter an. „Ja, Kleiner", sagte sie. „Ihr seid meine Familie."

Das ist cool, dachte er. Mit Callie hatte er zwar nicht ganz so viel Spaß wie mit seinen Cousins und Cousinen, aber immerhin war sie jemand, mit dem er herumpaddeln konnte und ...

„Was war das?", fragte sie plötzlich leise zischend. Der Klang ihrer Stimme verursachte ihm eine Gänsehaut.

„Was?", fragte er.

„Ich hab da oben was zwischen den Bäumen gesehen."

Sie zeigte auf die Klippen, die von gigantischen Bäumen überschattet wurden.

„Ich seh nichts." Aarons Haut juckte.

„Sieh noch mal hin. Es ist ... oh mein Gott."

Dann sah Aaron es auch. Sah *ihn*. Den Geisterjungen. Er stieß einen leisen Schrei aus, als er durch die Bäume stob und sich die Klippe hinunterstürzte, wild mit den Armen wedelte und kopfüber ins Wasser tauchte. Das alles passierte in einem von blendenden Sonnenstrahlen erhellten Fleck, der sich schnell in die kalten Schatten des Sees zurückzog.

Aaron versuchte zu schreien, aber seine Stimme gehorchte ihm nicht. Dann sah er zu seinem Entsetzen, dass er das Paddel losgelassen hatte. Es schwamm eine Armlänge entfernt neben dem Kajak. Für eine Sekunde starrte er es einfach nur an und bedauerte, nicht die Nylonschnur und das Klettband benutzt zu haben, um es an seinem Handgelenk zu befestigen. In totaler Panik langte er nach dem Ruder, wobei er fast aus dem Sitz gefallen wäre.

„Sitz still!", schrie Callie ihn an. „Du bringst uns noch zum Kentern ..."

Es war zu spät. Das Kajak kippte zur Seite und warf sie beide ins Wasser.

Aarons Gesicht schlug auf dem Wasser auf, und er wusste, dass er verloren war. Der See zog an seinen Armen und Beinen, eiskalt, unentrinnbar. Er wurde nach unten gezogen, tiefer und tiefer, und vielleicht würde er sich in einen Fisch verwandeln, wenn er nur tief genug nach unten käme. Oder in einen Geisterjungen. Er würde ein Geist werden wie der kleine Indianer.

Er schrie, aber das Wasser nahm ihm seine Stimme. Er ertrank, das kalte Wasser füllte seinen Mund und seine Nase. Panik erfasste ihn, zog sich immer näher um ihn zusammen, presste das Leben aus ihm heraus. Irgendjemand – irgendetwas – zog am Kragen seiner Weste, und er sank doch nicht.

Die Schwimmweste, die laut seiner Mutter die Beste war, die man für Geld kaufen konnte, hielt ihn oben, und er trieb auf dem Wasser, während seine Beine über der ewigen Tiefe baumelten. Erneut überrollte ihn eine Welle der Panik, und er machte sich ein bisschen in die Hose, aber da er im Wasser war, merkte es niemand.

Callie trieb ebenfalls in ihrer Weste auf dem Wasser. Sie strich sich die Haare aus dem Gesicht und spuckte etwas Seewasser aus. „Ich schwöre dir, Kleiner", sagte sie nach Luft schnappend. „Du bist so ein Idiot." Sie schwamm zum Kajak hinüber, das kieloben auf dem Wasser lag. „Hilf mir, das Ding umzudrehen."

„Ich kann nicht schwimmen." Aarons Zähne schlugen aufeinander wie die Räder einer Eisenbahn auf den Schienen.

„Deshalb hast du ja die Weste an, du Genie!"

Sie versuchte nicht mal, ihn zu retten und an Land in Sicherheit zu ziehen. Sie würde ihn einfach hier im Wasser lassen, panisch wie er war.

Genau in dem Moment kam der Geist herübergeschwommen. Aaron war zu entsetzt, um zu schreien. Er konnte nur zittern und ihn anstarren. Unter seinen Füßen war nichts. Nichts außer hunderten von Metern tödliches Wasser.

„Braucht ihr Hilfe mit eurem Kajak?", fragte der Geist.

Natürlich bemerkte Aaron jetzt, dass es kein Geist war, sondern ein Junge. Ein Junge mit gebräunten Schultern und einer Tätowierung auf dem Arm.

„Ja", sagte Callie und klang ziemlich cool. „Du hast uns einen Heidenschreck eingejagt."

„Das war genau meine Absicht." Der Junge schwamm zum Kajak. Gemeinsam gelang es ihm und Callie, es umzudrehen. Im Kiel schwappte das Wasser und ließ das Kajak ziemlich tief im Wasser liegen.

„Hat funktioniert", sagte Callie und schaute dem Jungen tief in die Augen. „Du solltest nicht alleine schwimmen."

Der Junge grinste. Vielleicht zwinkerte er ihr sogar zu. „Ich bin nicht allein. Aber dein Bruder sieht aus, als wenn er Hilfe gebrauchen könnte", fügte er hinzu.

„Er ist nicht mein Bruder, und er schafft das schon. Komm, Aaron, schwimm."

Aaron wusste nicht, was er tun sollte. Er konnte kaum denken, so panisch war er. Er stieß mit den Füßen und wedelte mit den Armen. Er fragte sich, ob diese Bewegungen die Monster aus der Tiefe aufmerksam machen würden. Bei dem Gedanken wollte er sich nur noch beeilen und strampelte schneller.

Mit überraschender Geschwindigkeit schaffte er es zum Kajak. Inzwischen schwebten Callie und der Junge mit einander zugewandten Gesichtern neben dem Boot und redeten wie zwei alte Freunde. Der Junge hieß Luke Newman. Er war gerade mit der Highschool fertig und verbrachte den Sommer bei seiner Oma, die zufällig Mrs Newman war.

Aarons Atem ging schnell und pfeifend, und ihm wurde schwindelig. Er schnappte nach Luft und hoffte, dass Callie es bemerken und ihn in Sicherheit ziehen würde. Stattdessen schaute sie ihn grimmig an. „Beruhig dich. Das wird dich nicht umbringen."

Er wollte sie wütend anschreien. Das war alles ihre Schuld! Und er hatte solche Angst, dass er wusste, er würde jede Sekunde sterben. Aber er wollte auch nicht seine Energie mit Schreien verschwenden, also zwang er sich, seinen Atem zu beruhigen. Er trat weiter Wasser und zog sich mit den Armen in Richtung Land.

„Das Wasser muss aus dem Boot raus", sagte Luke und zog das Kajak ans steinige Ufer. „Kannst du mir kurz helfen, Aaron?"

Nein. Ich habe zu große Angst. Aaron dachte die Worte, aber er sagte sie nicht. Seine Zähne klapperten zu sehr. Er konnte nichts anderes tun, als zu helfen. Seine Füße traten gegen etwas Hartes, und erleichtert stellte er sich hin.

„Hey“, sagte er ein wenig zittrig. „Hey, ich kann stehen.“ Erleichterung und Erstaunen hatten ihm seine Stimme zurückgebracht.

„Gut gemacht, Genie!“ Callie blieb im Wasser, ihre Zähne zitterten auch, allerdings vor Kälte. Mit ihren nassen Haaren und Wimpern sah sie ganz anders aus. Vielleicht lag es aber auch an dem Blick, mit dem sie Luke Newman beobachtete.

„Du hast was vergessen!“ Luke zeigte mit der Hand in Richtung See.

Aaron drehte sich um. Verzweiflung übermannte ihn, als er es sah. „Mein Paddel.“ Es trieb langsam auf dem ruhigen blauen Wasser davon. Mit einem bittenden Blick wandte Aaron sich an Callie. „Kannst du …“

„Du hast es fallen lassen, du holst es wieder.“

Das war alles. Kein gutes Zureden, wie seine Mutter es getan hätte. „Komm, Baby, das Wasser tut dir nichts“, sagte sie immer, wenn sie versuchte, ihn zum Schwimmen zu überreden. „Ich bin doch bei dir.“ Callie hingegen tat so, als würde es sie nicht im Geringsten interessieren.

„Na gut“, gab er schnippisch zurück. „Dann hol ich es eben selber.“ Und ohne sich Zeit zu lassen, sich das Vorhaben selbst noch einmal auszureden, stieß er sich vom Felsen ab und ließ sich ins Wasser fallen. Dank der Schwimmweste tauchte er nicht sehr tief unter, bevor er direkt wieder an die Oberfläche getrieben wurde. Mit wilden Arm- und Beinbewegungen machte er sich daran, das Paddel einzufangen.

Callie applaudierte ihm nicht und feuerte ihn auch nicht an, so wie seine Mutter es getan hätte. Als er mit dem Paddel zurückkam, sagte sie nur: „Jetzt musst du bitte Luke helfen.“

Aaron und Luke kippten das Kajak auf die Seite, damit das Wasser abfließen konnte. Dann sagte Luke zu Callie: „Ich wollte dich nicht so erschrecken, dass du kenterst.“

„Ist schon okay. Ich schwimme gerne."

Und was ist mit mir? fragte sich Aaron. Wo bleibt meine Entschuldigung?

Es sah so aus, als wenn sie in dem einander anhimmelnden Blickkontakt zwischen Callie und Luke verloren gegangen war. „Halt das Boot ruhig", unterbrach Aaron die beiden, „damit ich einsteigen kann."

Luke stützte sich auf dem Rumpf des Bootes auf. „Vielleicht sehen wir uns ja noch mal in diesem Sommer."

Aaron wusste, dass die Worte allein an Callie gerichtet waren.

„Solange du dich nicht wieder anschleichst", erwiderte sie.

„Das kann ich nicht versprechen."

Aaron schaute sich um und sah, dass Callies Gesicht die Farbe reifer Tomaten angenommen hatte. Teenager, dachte er. Die verknallten sich alle naselang. Und es sah nicht mal so aus, als wenn es Spaß machen würde. Es wirkte eher schmerzhaft und peinlich. Er fragte sich, warum das immer und immer wieder passierte. Sein ältester Cousin Brent verliebte sich jede Woche in ein anderes Mädchen. Krank, dachte Aaron.

„Das war also dein Geist", murmelte Callie etwas später, als sie wieder an ihren Steg zurückpaddelten.

Bandit hatte sie bereits entdeckt und lief aufgeregt bellend am Ufer entlang.

„Ich habe nicht gesagt, dass er der Geist ist", sagte Aaron. Seine Haut und sein Haar fühlten sich kühler und frischer an als jemals zuvor, als wenn das Seewasser eine Zauberwirkung hätte. Außerdem waren seine Fingernägel endlich mal richtig sauber.

„Es gibt keinen Geist", versicherte ihm Callie.

Er dachte über die Schatten auf dem See und die unter der Wasseroberfläche lauernden Felsen und Baumstämme nach.

Er dachte an seinen Großvater und Onkel Phil, die beide große Geschichtenerzähler waren.

Oder Quatschköpfe, wie Callie es ausdrücken würde.

Vielleicht gab es also tatsächlich keinen Geist. Der Gedanke machte ihn ein wenig traurig. Irgendwie war es schön gewesen, an einen Geist zu glauben. Jetzt gab es wirklich nichts mehr, wovor er Angst haben musste.

„War das das erste Mal, dass du im See geschwommen bist?“, wollte Callie wissen.

„Ich bin nicht geschwommen, ich bin reingefallen.“

„Selber schuld. Und du bist doch geschwommen. Wie ein kleiner Fisch.“

Trotz allem spürte Aaron, wie sich ein Grinsen auf seinem Gesicht ausbreitete. Die Nachmittagssonne wärmte seine Haut, und er hörte auf zu zittern. „Vielleicht können wir das ja noch mal machen.“

„Sobald wir am Steg sind“, schlug Callie vor, „kannst du mir ja mal zeigen, wie deine Cousins von da hinunterspringen.“

„Unter einer Bedingung“, erwiderte Aaron. Er fühlte sich stark und gleichzeitig seltsam leicht, als wenn die Angst ein Haufen Steine gewesen wäre, die er gerade über Bord geworfen hatte.

„Und die wäre?“

„Du freundest dich mit meinem Hund an.“

11. KAPITEL

Kate sah von ihrem Laptop auf. Sie hörte Bandit bellen und einen spielerischen Ruf von Aaron. Er und Callie musste von ihrem täglichen Kajakausflug zurück sein. Sie lächelte. Ihren Sohn spielen zu hören hob jedes Mal ihre Stimmung. Und Callies Anwesenheit war ein unverhoffter Segen. So schwierig und bekümmert das Mädchen auch manchmal war, zeigte es doch ein unglaubliches Verständnis und eine Engelsgeduld, wenn es um Aaron ging. Anstatt sich einzuigeln und traurig zu sein, dass seine Cousins nicht da waren, verbrachte er jetzt viel Zeit mit Callie oder lernte, sich auch mal alleine zu beschäftigen. Das Mädchen würde bald volljährig sein, aber es hatte eine kindliche, spielerische Seite an sich, die Aaron liebte. Sie kabbelten sich wie Geschwister, was für Kate zugleich ungewöhnlich und ... total normal war.

Auch wenn sie am liebsten rausgegangen wäre und bei was auch immer die beiden sich wieder ausgedacht hatten mitmachen würde, hielt Kate sich zurück. Ihr Artikel über Walter Livingston war kein Lückenfüller oder Nachruf, sondern würde als Titelstory veröffentlicht, sich über mehrere Seiten erstrecken und mit vielen Fotos bebildert werden. Einige davon würden aus dem *Smithsonian*-Archiv kommen, andere würde sie beisteuern. Der einzigartige Blickwinkel, den Tanya so gerne haben wollte, war ihre persönliche Sicht auf ihren Großvater. Was den Umweltschutz betraf, hatte er Großes geleistet und ein intaktes Erbe hinterlassen. Doch in dem Text sollte es mehr um seine persönlichen Qualitäten gehen – die Tiefe seines Engagements, seiner Verpflichtung an die Sache und die Menschen, die ihm am Herzen lagen. Kate wollte, dass die Welt wusste, wie er das geschafft hatte.

Das hoffte sie zumindest.

Oh Kate! dachte sie. Fang jetzt nicht an, an dir zu zweifeln. Das hier ist deine Chance! Um sich zu motivieren, blätterte sie noch einmal durch die E-Mails, die sie in der Bücherei ausgedruckt hatte. Drei andere Chefredakteure fanden ihren Lebenslauf beeindruckend und ihre Themenvorschläge interessant. Wenn sie mit dem Artikel über Walden fertig war, standen ihr also schon neue Chancen offen. Wenn sie nicht aufpasste, würde sie vielleicht sogar ein ordentliches Einkommen aus ihrem neuen Beruf beziehen.

„Also dann Schluss jetzt!“, murmelte sie. Das Problem war, dass sie den Artikel schon mehrere Male abgeschlossen hatte. Dann hatte sie ihn noch einmal überarbeitet. Und noch einmal. Sie legte die Finger auf die Tastatur und schrieb den Anfang zum x-ten Mal um. *„Er wuchs in der unberührten Schönheit eines urzeitlichen Regenwaldes auf, ohne zu wissen, dass er sein privilegiertes Leben der Zerstörung ebendieser Wildnis zu verdanken hatte, die er so sehr liebte.“*

Kate stellte fest, dass sie mit drei Mausklicks einen ganzen Satz markieren und mit einem weiteren Tastendruck komplett löschen konnte. Puff, weg war er.

Das war natürlich nicht mit dem Drama zu vergleichen, das es bedeutete, ein Blatt Papier schwungvoll aus der Schreibmaschine zu reißen und zu einem kleinen Ball zu zerknüllen, den man dann frustriert neben den Papierkorb werfen konnte. Aber zumindest schützte es die Bäume. Das hätte dem alten Walden sicher gefallen.

Sie dachte an die anderen Autoren, die sie kannte und die ihr Heil in der Arbeit als Freelancer gefunden hatten. Sie hatten über die Leidenschaft gesprochen, die einen mit seinem jeweiligen Thema verband. Über die Unfähigkeit, einen Artikel als fertig zu betrachten, solange er sich noch in ihren Händen befand. Über den Drang, ihn unbedingt fertigstellen zu wollen.

Wieso verspürte sie nichts davon?

Sie wechselte zu einer Partie Solitär, die sie gewann, ohne nachzudenken.

Okay, rief sie sich zur Ordnung. Zurück an die Arbeit. Sie zwang sich, sich auf ihren Großvater zu konzentrieren. Er war so lebendig, so inspirierend gewesen. Warum konnte sie ihn für ihre Leserschaft nicht zum Leben erwecken? Was war mit ihr los, dass sie nicht über einen Mann schreiben konnte, der zu seiner Zeit ein Held gewesen war?

Sie betrachtete das Foto von ihm, dass sie sich zu Motivationszwecken auf den Schreibtisch gestellt hatte. Das Bild war ein langsam vergilbender Kodak-Farbabzug aus dem Jahr 1979. Kate stand auf einem gefällten Baumstamm, der mindestens einen Meter fünfzig Durchmesser hatte. Er war zum Zuhause für Farne und Moos geworden und auch für andere Bäume, die ihre Wurzeln um ihn schlangen. Auf dem Boden neben ihr standen Walden und Charla, die mal in einem Marlon-Brando-Film mitgespielt hatte. Sie hatte immer noch einen gewissen Star-Appeal, sogar auf einem ganz gewöhnlichen Schnappschuss. Ihr Lächeln war echt, ihre Pose natürlich. Das gesamte Bild wurde jedoch von Walden beherrscht, wie alle Fotos mit ihm. Obwohl er links von der Mitte stand und eher zu Kate als in die Kamera schaute, zeigte er eine beeindruckende Präsenz, strahlte Kraft und Energie aus. Kate selber – Karottenkopf Kate, wie er sie immer genannt hatte – sah so unschuldig glücklich und sorglos aus, wie es nur ein Kind kann, das seinen Sommer am See verbringt.

Jetzt wusste sie, warum sie diese Gefühle nicht für den Artikel einfangen konnte: Sie besaß sie bereits. Sie musste nicht länger nach dem Wesen ihres Großvaters suchen. Es gab kein Geheimnis um ihn, zumindest nicht für Kate.

Rastlos stand sie auf und ging nach draußen. Irgendwas stimmte mit ihr nicht, wenn sie hier nicht schreiben konnte, an diesem ruhigen Ort, wo weder Telefon noch Fernsehen oder Internet sie stören konnten. Trotzdem war sie abgelenkt. Sie spielte das letzte Treffen mit JD Harris wieder und wieder in ihrem Kopf durch, wohl wissend, dass das nicht besonders gesund war. Aber sie war einfach nicht in der Lage, damit aufzuhören. *Er* war tatsächlich ein faszinierendes Rätsel. Er war zugänglich genug, um sie den Haken aus seinem Daumen entfernen zu lassen. Sie hatten sogar ein wenig Smalltalk gehalten und einige persönliche Informationen ausgetauscht. Aber als sie ihn nach seinem Interesse am Medizinstudium gefragt hatte, hatte er sie beinahe vor die Tür gesetzt. Warum? Schreckte er vor Verpflichtungen zurück? Oder versteckte er etwas, was ihr nicht gefallen würde?

Die verschiedenen Möglichkeiten überdenkend, fing sie an, die Wäsche von der Leine zu nehmen; Callie hatte sie am Morgen zum Trocknen in der Sonne aufgehängt. Das Mädchen war ein weiteres spannendes Rätsel. Sein Hintergrund war einfach unglaublich. Diesen Sommer, so schien es Kate, war sie nur von Leuten umgeben, die interessanter waren als sie selbst. Was für eine freie Journalistin aber vielleicht gar nicht schlecht war.

Sie ging an der Wäscheleine entlang, faltete ein Wäschestück nach dem anderen zusammen und legte es in den Korb. Je mehr Wäsche sie abgenommen hatte, desto breiter wurde der Blick auf den See und die umliegenden Berge. Der höchste Gipfel gehörte dem Mount Storm King, dem Sturmkönig – und diesen Namen trug er zu Recht: Im Winter tobten um seinen Gipfel so heftige Stürme, dass der Schnee sogar zum Teil noch bis in den Sommer liegen blieb.

Callie hat so wenig, dachte Kate, während sie ein extragroßes bedrucktes T-Shirt zusammenlegte. Ein paar Jeans und Jogginghosen, T-Shirts und Sweatshirts und zwei Nachthemden, alles in XL.

Kate war versucht, mehr zu tun, als sie bereits getan hatte. Ab und zu hatte Callie ihre Hilfe toleriert. Im Drugstore im

Ort hatten sie Haarpflege- und Hautprodukte gekauft. Styling Gel und Anti-Pickel-Creme würden zwar nicht wiedergutmachen, was in Callies Kindheit kaputtgemacht worden war. Aber alles, was ihr Selbstbewusstsein anhob, und sei es nur ein winziges Stück, schien einen Versuch wert zu sein.

Ihr Bruder Phil hatte sie gewarnt, langsam vorzugehen. „Sie ist eine Ausreißerin, Kate", hatte er in ihrem letzten Telefonat gesagt. Das war direkt nach ihrem Besuch in der Bücherei gewesen. „Und wenn du sie verschreckst, wird sie wieder abhauen."

In der Bibliothek hatte Kate auch mit dem Gedanken gespielt, JD Harris zu googeln – genau wie Aaron es vorhergesagt hatte. Aber sie konnte es nicht. Es fühlte sich irgendwie unehrlich an. Außerdem war der Name so gewöhnlich, dass sie mit Tausenden von Treffern rechnen musste; die meisten davon wahrscheinlich Links zu Ahnenforschungsseiten.

Phil hatte auch da einen Rat für sie gehabt. „Hör auf, herumzuschnüffeln, und frag ihn einfach."

„Und wenn ihn das verschreckt?"

„Wenn ein Mann sich dadurch verschrecken lässt, dass eine hübsche Frau ihm Fragen stellt, dann ist er es auch nicht wert."

Sie dachte an seine Reaktion auf ihr Herumschnüffeln in seinem Haus. In naher Zukunft würde sie wohl nicht mehr dazu kommen, ihm neugierige Frage zu stellen.

Sie nahm das letzte Stück von der Leine, ein wie frisch gestärkt wirkendes weißes Bettlaken. Als sie es zusammenfaltete, hörte sie Bandit wieder bellen. Der Hund war zwar klein, hatte aber eine Stimme wie eine ganze Meute auf der Jagd. Dann hörte sie ein Platschen und ein weiteres Bellen und schaute in Richtung des Stegs.

Das frisch gewaschene Betttuch, halb zusammengefaltet, glitt ihr aus den Händen. Sie spürte es kaum unter ihren Füßen, als sie zum See hinunter und den Steg entlanglief.

Aaron war ins Wasser gefallen. Ihr Aaron, der Todesangst davor hatte, mit dem Kopf unter Wasser zu kommen, der nicht schwimmen konnte.

„Ich komme, Baby!“, rief sie und rannte in Riesenschritten über den Steg. Sie konnte ihn ein paar Meter entfernt im Wasser sehen. In voller Montur sprang sie in den See.

Das eiskalte Wasser raubte ihr die Luft, aber sie schwamm bereits in großen Zügen auf ihn zu, als ihr Kopf die Wasseroberfläche wieder durchbrach. Zum Glück hatte seine Schwimmweste am Kragen einen Griff, um ihn aus dem Wasser zu ziehen.

„Mom“, rief Aaron. „Mom!“

„Ich hab dich, Baby! Alles wird gut.“ Kate schwamm wie ein Profi. Adrenalin pumpte durch ihren Körper, wie es das nur bei einer Mutter in Panik tut. Es war die stärkste Droge, die es gab. Unter seinem Einfluss konnte eine Mutter über Wasser laufen, ein Auto anheben oder einen Wolkenkratzer erklimmen – nur um ihr Kind zu retten.

„Mom, du kannst mich jetzt loslassen“, sagte Aaron. „Ich kann selber schwimmen.“

Kates taube Finger klammerten sich weiter an die Schwimmweste. „Was?“

„Callie bringt mir bei zu schwimmen“, sagte er mit einer erstaunlich erwachsen klingenden Ruhe in der Stimme.

Kate drehte den Kopf, um Callie anzuschauen, die in ihrer Schwimmweste ruhig Wasser trat. Dann schaute sie wieder ihren Sohn an.

„Es ist wirklich okay“, sagte er. „Du kannst mich jetzt loslassen.“

Kate öffnete ihre Hand, und er trieb von ihr weg. Sie unterdrückte den Drang, ihn wieder zu packen.

„Es ist noch nicht wirkliches Schwimmen, weil ich ja noch die Weste anhabe“, erklärte Aaron. „Aber ich bin reingesprungen, nicht wahr, Callie?“

„Mit Kopf unter Wasser und allem Drum und Dran. Nur für eine Sekunde“, beeilte sie sich, Kate zu versichern.

„Du musst mal sehen, wie ich vom Steg springe, Mom“, sagte er. „Guck einfach zu!“

„Ich gucke.“ Es war nicht möglich, sich an das Gletscherwasser des Sees zu gewöhnen. Bald schon würden sie alle an Unterkühlung leiden. Nur noch ein paar Minuten, dachte sie.

Ungelenk schwamm Aaron zur Leiter am Steg. Wie eine Schildkröte in einem übergroßen Panzer kletterte er sie hinauf. Callie war damit beschäftigt, das Kajak am Steg zu befestigen. Bandit wanderte auf und ab und sprang dann vor Freude in die Luft, als Aaron aus dem Wasser stieg. Er ging ein paar Schritte zurück und nahm Anlauf.

Kate traute ihren Augen nicht. Ihr Sohn, die dünnen Arme und Beine wie ein Seestern von sich gestreckt, sprang vor dem blauen Sommerhimmel in die Luft und dann ins Wasser.

Er landete mit einem lauten Platscher, tauchte für eine Millisekunde unter, bevor der Auftrieb der Weste ihn wieder an die Oberfläche holte.

„Wahnsinn, Aaron!“, strahlte Kate ihn an. „Ich bin so stolz auf dich!“ Sie drehte sich um, um Callie zu fragen, wie sie es geschafft hatte, Aaron ins Wasser zu bekommen, aber Callie war schon auf dem Weg zum Haus.

„Ich hole uns Handtücher“, rief sie ihnen über die Schulter zu und eilte zur Wäscheleine. Die nassen Kleider klebten eng am Körper des Mädchens, und ihre Verlegenheit war bis zum See zu fühlen.

Körpergefühl. Alle Mädchen in dem Alter hatten Probleme, ihren Körper zu akzeptieren. Für Kate waren ihre dürren Beine und die flache Brust ein konstanter Quell der Scham gewesen. Bei Callie war offensichtlich, dass sie sich schämte, so schwer zu sein und so schlechte Haut zu haben. Kate zerriss es das Herz. Sie wollte Callie versichern, dass sie attraktiv war und klug. Dass es mehr zählte, was in ihr steckte.

Kate sah zu, wie Aaron noch ein paar Mal ins Wasser sprang. Callie kam mit den Handtüchern zurück und setzte sich auf den Steg. Eingewickelt in ein gestreiftes Badetuch, ließ sie die Füße ins Wasser baumeln. Bandit setzte sich neben sie. Sie warf ihm einen misstrauischen Blick zu, aber gab dem Hund dann einen zögerlichen Klaps auf die Schulter. Er leckte ihr dafür das Gesicht ab, was sie zusammenzucken ließ, aber sie blieb, wo sie war, und ertrug die Zuneigungsbekundungen des Hundes tapfer.

„Wie hast du ihn ins Wasser bekommen?", wollte Kate von Callie wissen,

„Ich bin durch Zufall reingefallen", erklärte Aaron, der gerade wieder zur Leiter paddelte.

„Oh mein Gott …" Kate lief ein Schauer über den Rücken.

„Ich war bei ihm", beeilte Callie sich zu sagen.

„Als ich einmal drin war, bin ich einfach drin geblieben."

„Dann hätte ich dich also vor Jahren schon einfach in den See schubsen sollen", murmelte Kate.

„Ich habe gesagt, ich würde schwimmen, wenn sie sich mit Bandit anfreundet", sagte Aaron.

„Das war ganz schön ausgefuchst von dir", meinte Kate. „Aber es gibt etwas, was du über das Schwimmen in diesem See wissen solltest. Wenn du zu lange im Wasser bleibst, wirst du dir eine Unterkühlung holen."

Unter Protesten brachte sie ihn dazu, aus dem Wasser zu kommen. Er stimmte erst zu, als sie ihm versprach, dass er für den Rest des Sommers jeden Tag schwimmen dürfte.

„Und bald werde ich auch ohne Schwimmweste reingehen", kündigte er an, als er sich aus ebendieser Weste pellte und sie auf den Boden fallen ließ.

„Aber nur, wenn jemand dabei ist und aufpasst." Kate

konnte sich gerade noch zurückhalten, es ihm zu verbieten, auch wenn ihr Beschützerinstinkt nichts lieber getan hätte. Jedes Kind musste schwimmen lernen, da gab es keinen Weg drum herum.

„Natürlich", sagte er und zog das Wort in die Länge.

Kate fing Callies Blick auf, und die nickte. „Ich würde niemals zulassen, dass ihm was passiert", sagte sie. „Das schwöre ich."

„Wir haben den Geist gesehen", sagte Aaron und hüpfte auf und ab, wobei er sich das Handtuch so um den Hals hielt, dass es wie das Cape eines Superhelden hinter ihm her wehte. „Wir haben den Geist des ertrunkenen Jungen gesehen."

Callie verdrehte die Augen. „Es war nicht der Geist, sondern ein Junge namens Luke Newman. Er ist der Enkel von Mrs Newman." Als das Mädchen von ihm sprach, veränderte sich sein Gesichtsausdruck. Callies Blick wurde ganz verträumt, ihre Gesichtszüge weich, und das Handtuch, das sie eng um sich geschlungen hielt, rutschte ein wenig. Schnell wickelte sie sich wieder ein.

Das war einer der seltenen Augenblicke, in dem sie sich wie ein ganz normaler Teenager verhielt. Kate brach es das Herz, dass es nur so wenig brauchte, um dieses Mädchen glücklich zu machen.

„Ich habe Luke seit Jahren nicht mehr gesehen", sagte sie. „Ich wette, da war er noch jünger, als Aaron jetzt ist."

„Er ist gerade mit der Highschool fertig und verbringt den Sommer bei seiner Großmutter." In Callies Stimme klang Erstaunen mit. Vielleicht weil es für sie schwer war, sich vorzustellen, wie es ist, den Sommer mit Verwandten zu verbringen.

„Wenn du magst, kannst du ihn gerne hierher einladen", schlug Kate vor. „Ich habe nichts dagegen, wenn Freunde dich besuchen."

„Ich habe keine Freunde." Abrupt stand Callie auf, zog

sich das Handtuch bis unter die Achseln hoch und stapfte zum Haus.

„Ich bin dein Freund!“ Aaron trottete hinter ihr her. „Hey! Callie! Warte. Ich bin dein Freund und Bandit auch.“ Der Hund folgte ihnen auf den Fersen.

Callie streckte die Hand aus und zerzauste ihm die Haare. „Was immer du sagst, Kleiner.“

Amüsiert wandte Kate sich ab und schaute noch einmal nach, ob das Kajak fest vertäut und die Schwimmwesten ordentlich aufgehängt waren. Vor ihren Augen stieg das Bild von Aaron auf, wie er mit ungekannter Fröhlichkeit in den See sprang.

Eine so große Angst zu überwinden war so befreiend. Sie fragte sich, ob Callie wusste, was für ein Geschenk sie Aaron da gemacht hatte.

In der Reißverschlusstasche von Aarons Weste fand sie die Schätze, die er heute gesammelt hatte – zwei Fossilien und einen Achat. Sie legte sie auf den Picknicktisch und drehte sich um, als sie ein Auto kommen hörte.

Ein grüner Pick-up kam die Einfahrt herunter. Wer hätte das gedacht! JD Harris traut sich doch noch mal hierher.

Sie richtete sich auf, aber widerstand dem Drang, den Sitz ihrer Haare zu überprüfen. Sie würde sich für keinen Mann mehr aufrüschen. Trotzdem wäre sie am liebsten gestorben. In dem tropfnassen T-Shirt – ohne BH – und den abgeschnittenen Jeans sah sie aus wie die Teilnehmerin an einem Wet-T-Shirt-Wettbewerb. Notiz für mich: Zukünftig mehr auf meine Kleidung achten, dachte sie. Sie ärgerte sich, dass es ihr überhaupt was ausmachte, aber sie konnte nicht anders.

„Hey“, sagte sie leicht dahin, als JD hinter dem Haus parkte.

Er stieg aus, und Kate behielt ihre unbekümmerte Art bei, auch wenn ihr Herz bei seinem Anblick dreimal so schnell klopfte wie normal. Sie hatte schon immer eine Schwäche für

Männer in ausgewaschenen Jeans gehabt, aber er spielte noch in einer ganz anderen Liga.

Es ist einfach zu lange her, dass ich einen Mann in meinem Leben gehabt habe, sagte sie sich. Sie musste definitiv öfter ausgehen. Das beinahe zölibatäre Leben einer alleinerziehenden Mutter machte sie zu einem leichten Opfer für Anfälle von ungezügelter Lust. Außerdem war er bei ihrem letzten Treffen ziemlich ruppig zu ihr gewesen und hätte sie beinahe des Hauses verwiesen, nur weil sie ein bisschen neugierig gewesen war.

Er hielt ihr einen Korb aus Plastik hin. „Ich habe Ihnen eine Forelle mitgebracht."

Sie bemühte sich, ihren Blick über seine Gürtellinie zu konzentrieren. „Ich … äh … Tut mir leid, was haben Sie gesagt?"

„Forelle", sagte er. Ein Lächeln umspielte seine Mundwinkel. Er ließ seinen Blick auch ein wenig wandern und schien ganz fasziniert von dem Logo, das auf ihrem T-Shirt prangte. Sie widerstand dem Drang, die Arme vor der Brust zu verschränken. „Ich habe sie vor einer knappen Stunde gefangen und dachte, dass Sie sie vielleicht zum Abendessen mögen würden. Als Dankeschön für die Erste Hilfe." Er hielt seinen bandagierten Daumen hoch.

„Wussten Sie, dass man in diesem See die Fische nur fangen darf, wenn man sie wieder freilässt?"

„Die sind nicht aus dem See", sagte er. „Ich war am Elwha River."

Offensichtlich war es zu viel verlangt, eine Entschuldigung für sein unhöfliches Verhalten vom letzten Mal zu erwarten – wenn er seine Unhöflichkeit denn überhaupt bemerkt hatte. Natürlich hatte er das, oder? Sie suchte immer noch nach einem Makel an diesem Mann, nach irgendetwas, das ihn in ihren Augen weniger attraktiv machen würde. Sie nahm an, das kam daher, weil es ihrer Erfahrung nach bei Männern immer einen Haken gab.

Sie fragte sich, wie dieser Haken wohl in JDs Fall aussehen würde. Und ob es wohl etwas war, was sie verletzen könnte.

„Danke!" Sie warf einen Blick in den Korb. „Sie haben sie ja sogar schon ausgenommen."

„Es wäre ja auch kein besonders nettes Geschenk, wenn ich das Ihnen überlassen würde, oder?"

„Stimmt. Aber ich nehme es trotzdem nur unter einer Bedingung an." Bevor sie es sich anders überlegen konnte, fuhr sie schnell fort: „Sie bleiben und essen mit uns zusammen zu Abend."

Er sagte nichts. Sofort fühlte Kate sich wie der letzte Idiot, verbarg es aber hinter einem breiten Lächeln. „Heute steht frische Forelle auf dem Speiseplan."

„Okay", sagte er. „Danke. Das war aber von meiner Seite aus kein Versuch, mir eine Einladung zu erschleichen."

„Wir freuen uns, Sie bei uns zu haben. Vor allem Aaron. Er hat heute was zu feiern."

„Seinen Geburtstag?"

Sie schüttelte den Kopf. „Nein. Aber das soll er Ihnen selber erzählen."

JD zeigte auf den außen am Haus angebrachten Wasserhahn. „Haben Sie etwas dagegen, wenn ich mich da kurz frisch mache?"

„Nein, nur zu", antwortete sie. „Ich geh schon mal in die Küche."

Was gelogen war. Denn als Erstes ging sie schnurstracks ins Schlafzimmer und tauschte ihre nassen Sachen gegen ein hellblaues Top mit V-Ausschnitt und eine Jeans, kämmte sich die Haare und legte einen Hauch Lippenstift auf. Sie wollte sich nicht zu auffällig zurechtmachen, aber auch nicht aussehen wie aus dem Fluss gezogen. Sie konnte hören, dass Aaron unter der Dusche Selbstgespräche führte und lächelte. Er durchlebte sicherlich noch einmal die Abenteuer des Tages.

Auch die Dusche im Erdgeschoss lief. Callie schien es zu lieben, endlos unter dem heißen Strahl zu stehen.

Als sie fertig war, lief sie schnell die Treppen hinunter, um sich ums Abendessen zu kümmern. Auf dem Treppenabsatz warf sie einen Blick aus dem Fenster, um nach ihrem Gast zu sehen.

Oh Mann! dachte sie und blieb wie angewurzelt stehen. JD hatte sein T-Shirt ausgezogen, um sich zu waschen. Das Wasser stob wie glitzernde Diamanten aus dem Hahn und umrahmte einen absoluten Traumkörper. Definiert, mit perfekt herausgearbeiteten Brustmuskeln und Schultern, einem angedeuteten Sixpack und sehnigen Armen. Kate lehnte sich so nah ans Fenster, dass die Scheibe beschlug, aber er war trotzdem zu weit weg, als dass sie alle Einzelheiten hätte erkennen können. Alles, was sie brennend interessiert hätte, zum Beispiel wie behaart seine Brust war oder ob er irgendwelche Narben oder Tätowierungen hatte, blieb ihrem Blick verborgen. Sie wusste aber auch nicht, wie sie näher herankommen sollte, ohne sich zu verraten. Errötend trat sie einen Schritt zurück.

Reiß dich zusammen, Kate! ermahnte sie sich. Was einfacher gesagt als getan war. Dieser Mann weckte eine wilde Sehnsucht in ihr, erinnerte sie an all ihre unerfüllten Träume und die endlosen einsamen Nächte, in denen sie versuchte, sich davon zu überzeugen, dass in ihrem Leben alles perfekt war.

Als er in die Küche kam, die Haare noch nass und mit den Fingern gekämmt, das T-Shirt sich eng an seine Brust schmiegend, tat sie so, als würde sie es nicht bemerken. Seine Größe ließ alles andere in seiner Nähe zwergenklein erscheinen, sein breiter Schatten fiel quer über den Küchenfußboden. Trotzdem sah er sehr entspannt aus, als ob er hierhergehörte. Mit undurchdringlicher Miene sah er sich um.

Die Umgebung eines Menschen sagte sehr viel über ihn

aus, das wusste Kate. Das Haus am See war seit Generationen ein Aufbewahrungsort für die Familiengeschichte, von den preisgekrönten Fotos ihres Großvaters von Teddy und Franklin Roosevelt bis zu der Fotocollage vom letzten Jahr, die Phils Frau von ihren Kindern gemacht hatte.

„Willkommen in meiner Welt“, sagte Kate. „Ich hab gerade mit dem Kochen angefangen.“

„Kann ich Ihnen helfen?“, fragte er.

Und einfach so hatte sie einen Partner. Einige Menschen wirkten in Küchen verloren und fehl am Platz. Nicht so JD. Ganz ungezwungen bereitete er die Maiskolben für den Grill vor, schnitt Tomaten und eine Wassermelone aus. Es fühlte sich ganz normal an, mit ihm zusammenzuarbeiten. Und es erinnerte sie an andere Zeiten hier, als das Zubereiten der Mahlzeiten noch Familiensache gewesen war. Die Küche war extra so angelegt worden, dass man mit mehreren Leuten in ihr arbeiten konnte, und um die Kochinsel in der Mitte war ausreichend Platz, um sich nicht gegenseitig auf die Füße zu treten.

„Das wird ja ein richtiges Festmahl“, bemerkte er.

„Ich hab auf dem Weg von der Stadt hierher einen Straßenstand mitgenommen.“ Sie legte die Forelle in die Spüle und stellte das Wasser an. Der Fisch war mit beinahe chirurgischer Präzision gesäubert worden.

Aus Callies Zimmer erklang Musik, und Kate summte den Song der Libertines mit, während sie geschmolzene Butter auf die Fischfilets strich. „Das Mädchen ist verrückt nach Musik“, erklärte sie JD. „Und sie kennt sich gut aus. Ich habe ein paar meiner CDs von Zuhause mitgebracht, aber ich fürchte, die findet sie hoffnungslos uncool.“

Er entfernte die letzten seidigen Fäden vom letzten Maiskolben. „Hat sie irgendeinen Plan? Für das Ende des Sommers, meine ich.“

„Callie? Ich habe sie noch nicht gefragt.“ Kate würzte die

frische Forelle mit Zitrone, Salz und Pfeffer. JD hielt ihr die Tür auf, als sie nach draußen ging, um den Grill anzufeuern. „Ich habe das Gefühl, dass sie sich bedeckt halten will, bis sie achtzehn wird. Sie hat vermutlich Angst, dass man sie sonst wieder in eine Pflegefamilie steckt, in der sie sich nicht wohlfühlt." Kate überlegte, ob sie ihm erzählten sollte, was sie über Sonja Evans herausgefunden hatte, entschied sich dann aber dagegen. Auch wenn es sich aus welchem Grund auch immer total normal anfühlte, mit ihm über die Kinder zu reden. Aber auch da musste sie sich zusammenreißen. Er war nicht ihr Partner. Er war gar nichts für sie.

Während der Fisch und der Mais auf dem Grill lagen, deckten sie den Tisch auf dem Rasen. Kate fragte sich, ob es nur ihr so vorkam oder ob die ganze Szene wirklich so vertraut war, als wenn sie schon zehn Jahre und nicht erst zehn Minuten miteinander verbracht hätten.

„Ich wollte Sie noch was wegen Callie fragen", sagte er, während er die alten, angestoßenen Emailleteller verteilte. „Glauben Sie, sie will sich vielleicht was dazuverdienen? Natürlich unter der Hand", fügte er hinzu. „Ich könnte jemanden gebrauchen, der ein paar Stunden in der Woche bei mir sauber macht."

Kate konnte das breite Grinsen, das sich in ihr Gesicht stahl, nicht unterdrücken. Ihr Herz fühlte sich mit einem Mal anders an. Voller. Wärmer. Sie wusste, dass er keinen wöchentlichen Putzservice bei sich brauchte. Er wollte einfach nur Callie helfen. Er war wie ihr Lieblingsbonbon: harte Schale und innen ein ganz weicher, süßer Kern. „Okay", grinste sie. „Sie sind aufgeflogen."

„Aufgeflogen?" Sogar hinter seiner Sonnenbrille konnte sie sehen, dass er sie anstarrte.

„Ich wusste, dass Sie etwas verbergen, aber nun hab ich Ihr Geheimnis enträtselt."

Er ließ eine Gabel auf den Tisch fallen. „Kate, ich …"

„Sie müssen sich nicht erklären“, unterbrach sie ihn. „Dafür muss man sich doch nicht schämen.“ Sie entschloss sich, alles auf eine Karte zu setzen. „Ich bin froh, dass ich jetzt die Wahrheit über Sie weiß.“

Er hob die Gabel wieder auf. „Sind Sie das?“

„Natürlich. Vor mir müssen Sie jetzt nicht mehr spielen. Aber ich werde Ihr Geheimnis hüten, versprochen.“

„Das werden Sie wirklich?“

„Sicher. Auch wenn ich persönlich einen Mann mit einem Herz aus Gold unglaublich attraktiv finde und nicht weiß, warum Sie das verbergen wollen.“

Sie sah, dass er erleichtert ausatmete, bevor er den Tisch weiter deckte. „Gut zu wissen“, sagte er.

„Ich habe gerade gesagt, dass ich Sie unglaublich attraktiv finde“, erinnerte sie ihn. „Lässt Sie das vollkommen unbeeindruckt?“

„Sie sagten, ein Mann mit einem Herz aus Gold ist unglaublich attraktiv. Ich habe nicht angenommen, dass ich damit gemeint bin.“

Zumindest war er ein guter Zuhörer. „Na ja – Sie haben doch ein Herz aus Gold.“

„Ja, genau. Hören Sie lieber auf, Vermutungen über mich anzustellen!“

„Dann erzählen Sie mir etwas über sich, dann muss ich das nicht mehr.“

„Da gibt es nichts zu erzählen. Ich nehme mir eine kleine Auszeit und überlege, wie es weitergehen kann.“

„Zum Beispiel mit einem Medizinstudium.“

„Genau.“

„Sie haben so … seltsam darauf reagiert.“

„Das wollte ich nicht. Aber noch mal zurück zu Callie …“

Er machte wieder dicht. Kate spürte, dass sie ihn genug gedrängt hatte – zumindest für den Augenblick. „Ich denke, sie würde sich freuen, noch ein wenig Geld verdienen zu können."

„Dann frage ich sie nachher."

„JD!" Aaron sprang von der Veranda und rannte über den Rasen.

„Hey, Aaron." JD schüttelte seine Hand.

Für einen Moment starrte Kate ihren Sohn einfach nur an. Dann fand sie ihre Stimme wieder. „Was hast du mit deinen Haaren gemacht?"

„Das war Callie." Er berührte die spitzen Stachel, die seinen Kopf bedeckten.

„Sieht toll aus!" Kate drehte sich schnell zum Grill, um ihren Gesichtsausdruck zu verbergen.

„Ich bin den ganzen Tag in den See gesprungen", informierte Aaron JD.

„Klingt spaßig." JD reichte ihm eine Tüte mit Maisblättern. „Kannst du die zum Müll bringen?"

Kate sah ihrem Sohn nach, der der Aufgabe mit Feuereifer nachkam. Eine einfache Aufgabe, deren Erfüllung sie eine halbe Stunde betteln und diskutieren gekostet hätte. JD hatte keine Ahnung, was für ein Akt es normalerweise war, Aaron zum Mithelfen zu überreden. Sie fragte sich, was wirklich in diesem Mann steckte. Vielleicht war er aber auch genau so, wie er sich gab.

Sie stellte das Gas ab und sah, dass JD schon Gläser mit Eiswasser verteilt hatte. Einen Augenblick war sie verwirrt, so sehr war sie daran gewöhnt, alles alleine tun zu müssen.

Aaron kehrte von der Mülltonne zurück und ließ die kupferne Glocke auf der Veranda ertönen, die signalisierte, dass das Essen fertig war. JD schickte ihn Hände waschen. Callie kam aus dem Haus und wirkte ein wenig verlegen, als JD sie begrüßte.

„Heute gibt es frische Forelle aus dem Elwha", sagte Kate und verteilte den Fisch auf die Teller.

„Ist der gut?", fragte Callie und errötete. „Ich meine ... ich habe gehört, dass einige Fische einen sehr hohen Quecksilbergehalt haben ..."

„Das stimmt", erwiderte JD. „Aber nicht Frischwasserforellen. Pfadfinderehrenwort."

„Cool, ich bin am Verhungern. Kann ich noch was helfen?"

„Nein danke, ist schon alles erledigt. Setz dich einfach", bat Kate.

Callie sah einen Moment überrascht aus, dann setzte sie sich an den Tisch. Aaron suchte sich den Platz neben JD aus. Kate sah, wie JD ihm eine wortlose Ermahnung zukommen ließ, mit dem Essen zu warten, bis auch sie ihren Platz eingenommen hatte. Dann erst gab er dem Jungen das Zeichen anzufangen. Innerlich dankte Kate JD dafür, dass er wusste, was Manieren waren.

Das Essen war ein wahres Festmahl, das von einer Schüssel wilder Himbeeren gekrönt wurde, die Kate von den Büschen an der Einfahrt gepflückt hatte. Aaron erzählte vom Schwimmen im See, Luke, dem Geisterjungen, davon, wie er Steine über das Wasser flitschen ließ, und natürlich vom Kajakfahren. Dazwischen schaffte er es, seinen gesamten Teller leer zu essen, was eine große Leistung für den sonst so rastlosen Jungen war.

„An meinem Geburtstag darf ich bestimmen, was es zu essen gibt", erklärte er gerade.

„Und was wünschst du dir dann?", wollte Callie wissen.

„Peperoni-Pizza und Kuchen mit Schokoglasur. Jedes Jahr. Und du?"

„Ich hab mir an meinem Geburtstag noch nie das Essen wünschen dürfen."

„Warum nicht?"

„Willst du was Seltsames hören?", fragte sie.

Er war sofort ganz Ohr. „Natürlich."

„Ich hatte noch nie eine Geburtstagsparty.“

„Gibt’s nicht!“ Aaron fielen beinahe die Augen aus dem Kopf.

„Gibt’s doch!“

„Das ist doch doof.“ Aaron warf Kate einen Blick zu. „Ich meine, das ist nicht schön. Wirklich nicht.“

Callie zuckte mit den Schultern. „Ich kannte es nicht anders. Wo ich aufgewachsen bin, hat man uns erzählt, dass jeden Tag Kinder geboren werden und das kein besonderes Ereignis ist.“

Kate konnte sich nicht länger zurückhalten. „Das ist doch absurd.“

„So war es aber nun mal.“ Callie schob sich ihr letztes Stück Wassermelone in den Mund. „Als ich mein Geburtsdatum herausgefunden habe, habe ich immer heimlich nur für mich alleine gefeiert. Es war nicht das Gleiche wie eine Geburtstagsparty, aber besser als nichts.“

„Sehr gut, Callie. Denn du bist etwas Besonders. Jeder Mensch ist etwas Besonderes.“ Innerlich verfluchte Kate Callies Mutter. „Ich bin froh, dass du jetzt bei uns bist.“

Callie schenkte ihr ein scheues Lächeln.

„Wann hast du denn Geburtstag?“, wollte Aaron wissen.

„Am fünfzehnten Juli.“

„Dann wirst du dieses Jahr den besten Geburtstag deines Lebens haben“, versprach Aaron.

„Wenn du meinst.“

Callie hatte nicht mehr viel zu sagen, aber sie bestand darauf, dass sie und Aaron nach dem Essen abräumten. Und wieder half er, ohne sich zu beschweren. Als JD und sie draußen saßen und zusahen, wie die Sonne die Bergspitzen am westlichen Ende des Sees berührte, konnte Kate die beiden in der Küche miteinander reden und lachen hören.

„Sie sind wie alte Freunde“, sagte sie zu JD. Beinahe wie Bruder und Schwester, dachte sie, sagte es aber nicht laut.

Callie hatte das Radio angestellt und unterhielt Aaron mit einer detaillierten Kritik von Velvet Revolvers „Sucker Train Blues“.

„Sie kennt sich mit Musik wirklich gut aus“, merkte Kate an. „Sie ist ziemlich klug, aber sie hat bisher keine besondere Ausbildung genossen.“

„Dafür ist es noch nicht zu spät“, bemerkte JD.

Eine Weile saßen sie in angenehmem Schweigen beieinander. Kate überlegte, ob sie eine Flasche Wein aufmachen sollte, verwarf die Idee dann aber wieder. Das wäre vielleicht ein bisschen zu ... romantisch. Noch nicht, dachte sie, aber vielleicht irgendwann. Sie war immer noch vorsichtig, wenn es um Männer und Romantik ging, aber sie hatte auch allen Grund dazu. Der größte davon war Aaron. Er neigte dazu, sehr schnell eine Verbindung zu den Männern aufzubauen, mit denen sie sich verabredete. Und wenn der Mann dann nicht mehr auftauchte, war es für Aaron fast noch schlimmer als für sie. Mit einem kleinen Lächeln schüttelte sie den Kopf.

„Was ist so lustig?“, wollte JD wissen.

„Ich neige dazu, Dinge zu sehr zu bedenken“, gab sie zu.

„Was zum Beispiel?“

„Uns hier.“ Sie lachte laut auf, als sie seinen Gesichtsausdruck sah. „Es scheint, dass Sie sich eines ‚uns‘ gar nicht bewusst sind.“ Sie wartete auf eine Antwort, aber die kam nicht. Anders als sie schien er vollkommen zufrieden damit zu sein, schweigend hier zu sitzen. Zu schade, dachte sie. Sie hatte so viele Fragen. „Was haben Sie gemacht, während sie in der Army waren?“

„Ich war Sanitäter.“

„Und Sie haben mit Sam zusammengearbeitet?“

„Manchmal. Wir haben in unterschiedlichen Einheiten angefangen, aber unsere Wege haben sich oft gekreuzt.“

Ein Sanitäter, dachte sie. Also hat er bereits einen medizinischen Hintergrund. Damit ergab sein Interesse am Medizinstudium natürlich noch mehr Sinn.

„Der Abwasch ist fertig", rief Aaron durch die Fliegentür. „Kann ich noch einen Nachtisch haben?"

Sie alle aßen noch ein Eis mit Karamellsirup, und danach bemerkte Kate, dass Aaron in dem Schrank mit den Spielen herumstöberte.

„Sie sollten abhauen, solange Sie noch können", flüsterte sie JD zu. „Sonst werden sie gleich zu mindestens einer Runde Malefiz genötigt."

Trotz der Musik aus dem Radio hatte Aaron sie gehört. „Stimmt gar nicht", rief er. „Wir spielen Scrabble."

„Was ist Scrabble?", fragte Callie.

Aaron verdrehte die Augen. „Puh." Dann baute er das Spiel für drei Spieler auf – Kate, JD und Callie und ihn als Team. „Sie kennt das Spiel nicht, und ich bin ein Kind", erklärte er, „also dürfen wir zusammenspielen."

„Sie müssen wirklich nicht bleiben", wandte Kate sich an JD.

„Ich bleibe gerne", erwiderte er.

Kate unterdrückte das Flattern in ihrem Bauch und legte das erste Wort, *SPIELEN*. Nicht sonderlich inspirierend, aber besser als nichts. Nach einer geflüsterten Beratung fügten Callie und Aaron *SPRIT* an. Mit einer flinken Handbewegung legte JD *ADENOM*. „Zeit, zu zeigen, wo hier der Hammer hängt", sagte er mit beinahe so etwas wie einem Lächeln.

„Wo der Hammer hängt", wiederholte Aaron stumm.

„Adenom." Kate runzelte die Stirn. „Das Wort hab ich noch nie gehört. Sind Sie sicher, dass es das gibt?"

Er schaute sie aus zusammengekniffenen Augen an. „Ja. Und jetzt will ich meine Punkte."

Kate weigerte sich, einfach so nachzugeben. „Ich schlage es nach." Sie nahm sich das alte, abgegriffene Wörterbuch und blätterte durch die vergilbten Seiten. „Drüsengeschwulst", las sie vor. „Das hab ich nicht gewusst."

„Meine Punkte", erinnerte er sie.

Und das war nur der Anfang ihrer Demütigung. Für jemanden, der sein Leben mit Wörtern verdiente, hätte sie sich viel besser schlagen müssen. Aber sie hatte auch die schlimmsten Buchstaben. Sie zog ein Q, aber kein U. Sie hatte sogar das so begehrte X, aber leider keinen Platz, um es anzulegen. Sie brauchte für jeden Zug so lange, dass Callie und Aaron anfingen zu gähnen und ihre Lider ganz schwer wurden. Sie schienen beide erleichtert, als alle Steine verteilt waren und das Spiel sich dem Ende zuneigte. Die Schlussrechnung ergab einen eindeutigen Sieg für JD.

„Ich geh dann jetzt auch mal besser", grinste er. „Solange ich noch vorne liege."

„JD, warte!" Aaron klang beinahe ein wenig verzweifelt. „Wie gut bist du darin, Sachen zu reparieren?"

„Was für Sachen? So was wie Waschbären?"

„Fahrräder. Wir haben die Reifen alle aufgepumpt, aber die Kette von meinem Fahrrad fällt immer ab."

„Ich kann dir doch helfen, das zu reparieren", sprang Kate schnell ein. Der Trick ihres Sohnes war ihr mehr als peinlich.

„Nein. Ich will, dass JD das macht."

Ich auch, dachte sie.

„Klar, mach ich gerne", schmunzelte der. „Ich komm die Tage vorbei und sehe es mir mal an."

Kate begleitete ihn zu seinem Auto. „Ich hoffe, Sie wissen, dass Sie das nicht tun müssen", sagte sie. „Ich weiß, wie man ein Fahrrad repariert."

„Dann sind wir ja schon zwei."

„Aaron ... Er macht so was manchmal. Er sucht in jedem Mann, den wir kennenlernen, einen Vater."

„Ist das ein Problem?"

„Wenn ihm das Herz gebrochen wird, schon." Kate biss

sich auf die Lippe. Sie hatte schon zu viel gesagt. Er wusste sehr wahrscheinlich nur zu gut, dass Aaron nicht der Einzige war, dem das Herz gebrochen wurde. „Hören Sie, ich wollte nicht …“

„Machen Sie sich keine Gedanken, Kate.“

Und einfach so hörte sie damit auf. Er hatte eine seltsam beruhigende Art an sich. Die meisten Männer hatten den gegenteiligen Effekt auf sie: Sie beunruhigten und verstörten sie.

Die Sonne war endlich untergegangen, auch wenn es noch bis ungefähr zehn Uhr hell bleiben würde. Das war die schönste Zeit am See. Das spiegelglatte Wasser des Sees reflektierte die Berge. Am Ufer flackerten einige Lichter und Lagerfeuer wie Glieder einer goldenen Kette. Grillen sangen, und Frösche quakten in ihren dunklen Verstecken.

Hier ist es wie in einer anderen Welt, dachte Kate. Das war die Magie eines Sommers am See. Weit entfernt vom normalen Leben konnte man sein, wer auch immer man sein wollte.

Sie wusste nicht, wieso das so war. Eine erschöpfte alleinerziehende Mutter konnte die perfekte Hausfrau sein. Ein Junge mit Schwierigkeiten in der Schule verwandelte sich in Tom Sawyer, ließ Steine über das Wasser springen, rannte barfuß durch das Gras und lernte zu schwimmen. Ein heimatloses Mädchen bekam eine Familie.

„Grübeln Sie schon wieder?“, unterbrach JD sie.

Ihr fiel auf, dass sie das Schweigen zu lange hatte andauern lassen. „Nein, ich … mir fiel nur gerade auf, wie sehr ich den See liebe. Hier kann ich ein anderer Mensch sein.“

„Warum sollten Sie das wollen?“

„Will das nicht jeder? Als ich noch ein Kind war, wurde ich zu Hause in Seattle immer wegen meiner roten Haare und der Sommersprossen aufgezogen. Und weil ich in der Schule immer alles wusste. Jeden Sommer kam ich dann an den See und verwandelte mich in eine indianische Prinzessin, eine Piratenbraut, eine olympische Schwimmerin, eine legendäre Meerjungfrau. Alles außer meinem wahren Selbst."

„Ich bin froh, dass Sie diese Phase überwunden haben", murmelte er.

Als sie größer wurde, ließ sie Sammy Schroeder sich heimliche Küsse hinter dem Bootshaus stehlen. Später, als sie schon in der Highschool waren, hatte er sie immer mit ins Autokino nach Port Angeles genommen, wo es in seinem leicht muffig riechenden El Camino weitere Küsse gab.

Sie fragte sich, ob Sam sich noch daran erinnerte. Und ob er JD etwas davon erzählt hatte. Sie könnte ihn sicherlich fragen, aber sie tat es nicht. Das käme ihr irgendwie vermessen vor, als wenn sie fest davon ausginge, dass er an ihr interessiert war. Sie waren noch nicht an dem Punkt angelangt, wo man in allen Einzelheiten über seine vergangenen oder gegenwärtigen Freunde sprach. Im Moment existierten sie nur in diesem Augenblick. Und sie beide schienen zu verstehen, dass es ein Fehler wäre, darüber hinauszugehen. Zumindest im Moment. Es lag noch genügend Sommer vor ihnen, um sich besser kennenzulernen.

„Danke für die Einladung", sagte er, offensichtlich nicht daran interessiert, die vorherige Unterhaltung über wechselnde Persönlichkeiten fortzuführen.

„Gern geschehen."

„Es hatte zwar nicht in meiner Absicht gelegen, eingeladen zu werden, aber ich bin sehr froh, dass Sie es getan haben."

„Ich auch", gab sie zu. „Ich bin froh, dass Sie die Einladung angenommen haben."

„Vielleicht können wir das ja noch mal wiederholen."

„Ja, vielleicht."

„Danke, Kate." Er zögerte zu gehen. Das letzte Licht des

Tages erhellte sein Haar, seinen kantigen Kiefer, die breiten Schultern, die geschwungenen Lippen.

„Es war mir ein Vergnügen“, sagte sie leise und trat einen Schritt vor. Dies hier war immer noch der See. Hier war es ihr erlaubt, anders zu sein. Mutiger. Romantischer. Es war so lange her, dass sie einen Sommerflirt gehabt hatte – oder überhaupt einen Flirt –, und sie wunderte sich, dass ihr das Flirten so leichtfiel. Sie konzentrierte sich auf seine Lippen. Streifte absichtlich-unabsichtlich mit ihrer Hand seinen Arm.

Er beugte sich vor, seine Lippen nur wenige Millimeter von ihren entfernt, so nah, dass sie ihn beinahe spüren, schmecken konnte.

„Wir sehen uns, Kate“, sagte er leise; sein Atem strich warm über ihr Ohr.

Erst in dem Moment fiel ihr auf, dass er seine Hand zum Türgriff des Wagens ausstreckte und nicht, um sie zu umarmen. Er stieg ein und fuhr davon und ließ sie verwirrt und frustriert auf der Einfahrt zurück.

Sie hätte ihn nicht gehen lassen dürfen. Sie hätte dafür sorgen müssen, dass er sie entweder küsste oder frei heraus abwies. So wie die Dinge jetzt standen, wusste sie nicht, was für eine Art Abschied das nun war.

Sie ging zurück ins Haus. Das Scrabble-Brett lag noch genauso auf dem Tisch, wie sie es zurückgelassen hatten. Bevor sie es wegräumte, schaute sie sich JDs Worte noch einmal genau an. *ZIEL, BIWAK, SPIELER, TIER, ADENOM.* Konnte man aus den Wörtern, die jemand im Scrabble legte, Rückschlüsse auf seine Persönlichkeit ziehen? Sehr wahrscheinlich nicht. JD hatte einfach nur versucht, so viele Punkte wie möglich zu bekommen. Ihre eigenen Wörter – *SPIELEN, FREUEN, NICHT, BISS, EINSAM* – sagten nichts über sie aus, verrieten nicht, was in ihr vorging.

Außer „einsam“. Das war ein bisschen zu verräterisch,

aber es hatte sich so ergeben. Ihre Chance, auf einem Feld mit doppeltem Wortwert zu landen.

Sie hob das Brett an zwei Seiten an und knickte es in der Mitte, um die Buchstaben einfacher in das blaue Säckchen schütten zu können. Als sie das Spiel in den Schrank stellte, lächelte sie. Was für ein schöner Abend! Vielleicht sogar zu schön, um wahr zu sein. Sie waren wie „Die Waltons" gewesen. Mit dem Unterschied, dass diese Familie aus einer arbeitslosen Alleinerziehenden, einem entlaufenen Teenager, einem neunjährigen Jungen und einem geheimnisvollen Fremden bestand.

Aber sonst waren sie genau wie die Waltons.

12. KAPITEL

JD sollte sich heute Morgen eigentlich mit einem unerwartet dicken Stapel Post beschäftigen, aber Gedanken an Kate machten ihn rastlos. Er erinnerte sich immer wieder daran, dass er wegen der Einsamkeit hierhergekommen war, wegen der Möglichkeit, so vielleicht sein Leben zurückzubekommen. Das Letzte, was er brauchte, war, sich in eine alleinerziehende Mutter und ihren Sohn zu verlieben. Aber was er auch versuchte: Er fühlte sich von ihrer einfachen menschlichen Anständigkeit angezogen. Und von ihren Weltklassebrüsten.

Halte deinen Sicherheitsabstand ein! ermahnte er sich. Doch eine Frau wie Kate machte es ihm schwer, seinem eigenen Rat zu folgen. Er hatte ihr Essen vorbeigebracht, eine Geste, die so vielsagend und durchsichtig war wie beim ersten Mal, als der Höhlenmann seine Beute nach Hause brachte.

Er hätte sie beinahe geküsst. Er hatte sich so nah zu ihr heruntergebeugt, dass er den Duft ihrer Haare hatte riechen können. Er war ihm so vertraut vorgekommen. Alles in ihm hatte sich danach gedrängt, sie an sich zu ziehen und jeden Zentimeter ihres Körpers zu erkunden.

Doch das konnte er sich nicht erlauben. Nicht jetzt, nicht in naher Zukunft und vielleicht sogar nie. Hartnäckig verschloss er die Tür vor weiteren Gedanken an Kate Livingston und versuchte, sich auf die Briefe zu konzentrieren, die er aus seinem Postfach im Ort mitgebracht hatte. Sam war gut darin, die Post vorzusortieren. So bekam JD nur die Rechnungen und wichtigen Briefe, blieb aber von den Sendungen der Irren und Verwirrten verschont, die immer noch jeden Tag eintrudelten.

Zu welcher Sorte Post allerdings ein großer, flacher Umschlag von einem Hollywoodagenten gehörte, war sich JD nicht so sicher.

Er starrte den Umschlag lange Zeit an. Trommelte mit den Fingern darauf herum. Wünschte sich, nie etwas von Maurice Williams gehört zu haben. „An diesem Punkt die Kontrolle zu übernehmen dient Ihrer eigenen Sicherheit", hatte Williams ihm versichert. „Niemand braucht Ihre Erlaubnis, um den Film zu machen. Jede Minute kann eine unautorisierte Version irgendwo auftauchen, genau wie dieses grässliche Buch. Wollen Sie das wirklich?" Williams hatte ihm einen Vertrag gereicht. „Das hier ist Ihre Chance, die Kontrolle zu übernehmen. Sie werden mir noch danken, Jordan, das schwöre ich Ihnen."

JD hatte ihm nicht gedankt. Die Kontrolle zu übernehmen bedeutete, Berater für einen Film über sich selbst zu sein. Bedeutete, zuzustimmen, den Film zu promoten. Und es hieß auch, nach Fertigstellung auf der Premiere zu erscheinen.

Als Gegenleistung würde JD ein Vermögen für seine Stiftung erhalten. Das war sein einziger Trost. Alles, was er wollte, war, wieder ein normales Leben zu haben. Er wollte aus dem Haus gehen und eine Portion Pommes frites oder einen Dreierpack Boxershorts kaufen können, ohne von Paparazzi verfolgt, Verrückten angesprochen oder alle drei Minuten nach einem Autogramm gefragt zu werden. Er wollte mal wieder ein Essen in einem Restaurant ohne Unterbrechungen genießen oder, so Gott wollte, Sex mit einer Frau haben, die ihre Geschichte nicht gleich am nächsten Tag der nächstbesten Boulevardzeitung verkaufte. Das war eigentlich nicht sehr viel verlangt – aber im Moment unerreichbar.

Gemeinsam mit dem Brief von Williams hatte Sam ihm die aktuelle *Shout* mitgeschickt, eines von JDs meistgehassten Magazinen. Darauf klebte ein Post-it: „Haha, du und Paris!" Die Zeitschriften verpassten ihm definitiv ein interessanteres Leben, als er wirklich hatte. Leute, die er noch nie zuvor in seinem Leben gesehen hatte, tauchten plötzlich auf und beschrieben Begegnungen mit ihm, die es nie gegeben hatte. Das

Titelbild zeigte ein altes Fotos von JD in Kampfuniform; darüber die Headline: *„Der nächste Reality-TV-Star?"*

Offensichtlich hatte JDs Verschwinden zu Spekulationen geführt, dass er an einem geheimen Ort für irgendeine Realityshow drehte.

Bei dem Gedanken daran drehte sich ihm der Magen um. Was sehr vielsagend war, weil er normalerweise einen Magen wie ein Pferd hatte. Bei seiner täglichen Arbeit hatte er Menschen gesehen, die wie eine filetierte Forelle auseinandergerissen worden waren, verbrannt, verletzt, bis zur Unkenntlichkeit zusammengeschlagen, erschossen und erstochen. Er hatte wochenalte Leichen aus überheizten Wohnungen geholt und Käfer an Stellen nagen gesehen, die die meisten Menschen sich noch nicht einmal vorstellen wollten.

Nichts davon hatte ihm je Übelkeit verursacht.

Doch sich selbst in einem Klatschmagazin zu sehen ließ ihm die Galle hochsteigen.

Schritte auf der Treppe draußen ließen ihn hochschrecken. Callie.

Er steckte die Zeitschrift in den Holzofen. Zu dieser Jahreszeit brannte darin normalerweise kein Feuer, weil die Nächte warm waren, aber er wusste, dass er heute Abend eines anmachen würde.

„Hey, Callie", begrüßte er das Mädchen und hielt ihr die Tür auf. „Danke für dein Kommen."

„Oh, kein Problem, ich kann das Geld gut gebrauchen."

Er wusste, dass sie ihren Stolz hatte. Außerdem hatte sie Geheimnisse, und er hoffte, dass sie ihm mit der Zeit vertrauen und sich ein wenig öffnen würde. Er konnte nicht genau sagen, was es war, aber irgendetwas stimmte mit ihr nicht. Er schätzte, dass sie beide einige Gemeinsamkeiten hatten. „Wie fühlst du dich?", fragte er.

„Wie … was?" Sie steckte sich die Haare hinter das Ohr und sah ihn verwirrt an.

„Ich meine, wie geht es dir?“, verbesserte er sich.

„Gut“, sagte sie. „Großartig. Bereit loszulegen.“

Er fragte sich, ob es vielleicht ein Fehler war, Callie hier arbeiten zu lassen. Wenn er ehrlich war, war es keine große Sache, bei ihm sauber zu machen. Vor allem nicht für jemanden, der in der Army darauf getrimmt worden war, Ordnung zu halten. Dennoch hatte er sich veranlasst gefühlt, ihr zu helfen. Sie wirkte auf ihn nicht wie ein normaler, gesunder Teenager. Er fragte sich, ob die schattigen Flecken in ihrem Gesicht von einer Acanthosis nigricans herrührten. Er wollte sie jedoch nicht durch eine Nachfrage erschrecken. Wenn er zu tief bohrte, würde sie vielleicht wieder weglaufen. Er musste also hoffen, dass sie Vertrauen zu ihm entwickelte. Doch wenn sie schon Kate gegenüber nicht ganz offen war, bezweifelte er, dass sie sich ihm anvertrauen würde.

Er zeigte ihr, wo alles war, inklusive Getränken und ein paar Snacks. Er bot ihr auch an, jederzeit eine Pause zu machen, wenn ihr danach war.

Sie neigte ihren Kopf ein wenig. „Macht es Ihnen was aus, wenn ich Radio höre?“

„Nein, ganz und gar nicht. Ich habe auch ein paar CDs dabei.“

Darauf sprang sie sofort an. „Ist da was Gutes bei?“

„Das kommt ganz auf deinen Geschmack an.“ Er zeigte auf das Regal.

„Eine ‚Best of Eagles‘ … nicht besonders vielversprechend.“

„Schau weiter.“

„Oh! The Mothers of Invention.“ Sie zog die CD aus dem Stapel. „Das gefällt mir schon besser.“ Sie schob Elton John, Grateful Dead und Queen beiseite, nahm sich aber Eric Clapton, die Cars und Talking Heads.

„Du hast einen interessanten Musikgeschmack“, merkte JD an.

„Ich liebe Musik, seitdem ich denken kann, und ich vergesse niemals einen Song. Mein Traumjob ist es, eines Tages Discjockey zu sein, der so ziemlich alles spielen darf."

„Hast du je darüber nachgedacht, diesen Traum zu verfolgen?" JD konnte die Frage nicht zurückhalten. Ihr Kommentar hatte dafür gesorgt, dass sein Blick unwillkürlich zu dem Regal über dem kleinen Schreibtisch geglitten war. Die Bewerbungsformulare für das Medizinstudium lagen immer noch da. Und sie waren immer noch unberührt.

„Klar", sagte sie und nahm die Flasche Glasreiniger aus dem Schrank unter der Spüle. „Aber das ist nicht so einfach. Mir fehlen ein paar Dinge – zum Beispiel eine Ausbildung oder eine permanente Adresse."

„Hast du schon darüber nachgedacht, was du tun willst, wenn der Sommer vorbei ist?"

„Klar. Ich miete mir eine Wohnung. Suche mir eine Arbeit. Ich habe zwar kein Diplom, aber ich bin nicht dumm."

„Was ist mit deinem Traumjob?"

Sie ließ ihre Kaugummiblase platzen. „Es ist ein Traum, wissen Sie? Das ist nicht echt. Darum wird es ja auch Traum genannt."

„Ich finde nicht, dass es weit hergeholt ist, dass du ein DJ wirst."

„Vielleicht."

„Nein, ganz sicher. Wie auch immer. Ich bin draußen im Schuppen, wenn du was brauchst."

Sie entließ ihn mit einem kleinen Nicken.

Alles in allem ist sie ein ganz patentes Mädchen, dachte JD. Kate war darüber verwundert gewesen, dass jemand mit Callies Hintergrund so normal war. JD konnte das jedoch verstehen. Wenn das Zuhause eines Kindes ein Albtraum war, wurde es zu einer Frage des Überlebens, normal zu sein.

Er musste es wissen. Als er eingeschult wurde, auf diesem verhassten Platz vor der ganzen Klasse stand und erzählen musste, wer er war, hatte er gelernt, dass es am besten war, sich eine Familie auszudenken. Damit die Leute nicht fragten, wieso seine Mutter nie zu Schulaufführungen oder Elternabenden kam. Sein Vater sei im diplomatischen Dienst, erzählte er den Lehrern, und seine Mutter arbeitete tagsüber und ging abends auf die Abendschule, um sich zur Linguistin ausbilden zu lassen. Mit sechs Jahren hatte er weder Ahnung, was eine Linguistin noch was der Auslandsdienst war. Er hatte davon über seine einzige Informationsquelle erfahren: den Fernseher.

Mit der Gründlichkeit eines Anthropologen hatte er die anderen Familien im Fernsehen studiert und sein Leben nach dem geformt, was er dort sah. Die Familien in JDs Fantasie kümmerten sich umeinander wie die Huxtables aus der *Bill Cosby Show*. Sie waren so clever wie die Keatons aus *Familienbande* und so humorvoll wie die Seavers aus *Unser lautes Heim*. All diese Serien brachten ihm Sachen bei, die seiner Mutter im Traum nicht eingefallen wären – den Wert von Zuneigung und Mitgefühl. Die heilenden Kräfte der kindlichen Fantasie waren eines der mächtigsten Werkzeuge in seinem Arsenal. Das und die Feuerwache am Ende der Straße.

Manche Kinder wuchsen mit einem Vater oder Stiefvater auf; JD hatte eine ganze Feuerwache um sich. Er hatte nie darum gebeten. Aber bald nachdem er begonnen hatte, dort in der Nähe herumzulungern, waren die Männer auf ihn aufmerksam geworden. Er aß dort öfter als zu Hause, fand bei den Feuerwehrleuten und Sanitätern mehr Akzeptanz und Führung als jemals bei seiner Mutter.

Jetzt, wo er selber Sanitäter war, verstand er es. In diesem Beruf entwickelte man einen siebten Sinn für Menschen, so wie er jetzt in Bezug auf Callie Evans. Unter Kate Livingstons Dach erfuhr das Mädchen diesen Sommer sehr wahrscheinlich mehr Stabilität und Mitgefühl als in ihrem ganzen Leben zusammengenommen.

So war Kate. Er kannte sie kaum, aber sie schien ihm echt zu sein, so warm und hingebungsvoll wie damals die Mütter im Fernsehen, so liebend und großzügig wie die, die er sich für seine Vorstellung in der Schule ausgedacht hatte. Und sogar in einem alten T-Shirt und abgeschnittenen Jeans sah sie aus wie ein Unterwäschemodel.

Er ging in den Schuppen, um sich wieder an die Arbeit an Sams Boot zu machen. Jahrelang hatte JD sich Geschichten von dem Boot angehört, Bilder gesehen, war von Sam beinahe angefleht worden, mit ihm raus auf den See zu fahren.

Gut, dass Sam das Boot in seinem jetzigen Zustand nicht gesehen hatte. Das Holz war trocken und porös, einige Rippen waren gebrochen, Planken durchgefault, und die äußere Harzschicht hatte sich in Staub aufgelöst. Da JD nicht sonderlich viel über Boote wusste, hatte er sich mit Büchern, Zeichnungen, Anleitungen und vor allem viel Entschlossenheit ausgerüstet, um dieses spezielle Boot zu restaurieren. Die Schroeders hatten eine gut ausgestattete Werkstatt, und was an Werkzeugen fehlte, hatte er sich in der Stadt gekauft. Ein Boot zu bauen bedurfte der Präzision eines Chirurgen und der strikten Befolgung bestimmter Regeln. Das gefiel ihm. Man benutzte keine Eisennägel, sondern Dübel aus Dattelholz oder Schwarzkirsche. Jeder Spalt, jeder Falz musste versiegelt werden.

JD wusste nicht, warum, aber irgendetwas drängte ihn, diese Arbeit zu tun – die kaputten Teile zu reparieren, die Narben zu glätten und das Boot wieder seetauglich zu machen. Es war ein Projekt mit einem konkreten Ergebnis. Etwas, wobei es nicht um Leben und Tod ging. Dieser Patient schrie ihn nicht an oder übergab sich auf ihm. Er würde ihm nicht unter den Händen wegsterben. Ja, das machte die Anziehung aus. Sogar wenn er es vermasselte, würde es niemanden das Leben kosten.

Er legte das Boot mit dem Kiel nach oben auf zwei Sägeböcke. Es war an der Zeit, den Rumpf abzuschleifen, die Risse zu kitten, das Holz zu versiegeln und das gute Stück zum Leben zu erwecken. Er benutzte mehr Klammern als ein Unfallchirurg. Die neben ihm stehende Mülltonne füllte sich mit Holzspänen und Sägemehl, die Luft mit dem Geruch nach Zedern und Fichte. Musik wehte vom Haus herüber. Callie hatte ein Album von Jethro Tull gefunden. Ab und zu konnte er sie durch das Fenster arbeiten sehen.

Er verlor jegliches Zeitgefühl. Die Sonne wanderte langsam über den See, ließ ihre Strahlen glitzernd und funkelnd auf der Oberfläche tanzen. Eine Gruppe Wildenten flog auf und zog eine Spur wie Diamanten glitzernde Wassertropfen hinter sich her, als sie sich gen Himmel erhoben. Jethro Tull ertönte mit „Thick as Brick“ aus der Anlage. Hinter seinem Mundschutz schwitzend, die Arme und Hände von Sägemehl bedeckt, fühlte JD etwas Unerwartetes in seinem Magen flattern. Eine Veränderung, eine seltsame Beschwingtheit. Er brauchte einen Augenblick, um es einordnen zu können. Dann stellte er fest, dass er das erste Mal seit dem Attentat glücklich war. Nicht generell, aber in diesem Moment. Einfache Arbeiten mit den Händen auszuführen, der Musik zuzuhören, die Sonne auf dem Rücken zu spüren – das alles zusammen gab ihm das Gefühl, das er lange, lange nicht verspürt hatte.

Dieses Boot wird in seiner alten Schönheit erblühen, das schwor er sich.

Aus dem Cottage erklang Eric Claptons „Layla“, und schon dachte JD wieder an Kate. Das Abendessen bei ihr hatte ihm viel zu viel bedeutet. Für sie war es nur ein einfaches Essen gewesen. Etwas, das jeden Tag passierte. Sie konnte nicht wissen, dass es für ihn etwas total Unbekanntes war, sich als Familie um einen Tisch zu setzen. Das unbestreitbare Vergnügen, eine Mahlzeit zu teilen, war tief und süß gewesen. Schmerzhaft in seiner Intensität, aber dennoch kein Schmerz, den er zukünftig vermeiden wollte. Stattdessen sehnte er sich danach, es noch einmal zu erleben. Sehnte er sich nach *ihr.* Ihren roten Haaren und den Sommersprossen, ihren Kurven, die er mit seinen Händen erforschen wollte, ihren grünen Augen, die ihn mit einem Farbspiel faszinierten, das ihn an den in der Sonne glitzernden See denken ließ.

Er ließ sich auf ein Knie sinken, um mit dem Boot auf Augenhöhe zu sein und die Gleichmäßigkeit seiner Arbeit besser beurteilen zu können. Er verglich, was er sah, mit den Originalplänen. Die Seiten weiteten sich in eleganten Rundungen, die sehr zu seinem Erstaunen symmetrisch zu sein schienen. Heute war er Schönheitschirurg.

„Change the World" drang an sein Ohr. JD stand auf, straffte die Schultern und trat einen Schritt zurück, um zu überlegen, was er als Nächstes tun würde. Er pfiff die Melodie leise mit. Er hörte Callie nicht kommen, sah aber ihren Schatten aus dem Augenwinkel und drehte sich zu ihr um. Sie ging mit seltsam zielgerichteten Schritten, und selbst in dem goldenen Licht des späten Nachmittags sah ihre Haut blass aus. Sie hatte kleine Schmutzflecken im Gesicht und auf den Händen, Zeichen für die harte Arbeit, die sie geleistet hatte.

„Du siehst aus wie Aschenputtel", grinste er sie an.

„Ja, das bin ich. Ein verdammtes Aschenputtel." Er bemerkte ein wütendes Funkeln in ihren Augen. Sie hielt etwas eng gegen ihre Brust gepresst.

Als JD sah, was es war, wurde ihm ganz kalt ums Herz. Sehr langsam setzte er den Schwingschleifer ab, den er noch in den Händen hielt. Dann nahm er den Mundschutz ab und hängte ihn an einen der Sägeböcke. Er sagte nichts, stand nur wie angewurzelt da und wartete. Die Musik vom Haus schien sehr weit weg zu sein.

„Das sind Sie", stellte sie fest und schlug mit der Zeitschrift gegen den Sägebock. „Sie sind dieser Kerl!"

Sägespäne wirbelten von den Seiten auf.

Verdammt! dachte er. Er hätte vorsichtiger sein müssen. Hätte sich in seiner Anonymität nicht so sicher fühlen dürfen. „Ist es ein Hobby von dir, in anderer Leute Öfen herumzuschnüffeln?“

„Ich wollte die Asche entsorgen. Dann hab ich das hier gefunden und eine Pause gemacht, wie Sie gesagt haben, und ein wenig darin herumgeblättert. Ich hab die Nachricht gesehen, die jemand daraufgeklebt hatte. Anfangs war ich verwirrt, aber ich habe nicht lange gebraucht, um zwei und zwei zusammenzuzählen.“

„Hör zu, ich wollte nie …“

„Hatten Sie jemals vor, uns die Wahrheit zu sagen, Sergeant Jordan Donovan Harris? Oder wollten Sie uns weiter für dumm verkaufen?“

JD schluckte und schmeckte Sägemehl. Er überlegte, zu leugnen, der Mann in der Zeitschrift zu sein, und fragte sich, ob er sich wohl aus dieser Situation herauslügen könnte. Doch als er ihr ins Gesicht sah, in die dunklen, anklagenden Augen, wusste er es besser. Das hier war ein Mädchen, das sein ganzes Leben über belogen worden war. Callie wusste, wie eine Lüge klang.

Er schwieg einen Moment. Er wollte noch ein paar Minuten lang anonym bleiben, einfach nur ein Mann sein, der einen Sommer am See verbrachte, niemand Besonderes.

„Ich wollte niemand für dumm verkaufen. Und ganz sicher hatte ich nicht vor, irgendjemandem wehzutun“, sagte er endlich. „Es tut mir leid, wenn ich dir auf die Füße getreten bin.“

„Warum stehen Sie nicht dazu, wer Sie sind?“, fragte Callie.

Er zeigte auf das Magazin. „Darum.“

Sie nahm es hoch, öffnete die Seite mit dem ihm inzwischen so vertrauten Bild, auf dem er sich auf den Attentäter stürzte. „Das hier ist nichts, was man vor seinen Freunden verstecken müsste. Dieser Mann, Jordon Donovan Harris, ist ein Held. Er ist der größte Held des Landes."

JD schüttelte den Kopf. „Er ist ein Mann, der eine gute Ausbildung genossen hat und zufällig zur richtigen Zeit am richtigen Ort war. Das Letzte, was ich wollte, war das hier." Er nahm ihr die Zeitschrift aus der Hand, klappte sie zu und legte sie beiseite. „Sei nicht böse auf mich! Ich versuche nur, vor der ganzen Aufmerksamkeit zu fliehen, wieder ein normales Leben zu führen."

„Ich versteh das nicht. Sie sind berühmt. Sie können alles machen, was Sie wollen. Sogar mit Paris Hilton ausgehen."

Er wischte seine Hände an der Jeans an. „Ich schließe meine Beweisführung ab: Du bist ein kluges Mädchen. Denk darüber nach. Wenn die Leute erfahren, wer ich bin, werde ich mir nicht einmal mehr Zahnpasta kaufen können, ohne verfolgt zu werden."

„Stimmt die Geschichte über diese Frau? Die sich selbst verletzt hat, nur damit Sie sie retten kommen?"

Shirlene Ludlow. Er wurde sie einfach nicht los. „Diese Frau", erklärte er Callie, „ist ein echter Mensch, der sich in echte Gefahr gebracht hat. Zu wissen, dass es da draußen Leute wie sie gibt, macht es mir unendlich schwer bis unmöglich, meinen Job weiter auszuüben."

„Es ist doch aber nicht Ihr Fehler, dass sie eine Irre ist."

„Vielleicht nicht. Aber hätte sie sich ohne mich auch zerschnitten?" Er schüttelte den Kopf. „Ich weiß es nicht, aber ich kann das Risiko nicht eingehen."

„Also haben Sie Ihren Job wegen einer verrückten Frau aufgegeben? Das ist nicht fair."

Beinahe hätte er gelacht. Das Wort *fair* existierte in seinem Wortschatz nicht mehr. „Das ist nur einer der Gründe. Jetzt bin ich hier draußen, um zu versuchen, mein Leben wieder auf die Reihe zu bekommen. Und bis jetzt hat das auch ganz gut funktioniert." Er wartete. Außer den Schroeders war er bisher noch niemandem begegnet, der ein Geheimnis für sich behalten konnte. Es war zu unwiderstehlich. Es lag wohl in der Natur des Menschen, *„Ich hab ihn gesehen, seine Hand geschüttelt, ihn auf der VIP-Tribüne beim Baseball, beim Tanken, im Supermarkt getroffen"* zu sagen.

Für die nicht autorisierte Biografie hatte der Autor eine Kellnerin ausgegraben, die ihn einmal in einem Café in seiner Nachbarschaft bedient hatte *(„Soweit ich mich erinnere, hat er seinen Kaffee mit Milch und Zucker getrunken")*, und seinen Football-Coach von der Highschool *(„Er wusste, wie man noch einen Zahn zulegte, wenn es drauf ankam")*. Sogar die chinesische Reinigung, in die er seine Uniformen gebracht hatte, war mit einem Kommentar vertreten. JD hatte noch nicht einmal gewusst, dass die Besitzer überhaupt Englisch sprachen.

Und nun stand Callie vor ihm, eine jugendliche Ausreißerin, die selber einige Geheimnisse hatte. Würde sie versuchen, aus der Sache Kapital für sich zu schlagen? Oder würde sie seine Privatsphäre respektieren?

Sie lehnte sich gegen den Sägebock und schlug noch einmal den Artikel auf. „Wie viel hiervon ist denn nun wahr?", wollte sie wissen.

„Sieht es so aus, als wenn ich hier für eine Dating Show drehe?"

„Nein, zum Glück nicht. Diese Sendungen finde ich ganz gruselig."

„Alle Artikel haben den gleichen Unterton. In den meisten kann man schon froh sein, wenn wenigstens mein Name richtig geschrieben ist."

„Wie werden Sie denn wirklich genannt? Jordan?"

„Nein. Das hat auch erst in der Presse angefangen. Ich bin schon immer JD gewesen und in der Army einfach Harris."

Sie blätterte die Seite um und schaute erst das offizielle

Foto und dann ihn an – unrasiert, die Haare lang, Brille. „Ich glaub's nicht, wie anders Sie jetzt aussehen."

„Die Leute sehen, was sie sehen wollen." Er wartete wieder ab. Er wusste nicht, was dieses Mädchen vorhatte. Aber wenn Callie ihn verraten würde, war dieser Sommer abrupt zu Ende. Er wollte sie nicht nach ihren Absichten fragen, ihr keine Ideen in den Kopf setzen.

Sie blieb ebenfalls ruhig und überflog noch einmal den Artikel.

Schließlich konnte JD nicht länger schweigen. Er wollte Callie nicht bedrohen oder mit dem Finger auf sie zeigen, aber er musste die Wahrheit einfach aussprechen. „Jeder Mensch hat Geheimnisse. Jeder hat Sachen, die er lieber für sich behält. Und jeder hat dafür gute Gründe. Das solltest du am besten verstehen."

Sie trat einen Schritt zurück und sah zu Boden. „Ja", sagte sie leise. „Und?"

„Ich will nicht, dass irgendjemand herausfindet, wer ich bin."

„Ich habe es herausgefunden, und ich bin kein Genie."

„Ja, ich schätze, ich werde vorsichtiger sein müssen."

„Stimmt der Kram über Ihre Mutter?" Sie zeigte auf einen kleinen Extrakasten in dem Artikel.

Er hatte ihn nicht gelesen. Musste er auch nicht. Er wusste auch so, dass darin von Janets plötzlichem Aufstieg zu Berühmtheit und ihrem ebenso abrupten Fall berichtete wurde. Nachdem sie ihn jahrelang ignoriert hatte, war sie in sein Leben gestürmt, hatte behauptet, dass ihre kluge und aufmerksame Erziehung seinen Charakter geformt und ihn zu einem Mann gemacht hatte, der sein eigenes Leben geben würde, um einen anderen Menschen zu retten. Anfangs hatten die Medien die Geschichte der mutigen, hart arbeitenden, alleinerziehenden Mutter aufgesogen wie ein Schwamm, hatten Janet zu einem Vorbild für alle Frauen des Landes erhoben.

Dann hatte ein neugieriger Reporter etwas an der Oberfläche gekratzt und war unvermeidlich auf die Wahrheit gestoßen.

Zu Callie sagte JD: „Vielleicht steckt ein Fünkchen Wahrheit darin, aber auch der ist so verzerrt worden, dass er zu dem passt, was der Reporter sagen will."

Callie schwieg eine ganze Weile. Die Musik aus dem Haus wechselte zu Green Day. Er sah, wie ihre Lippen sich bewegten, aber konnte nicht hören, was sie sagte.

„Wie war das?", hakte er nach.

„Ich sagte: Meine Mom sitzt im Gefängnis." In ihren Augen spiegelte sich eine ganze Welt des Schmerzes. Er rührte an seinem eigenen Schmerz, was sie zu wissen schien, denn sie sah ihn erwartungsvoll an.

Oh, er kannte sie. Es war, als wenn er durch einen Spiegel in die Vergangenheit schaute. Er erkannte ihren Schmerz, weil er das Gleiche vor langer Zeit in seinem eigenen Spiegel gesehen hatte. Tu es nicht! warnte er sich. Aber er konnte nicht ignorieren, was er in Callie sah. Ob es ihm gefiel oder nicht: Sie waren verwandte Seelen.

Er dachte, er hätte seine Jugend hinter sich gelassen; Callie jedoch erinnerte ihn daran, dass ihm das niemals gelingen würde. Damit war sie natürlich nicht die Erste. Bei der Arbeit hatte er diesen Blick auf mehr Gesichtern gesehen, als er zählen konnte. Kinder, deren Eltern ihrem verkorksten Leben einfach den Rücken gekehrt und ihre Kinder zurückgelassen hatten. Kinder, die keine Ahnung hatten, was der nächste Tag bringen würde. Kinder, wie er eines gewesen war.

„Warum legst du die Zeitschrift nicht weg und setzt dich?", bat er Callie. „Ich werde dir die echte Wahrheit erzählen." Er spürte, dass Ehrlichkeit ihr gegenüber vielleicht ein Weg war, wie sie sich ihm öffnen würde. Trotzdem war er nervös. Er hatte noch nie über seine Mutter gesprochen.

„Bevor das alles passiert ist", fing er an, „hatten meine Mutter und ich zwölf Jahre lang nicht miteinander gesprochen."

„Das verstehe ich nicht. Wieso?"

Es war nicht seine Idee gewesen, die Beziehung zu seiner Mutter zu opfern. Das war von ihr ausgegangen. Er schnappte sich ein Papierhandtuch und wischte sich den Schweiß und Staub vom Gesicht. „Sie wollte nichts mehr mit ihrer Vergangenheit zu tun haben, mit ihren Zeiten als Drogenabhängige. Und dazu gehörte nun mal auch ich."

Callie nickte. Sie verstand scheinbar, dass manche Frauen zu so etwas in der Lage waren.

„Wie auch immer: Sie ist nach L. A. gezogen und hat sich nie wieder bei mir gemeldet."

„Bis Sie der Star der Abendnachrichten geworden sind", ergänzte Callie und legte das Magazin auf einen der Sägeböcke. „Ich hab gehört, dass sie eine Radiosendung in Orange County hat."

„Dieser Teil stimmt."

„Ich wette, die hat sie nur, weil sie Ihre Mutter ist."

„Die Wette würdest du gewinnen."

Sie kapierte schnell. Nach dem *Vorfall* wollte seine Mutter ein Stück vom Kuchen abhaben, genau wie der Rest der Welt. Nach einer tränenreichen Wiedervereinigung – ihre Tränen flossen in Strömen, nicht seine –, hatte sie ihre Version der Geschichte jedem erzählt, der einigermaßen gut dafür bezahlt hat. Dazu gehörten dann auch die wenigen grobkörnigen Fotos, die einen dünnen, breit grinsenden Jungen mit seiner lachenden Single-Mutter zeigten.

Er betrachtete die Fotos, die auch in der Klatschzeitschrift abgebildet waren, die Callie gefunden hatte, und ihm fiel auf, dass er diese Leute nicht wiedererkannte. Auf den Bildern, die an der Küste von Maryland, in einem Stadtpark oder bei einem Schulpicknick aufgenommen worden waren, sahen sie glücklich aus. Der zukünftige Held und die Mutter, die ihn zu einem Mann des Mutes und der Ehre erzogen hatte, wenn man ihren Reden Glauben schenkte. Sie sahen glücklich aus. Aber das war eine falsche Erinnerung, die außerhalb der Fotos nicht existierte.

Fotos hatten manchmal diesen Effekt. Niemand will einer bohrenden, starr schauenden Linse sein wahres Gesicht zeigen. Vor allem nicht, wenn dieses Gesicht von Elend überschattet ist. Egal, wer man war, wie reich oder wie arm, egal, wen man vögeln musste, um den nächsten Schuss zu finanzieren, für die Kameras setzte man immer sein schönstes Lächeln auf.

Immer, wenn er ein Foto seiner Mutter sah, war JD überrascht von ihrer Schönheit. Daran konnte er sich nicht mehr erinnern. Wenn er an seine Mutter dachte, war Schönheit das Letzte, was ihm in den Sinn kam.

Und doch: Als sie wieder in sein Leben eingebrochen war, hatte er nicht versucht, sie aufzuhalten. Dummerweise hatte er versäumt, das Risiko abzuschätzen. Stattdessen hatte er zugelassen, dass sie seine Berühmtheit nutzte, um Radiotalkshows und Artikel in internationalen Magazinen für sich herauszuschlagen. Sie hatte sogar ein Buch geschrieben: „*Wie man einen wahren Helden erzieht*“, hieß es.

Schritt eins, dachte JD bitter. Verkaufe deinen Körper für Drogen, und sei die ganze Zeit high. Schritt zwei: Schlaf den ganzen Tag, ignoriere dein Kind, und hoffe darauf, dass die Jungs von der Feuerwache am Ende der Straße sich des Jungen annehmen. Schritt drei: Nimm all das Geld, das dein Kind für deinen Entzug angespart hat. Dann dreh ihm den Rücken zu, weil er ein Teil der Vergangenheit ist, die du hinter dir lassen musst.

„Sie hat's vermasselt, oder?“, unterbrach Callie seine Gedanken. „Sie hat ihre eigene Radiosendung bekommen, und alles hätte gut sein müssen, aber sie hat es verbockt.“

Er zeigte auf das Magazin. „Sie hatte Hilfe. Anfangs ging

es ihr gut mit all der Aufmerksamkeit. Jeder hat ihr ihre Geschichte über ihre Vergangenheit abgekauft. Aber man kann nichts verstecken, schon gar nicht heutzutage." Was stimmte. Innerhalb weniger Wochen nach Janets Erscheinen tauchten die ersten Artikel über ihre Drogensucht und ihre Vorstrafen auf. Dann kamen die Einladungen, die sie nicht ablehnen konnte – zu wilden Hollywoodpartys und in exklusive Klubs. „Sie hat sich kopfüber in ihren Rückfall gestürzt", erklärte er. „Als ich herausgefunden hatte, was los war, war es beinahe schon zu spät. Sie ist jetzt in einer Entzugsklinik in Südkalifornien. Sie soll bis zum Herbst da bleiben. Man sagt, es wäre eine der besten Einrichtungen ihrer Art." Er zerbrach einen Holzdübel in seinen Händen und schaute ihn überrascht an. Er konnte sich nicht daran erinnern, in aufgehoben zu haben.

„Und ich wette, Sie bezahlen alles", tippte Callie.

„Wette wieder gewonnen."

„Dann sind Sie jetzt also richtig reich?", fragte sie und zeigte auf die Spendenanschrift, die in dem Artikel abgedruckt worden war. „Wegen dieser Stiftung?"

„Ich habe um nichts gebeten, aber ... grundsätzlich sind die Menschen freundlich und anständig", erklärte JD. „Die Spenden trudeln ohne einen ersichtlichen Grund ein."

„Abgesehen davon, dass Sie dem Präsidenten das Leben gerettet haben."

Er winkte ab. „Niemand wirft sich für Geld auf einen Mann mit einer Bombe. Es ist einfach passiert. Das Gute ist: Ich kann das Geld in meine Stiftung stecken und damit Menschen helfen." Er betrachtete sie einen Moment. „Du könntest dich zum Beispiel für ein Collegestipendium bewerben", schlug er vor und hoffte, dass sie das nicht als versuchte Bestechung ansehen würde.

„Ja, sicher, College. Was für ein Witz."

„Ich lache nicht."

„Das tun Sie nie!“, bemerkte sie. „Meine Güte – Sie sind der Held Amerikas! Und Sie können es nicht genießen.“

„Ich will es nicht genießen. Ich will einfach mein Leben zurückhaben.“

„Wann werden Sie es Kate sagen?“ Die unverblümte Frage überraschte ihn.

„Ich werde es weder ihr noch sonst jemandem erzählen. Und ich hoffe, dass du das respektierst, Callie.“

„Wo ist denn das Problem? Sie mag Sie schon längst. Sie wird Sie einfach noch ein bisschen lieber mögen.“

In ganz Amerika gab es Frauen, die behaupteten, JD zu lieben – weil er getan hatte, was er getan hatte. Es fühlte sich für ihn so falsch an. Und jedes Mal, wenn jemand von seiner wahren Identität erfuhr, war es, als ob von dem Zeitpunkt an eine Mauer zwischen ihnen errichtet worden wäre. „Das habe ich doch gerade gesagt: Ich kann nicht riskieren, dass anderen Menschen solche Dinge passieren wie Shirlene Ludlow und meiner Mutter. Deshalb ziehe ich es vor, anonym zu bleiben.“ Er atmete tief durch. „Besser kann ich es nicht erklären.“

„Tja, ich verstehe es trotzdem nicht. Sie würde sicher anfangs etwas erbost sein, so wie ich, aber dann …“

„Ich bitte dich, nichts zu sagen, Callie!“ Seine Stimme klang scharf, drängend.

Sie rollte die Zeitschrift zusammen. „Das ist ganz schön viel verlangt.“

Sie war nicht dumm, das wusste er. Sie verstand, dass die Geschichte ein gewisses Potenzial barg, vielleicht sogar einen Profit für sie versprach, wenn sie es richtig anstellte.

„Ich weiß, dass das viel verlangt ist“, gab er zu. Seine Gedanken wirbelten durch seinen Kopf. Sollte er das Mädchen bestechen? Sollte er sagen: Ich gebe dir fünfhundert Dollar, wenn du den Mund hältst? Leisten konnte er es sich. Doch er brachte es nicht über sich. Nicht nur, weil es würdelos war. Sondern weil sich der Gifttropfen immer weiter ausbreiten würde. „Wenn ich ehrlich bin", fuhr er stattdessen fort, „könnte ich deine Hilfe gebrauchen, es unter Verschluss zu halten."

„Ich finde es blöd, dass Sie es uns nicht erzählt haben", empörte sich Callie. „Ich weiß nicht, warum Sie so tun, als wäre es schlimm, berühmt zu sein."

„Gewöhnliche Leute sind für den Umgang mit all der Aufmerksamkeit nicht gemacht", erwiderte JD. „Ich kann es nicht erklären ... es ist einfach so."

Er wusste, dass er recht hatte; die Statistik bewies es. Der Sanitäter, der ein Baby aus einem Brunnen gerettet hatte, beging danach Selbstmord. Der Mann, der von der George-Washington-Brücke gesprungen war, um Opfer eines Flugzeugabsturzes aus den eisigen Fluten zu retten, war zum Einsiedler geworden. Der Mann, der Squeaky Fromme aufgehalten hatte, als sie den Präsidenten erschießen wollte, hatte sich ebenfalls umgebracht.

„*Sie* kommen damit zurecht", versicherte Callie. Sie warf die Zeitschrift in den Mülleimer, sodass Holzspäne und Sägemehl aufwirbelten. „Ach übrigens, ich bin für heute fertig mit dem Haus."

„Danke."

Er zog seine Brieftasche heraus und bezahlte sie.

Sie steckte das Geld weg, ohne es anzuschauen.

„Willst du es nicht nachzählen?"

„Nein. Ich vertraue Ihnen." Ein Song der Rolling Stones klang zu ihnen herüber, „Painted Black". Sie lächelte. „Das Lied mag ich."

„Ich auch."

„Haben Sie viel Musik gehört, als Sie in der Army waren?"

„Den ganzen Tag."

„Was halten Sie von ‚Quiet Day'?"

Es sollte ihn nicht überraschen, dass sie davon wusste. Billy Shattuck, ein Country- und Western-Star, hatte ein Lied über den Vorfall am Walter Reed Army Medical Center geschrieben und das Interesse für JD noch weiter angestachelt. „Nicht ganz mein Geschmack."

„Meiner auch nicht. Wollen Sie es sich nicht wenigstens anschauen?", wollte Carrie wissen und zeigte auf das Cottage. „Nachsehen, ob ich meinen Job ordentlich gemacht habe?"

„Nein." Er schüttelte den Kopf und zog sich den Mundschutz wieder über. „Ich vertraue dir."

3. TEIL

„So wie die Erinnerung ein Paradies sein kann, aus dem wir nicht vertrieben werden können, kann sie auch eine Hölle sein, aus der es kein Entkommen gibt.“
John Lancaster Spalding

13. KAPITEL

Kate erwachte langsam und mit dem Gedanken an Dessous. Sie hatte nicht sehr viel Aufregung in ihrem Leben, was sehr wahrscheinlich der Grund dafür war, dass sie über die Jahre Gefallen an ausgefallener Unterwäsche gefunden hatte. Sie schlief in Teddys oder skandalösen Babydolls, achtete aber darauf, dass Aaron von ihrer Leidenschaft nichts mitbekam, indem sie sie außerhalb des Bettes unter einem schlichten Bademantel versteckte. Darunter jedoch trug sie vielleicht einen pinkfarbenen Push-up-BH, schwarze Spitzenhöschen, die so hauchzart waren, dass sie vergaß, dass sie überhaupt etwas trug, und manchmal sogar einen Strapsgürtel, wenn ihr danach war.

Diese Schwäche für Dessous hatte vor einigen Jahren begonnen, als sie mit ihrer Kolumne angefangen hatte. Als Modejournalistin der Stadt bekam sie viele Designerstücke geschickt, als Vorabmuster, manchmal sogar als pure Bestechung.

Eine neue Boutique namens Ooh-La-la war sogar so weit gegangen, ihr wunderschöne Pakete ihrer Kollektion zu schicken. Seit diesem Tag war Kate die beste Kundin des Ladens; inzwischen war sie sogar mit Frenchy LaBorde, der Besitzerin, befreundet.

Es gab keinen offensichtlichen Grund für das Tragen von heißer Unterwäsche. Oder vielleicht doch. Vielleicht zog sie sich unter ihrer normalen Kleidung so an, um sich daran zu erinnern, dass sie immer noch ein sexuelles Wesen war. Es war eine Ewigkeit her, dass sie jemanden lange genug getroffen hatte, um ihn ernsthaft mit ihrem Dessousgeschmack beeindrucken zu wollen.

Ein Seeelefant hatte mehr Sex als sie. Denn der paarte sich zumindest einmal im Jahr.

Eine Kurzfassung all dieser Gedanken und Überlegungen

wirbelte durch Kates Kopf, als ihr nach und nach dämmerte, dass sie verschlafen hatte. Es war schon nach neun Uhr. Und irgendjemand brach gerade in ihr Haus ein.

Sie setzte sich auf. Vielleicht hatte sie es nur geträumt.

Aber nein. Da war ein rhythmisches Klopfen, das ihr einen Schauer über den Rücken jagte.

Aaron.

Sie bewegte sich wie ein fließender Schatten, kletterte aus dem Bett, während sie gleichzeitig den Bademantel über ihr Babydoll zog. Dann schlich sie barfuß und auf leisen Sohlen über den Flur in sein Zimmer.

Seine Tür stand offen, das Bett war leer.

Aaron.

Von Panik getrieben rannte sie die Treppe hinunter und durch die Tür auf die Veranda, bereit, jederzeit zu schreien. Dann sah sie sie.

Aaron und JD arbeiteten gemeinsam auf dem Rasen und zogen gerade eine Kette auf sein Fahrrad.

„Hey, Mom“, rief Aaron, ohne sie richtig anzuschauen. „JD und ich reparieren mein Fahrrad.“

Barfuß und in seinem Spiderman-Schlafanzug fuhr Aaron in seiner Arbeit fort. JD stand auf und lüpfte seine Kappe wie ein Gentleman. „Guten Morgen, Kate.“ Sie hörte einen neugierigen Unterton in seiner Stimme und sah einen seltsamen, beinahe schmerzhaften Schatten über sein Gesicht huschen.

Dann dämmerte ihr, worauf er starrte. Ihr Bademantel stand offen und gab den Blick auf ihr dünnes Babydoll frei.

Mit einer resoluten Handbewegung zog sie den Mantel enger um sich und band den Gürtel fest zu. Aber sie war nicht schnell genug, um seine unleugbare Reaktion als Einbildung abzutun. Auch wenn er ein halbes Grundstück von ihr entfernt stand, spürte sie seinen Blick wie eine brennende Liebkosung. Überall, wo sein Blick sie berührte, ging sie in Flammen auf.

Sie konnte die Hitze in ihren Wangen spüren und wünschte, sie würde nicht so leicht erröten. Sie hoffte, dass ihre Stimme locker klang oder sogar etwas abweisend, als sie sich an ihn wendete. „Normalerweise empfangen wir um diese Zeit noch keinen Besuch."

„Dafür machen Sie das aber ganz gut", erwiderte er mit einem leichten Lächeln.

Sie richtete ihre Aufmerksamkeit auf Aaron. Wenn er etwas von der Zweideutigkeit mitbekommen hatte, würde sie JD eigenhändig töten. Zu ihrer Erleichterung war er jedoch vollends mit der dunklen, fettigen Kette beschäftigt.

Sie atmete tief und ein wenig zittrig ein. „Ich mach dann mal Kaffee."

Er nickte nur.

Sie musste sich zurückhalten, um nicht zurück in die Küche zu stürzen. Dort setzte sie den Wasserkessel auf und holte die alte Glaskanne mit dem Handfilter heraus. So viel zu ihrem Gelübde, sich den ganzen Sommer über an Tee zu halten. Heute brauchte sie definitiv einen Koffeinkick. Sie sorgte sich nicht, dass Callie wach werden könnte. An ihren freien Tagen schlief das Mädchen wie ein Murmeltier.

Nachdem sie den Kaffee aufgesetzt hatte, eilte sie ins Badezimmer, wo sie eine ganze Weile am Waschbecken stand und sich im Spiegel betrachtete. Sie sah genauso aus wie das, was sie war: eine Frau, die gerade aus dem Bett gefallen war. Zerzauste Haare, ungeschminkt und dieser weiche, ungeschützte Blick eines Menschen, der gerade aus dem Schlaf gerissen worden war.

„Na, wenn das man nicht sexy ist", murmelte sie und schnappte sich ihre Zahnbürste. Während sie die Zähne putzte, überlegte sie wieder einmal, wie sehr sie sich für ihn zurechtmachen sollte. Haare kämmen, Gesicht waschen? Schminken?

„Ach, komm schon", grummelte sie und spuckte die Zahnpasta aus. „Werd endlich erwachsen!"

Sie sollte einfach ihr altes T-Shirt überwerfen. Aber vielleicht erinnerte ihn das nur an das letzte Mal, als sie es getragen hatte – klatschnass, durchsichtig und ohne BH. Vielleicht doch lieber die auf der Hüfte sitzende Hose und ein weißes Oberteil. Nein, dann würde er ihren Bauch sehen können. Nicht, dass mit ihrem Bauch irgendetwas nicht in Ordnung wäre, aber sie wollte ihm nicht mehr Haut als nötig zeigen. Frustriert zog sie den Gürtel des Bademantels enger, wusch sich das Gesicht, kämmte die Haare und schlüpfte in ein Paar Flipflops. Das war genau das Bild, das sie ihm zeigen wollte: schlicht, leger und vollkommen uninteressiert daran, ihn zu beeindrucken.

Okay, vielleicht hatte sie ihr Haar gekämmt, bis es glänzte, und auch etwas Lipgloss aufgelegt. Aber das war doch nur ganz normale Morgenroutine.

Sie ließ sich Zeit, wieder in die Küche zurückzukehren. Kein Grund, den Eindruck zu erwecken, dass sie sich beeilt hätte. Seit dem Abendessen letzte Woche hatte sie ihn nicht mehr gesehen. Aber sie hatte jeden Tag viel zu viel Zeit damit verbracht, sich Möglichkeiten auszudenken, ihm wie zufällig über den Weg zu laufen. Den Fahrradpumpentrick hatte sie schon benutzt, aber es gab ja noch mehr – das defekte Verandalicht, eine Hecke, die mal geschnitten werden musste, sogar die alte Nummer mit dem Drachen, der im Baum festhing. Der war dort zwar schon seit 1998. Aber das musste sie ihm ja nicht sagen.

Aaron brauchte keine Ausreden, und er wusste auch nicht, wieso er seine Zuneigung zu JD hätte verstecken sollen.

Als Kate mit fest gegürtetem Bademantel nach unten kam, war das Haus leer. In der Küche war der Kaffee durchgelaufen, der Gasherd ausgestellt. Weder JD noch Aaron waren irgendwo zu sehen. Bandit saß unglücklich vor der Tür und schaute verloren durch das Fliegengitter.

Kate goss sich eine Tasse Kaffee ein, öffnete dann die Tür

und folgte dem Hund nach draußen. Aaron und JD versuchten gerade, ihre Hände mit Terpentin vom Kettenfett zu befreien.

„Mom“, rief Aaron ihr zu. „Wir machen eine kleine Radtour, okay? Ich darf doch, oder, Mom? Ich habe auch schon gefrühstückt, und meinen Helm hab ich auch.“

„Sicher“, sagte sie. „Geh rauf, und zieh dich an. Lange Hose und Turnschuhe. Ich lass dich nicht barfuß los.“

„Also sind Sie damit einverstanden?“, fragte JD.

„Besser ist das, sonst hätte ich den Rest des Tages ein ziemlich unglückliches Häuflein Elend hier herumsitzen.“ Sie schenkte ihm das erste Lächeln des Tages. „Das bedeutet ihm sehr viel.“

„Wir bleiben auf der Straße in der Nähe des Hauses.“ Gemeinsam schauten sie aufs Wasser. Hier und da tauchten Fische auf und hinterließen gleichförmige Ringe auf der glatten Oberfläche.

„Wenn er Sie nervt, bringen Sie ihn einfach zurück.“

„Er nervt mich nicht. Er ist ein guter Junge. Sie müssen sehr stolz auf ihn sein, Kate.“

Er ist ein guter Junge. Diese Worte bedeuteten ihr mehr, als er wissen konnte. „Das bin ich auch“, erwiderte sie. Dann biss sie sich auf die Lippe. Sie überlegte, ihn wegen Aarons Temperamentsausbrüchen vorzuwarnen, entschied sich dann aber dagegen. Früher oder später würde er es selber herausfinden.

„Und sein Vater ist …“

„Wie ich schon sagte: kein Teil unseres Lebens.“ Sie war nicht scharf darauf, über Nathan zu sprechen, aber sie wollte, dass JD es verstand. „Er war nie ein Vater und wird nie einer sein. Wir bekommen keine Unterstützung von ihm, und, was noch wichtiger ist, wir wollen auch keine Unterstützung von ihm.“ Das stimmte beinahe. Außer dass Aaron sich verzweifelt nach einem Vater sehnte.

„Sein Pech“, bemerkte JD.

Okay, das war das zweite Mal, dachte Kate mit einem leicht aufgeregten Gefühl im Bauch. Das zweite Mal, dass er heute schon das Richtige gesagt hat, und es ist noch nicht mal zehn. Sie errötete unter seinem prüfenden Blick und suchte nach einem Weg, das Thema zu wechseln. „Was ich Sie schon die ganze Zeit fragen wollte: Wie läuft es mit Callie?“

„Ganz fantastisch.“

„Ja, sie ist sehr gründlich.“

„Hat sie irgendwas gesagt?“

Kate hob fragend die Augenbrauen. Sie fühlte sich in die Highschool zurückversetzt. „Worüber?“

„Nichts Besonderes. Ich wollte nur sichergehen, dass es keine Beschwerden über die Arbeit bei mir gibt.“

Ganz im Gegenteil! Callie hatte strahlende Laune gehabt, als sie von ihm nach Hause gekommen war. „Er ist großartig!“, hatte sie beinahe gesungen. Kate entschied, dass sie ihm das nicht erzählen musste. „Nein, keine Beschwerden“, sagte sie stattdessen.

JD hakte die Daumen in die hinteren Taschen seiner Jeans und schaute wieder hinaus auf den See. Unser Schweigen fühlt sich nicht komisch an, dachte Kate. Obwohl ich hier noch in meinem Bademantel stehe.

„Gehen Sie mit mir Abendessen, Kate.“ Die aus heiterem Himmel kommende Einladung überraschte Kate.

„Ich habe Aaron für heute Abend Hotdogs versprochen“, kam ihre schnelle Antwort wie automatisch.

„Die kann Callie auch machen. Ich möchte Sie gerne zum Essen ausführen. Nur Sie und ich.“

„Warum?“

„Ich könnte sagen, als Dankeschön für das Abendessen letzte Woche.“

„Das könnten Sie.“

„Ich könnte aber auch sagen, dass ich mich von Ihnen angezogen fühle und einfach gern mit Ihnen ausgehen würde."

Das ist er, dachte Kate. Es gibt immer einen Moment, in dem man weiß, dass man mit einem Mann schlafen wird, und sie wusste, dass dieser Moment jetzt da war. Es war beschämend, wie wenig es brauchte. *Ich fühle mich von Ihnen angezogen und würde einfach gern mit Ihnen ausgehen.*

„Okay. Aber nicht heute Abend." Es war besser, nicht zu verfügbar zu wirken.

„Dann am Freitag?"

„Freitag ist perfekt, wenn Callie bereit ist, auf Aaron aufzupassen." Sie sah, wie er sie anschaute. „Sind es die Dessous?", fragte sie, bevor sie sich zurückhalten konnte.

Er drehte sich zu ihr um. Ein Grinsen breitete sich langsam auf seinem Gesicht aus. „Ich fand Sie schon attraktiv, bevor ich gesehen habe, was Sie zum Schlafen tragen."

„Wirklich?"

„Oh ja! Natürlich bin ich froh ..." Mit einem Finger öffnete er sanft ihren Bademantel, und sie war zu überrumpelt, um ihn aufzuhalten. „Froh über das hier."

„Warum?"

„Weil es mir etwas zum Nachdenken gibt. Den Rest des Sommers werde ich mich nie wieder langweilen."

14. KAPITEL

Am Freitag hatte Callie nur einen Putzjob, mit dem sie zur Mittagszeit fertig war. Kate packte die Kühltasche und eine Tasche mit Handtüchern, dann warf sie drei Liegestühle in den Jeep und fuhr Callie und Aaron an den öffentlichen Strand am anderen Ende des Sees. Aaron war ganz wild darauf, ins Wasser zu kommen, und schloss sich einer Gruppe Kinder an, die im seichten Wasser spielten. Kate und Callie machten es sich auf ihren Stühlen gemütlich und genossen ihr Mittagessen.

„Ich muss dich um einen Gefallen bitte", sagte Kate.

„Gerne."

„Kannst du heute Abend auf Aaron aufpassen?"

Callie antwortete nicht gleich. Sie musterte Kate, dann sagte sie: „Oh mein Gott, du bist ja so rot wie eine Tomate! Du bist mit JD verabredet."

„Hältst du das für eine schlechte Idee?"

„Lass mich überlegen … Er steht total auf dich. Er mag Aaron. Er ist ein … cooler Typ. Und du machst dir Sorgen, dass es keine gute Idee sein könnte?"

Kate rieb sich die Wangen. Sie wünschte, sie könnte das Rot wegwischen. „Ich bin etwas unsicher, wenn es um Verabredungen geht."

„Ich pass auf ihn auf", versprach Callie. „Ich hab sowieso nichts anderes vor." Sie schien ein wenig zu lässig zu sein. „Wie geht es mit dem Artikel voran?" Sie steckte einen Strohhalm in eine Brausedose und trank.

Kate lächelte abgelenkt. Es war nett, jemandem zum Reden zu haben, sogar einen manchmal etwas missmutigen Teenager. „Er ist fertig, und es gibt sowohl eine gute als auch eine schlechte Nachricht. Die gute Nachricht ist: Er wird nächsten Februar veröffentlicht. Und die schlechte: Meine Redakteurin verlässt den Verlag. Das heißt, die Frau, die meine Kontaktperson und Fan meiner Arbeit war, wird nicht mehr da sein."

„Und was machst du nun?"

„Tja, das ist das Verrückte an der ganzen Sache: Meine Redakteurin wechselt zu einem weitaus größeren Magazin, und sie will weiter mit mir in Verbindung bleiben." Sie hielt inne, traute sich kaum, die nächste Frage auszusprechen. „Hast du schon mal was von *Vanity Fair* gehört?"

„Machst du Witze? Ich liebe die Zeitschrift! Die Fotos sind genial. Und da geht deine Redakteurin hin? Und sie will deine Artikel veröffentlichen?"

„Ja, da geht sie hin. Und sie sagte, dass sie in Kontakt bleiben will. Aber vertrau mir – sie will von mir keine Artikel mehr über Männer, die schon vor Jahren gestorben sind. Wenn ich sie beeindrucken will, muss ich ein zeitgemäßes und relevantes Thema finden. Irgendetwas über jemanden, der jetzt und heute interessant ist."

„Beschäftigt sich diese Zeitschrift nicht hauptsächlich mit den Reichen und Schönen dieser Welt?"

„Ich glaube, ja. Schade, dass ich keine Berühmtheiten kenne."

„Bist du dir da sicher?"

„Hundert Prozent."

Callie sah so aus, als wollte sie noch etwas sagen, aber dann stieß sie nur verbittert die Luft aus. „Ich schätze, dann wirst du dir ein anderes Thema suchen müssen."

„Ich arbeite daran. Aber nicht heute." Sie lehnte sich in ihrem Liegestuhl zurück und verschränkte die Arme hinter dem Kopf.

Callie setzte sich eine billige Sonnenbrille auf und betrachtete die Menschen am Strand. „Wenn ich Fremde sehe, frage ich mich immer, wer sie sind und wie sie so leben."

„Als ich so alt war wie du, hab ich mich nur nach süßen Jungs umgeschaut."

„Ich gucke auch nach süßen Jungs“, protestierte Callie. „Da ist einer.“ Sie zeigte auf einen Jungen in Badeshorts und Muskelshirt, der Volleyball spielte.

„Hm“, sagte Kate und folgte ihrem Blick. „Noch nicht mal zwanzig und schon Ansätze eines Bierbauchs. Oh, verzeih“, entschuldigte sie sich sofort.

„Mach dir keine Sorgen. Du hast ja recht. Nur weil ich übergewichtig bin, heißt das ja nicht, dass ich das attraktiv finde.“

„Es war einfach gedankenlos, so etwas zu sagen. Er ist sicher ein ganz netter Kerl …“

„Das sind fette Kinder immer.“ Callie tat ihre Entschuldigung mit einer Handbewegung ab und zeigte auf einen anderen Jungen.

Callie mochte ihr vergeben haben, aber Kate konnte sich ihre Bemerkung nicht verzeihen. Am liebsten hätte sie sich geohrfeigt. Es mit einem Teenager zu tun zu haben – noch dazu mit einem Mädchen – war weitaus komplizierter als mit einem kleinen Jungen. An jeder Ecke lauerten Landminen, die jederzeit hochgehen konnten.

„Wow! Das nenne ich mal einen tollen Körper“, murmelte Callie.

Kate betrachtete das neue Objekt der Begierde. Wohl definiert, glatte, schön gebräunte Haut, auf der Wassertropfen glitzerten. Der junge Mann mit dem kantigen Kiefer sah aus, als wenn er in Karamell getaucht worden wäre. „Nett“, stimmte sie zu. „Aber das ist ein typischer Klub-Body.“

„Was ist das?“

„Er verbringt Stunden im Fitnessstudio, um so in Form zu bleiben. Sehr wahrscheinlich gibt er ein Vermögen für den besten Klub der Stadt aus, vielleicht sogar für einen Personal Trainer. Oh, und das ganze Rasieren und Einölen kostet auch eine ganze Menge Geld. Es ist ja in Ordnung, wenn ein Junge auf sein Aussehen achtet. Aber wenn er so viel Zeit dafür aufwenden muss, wo bleibt da Platz für seine Freundin?“

„Vielleicht vor der Tür der Umkleidekabine?“

„Kluges Kind“, Kate lächelte. „Was ist mit dem da?“ Sie nickte in Richtung eines dunkelhaarigen, schlanken Jungen in abgeschnittenen Jeans und mit einem Bandana um seinen Kopf.

„Was soll mit ihm sein?“, fragte Callie mit einem feinen Lächeln.

Kate warf ihr einen Blick zu und verbarg ihre Überraschung. In ihren Augen war Callie ein hübsches Mädchen, trotz der Probleme mit ihrem Selbstbewusstsein. Aber als sie sah, mit was für einem Blick Callie den Jungen anschaute, musste sie sich korrigieren: Mit diesen glänzenden Augen und diesem Lächeln war Callie einfach nur wunderschön.

Callie winkte, und als sie seine Aufmerksamkeit geweckt hatte, kam er zu ihnen herübergelaufen.

„Du kennst ihn?“, fragte Kate erstaunt.

„Luke Newman.“

„Ach, was du nichts sagst! Ich hätte ihn nicht mehr erkannt.“

Callie richtete sich etwas auf und begrüßte ihm mit einem lockeren „Hey, Luke.“

„Hey.“ Der Junge schien nervös zu sein und sah immer wieder über seine Schulter.

„Das ist Kate Livingston. Ich wohne bei ihr“, stellte Callie Kate vor. „Sie ist die Mutter von Aaron.“

„Nett, Sie kennenzulernen.“

„Wir haben uns schon vor Jahren kennengelernt“, lächelte Kate. „Ich bin eine Freundin deiner Oma. Du verbringst den Sommer bei ihr?“

„Ja, Ma’am, das ist richtig.“ Luke schaute sich verstohlen um. Kate vermutete, dass er lieber nicht mit ihr gesehen werden wollte, aber sie bot ihm dennoch eine Limonade an. Er nahm dankbar an und hockte sich neben Callie in den Sand. „So, du hast heute Nachmittag also frei?"

Kate entschloss sich, den beiden ein wenig Privatsphäre zu lassen. Sie stand auf und sagte: „Ich geh mit Aaron ein wenig schwimmen." Dann ging sie hinunter ans Wasser.

Callie hat also doch eine Freundschaft geschlossen, dachte sie. Diese Entwicklung ermutigte sie. Vor allem weil der Junge auch noch einen guten Eindruck machte – ganz zu schweigen von seinem Aussehen. Er schien ein wenig ungelenk, sogar geheimnisvoll zu sein, aber vielleicht würde sich das mit der Zeit auch geben. Das war immer die kritische Phase: Wenn sich entschied, ob man die ersten, linkischen Treffen überstehen und sich besser kennenlernen würde.

Es gab an Callie so viel zu entdecken, und Kate war froh, dass Luke das anscheinend zu schätzen wusste.

Gut, dachte sie, das wurde auch langsam Zeit.

Es war so dumm, wegen einer Verabredung nervös zu werden. Es war ja nicht ihr erster Abend mit einem Mann. Ganz im Gegenteil. Aber ein Grund, warum sie so viele Verabredungen gehabt hatte, war, dass sie so oft schiefgegangen waren.

Die meisten Männer meldeten sich nicht mehr, sobald sie erfahren hatten, dass Kate einen halbwüchsigen Sohn hatte. Zumindest nahm Kate an, dass das der Grund war.

Jetzt betrachtete sie sich im Spiegel, und langsam schlichen sich die Zweifel ein. Was, wenn ich das Problem bin? überlegte sie. Was, wenn ich diejenige bin, die sie nicht mögen?

Sie setzte sich aufs Bett und starrte auf den Boden. Sie hatte sich immer gesagt, dass die Männer nichts mit ihr zu tun haben wollten, weil sie ein Kind hatte. Doch tief im Inneren wusste sie, dass das eine Lüge war. Es war sie, Kate, die die Männer vertrieb. Und vielleicht war es an der Zeit, dieser Tatsache ins Auge zu schauen.

Sie zitterte. Nicht weil ihr kalt war, sondern weil sie sich mit diesem Gedanken noch nie wirklich auseinandergesetzt hatte. Sehnsüchtig schaute sie auf ihr Handy, das hier im Haus so nutzlos war. Was würde sie darum geben, wenn sie jetzt ihre Mutter anrufen und …

Und was? Sie fragen könnte, ob die Männer sie ihretwegen oder wegen Aaron fallen ließen? Das wäre keine faire Frage für ihre Mutter. Sie sollte sie lieber den Männern stellen, die sie sitzen gelassen hatten.

„Brillant, Kate", murmelte sie vor sich hin. „Einfach brillant. Ich wette, jeder Mann träumt davon, von seiner Exfreundin angerufen und gefragt zu werden, wieso er die Beziehung zu ihr abgebrochen hat."

Sie beugte sich näher an den Spiegel und griff nach dem pfirsichfarbenen Lippenstift. Okay, räumte sie ein, während sie ihre Lippen betupfte, das war keine gute Idee. Wahrscheinlich gab es sogar eine Verjährungsfrist dafür, wie lange man sich bei seinen Exfreunden melden durfte, um in den Trümmern der fehlgeschlagenen Beziehung zu wühlen.

Ab heute, nahm sie sich vor, während sie ein paar Sachen in ihre schmale Handtasche packte, frage ich geradeheraus. Wenn JD mich fallen lässt, muss er mir erklären, wieso.

„Oh, gute Einstellung, Kate!", sagte sie laut. Sie schlüpfte in ihre schwarzen Satinsandalen. „Immer schön positiv denken."

Sie besprühte sich mit ein wenig Parfüm, nahm ihre Tasche und eilte die Treppe hinunter, um sich zu den Kindern zu setzen, bis JD sie abholen würde. Es war lustig, wie schnell Callie in ihren Gedanken zu einem der Kinder geworden war. Als wenn sie schon immer zu Kate gehört hatte.

Als sie auf die Veranda trat, sah sie, dass die beiden das alte Krocket-Spiel herausgeholt hatten und gerade in eine heiße Partie verstrickt waren. Bandit lag auf der im Sonnenlicht gebadeten Fußmatte.

„Mom“, rief Aaron. „Hey, Mom!“

„Ich hör dich, mein Großer!“, rief Kate.

„Du musst nicht so brüllen“, sagte Callie. „Sie steht doch gleich da.“

„Ich weiß! Hey, Mom! Guck mal, wo ich schon bin“, krähte Aaron. Er zeigte auf eine blau gestreifte Kugel. „Ich hab zwei Tore Vorsprung.“

„Noch, mein Lieber, noch.“ Callie zielte und gab ihrer gelben Kugel einen kräftigen Stoß. Sie trudelte durch das anvisierte Tor, womit Callie noch einmal dran war. Auch dieser Schlag gelang, und sie war wieder gleichauf mit Aaron.

Aufgeregt hüpfte er von einem Fuß auf den anderen.

Callie schaute ihn grimmig an. „Musst du mal aufs Klo oder was?“

Er schaute genauso grimmig zurück.

„Steh still. Du lenkst mich ab.“

Er zappelte noch mehr herum, den Kiefer trotzig nach vorne geschoben.

Kate unterdrückte den Drang einzugreifen. Sie musste lernen, nicht alles in seinem Leben für ihn regeln zu wollen. Schon gar nicht einen kleinen Streit beim Krocket.

Callie drehte ihm den Rücken zu und schlug den Ball. Und der rollte direkt neben Aarons Kugel.

„Ich hasse es, dir das anzutun, Kleiner“, grinste sie und stellte ihren Fuß auf ihre Kugel, während sie sich darauf vorbereitete, seine wegzuschlagen.

„Dann mach's doch nicht“, schrie Aaron mit panischem Unterton in der Stimme.

Kate kannte diesen Ton. Er stand kurz davor, die Kontrolle zu verlieren. Sie musste alle Willenskraft aufbringen, um nicht schlichtend einzugreifen. Sie hatte schon vor langer Zeit gelernt, dass das sowieso nichts half.

„Ich hasse es aber noch mehr, zu verlieren“, erklärte Callie und schoss seine Kugel gut zehn Meter weit.

„Mom“, heulte Aaron auf.

Callie ignorierte ihn und setzte zum nächsten Schlag an. Danach sagte sie: „Du bist dran.“

„Ich war schon fast am Ziel“, brüllte Aaron. „Du hast alles kaputtgemacht.“

„Dumm gelaufen, Kleiner.“

„Ich lege meine Kugel wieder dahin, wo sie war.“ Er marschierte zu der Stelle im hohen Gras, wo sein Ball lag.

Callie war schneller. „Wenn du die Kugel berührst, bist du disqualifiziert und hast automatisch verloren.“

„Mom!“, rief Aaron wieder. Sein Gesicht war inzwischen feuerrot.

Kate blieb, wo sie war. Wenn sie jetzt eingreifen würde, würde es Callies Position ihm gegenüber schwächen. Und dann hätte Callie keine Lust mehr, heute Abend auf ihn aufzupassen, und Kate würde nicht ausgehen können, und wieder einmal würde ein Mann, der an ihr interessiert war, sich von ihr abwenden, wie alle seine Vorgänger es getan hatten.

Natürlich war Callie mit seinen Wutausbrüchen nicht vertraut. Aber sie schien sich davon auch nicht stören zu lassen.

„Also“, sagte sie. „Wenn du nicht nach den Regeln spielen willst, spielen wir halt gar nicht mehr.“ Sie drehte ihm den Rücken zu und ging mit langsamen, ruhigen Schritten davon.

Aaron explodierte. Er stieß einen Schrei aus, hob seinen Schläger hoch über den Kopf und schlug ihn dann so hart auf die Erde, dass das Gras aufflog. „Mom“, brüllte er. „Sag ihr, dass sie fair spielen soll. Sag ihr …“

„Das ist nicht mein Job“, sagte Kate, aber er hörte sie nicht. Er hatte sich in einer Welt aus Wut verloren, ein Ort, wo er nur alleine hinging und aus dem er manchmal keinen Weg zurückfand. Bei all den herumliegenden hölzernen Schlägern und Kugeln hatte sie Angst, dass er sich verletzen könnte – oder jemand anderen. Sie stand kurz davor, zu ihm zu gehen, um ihn zu beruhigen, als Callie sich einschaltete.

„Meine Güte, Kleiner!“ Sie gab sich vollkommen unbeeindruckt. „Du kannst mit deinem Geschrei ja Gläser zum Bersten bringen.“ Sie drehte sich wieder um und hob ihre Kugel auf.

„Warte“, sagte Aaron. Seine Stimme war angespannt, aber kontrolliert. „Es … ich bin dran.“

Weil sie ihm den Rücken zugewandt hatte, konnte Aaron nicht den Ausdruck von Erleichterung sehen, der über Callies Gesicht huschte. Er amtete schwer, und sein Gesicht war immer noch rot, aber er hatte sein Temperament besiegt. Ein Fortschritt, dachte Kate. Vor einem Jahr hätte er noch über eine Stunde gebraucht, um sich wieder zu beruhigen, und alle hätten sich elend gefühlt.

„Wenn du meinst“, sagte Callie und trat einen Schritt zur Seite. „Dann los.“

Man konnte richtig sehen, wie Aaron die Episode abschüttelte und sich dann vorbeugte, um sein Ziel anzuvisieren. Mit einem Schlag war er wieder zurück im Spiel, und sein Ball lag perfekt, um beim nächsten Mal das Doppeltor zu passieren und das Ziel zu erreichen.

„Guter Schlag, Kleiner“, beglückwünschte ihn Callie.

Kate hoffte, dass ihr Deo noch wirkte. Während der letzten Minuten hatte sie unter unsagbarer Anspannung gestanden, und die Erleichterung, die nun durch ihren Körper schoss, hinterließ ein Gefühl, als wenn ihre Arme und Beine aus Gummi wären.

Callie schaute sie an. „Das Kleid steht dir gut.“

Kate nahm ihre Handtasche auf. „Findest du?“

„Absolut.“

„Danke.“

Die beiden vertieften sich wieder in ihr Spiel, als ob es Aarons Wutausbruch nie gegeben hätte. Callies Kompliment hatte Kates Selbstbewusstsein einen Schub gegeben. Das Mädchen besaß ein überraschend ausgeprägtes Gespür für Mode. Überraschend deshalb, weil sie selbst immer nur übergroße Sachen trug. Nicht einmal einen Badeanzug zog sie an, sondern sie zog es vor, in abgeschnittenen Hosen und einem schwarzen Corona-T-Shirt zu schwimmen, das natürlich auch Größe XXL hatte. Kate wünschte, sie könnte die Dinge ausradieren, die Callie erlebt hatte und die das Mädchen immer nur andeutete. Aber sie wusste es besser. Man konnte die Vergangenheit nicht ändern. Der Schlüssel lag darin, dass Callie ihren Frieden mit sich schließen musste.

Als Callie und Aaron eine Pause machten, gab Kate ihnen ein paar Anweisungen für den Abend. „Stellt das Gas aus, nachdem ihr die Hamburger gegrillt habt. Und Aaron, du gehst ohne Murren ins Bett, wenn Callie es dir sagt. Keine dummen Streiche mehr, okay?"

„Callie hat gesagt, ich kann so lange aufbleiben, wie ich will", grinste er und richtete sich auf.

Kate wurde schwer ums Herz. Sie hatte Callie erklärt, dass Aaron dazu neigte, seine Kontrolle zu verlieren, wenn er müde oder überreizt war. Offensichtlich hatte Callie ihr nicht richtig zugehört.

„Dann erzähl ihr auch den Rest, Schlaumeier!" Callie stupste ihn mit dem Ellbogen an.

„Wenn ich noch aufbleiben will, muss ich flach in meinem Bett liegen und ein Buch lesen." Er warf Callie einen Blick zu. „Ein echtes Buch, keinen Comic."

Kate gab ihm einen Kuss auf den Scheitel. „Das klingt gut. Sogar hervorragend." Sie strahlte Callie an.

In diesem Moment kam JD vorgefahren. Kate verspürte ein nervöses Flattern im Magen.

Er stieg aus dem Pick-up und kam auf sie zu, und das Flattern wurde zu einem Sturm. Er sah … golden aus. Das war das Wort, was ihr bei seinem Anblick in den Sinn kam.

Er schimmerte. Seine khakifarbenen Hosen saßen tief auf den schmalen Hüften. Dazu trug er ein Polohemd und einen dunkelblauen Blazer, und der gesamte Aufzug verlieh ihm eine unerwartete Anmut. Er lächelte nicht; das tat er beinahe nie. Aber sie vermutete, dass seine Augen hinter der dunklen Sonnenbrille funkelten.

„Sie machen mich fertig, Kate“, sagte er. „Für das Kleid benötigt man einen Waffenschein.“

„Sie sehen aber auch nicht schlecht aus“, erwiderte sie, während sie sich eine leichte Stola nahm und um die Schultern legte. „Ich hätte Sie beinahe nicht erkannt.“

Er begrüßte die Kinder. Kate musste sich zurückhalten, nicht noch einmal die Liste mit den Ermahnungen durchzugehen, bevor sie sich verabschiedete. Callie hatte mehr als ausreichend bewiesen, dass sie es mit Aarons Temperament aufnehmen konnte. Kate musste darauf vertrauen, dass alles gut laufen würde.

„Sie sind zu still“, sagte JD, als sie nebeneinander im Auto saßen und in Richtung Stadt fuhren.

Sie konzentrierte sich auf die kleine St.-Christophorus-Plakette, die am Rückspiegel des Wagens hing. „Mir gehen all die Dinge durch den Kopf, die schiefgehen können. Sie haben kein Telefon, keine Möglichkeit, mich zu erreichen.“

„Die Station der Park Ranger ist nur ein paar Hundert Meter entfernt“, erinnerte er sie. „Hören Sie auf, sich Sorgen zu machen, und entspannen Sie sich.“

„Wenn man ein Kind hat, wird das Sich-Sorgen-machen zur Gewohnheit.“

„Nur wenn man es zulässt.“

„Ich habe nie gelernt, es nicht zuzulassen.“

„Dann müssen wir das üben. Denn wenn Sie den ganzen Abend mit Ihren Gedanken bei den Kindern sind, werden wir beide keinen großen Spaß haben.“

In dem Moment wusste sie, warum ihre Verabredungen

immer schiefgelaufen waren: Ihre ständige Besorgnis vertrieb die Männer – nicht die Tatsache, dass sie ein Kind hatte. Sie drückte ihren Rücken gegen den Sitz und schwor sich, das heute Nacht nicht zuzulassen. Sie würde sich entspannen und den Abend genießen. Denn dieser Mann war einen Versuch wirklich wert.

Sie gingen ins C'est Si Bon, ein ungewöhnliches Restaurant mit einem ebenso ungewöhnlichen Namen. In einer Stadt wie Port Angeles fand man hauptsächlich Diners und einfache Gasthäuser. Doch seit Jahren schon florierte das französische Lokal etwas abseits vom Highway; eine gastronomische Oase mit einem fantastischen Garten und einer ganz in Rosa und Gold gehaltenen Inneneinrichtung, die seit Jahrzehnten nicht verändert worden war.

„Sind Sie schon einmal hier gewesen?“, wollte Kate von JD wissen.

„Nein, aber ich musste Sam versprechen, dass ich es mir auf keinen Fall entgehen lasse.“

„Er hat recht“, nickte sie. „So ein Lokal haben Sie garantiert noch nicht gesehen.“

Die kleine energiegeladene Frau, die sie am Eingang begrüßte, strahlte noch breiter, als sie Kate erkannte. „*Oh, la belle*“, rief sie aus. „*Et vous êtes retournée enfin.*“

Kate sprach kaum Französisch, aber diese überschwängliche Begrüßung brauchte auch keine Übersetzung.

„*Bienvenue, monsieur, je suis enchantée*“, sagte die Frau.

„*Merci pour nous avoir ce soir*“, erwiderte JD in einer Sprache, von der Kate annahm, dass sie auch Französisch war. So viel also zu ihrem Eindruck vom ersten Tag, dass er ein ungebildeter Hinterwäldler sei.

Sogar die Hostess wirkte überrascht. „*Alors*“, sagte sie und nahm zwei Speisekarten und die Weinkarte mit. „*A table.*“

Der Kellner zündete an einem von Kates Lieblingstischen eine Kerze an. Der Tisch stand etwas abgeschieden in einem gläsernen Erker und war ganz in Weiß eingedeckt. Eine Schale mit Dahlien und Platzteller aus Limoges-Porzellan schufen eine romantische Atmosphäre.

Kate staunte. „Sie sprechen Französisch?"

„Ein bisschen." JD setzte seine Brille auf und schlug die Speisekarte auf.

„Wo haben Sie das gelernt?", wollte sie wissen, auch wenn er damit beschäftigt schien, die Menüvorschläge zu studieren.

„Ich hatte als Kind einen Freund aus Haiti", erklärte er. „Und später hab ich Französisch- und Spanischunterricht gehabt."

„War das Teil Ihrer Ausbildung beim Militär?"

„Hm."

„Ich hätte Sie nicht für jemanden gehalten, der Französisch spricht", bemerkte Kate.

„Warum nicht?"

„Muss wohl an den Boots und dem Holzfällerhemd liegen."

„Vielleicht bin ich ja Frankokanadier."

„Sind Sie das?"

„Sie sind ein Snob", grinste er.

„Bin ich, stimmt's?"

Er reichte ihr die Weinkarte über den Tisch. „Mit Wein kenne ich mich nicht so gut aus. Suchen Sie einen aus."

Der Kellner kam, um ihre Getränkewünsche entgegenzunehmen. Kate vermutete, dass JD Lust auf ein Bier hatte, also schlug sie ein Kronenbourg aus dem Elsass vor. Dazu bestellte sie eine Flasche Vouvray, der zum Essen serviert werden sollte.

Als Vorspeise wählten sie Jakobsmuscheln mit Pommes Anna, gefolgt von einem grünen Salat mit Walnüssen und Roquefort-Käse. Kate kam sich komisch vor, nicht wegen JD, sondern wegen der anderen Gäste im Restaurant. Einoder zweimal hatte sie bemerkt, dass sie angestarrt wurde, doch die Leute hatten immer wieder schnell weggeschaut, wenn sie versucht hatte, Blickkontakt herzustellen. JD zog die Schulter etwas nach vorne und senkte den Kopf. Kate dachte schon, dass sie sich das Interesse der anderen Gäste nur eingebildet hatte. Er ist ein gut aussehender Mann, rief sie sich ins Gedächtnis. Sie selbst trug ein enges Designerkleid, ein Überbleibsel ihrer Kolumne. Ihr kam in den Sinn, dass sie heute wie eines der Paare aussahen, die sie sonst immer beneidete – jung und attraktiv und sich gegenseitig mit sehnsüchtigen Blicken verschlingend.

„Worüber freuen Sie sich so?", wollte JD wissen.

„Ich bin einfach glücklich. Ich mag es auszugehen. Als Aaron noch klein war, hatte ich dazu keine Gelegenheit, also genieße ich es nun umso mehr." Sie strahlte ihn an. „Und Sie? Gehen Sie viel aus?"

„Nein."

Er schien das nicht weiter ausführen zu wollen. „Also gut", lächelte sie, als die Vorspeise serviert worden war. „Soll ich mit den zwanzig Fragen anfangen, oder wollen Sie?"

„Welche zwanzig Fragen?"

„Na die, um sich kennenzulernen."

„Davon habe ich keine", erklärte er. „Ich weiß alles über Sie, was ich wissen muss."

„Das ist unmöglich."

Er nahm einen Schluck Bier. „Aber wahr."

Seine Sicherheit berührte etwas in ihr. Eine höchst empfindliche Saite.

„Okay", sagte sie. „Was wissen Sie über mich?"

„Na, angelt da jemand nach Komplimenten?"

„Nein, ich nehme Sie nur beim Wort."

„Gut. Was weiß ich über Sie? Sie sind klug und haben ausreichend Bücher mitgebracht, um jeden Tag dieses Sommers eines zu lesen. Auch wenn Sie nicht sonderlich sportlich sind, tun Sie so als ob, um Aaron zu ermutigen. Er hat die absolute Priorität in Ihrem Leben. Sie vermissen Ihre Familie diesen Sommer sehr, sogar mehr, als Sie gedacht haben. Wie mache ich mich bisher?“

„Erstaunlich gut.“ Seine Beobachtungen verwirrten sie; sie rutschte auf ihrem Stuhl hin und her.

„Sie sehen überrascht aus.“

„Das bin ich auch. Die meisten Männer, mit denen ich ausgegangen bin, neigten dazu, die Unterhaltung um sich kreisen zu lassen“, gab sie zu. „Sie konnten sich kaum meine Haarfarbe merken, oder wenn doch, dann nur, um zu fragen, ob ich eine echte Rothaarige bin ... zwinker, zwinker.“ Ihre Wangen röteten sich. „Oh mein Gott, ich kann nicht glauben, dass ich das jetzt gesagt habe.“

„Ich werde das nicht fragen“, versicherte ihr JD. Dann fügte er hinzu: „Ich finde das lieber selber raus. Zwinker, zwinker.“

Sie streckte ihm ihr Weinglas entgegen. „Ich brauche Nachschub.“

Er schaffte es, ihr nachzuschenken, ohne sie dabei aus den Augen zu lassen. „Sie haben sich bisher nicht mit den richtigen Männern verabredet“, merkte er an.

„Wie wahr, wie wahr.“

„Dann habe ich eine gute Nachricht für Sie.“

„Die da wäre?“

„Die Pechsträhne ist vorbei.“

Ein warmer Schauer überlief ihren Körper. Das hatte sie seit Jahren nicht mehr verspürt, vielleicht sogar noch nie. „Sie sind sich Ihrer Sache wohl sehr sicher.“

„Weil ich es weiß.“

„Ich kenne Sie doch noch nicht einmal richtig.“

„Ich kann eine Speisekarte auf Französisch lesen. Ich bin ganz schlecht im Fliegenfischen, aber ich kann eine Forelle filetieren. Ich kann gut mit Werkzeug umgehen. Hunde und Kinder mögen mich.“

„Das hab ich alles schon selber herausgefunden“, murmelte sie.

„Lieblingsfarbe Blau. Lieblingslied ‚Radio America' von den Libertines, aber das ändert sich jede Woche. Ich mag keinen Sport im Fernsehen, große Höhen oder Menschenansammlungen. Aber ich mag Pick-ups, ruhige Plätze und loyale Freunde. Und Sie. Ich mag Sie. Was müssen Sie sonst noch wissen?"

Ihr schwirrte der Kopf bei seiner Aufzählung – aber auf eine gute Art.

„Wofür steht JD?"

„Juris Doctorate zum Beispiel."

„Sehr lustig. Heißt das, Sie sind Anwalt?

„Nein. Das heißt, ich mache Witze."

„Also wofür steht es dann wirklich?"

„John Deere?"

„Ah, ich verstehe! Sie sind nach J. D. Salinger benannt." Sie krauste die Stirn. „Vielleicht hat Aaron recht. Vielleicht sollte ich Sie wirklich googeln."

„Das haben Sie noch nicht? Ich hab Sie schon gegoogelt."

„Was?" Sie spürte, wie alle Farbe aus ihrem Gesicht wich und sehr wahrscheinlich nichts als Sommersprossen zurückließ.

„Sie sind entweder eine Professorin für Semiotik an der Cooper Union Universität oder der Star einer Internet-Pornoseite."

„Schuldig im Sinne der Anklage." Sie spürte, wie ihr Gesicht langsam wieder Farbe annahm.

„Und was davon?"

„Beides", grinste sie.

Sein Lächeln verschwand. „Ich habe Sie nicht wirklich gegoogelt, Kate."

Sie verspürte eine solche Erleichterung, als sie ihm in die Augen sah. „Ich Sie auch nicht. Suchmaschinen werden vollkommen überbewertet, wenn es darum geht, jemanden kennenzulernen." Sie hielt einen Moment inne. „John David."

Er schaute sie verwirrt an. „Was?"

„Ich wette, Ihre Initialen stehen für John und David."

Er legte seine Hände auf ihre, und sie hielt den Atem an. Sie konnte nicht glauben, was für eine komplizierte Reaktionskette diese einfache Geste in Gang setzte.

Es war das erste Mal, dass er sie absichtlich berührte. Seine erste physische Bestätigung der Anziehung, die sie ihm gegenüber seit ihrer ersten Begegnung verspürte. Sie betrachtete ihre miteinander verbundenen Hände. Gab es etwas Erotischeres als die Hand eines Mannes, die ihre umschloss, als wäre sie etwas sehr Kostbares und Zerbrechliches?

„Geht es dir gut?“, fragte er.

Sie räusperte sich, versuchte, das alberne Lächeln zu unterdrücken, das sich in ihren Mundwinkel eingenistet hatte. Sie hob ihr Glas. „Wir stimmen heute Abend gut überein.“

„Dann funktioniert mein Plan“, erwiderte er.

„Du hast einen Plan?“

Er antwortete nicht, sondern widmete sich mit großem Enthusiasmus seinem Essen – leckersten Muscheln in einer buttrigen Sauce, noch mehr Wein und eine ganze Menge mehr Flirten. Kate genoss es, dass sie sich in seiner Gegenwart total entspannen konnte.

Auch wenn sein Blick über ihren Körper glitt und hier und da ein wenig verweilte.

Zum Glück kam in diesem Augenblick der Kellner an ihren Tisch. „Kann ich noch etwas für Sie tun?“

JD ließ sie nicht aus den Augen. „Äh, ja.“ Dann blinzelte er und riss sich so offensichtlich aus seinen Träumen, dass Kate lachen musste. „Die Rechnung bitte.“

An der Tür legte JD ihr die Stola um die Schultern, wobei seine Hände ihre Schultern umfassten und einen Augenblick länger dort liegen blieben, als der Restaurantbesitzer zu ihnen kam, um sich zu verabschieden.

„Das Essen war einmalig“, sagte Kate.

„Und es schmeckt umso besser, wenn man es in angenehmer Gesellschaft zu sich nimmt.“

„Natürlich."

„Bonsoir, mes amis." Er zwinkerte JD zu. *„C'est un bon soir pour sauter la femme."*

„Was hat er zu dir gesagt?", wollte Kate wissen, als JD ihr die Tür aufhielt.

„Er hat uns einen schönen Abend gewünscht." Seine Ohren waren knallrot, ein nicht zu übersehender Hinweis darauf, dass er es mit der Übersetzung des Satzes nicht ganz so genau genommen hatte.

„Lügner! Ich hab dich durchschaut."

„Was?" Mit gänzlich unschuldigem Blick öffnete er die Beifahrertür des Pick-ups.

Kate weigerte sich einzusteigen. Sie sah ihn herausfordernd an. „Ich will wissen, was er gesagt hat."

„Es war sehr … französisch."

„Französisch als Synonym für unhöflich?"

„Französisch als Synonym für offenherzig."

Sie berührte seine Wange. „Oh mein Gott, du wirst ja rot!"

„Ich werde nicht rot."

„Offensichtlich doch. Ich finde das süß."

„Ich werde nicht rot, und ich bin nicht süß."

„Jetzt muss ich es wissen." Kate legte ihren Arm auf die Wagentür. „Ich werde mich nicht von der Stelle rühren, bis du mir gesagt hast, was dieser letzte Satz bedeutet hat."

JD atmete tief durch. Dann legte er seine Hände rechts und links von ihr an den Pick-up und beugte sich vor. Schalk glitzerte in seinen Augen. „Er hat gesagt …" JD beugte sich noch ein bisschen weiter vor und flüsterte ihr den Rest ins Ohr. Sein Atem war warm und verlockend, seine Worte waren heiß und skandalös.

„Oh mein Gott", sagte Kate.

Er grinste sie an und trat noch ein wenig näher, sodass seine Hüften ihre berührten. „Na, wer von uns wird jetzt rot?"

15. KAPITEL

„Komm schon, Kleiner!“, sagte Callie. „Du hast versprochen, dass du um neun schläfst, wenn ich dir noch was vorlese.“

„Falsch“, widersprach Aaron, der hellwach in seinem Bett saß. „Ich habe gesagt, ich würde um neun ins Bett gehen. Schlafen ist was ganz anderes.“

In Callies Ohren klang Schlafen köstlich. Sie war müde. In letzter Zeit war sie oft müde, und das lag nicht nur an der harten Arbeit. Manchmal fühlte sie sich schlapp und gelangweilt, sogar an ihren freien Tagen. Wenigstens habe ich eine tolle Unterkunft, erinnerte sie sich selbst. Sie kam gar nicht darüber hinweg, was für ein gutes Gefühl es war, am Ende eines langen Tages zu Kates Haus zu kommen und ein Zuhause vorzufinden, in dem es aufgeräumt war und das Essen auf dem Tisch stand. Kate und Aaron warteten immer auf sie, damit sie gemeinsam essen konnten. Vor den Mahlzeiten sprachen sie ein kleines Gebet. Für Callie war das alles selten und außergewöhnlich, auch wenn Kate und Aaron es ganz normal zu finden schienen.

Es machte sie verrückt, dass sie Schweigen über JD bewahren musste. Aber sie wusste, dass sie ihr Versprechen halten würde. Aber wo sie gerade über das Außergewöhnliche sprach ... Er war definitiv nicht gewöhnlich. Ein Mann, der durch alle Medien gegangen war, über den immer noch in den Klatschzeitschriften und Magazinen im Fernsehen berichtet wurde. Sie fand es total verrückt, dass er sich zurückgezogen hatte, anstatt das Leben eines Prominenten zu führen. Autos, Yachten, Häuser, Reisen, Partys ... Warum schreckte er davor zurück? Das waren doch die Dinge, von denen die meisten normalen Menschen träumten! Und er könnte das alles haben, wenn er seine Karten richtig ausspielte. Das Seltsame war, dass er vollkommen zufrieden damit schien, am See abzuhängen, wo niemand ihn kannte.

Jeder Mensch ist anders, dachte Callie. Und in letzter Zeit gab es ja auch einen großen Anreiz für ihn, hier am See zu bleiben. Jedes Mal, wenn er vorbeikam, spürte Callie, wie die Funken zwischen Kate und ihm flogen. Die Chemie zwischen den beiden stimmte einfach. Und das Verrückte war, dass Kate *es* nicht wusste. Sie mochte ihn einfach, mochte JD – ohne zu wissen, dass er Amerikas Held, der Stolz der U. S. Army, Träger der vom Präsidenten persönlich überreichten *Medal of Honor*, war.

In dem alten Lexikon, das nach Kates Aussage schon seit Jahrzehnten in Familienbesitz war, hatte Callie einiges über die Medal of Honor herausgefunden: Es handelte sich um eine extrem seltene Ehrung, die höchste militärische Auszeichnung der Vereinigten Staaten von Amerika. Sie wurde verliehen für „außergewöhnliche Tapferkeit und Furchtlosigkeit unter Einsatz des eigenen Lebens, weit über das übliche Maß an Pflichterfüllung hinaus“.

Das kann man wohl sagen, dachte Callie und erinnerte sich noch einmal an die schrecklichen Bilder aus den Nachrichten, die letztes Jahr an Weihnachten wieder und wieder gezeigt worden waren. Sie konnte nicht glauben, dass bisher niemand entdeckt hatte, dass JD Jordan Donovan Harris war. Allerdings hatte sie sich ja auch an der Nase herumführen lassen. Was hatte JD noch gesagt? Die Leute sehen, was sie sehen wollen. In ihrem Fall stimmte das hundertprozentig.

Luke Newman zum Beispiel. Luke mit den dunklen Haaren und den verträumten Augen. Was sah er in ihr, wenn er sie anschaute? Ein dickes Mädchen? Oder einfach jemanden, der versuchte, im Leben zurechtzukommen? Einen Freund? Oder etwas anderes, etwas … Romantisches?

„Hallo, Erde an Callie“, riss Aaron sie aus ihren Gedanken. „Lies mir noch was vor.“

„Ich hab dir schon zwei Kapitel aus Huckleberry Finn vorgelesen."

„Dann such dir noch was anderes aus."

Sie atmete tief ein, um ruhig zu bleiben. „Okay, eins noch", sagte sie. „Noch ein Buch, aber dieses Mal liest du mir vor."

„Och Callie." Aaron wand sich unruhig in seinem Bett.

„Das ist der Deal. Entweder so oder gar nicht." Sie wusste, dass er Schwierigkeiten mit dem Lesen hatte. Kate hatte ihr erklärt, dass er so ziemlich mit allem, was mit der Schule zu tun hatte, Probleme hatte. Sie ließ ihren Blick über das bunte Bücherregal gleiten auf der Suche nach etwas Kurzem, Leichtem, was ihn nicht überfordern würde. „Du hast aber auch eine Auswahl hier", murmelte sie.

„Die gehören nicht mir. Die gehören zum Haus."

Alles hier gehört zum Haus, dachte Callie. Sie würde es niemals zugeben, aber manchmal tat sie so, als gehörte sie auch hierher. Als wäre sie Teil einer Familie, die Quilts und Fotoalben von einer Generation an die nächste vererbte und Traditionen aufrechterhielt, die jeden glücklich machten und mit einbezogen. Es war eine wenig überzeugende Fantasie, aber manchmal konnte sie nicht anders, als sich zu fragen, wie es wohl wäre, wenn.

Im Bücherregal stand alles, von Peter Pan über Nancy Drew bis Harry Potter, aber sie wollte nicht, dass er sich mit einem Roman abquälen musste. „Das hier", sagte sie und nahm ein glänzendes Bilderbuch heraus. „Die kleine rote Henne." Auf dem Umschlag war ein dickes, glücklich aussehendes Huhn zu sehen, das wie eine Hausfrau in Schürze und Kopftuch gekleidet war.

„Du machst wohl Witze! Das ist ein Kinderbuch."

„Dann sind wir umso schneller durch. Oder würdest du mir lieber etwas Längeres vorlesen?" Sie hielt ihm den „Harry Potter"-Schinken hin.

„Nee, vergiss es." Er schob ihren Arm weg und nahm „Die kleine rote Henne" in die Hand.

„Das ist eine dumme Geschichte", meinte er.

„Warum lässt du mich das nicht beurteilen?"

Er sah sie aus großen Augen an. „Du kennst es nicht?"

„Nein." Als Kind hatte sie keines der üblichen Kinderbücher vorgelesen bekommen, weil Bruder Timothy fand, dass sprechende Tiere und andere Geschichten über erfüllte Träume anstößig waren. Mit Pädophilie hatte er kein Problem, aber die kleine rote Henne fand er abartig. „Fang an", sagte Callie. „Ich bin schon ganz gespannt."

„Okay", gab Aaron sich mit leidender Stimme geschlagen. Er rutschte in eine halb sitzende Position im Bett und fing an vorzulesen. Die Geschichte stellte sich als gute Wahl heraus, denn sie benutzte sehr einfache Wörter und Sätze, die sich wiederholten.

„Wer will mir helfen", fragte die kleine rote Henne jeden, den sie traf.

Und die Antwort war immer die gleiche: „Ich nicht, ich nicht, ich nicht."

Callie konnte das sehr gut nachvollziehen. Als die Kommune schlussendlich aufgeflogen war, hatten die Sozialarbeiter versucht, sie bei Verwandten unterzubringen. Aber ein Blick auf Callie – übergewichtig, mit schlechter Haut und noch schlechterem Benehmen –, und sie sagten „Ich nicht". Bis sie schließlich in der ersten Pflegefamilie landete.

Sie dachte an Kate und was für ein unerwartetes Geschenk sie war. Wie ein Engel. Nur ein paar Fragen, und dann hatte Kate sie hier wohnen lassen. Hatte sie erst wie einen Gast und dann wie einen Freund oder vielleicht sogar wie eine Nichte oder so behandelt. Kate war die erste Person, die Callie kannte, die sich weigerte, „Ich nicht" zu sagen. Ganz im Gegenteil: Sie sagte „Ich will helfen", und sie meinte es auch so.

Callie versuchte, es ihr zu vergelten, indem sie ein guter Gast war, aber es ließ sich nicht leugnen, dass sie eine dicke, fette Mogelpackung war.

Sie merkte, wie sie sich unwillkürlich anspannte, als die kleine rote Henne gezwungen war, alles alleine zu machen: den Weizen schneiden, dreschen – was auch immer das war –, zu Mehl mahlen, Teig machen, Brot backen. Es war Arbeit, Arbeit, Arbeit, den ganzen Tag, und ihre Loser-Freunde rührten nicht einen Finger – oder Huf –, um ihr zu helfen.

Und als wenn sie nicht schon genug zu tun hätte, musste die kleine rote Henne auch noch Eier ausbrüten. Sie bekam sechs Babys, und, welch Überraschung, es war kein Hahn in der Nähe, um ihr zu helfen, die hungrigen Mäulchen zu stopfen.

Die Henne ließ sich jedoch nicht entmutigen. Sie machte weiter, buk Brot, brütete Eier aus, stellte sich der Welt mit kühnem Trotz. Callie war erleichtert, als das Brot sich als perfekt herausstellte. Von seinem Duft angezogen, kamen alle Tiere der Farm zusammengelaufen und wollten unbedingt ein Stück probieren.

Was für ein süßer Triumph für die kleine rote Henne, als sie alle Tiere wegschickte und sie in deutlichen Worten wissen ließ, dass sie ihr Brot mit niemandem teilen würde, der nicht bereit gewesen war, ihr bei der vorherigen Arbeit zu helfen. Da stand sie nun, die alleinerziehende Mutter, die alle Arbeit alleine gemeistert hatte und der niemand eine Pause gegönnt hatte, als sie eine brauchte. Aber zum Schluss hatte sie es allen gezeigt.

„… und sie hat nie wieder ein Brot gebacken“, schloss Aaron und gab diesem letzten Satz einen dramatischen Schwung.

„Cool“, sagte Callie. „Die Geschichte gefällt mir.“

Aaron zog eine Grimasse. „Wirklich?“

„Klar. Es ist die Geschichte eines persönlichen Triumphs

über widrige Umstände. Findest du nicht? Sie hat alles auf ihre Art und Weise gemacht, und am Ende hat es funktioniert. Das ist doch prima."

„Sie hat alle ihre Freunde verloren." Aaron klappte das Buch zusammen und reichte es Callie. „Was soll daran gut sein?"

„Das waren keine Freunde. Das waren Schmarotzer", sagte Callie. Auch wenn es nur ein Märchen war, spürte sie die Wahrheit bis in ihre Knochen. „Aber ihre Babys haben sie ehrlich gemocht."

16. KAPITEL

Auf dem Rückweg zum See konnte Kate keinen klaren Gedanken fassen. Rasendes Verlangen machte so etwas mit ihr. Sie stolperte durch eine Art Unterhaltung mit JD, aber von ihrer Seite kam bestimmt kein inhaltlich wertvoller Beitrag. Ob sein Anteil an der Unterhaltung genauso idiotisch war, konnte sie nicht beurteilen. Ihr hormongesteuertes, total verknalltes Ich hing an jedem seiner Worte, als wenn er ihr jedes Geheimnis des Universums verraten würde.

Wie die Temperatur auf der Oberfläche der Venus. Es war egal. Sie hatte jegliches Urteilsvermögen verloren. Sie spürte ein Brennen in sich, und sie fühlte, wie ihr Puls sich beschleunigte. Das alles war neu für sie. Nach all diesen Jahren hatte sie endlich einen Mann getroffen, der sie überraschte und der all ihre Erwartungen übertraf. Er machte sie nicht nur an, sondern verwirrte sie und forderte sie heraus. Es gab so viel an ihm zu entdecken, dass sie gar nicht erwarten konnte, damit anzufangen.

Sie drehte sich ein wenig auf dem Sitz und zog ein Knie an, wohl wissend, dass diese Pose ziemlich provokativ war.

Und offensichtlich nicht an ihn verschwendet war. In dem schwachen Licht des Armaturenbretts sah sie das Funkeln in seinen Augen. „Woran denkst du gerade?“, fragte er.

„Hm. An Matroschka-Puppen.“

„Was ist das?“

„Du weißt schon, diese bunt bemalten, russischen Puppen, die man auseinandernehmen kann, nur um darin eine kleinere und noch eine kleinere und so weiter zu finden. Man öffnet eine nach der anderen, um an das Geschenk im Inneren zu kommen.“

„Und was soll das Ganze?“

„Die menschliche Natur. Wie könnte man nicht eine nach

der anderen öffnen, bis man bei der letzten angekommen ist? Die letzte Puppe ist allerdings ziemlich enttäuschend."

„Ich kann nicht behaupten, dass ich darüber bisher besonders viel nachgedacht hätte." Er bog auf die East Beach Road ab. Auch wenn es beinahe zehn Uhr abends war, strahlte der Himmel noch in den tiefsten Farben der Dämmerung – rosa und orange über Streifen von Bernstein, die zauberhaft von der spiegelglatten Oberfläche des Sees reflektiert wurden.

„Und hier", sagte er und bremste den Pick-up beinahe zum Stehen herunter, „ist der Punkt, wo ich dich frage, ob du noch auf einen Kaffee oder einen Absacker mit zu mir kommen möchtest."

Sie biss sich auf die Lippe. *Ruhig, Mädchen! Wollte er den Abend wirklich noch fortsetzen, oder war er nur höflich?*

Er sah total entspannt aus, wenn da nicht dieses kleine verräterische Zeichen gewesen wäre. Einen Arm hatte er lässig über die Rückenlehne gelegt. Aber die andere Hand umfasste das Lenkrad so fest, dass sich die Haut über seinen Knöcheln spannte.

Irgendwie befriedigte es sie, dass er so nervös war.

Nur noch ein paar Hundert Meter, dann wären sie an der Einfahrt zu seinem Haus vorbeigefahren. Eine Viertelmeile dahinter läge ihres. Sie hatte nur ein paar Sekunden, um sich zu entscheiden.

„Wenn ein Mann von Kaffee oder Absacker spricht, meint er meistens weder das eine noch das andere", sagte sie.

„Du klingst wie eine Kapazität auf dem Gebiet."

„Oh mein Gott, nein! Ich bin eine alleinerziehende Mutter. Solche Einladungen bekomme ich nicht jeden Tag."

„Es fällt mir schwer, das zu glauben." Er bog in seine Einfahrt ab. Die Scheinwerfer glitten über das kleine Cottage und die glatte Wasseroberfläche.

Sie spürte einen leichten Anfall von Panik in sich aufflattern. „Ich habe nicht gesagt, dass ich noch mitkommen möchte“, protestierte sie.

„Entscheidung von ganz oben“, sagte er. Er parkte das Auto, stieg aus und kam zu ihrer Seite herum. Er öffnete die Beifahrertür und schockierte sie damit, dass er über ihren Schoß hinweggriff und den Gurt löste. Die Art, wie seine Hand ihre Hüfte streifte, war gleichzeitig professionell und sexy, eine Kombination, die äußerst verstörend wirkte.

„Du bist darin wohl Experte“, sagte sie.

„Worin?“

„Ich bin mir nicht sicher, wie man es nennt ... Herauslocken und Verführen?“

„Ja, das könnte man so sagen.“ Er nahm ihre Hand und zog sie auf die Füße. Dann hielt er sie zwischen dem Wagen und seinem Körper gefangen. Eine Welle des Verlangens kam über sie, sodass sie weder sprechen noch sich bewegen konnte.

Er berührte ihr Haar, ein zartes, intimes Streicheln seiner Hand. Dann nahm er ihr Gesicht in seine Hände, fuhr mit den Daumen ihre Wangenknochen, ihren Kiefer entlang.

Die Sehnsucht nach seinem Kuss brannte wie Feuer in ihr. Jetzt, dachte sie, bitte, jetzt!

Als wenn er ihre Gedanken lesen könnte, lächelte er ein wenig und trat einen Schritt zurück. „Ich will dir etwas zeigen.“

„Sag’s nicht! Du hast eine eindrucksvolle Sammlung an Radierungen.“

„Noch besser.“ Mit der Taschenlampe, die er aus dem Truck mitgenommen hatte, leuchtete er ihr den Weg zum Strand.

Sie sah eine seltsame Silhouette und erkannte, dass es sich dabei um den Rumpf eines Bootes handelte, das auf zwei Sägeböcken lag. Der Geruch von frischem Holz und Lack lag in der Luft.

„Das ist ein Projekt, das ich angefangen habe", erklärte JD. „Ich restauriere Sams Boot."

Kate war nicht sicher, warum sie das berührte – die sorgfältig angeordneten Werkzeuge, Zeichnungen mit handschriftlichen Notizen, die liebevoll ausgeführten Reparaturen. Sie streckte eine Hand aus und legte sie auf das glatte Mahagoni des Rumpfes. „Ich erinnere mich an das Boot. Sam und ich sind damit immer auf den See hinausgefahren, als wir noch klein waren."

„Was mich wahnsinnig eifersüchtig auf Sam macht."

„Weil er ein Boot hatte?"

Er schlang seinen Arm von hinten um sie und zog sie näher an sich. Dann neigte er den Kopf, um ihren Duft einzuatmen. „Nein, weil er dich hatte."

Sie ließ sich gegen ihn sinken. Ergab sich. Guter Gott, wie konnte man nur so sexy sein? „Hat Sam dir das erzählt?", wollte sie wissen. „Dass er und ich ein Paar waren?"

„Er sagte, dass er es gerne gewollt hätte, aber du andere Vorstellungen gehabt hast. Stimmt das?"

„Das stimmt. Ich war so eine Idiotin!" Sie erinnerte sich gut an Sam, der so loyal und stark wie ein Bernhardiner gewesen war. Sie hatte ein bisschen mit ihm herumgemacht, vielleicht falsche Hoffnungen in ihm geweckt, aber sie hatten nie die Grenze zu einer ernsthaften Beziehung überschritten. „Als Kind habe ich immer von jemand anderem geträumt, jemandem, der nur in meiner Fantasie lebte, wie Spider Man oder ... irgendein Superheld." Sie spürte, wie er sich verspannte. „Lach nicht! Ich war sechzehn Jahre alt. Jedes Mädchen in dem Alter will einen Superhelden."

„Und heute ...?"

Sie lachte und drehte sich in seinen Armen um. „Heute haben sich meine Ansprüche ein wenig gelockert. Manchmal denke ich, ich wäre schon froh über jemanden, der atmet."

„Du lässt dich nicht so leicht unterkriegen, oder?"

Sie schaute zu ihm auf. *Lass uns das langsam angehen.* „Ehrlich gesagt, freue ich mich schon darüber, einfach mal auszugehen.“

„So wie wir es heute getan haben?“

„Genau.“

„Wir tun es immer noch.“

„Was?“

„Ausgehen. Unsere Verabredung ist noch nicht zu Ende. Ich hab dich noch nicht nach Hause gebracht und dir einen Gutenachtkuss gegeben.“

„Du hast mich noch gar nicht geküsst.“

„Das ist mir schmerzhaft bewusst.“

Aber er tat es immer noch nicht. Kate biss die Zähne zusammen, um ein Stöhnen zu unterdrücken, als er einen Schritt zurücktrat. Einen Arm um ihre Schulter gelegt, führte er sie zum Cottage. Er blieb auf der Veranda stehen und drehte sich um, um auf den See zu schauen. Im Hochsommer dauerte es, bis die Sonne ganz unterging. Der See spiegelte die purpurne Farbe des Himmels und die stecknadelkopfgroßen Sterne, die in einer solchen Vielzahl am Firmament hingen, dass die Wasseroberfläche beinahe wie beschlagen wirkte.

Oh, sie wollte ihn. Sie wollte seinen Mund auf ihrem, seine nackte Haut an ihrer, seine Hände an Stellen, die schon seit viel zu langer Zeit nicht mehr berührt worden waren. Ein kleines Geräusch entschlüpfte ihr, bevor sie es zurückhalten konnte.

„Geht es dir gut?“, wollte er wissen. Sein Arm fühlte sich so entspannt vertraut und gleichzeitig so aufregend an.

„Ich bleibe nicht“, flüsterte sie.

„Wie bitte?“

„Hier, bei dir, heute Nacht. Ich … ich kann nicht bleiben.“ Sie wusste, dass das viel zu direkt war, aber sie wusste nicht, was sie sonst hätte sagen sollen.

Ein halbes Lächeln umspielte seinen Mund. „Du kannst nicht bleiben."

„Genau. Ich bin eine verantwortungsvolle Mutter. Ich kann nicht … ich würde niemals …"

„Dann tu es auch nicht", sagte er leicht dahin und rettete sie so davor, eine Erklärung finden zu müssen.

Sie nickte. Sie fühlte sich dumm. Und viel mehr frustriert als erleichtert.

In der Ferne konnte sie die Lichter ihres Hauses sehen. Es war nur in ein paar Fenstern noch hell: in Callies Zimmer und auf der hinteren Veranda.

„Du hältst Ausschau nach Aaron", bemerkte JD.

„Immer."

„Ihm geht es gut."

„Ich weiß." Sie zögerte und entschied sich dann, es zu erklären. „Aaron hat … Probleme. Neunundneunzig Prozent der Zeit ist er ein Engel."

„Und das andere Prozent?"

„Da kommen die Probleme ins Spiel. Er ist impulsiv, wird manchmal wütend. Was seine Erziehung ganz schön herausfordernd macht."

„Hast du jemals von einem Kind gehört, das einfach zu erziehen gewesen wäre?"

„Ich habe keine Vergleichsmöglichkeiten, aber seinen Lehrern, Beratern und Ärzten nach sind Aarons Bedürfnisse tatsächlich sehr speziell. Und den Männern, mit denen ich mich getroffen habe, war er immer viel zu speziell."

„Vergiss diese Typen, Kate! Vergiss jeden, der diese Haltung einnimmt. Aaron ist ein Geschenk des Himmels. All das, was vermeintlich an ihm nicht stimmt, ist nicht das, was ihn ausmacht."

Sie umklammerte das Geländer mit beiden Händen, um Halt zu finden. „Ich kann nicht glauben, dass du das gerade gesagt hast."

„Warum nicht?“

„Weil das zu gut ist, um wahr zu sein. Und das will ich nicht. Ich will, dass du wahr bist.“

„Dein Junge ist ein Geschenk, glaub mir. Ich wette, du hättest am liebsten zehn Aarons.“

„Na ja, vielleicht nicht zehn …“

„Aber du willst noch mehr Kinder.“

Oje. Was nun? „Ich weiß nicht … Aaron war nicht geplant. Er ist einfach passiert.“

„Wie ein Geschenk.“

Wie du, dachte sie und lächelte ihn an.

17. KAPITEL

„Los, sag's schon!", forderte Kate Mable Claire Newman auf, als sie ihr gegenüber im First Street Haven Café saß. „Sag schon: Ich hab's ja gesagt!"

„Frisch mein Gedächtnis auf. Was habe ich dir gesagt?"

„Ich treffe mich mit jemandem. Er war deine Idee. Der Mann, der im Haus der Schroeders wohnt."

Mable Claire strahlte sie an. „Wie schön für dich, Kate! Er scheint ein wirklich netter Mann zu sein. Ganz zu schweigen davon, dass er auch noch gut aussieht."

„Ja, das ist mir auch schon aufgefallen." Kate konnte das Lächeln nicht unterdrücken. Sie hatte alle klassischen Symptome des totalen Verliebtseins. Das Herzklopfen, der sich beschleunigende Atem, wenn sie nur an ihn dachte. Das Gefühl, die ganze Zeit auf dem schmalen Grat zwischen Lachen und Weinen zu balancieren. Die erhöhte Aufmerksamkeit allem und jedem gegenüber, vom Duft frisch gebrühten Kaffees zum Gefühl der warmen Sonne auf ihren Schultern. Es hatte keinen Zweck, es zu leugnen. Kate konnte gerade stundenlang aus dem Fenster starren und kriegte das Lächeln gar nicht mehr aus dem Gesicht.

„Also, erzähl schon!", forderte Mable Claire sie auf. „Eine alte Witwe wie ich braucht jeden Funken Romantik, den sie kriegen kann."

„Ich weiß gar nicht, wie ich das erklären soll. Wir waren im C'est Si Bon essen, und seitdem haben wir fast jeden Abend miteinander verbracht – manchmal mit den Kindern, manchmal alleine. Da ist dieser Rhythmus, der irgendwie angefangen hat und … ich weiß nicht. Es ist etwas ganz Besonders." Kate spießte ein Stück Wassermelone von dem Früchteteller auf, den sie sich bestellt hatte. Ein weiteres Symptom ihres Zustands: ihr vollkommen unberechenbarer Appetit. Tagelang aß sie gar nichts, dann wieder gab sie sich Heißhungerattacken hin. „Ist das nicht schlimm? Ich nenne mich Autorin und finde nicht einmal die Worte, um zu beschreiben …"

„Oh, hör auf!", unterbrach Mable Claire sie. „Natürlich kannst du das nicht! Aber die gute Nachricht ist, jeder Mensch, der jemals verliebt gewesen ist oder zumindest davon geträumt hat, weiß genau, was du meinst."

„Ich bin nicht …" Kate verschluckte sich beinahe an ihrer Wassermelone.

„Bist du doch. Zumindest bist du auf gutem Weg dahin. Und lass es zu, Kate. Du hast es verdient, dich zu verlieben."

Die Worte trafen genau ins Zentrum von Kates Unsicherheit. *Du hast es verdient, dich zu verlieben.* Wirklich? Warum hatte sie sich dann nie erlaubt, es zu tun?

„Es ist ein großer Unterschied, ob man sich einen Sommer lang verabredet oder sich verliebt."

„Und wenn schon! Lass dein Herz doch einfach selber herausfinden, wohin es gehen will, und sieh, was passiert."

„Das wäre okay, wenn ich nur an mich denken müsste. Aber da gibt es auch noch Aaron. Er ist total verrückt nach JD, und es wird ihn zerstören, wenn wir am Ende des Sommers wieder getrennte Wege gehen."

„Nicht *wenn,* sondern *falls.*"

Kate spürte, wie ihr die Tränen in die Augen stiegen. Noch ein Zeichen dieser bittersüßen Qual. Sie weinte bei der kleinsten Gelegenheit los. Bei einem herzzerreißenden Lied im Radio, beim Anblick eines alten Ehepaares, das Händchen hielt. Für Kate war sich zu verlieben das Gleiche, wie todkrank zu sein. Eine sehr schmerzhafte Erfahrung, die ein vorhersehbar schlechtes Ende nimmt.

„Er wird nicht bei uns bleiben", mutmaßte Kate. „Warum sollte er auch?"

„Hm, lass mich überlegen. Du bist eine warmherzige, wundervolle, schöne junge Frau mit einem entzückenden

Sohn. Was könnte ein Mann nur in dir sehen?" Mable Claire bestrich sich ein Scone mit Butter. „Du planst schon, ihn gehen zu lassen, bevor du überhaupt alle Möglichkeiten ausgeschöpft hast."

„Ich versuche, praktisch zu denken und Aaron davor zu bewahren, sich zu große Hoffnungen zu machen", widersprach Kate. „Diese Dinge haben bei mir noch nie funktioniert."

„Nur weil neunundneunzig Prozent aller Soufflés zusammenfallen, wenn man sie aus dem Ofen nimmt, heißt das nicht, dass du niemals ein Soufflé backen sollst."

„Das werde ich mir aufschreiben." Kate schenkte der alten Dame ein widerwilliges Lächeln. „Wir sprechen nicht über das Ende des Sommers. Er ist von der Ostküste, und er denkt darüber nach, an der University of California Medizin zu studieren. Ich kann aber auf keinen Fall aus Seattle wegziehen, also …"

„Hör auf darüber nachzudenken, wie das alles enden wird, Kate! Versuch, dich darauf zu konzentrieren, wie es im Moment ist."

„Im Moment ist es einfach nur überwältigend", gab Kate mit einem träumerischen Lächeln zu. JD schien sich in ihrer Gesellschaft immer wohler zu fühlen. Mit gutmütiger Geduld hatte er an einigen der ältesten Livingston-Rituale teilgenommen – Fahrradtouren, Arschbomben vom Steg, Wanderausflüge, Darts- und Badmintonturniere, Geistergeschichten und geröstete Marshmallows am Lagerfeuer. Sie hatte es ihm nicht gesagt, aber er füllte die Lücke aus, die durch die Abwesenheit ihres Bruders entstanden war, brachte auf diese unbeschreiblich männliche Art Stärke und Gelächter in die Familie; etwas, was sie trotz aller Versuche niemals würde kopieren können.

„Okay." Sie gab sich mental einen kleinen Schubs und zeigte auf die Mappe, die auf dem Tisch lag. „Ich habe deine Fotos mitgebracht. Für den Artikel über meinen Großvater sind sie in digitale Bilder umgewandelt worden. Ich habe dir eine CD davon gemacht."

„Er war ein ganz toller Mann, dein Großvater", erwiderte Mable Claire. „Aaron sieht ihm sehr ähnlich, nicht wahr?"

Die gleichen roten Haare und funkelnden Augen, dachte Kate. Aber Walden war ein Anführer gewesen, einige meinten sogar, ein Visionär. Sie fragte sich, ob Aaron diese Gaben wohl auch besaß. *Dein Junge ist ein Geschenk,* hatte JD gesagt. *Glaub mir.*

„Der Artikel wird nächstes Jahr im Februar veröffentlicht."

„Das ist so aufregend, Kate!" Mable Claire strahlte sie an. „Ich bin so stolz auf dich!"

„Danke." Die Begeisterung der Freundin ließ Kate ihre Mutter vermissen. „Zu Beginn des Sommers war ich an einem solchen Tiefpunkt."

„Aber du hast den Kopf oben behalten, und sieh dich jetzt an."

„Ich wollte mit dir noch mal über Callie sprechen. Sie hat doch bald Geburtstag, und ich wollte eine Überraschungsparty für sie organisieren. Haben Luke und du Zeit und Lust, am Samstagabend dabei zu sein?"

„Aber sicher, ich komme gerne und Luke sicher auch. Er war am Anfang des Sommers so gelangweilt, aber nun hat er endlich eine paar Freunde gefunden, mit denen er was unternehmen kann."

„Wenn er Callie besuchen kommt, ist er immer alleine. Vielleicht kann er die anderen ja auch einladen?"

„Ich werde ihn fragen. Das ist sehr nett von dir, Kate."

„Ich mag es, Callie was Gutes zu tun. Aaron ist natürlich eingeweiht und schon ganz aus dem Häuschen."

„Das klingt nach einer Menge Spaß. Sie scheint bisher nicht viele Geburtstagspartys gehabt zu haben."

„Stimmt. Aber das wird sich jetzt ändern."

Am Abend vor der Party ließ Kate ihren Sohn in Callies Obhut zurück und ging mit JD aus – angeblich. Tatsächlich bummelten die beiden durch die Geschäfte, um Geschenke für Callie zu kaufen. Zum einen natürlich Musik: eine Jimi-Hendrix-Collection und einige neue Elektrobands, von denen JD schwor, dass Callie sie mögen würde, auch wenn alleine der Gedanke daran Kate in den Ohren schmerzte. Sie suchte vier neue Nagellackfarben aus, etwas, von dem sie wusste, dass Callie es lieben würde. Danach schlenderten sie durch einen Klamottenladen. „Sie trägt immer nur Jeans und T-Shirts", erklärte sie JD. „Ich will nicht, dass sie denkt, ich würde ihren Stil ablehnen." Schließlich entschied sie sich für einen Geschenkgutschein. Das war zwar nicht sonderlich originell, aber praktisch. Zu guter Letzt kehrten sie noch in dem Schreibwarenladen ein, in dem Kate einige Notizbücher, cremefarbenes Briefpapier und einige Stifte in schönen Farben erstand.

„Sie fängt an, mir wirklich viel zu bedeuten", gestand Kate nachdenklich.

JD lächelte. „Was für ein glückliches Mädchen!"

„Findest du?"

„Ich weiß es! So, und jetzt lass uns was essen gehen."

Eigentlich hatten sie vorgehabt, danach noch ins Kino zu gehen. Aber als sie ihr Dessert gerade zur Hälfte aufgegessen hatte, bemerkte Kate, dass JD sie mit unmissverständlicher Intensität musterte. Fast konnte sie die Hitze seines Blicks auf ihrer Haut spüren.

„Stimmt was nicht?", fragte sie.

„Ich bin nicht in der Stimmung für einen Film." Einfache Worte, aber der Ton, mit dem sie ausgesprochen wurden, verlieh ihnen eine Bedeutung, die Kate bis in ihr Innerstes vibrieren spürte.

„Ich auch nicht. Was wollen wir stattdessen tun?"

Der Vorschlag lag in der Luft. „Lass uns zu mir fahren."

Heute war es anders, das wussten sie beide. „Okay", stimmte sie zu.

Auf dem Rückweg zum See sprachen sie beide nicht viel. Ein leises, langsames Liebeslied schwebte aus den Lautsprechern. An seinem Haus angekommen, half JD ihr aus dem Auto, und gemeinsam gingen sie zur vorderen Veranda. „Du bist so still", sagte er, als er die Schlüssel aus der Tasche zog.

Sie atmete tief ein und entschied sich, es auszusprechen. „Du hast mich bis jetzt noch nicht geküsst, und ich würde gerne wissen, wieso. Was hast du dagegen?"

Er wurde still, die Dunkelheit verschleierte sein Gesicht. „Gegen das Küssen generell oder dagegen, dich zu küssen?"

„Du hast was dagegen, mich zu küssen?"

„Das sind deine Worte, nicht meine."

Sie wollte frustriert aufschreien. „Okay, vielleicht sollte ich lieber gehen ..."

„Kate", flüsterte er und nahm ihren Arm, um sie zu sich herumzudrehen. „Du ..." Er war wie ein Schauspieler, der seinen Text vergessen hatte, und dennoch lag nichts Langsames oder Zögerliches in seinem Kuss. Er zog sie an sich und küsste sie ohne weitere Vorrede. Sein Mund lag heiß auf ihrem, suchend, findend. Ihre Nerven summten vor Verlangen, und sie ließ sich gegen ihn sinken, wollte ihn und hatte doch Angst. Sie wusste, dass sie bereit war, und für den Moment weigerte sie sich, an das Morgen zu denken.

Er war neu und aufregend, dennoch passte sie so perfekt in seine Arme, in seinen Kuss. Benommen schwirrte ihr der Gedanke durch den Kopf, dass sie ihr ganzes Leben auf ihn gewartet hatte.

„Besser?", fragte er, seine Lippen noch direkt über ihren schwebend.

„Eine Eins mit Stern", flüsterte sie und atmete zitternd ein. „Aber vielleicht sollten wir nicht ... ich kann nicht ..."

„Ich weiß, dass du eine verantwortungsvolle Mutter bist,

Kate. Aber du bist auch verantwortlich für dein eigenes Glück."

„Und du glaubst ..." Sie hielt inne, versuchte, ihre Gedanken zu organisieren. „Du meinst, mit dir zu schlafen würde mich glücklich machen?"

„Ich glaube das nicht. Ich *weiß* es." Er grinste. „Ich verspreche es dir."

Und dann hob er sie hoch, als wäre sie leicht wie eine Feder, und drückte die Tür mit der Schulter auf. Als er sie wieder herunterließ, spürte sie, wie das Bettgestell sich von hinten gegen ihre Beine drückte.

Er hörte immer noch nicht auf, sie zu küssen. Schließlich trat er einen Schritt zurück, drehte sie sanft um und strich ihr sanft das Haar aus dem Nacken. Er öffnete den Reißverschluss ihres Kleides, schob es über ihre Schultern. Mit geschlossenen Augen gab sich Kate dem Gefühl hin, obwohl sie versuchte, sich zu erinnern, welche Unterwäsche sie heute angezogen hatte. Aber es war in Ordnung, fiel ihr ein, schlichtes Kirschrot war nie verkehrt. Selbst wenn es sich nur um einen Tanga handelte.

Sie stand in Flammen, als sie die Augen öffnete, um ihn anzusehen. Er zog sich aus, entledigte sich seines Jacketts, seines Hemdes. Der Mond schickte seine blassen Strahlen durchs Fenster. Sie streichelten JDs Körper, einen Körper, bei dessen Anblick wohl jede Frau weiche Knie bekäme.

Dunkle Schatten zeichnete sich auf seiner Brust ab. Erschrocken bemerkte Kate, dass es sich um Narben handelte – und zwar keine kleinen. „Was ist dir zugestoßen?", flüsterte sie.

„Ich habe gedient."

„Wann – letzte Woche?"

„Ich habe mich direkt nach der Highschool gemeldet und bin bis letztes Frühjahr in der Armee gewesen."

„Und du warst dort Sanitäter", sagte sie. „Wie Sam."

„Ja."

Zärtlich fuhr sie eine Narbe mit der Fingerspitze nach. „Ich dachte, Sanitäter *helfen* den Verwundeten."

„Manchmal muss man sich aber selber in Gefahr begeben, um das tun zu können."

„Du tust so, als wäre das etwas ganz Normales, sich in Gefahr zu begeben."

„Beim Militär ist das dein Job, egal, ob du Truckfahrer, Mitarbeiter in der Kantine oder Heckenschütze bist. Es ist nicht normal, aber es ist dein Job."

„Wo bist du im Krieg gewesen?"

„In Afghanistan. Da habe ich auch Sam kennengelernt."

„Ich warte auf weitere Einzelheiten."

„Honey, du stehst da nur mit einem String bekleidet! Das Einzige, was mich jetzt in allen Einzelheiten interessiert, ist das, was ich gleich mit dir anstellen werde."

Unter seinen Worten schmolz ihr Widerstand dahin. Doch obwohl ein Teil von ihr bereit war, sofort mit ihm ins Bett zu gehen, mahnte ein anderer Teil sie zur Vorsicht. Mit beinahe schmerzhaftem Widerstand zog sie ihr Kleid wieder hoch.

Er stöhnte, als hätte sie ihm körperlich wehgetan.

„Ich habe mir geschworen, dich erst kennenzulernen", erklärte sie.

„Du kennst mich, Kate! Du weißt alles, was wichtig ist."

„Du hast nie über dein Leben gesprochen. Deine Familie. Deine Vergangenheit …"

„Ich habe eine miese Wohnung in DC und ich bin Sanitäter. Als Kind hatte ich nur meine Mutter. Heute ist Sam für mich das, was einer Familie am nächsten kommt."

„Was ist in Afghanistan passiert?"

Sein Kiefer spannte sich unmerklich an, aber sie blieb standhaft. Endlich stieß er einen resignierten Seufzer aus. „Wir waren in zwei verschiedenen Einheiten als Sanitäter tätig. Es gab eine Art Bruderschaft zwischen den Usbeken der Nordallianz, den Tadschiken und einer Handvoll Soldaten der amerikanischen Spezialeinsatzkräfte. Eines Abends haben sie uns in ein Tal geschickt, wo eine Aufklärungseinheit angegriffen worden war. Unser Auftrag war es, die Verletzten zu bergen."

Das klang so surreal in ihren Ohren, vor allem durch den geschäftsmäßigen Ton, in dem er es erzählte. „Ich habe das Gefühl, dass du es leichter klingen lässt, als es war", murmelte sie.

„Ich habe nie gesagt, dass es leicht war. In der Nacht haben wir den Jackpot getroffen."

„Jackpot?"

„Ja, den Blindgänger-Jackpot. Das ganze Gelände war voll mit ihnen."

„Hast du daher deine Narben?", fragte sie ein wenig mulmig.

„Nein, aber die Minen machten die ganze Operation ziemlich interessant. Immerhin habe ich in der Nacht meinen besten Freund kennengelernt, also war es kein Totalausfall. Und jetzt ..." Er schob das Kleid wieder von ihren Schultern und beugte sich vor, um sie dort zu küssen. „Um noch mal auf den String zurückzukommen ..."

Sie überlegte kurz, sich zu wehren, aber seine Lippen auf ihrer Haut fühlten sich einfach zu gut an. „Erzähl mir den Rest der Geschichte", bat sie atemlos.

„Das war schon alles. Erzähl mir von dir." Er entblößte ihre andere Schulter und küsste sie auch dort.

„Oh ja – als wenn ich deine Erzählung toppen könnte. Ich wünschte, ich hätte etwas mehr aus meinem Leben gemacht."

„Du hast genug gemacht."

Sie lehnte ihre Stirn gegen seine Brust. „Es ist eine schwierige Frage. Nathan war ein großer Fehler, aber wenn ich ihn nicht getroffen hätte, gäbe es Aaron nicht."

Er berührte ihr Haar. „Hast du ihn geliebt?"

„Ich hätte nicht mit ihm geschlafen, wenn ich ihn nicht geliebt hätte."

„Heißt das, du schläfst nur mit einem Mann, wenn du ihn liebst?"

„Versuchst du, mich dazu zu bringen, ‚ich liebe dich' zu sagen?"

„Nur wenn du es auch so meinst."

Oh, sie war so nah dran! Er hatte ja keine Ahnung, wie nah ... „Ich weiß, was Liebe ist", sagte sie stattdessen. „Und ich weiß, was es nicht ist." Sie lächelte ihn an, während sie sich an die junge Kate erinnerte, schwanger und von einem Kerl sitzen gelassen, den sie angebetet und dem sie vertraut hatte. „Diese Dinge passieren in ihrer eigenen Geschwindigkeit."

Er nickte, während seine Hände auf ihren Rücken wanderten und ihren BH öffneten. Sie gab sich seiner Berührung hin, dem Feuer, das dieser Mann in ihr entfachte. All ihre Bedenken waren vergessen.

„Das hier wird alles ändern", flüsterte sie in einer Stimme, die sie selbst nicht kannte.

„Das hoffe ich doch sehr."

„Wirklich?"

Er fuhr mit dem Finger den Saum ihres Tangas nach. „Oh ja, und wie."

Sie war wie hypnotisiert von seiner Berührung. „Was war falsch daran, wie die Dinge vorher waren?"

„Nichts, außer dass wir nicht ... so waren wie jetzt."

Sie hielt den Atem an, als seine Hände ihre Erkundung fortsetzten. „Das stimmt", flüsterte sie. Und weil sie wusste, dass sie in wenigen Augenblicken nicht mehr in der Lage sein würde, zu sprechen, sagte sie es jetzt. „Ich habe Angst."

Er zog sie näher an sich, vergrub seine Finger in ihrem Haar. „Wovor hast du Angst?"

„Davor, dich als Freund zu verlieren." Sie legte den Kopf in den Nacken und sah ihn an. Ein Schwindelgefühl überkam sie. Guter Gott, er war unglaublich! „Denn dass das passieren wird, weißt du. Sobald wir miteinander geschlafen haben, werden wir keine Freunde mehr sein."

„Nein", flüsterte er sanft an ihrem Mund. „Aber noch enger miteinander verbunden."

18. KAPITEL

An ihrem Geburtstag fühlte Callie sich wie eine alte Frau mit ihrem schmerzenden Rücken und den schlimmen Knien. Sie hatte einen fürchterlichen Nachmittag damit verbracht, ein Partyhaus am Lake Sutherland zu putzen, nachdem die Feriengäste abgereist waren. Eigentlich war das Haus für sechs Personen gedacht. Aber hier hatten ganz offensichtlich doppelt so viele Leute geschlafen, getrunken, Fastfood gegessen. Sie hatten jeden Teller und jedes Glas benutzt, die Veranda mit Bierdosen, Einwickelpapier und verbrauchten Feuerwerkskörpern vermüllt.

Und um dem Ganzen die Krone aufzusetzen, hatte Yolanda sich früher verabschiedet und es Callie überlassen, den Rest aufzuräumen und die halbe Meile zum Haus der Livingstons zu Fuß zurückzugehen. Der Fußweg machte Callie nichts aus; sie wusste, dass ihr die Bewegung guttat. Ehrlich gesagt, war das der beste Teil an diesem bescheidenen Tag.

Sonne und Schatten warfen immer neue Muster auf die autoleere Straße. Durch die Bäume konnte Callie den See glitzern sehen. Nicht den Lake Sutherland mit seinen dröhnenden Jet-Skis und donnernden Wasserskibooten, sondern den Lake Crescent, unberührtes und beschütztes Zuhause einiger weniger Privilegierter. Es war schon erstaunlich, dass es sie ausgerechnet hierher verschlagen hatte. Als ob es so sein sollte. Manchmal stellte Carrie sich vor, dass der See Teil einer verzauberten Welt war, die von einer unsichtbaren Luftblase beschützt wurde. Wenn sie da war, bei den Livingstons, gehörte sie auch in diese Welt, war sicher und beschützt.

Der See selber war das Zentrum dieser Welt. Sie liebte das Wasser. Schon immer. Sie liebte es, die Luft anzuhalten und unterzutauchen, in die abgedunkelte Stille, in der sie ihr verpfuschtes Leben für einige Minuten vergessen konnte.

Sie stellte ihren Discman lauter und ließ die Musik von The Visitors durch ihren Körper fließen, bis sie in den weichen Noten und der lyrischen Poesie über den Schmerz eines anderen versank und ihrem eigenen Schmerz für einige wertvolle Minuten entfliehen konnte. Deshalb liebte sie Musik so sehr: Sie wünschte, sie könnte in dem Meer aus Tönen verschwinden, in ihnen untertauchen und niemals wieder zum Luft holen nach oben kommen. Niemals mehr die Oberfläche durchbrechen und sehen müssen, was für ein Chaos sie aus ihrem Leben gemacht hatte.

Sie war nicht so dumm, zu glauben, dass so etwas wirklich möglich war. Aber sie war trotzdem dumm. Sie musste aufhören, das vor sich selbst zu verstecken. Ihre Fehler waren ein Teil von ihr, und sosehr sie auch versucht hatte, sie zu leugnen – sie konnte sie nicht ungeschehen machen. Sie hatte versucht davonzulaufen. Aber das Problem war: Man konnte nicht weglaufen, wenn das Problem, dem man zu entkommen versuchte, man selber war. Sie würde immer California Sequoia Evans sein, aufgewachsen in einem Irrenhaus, dann von Haus zu Haus weitergeschoben von Leuten, für die Pflegekinder nichts weiter bedeuteten als ein monatlicher Scheck vom Staat.

Nicht alle waren so gewesen, da musste sie fair bleiben. Die erste Familie, in die sie als verängstigtes, missmutiges Kind gebracht worden war, war sehr nett gewesen. Die Clines. Sie erinnerte sich immer noch daran, wie sie über die einfachsten Sachen gestaunt hatte. Eine Mutter, die bei den Hausaufgaben half. Fernsehen am Samstagmorgen. Die Erleichterung, sich normal zu fühlen, war leider zeitlich begrenzt gewesen. Gerade als sie begann, ihr Leben wieder zu mögen, war sie zu einer anderen Familie geschickt worden, die streng und einengend gewesen war. Als sie zu viele ihrer dummen Regeln gebrochen hatte, war sie bei den Coldwells gelandet, einer gut situierten Familie, die aus einer verbitterten, argwöhnischen Mutter, einem kritischen, anspruchsvollen Vater und einem Sohn bestand, der mit neunzehn Jahren immer noch zu Hause lebte.

Und jetzt war sie hier mit Kate und Aaron in deren Haus am See. Sie hatte noch nie jemanden wie die beiden kennengelernt. Kate war freundlich und lustig und fürsorglich, und Aaron war einfach süß. Manchmal ein bisschen verrückt, aber welches Kind war das nicht? Callie durfte sich nicht zu sehr an sie gewöhnen! Irgendwann war der Sommer vorbei, und die beiden würden wieder in die Stadt zurückkehren. So wie sie Kate kannte, würde die bestimmt versuchen, ihr weiter zu helfen. Aber Callie wollte sie nicht mehr zu ihrem Vorteil ausnutzen. Ihr würde schon was einfallen. Sie hatte nur noch keine Ahnung, was.

Während sie ging, kreiste sie ihre Schulter und versuchte, die verspannten Muskeln etwas zu lockern. Yolanda drängte Callie immer, es mal mit Yoga zu probieren – was ein netter Versuch war, ihr zu sagen, sie solle überhaupt mal was gegen ihr Übergewicht unternehmen. Als wenn Yoga ihr dabei helfen könnte. Kopfschüttelnd massierte Callie sich ihren unteren Rücken. Nichts würde helfen. Sie hatte mal gelesen, dass Zeit alle Wunden heilt, aber inzwischen wusste sie, dass das purer Blödsinn war.

Sie hatte also depressive Gedanken an ihrem Geburtstag. Na und? Es war ja auch ein deprimierender Geburtstag. Hier war sie nun, an dem Tag, an dem sie geboren worden war. Und sie konnte nur daran denken, wie beschissen ihr Leben war.

„Reiß dich zusammen!“, murmelte sie, als sie stehen blieb, um ihre Wasserflasche aus ihrer Einkaufstasche zu nehmen. Kate machte ihr jeden Tag ein Lunchpaket fertig, das jedes Mal eine Flasche eisgekühltes Wasser enthielt. Callie nahm einen tiefen Schluck und schüttete sich die letzten Tropfen aus der Flasche über ihr überhitztes Gesicht. Sie war es leid, sich durch jeden Tag zu schleppen, leid, Klamotten für fette

Mädchen zu tragen und so zu tun, als wäre alles in Ordnung.

Ehrlich gesagt, wünschte sie sich nichts zu ihrem Geburtstag. Sie wünschte sich etwas für ihr *Leben*. Sie wollte normal sein. Sie wollte lachen und Spaß haben, ohne sich Sorgen um die Zukunft zu machen. Eine beste Freundin haben. Und einen Freund.

„Ja, sicher!", sagte sie laut, aber sogar hier, mitten im Nirgendwo, straffte sie automatisch die Schultern und schritt wie eine Schönheitskönigin auf dem Mittelstreifen der Straße. Alleine der Gedanke an Luke Newman sorgte dafür, dass sie gerade stehen und der Welt mit einem Lächeln begegnen wollte.

Und das Verrückteste war: Er mochte sie. Ihr Aussehen schien ihm nichts auszumachen. Oder dass sie seit vor Weihnachten nicht mehr in der Schule gewesen war. Oder dass sie sich wie eine Obdachlose anzog. Er verurteilte sie nicht. Es war so seltsam, dass sie ihn ausgerechnet jetzt kennengelernt hatte, direkt nachdem sie Kate und Aaron getroffen hatte. Gerade als sie dachte, es könnte nicht mehr schlimmer kommen, war sie auf all diese Menschen hier am See gestoßen. Nach einem Leben ganz ohne Freunde fand sie sich plötzlich inmitten von Menschen wieder, die sich tatsächlich für sie interessierten.

Sie verspürte ein Echo des Schwindels, der sie schon den ganzen Tag verfolgte, und stolperte.

Ganz ruhig, sagte sie sich. Geh es langsam an. Das musste die Hitze sein. Sie hatte höllischen Durst und wünschte, sie hätte die Wasserflasche nicht geleert.

Ach, sie war ja gleich zu Hause. Vielleicht würde sie mit Aaron ein wenig im See schwimmen gehen. Da fühlte sie sich immer besser, wenn sie hineinspringen und untertauchen konnte, für eine Weile verschwand. Sie trug nie einen Badeanzug, nicht solange sie so aussah. Ein fettes Schwein mit seltsamen dunklen Flecken auf der Haut. Als sie ihr das erste Mal an ihrem Nacken aufgefallen waren, hatte sie noch versucht, sie abzuwaschen. Zu ihrem Entsetzen musste sie feststellen, dass die dunklen Flecken ein Teil von ihr waren. Das war total gruselig! War das eine Strafe dafür, eine Lügnerin und Betrügerin zu sein?

Oder es war einfach nur Pech. Damit hatte sie in ihrem Leben ja schon ausreichend Erfahrung sammeln können.

Sie zwang sich, einen Fuß vor den anderen zu setzen, und konzentrierte sich auf den See. Ja, sie sollte schwimmen gehen. Und sich den Mund ausspülen. Ihr Atem hatte einen seltsam fruchtigen Geschmack. Sie wollte das gesamte Wasser des Sees trinken, um das innere Brennen zu löschen. Und wenn ihr dann immer noch schwindelig war, könnte sie die Augen schließen, sich zurücklehnen und sich dem Wasser ergeben. Vielleicht würde sie endlos dahintreiben, durch den Kanal am Ende des Sees, den Fluss hinunter und hinaus aufs Meer.

Die Einfahrt kam in Sicht. Endlich zu Hause! dachte sie mit einem ironischen Lächeln. Es war heute sehr still. Vielleicht waren Kate und Aaron mit dem Hund spazieren gegangen? Denn normalerweise kam Bandit japsend angerannt, um sie zu begrüßen. Wenn jemand ihr vor wenigen Wochen erzählt hätte, dass sie sich mal mit einem Hund anfreunden würde, hätte sie ihn für verrückt erklärt. Aber inzwischen mochte sie Bandit richtig gerne. Er war der lebende Beweis, dass nicht alle Hunde gefährlich waren, nur weil einer sie gebissen hatte.

Vielleicht waren sie auch zu Sergeant Harris hinübergegangen, denn in den letzten Tagen hatte sich ganz schön was zwischen ihm und Kate entwickelt, auch wenn sie versuchten, sehr diskret zu sein. Niemand außer Callie wusste jedoch, dass er ein Sergeant war. Dass er *der* Sergeant war, Sergeant Jordan Donovan Harris, dessen Heldentat durch alle Medien gegangen war.

Eins musste Callie ihm lassen: Er hatte es tatsächlich geschafft, komplett unterzutauchen, auszuradieren, wer er war, und ein völlig anderer Mensch zu werden. Vielleicht sollte sie ihn nach ein paar Tipps fragen.

Als sie sein Geheimnis entdeckt hatte, war sie erst einmal total ausgeflippt. Sie hatte sich irgendwie betrogen gefühlt, auch wenn das vollkommen unangebracht gewesen war. Sie wusste, dass es einem nur Probleme bereitete, wenn man etwas versteckte, mochten die Gründe dafür noch so gut sein. Nachdem er ihr alles über seine miese Mutter und die Sachen, die ihm nur aufgrund seiner Berühmtheit passiert sind, erzählt hatte, hatte sie ihm vergeben. Und dann war ihr ein Gedanke durch den Kopf geschossen. Alleine ihn zu kennen machte sie zu etwas Besonderem. Ein Anruf, und das Team von *Extra* stünde auf der Matte, um sie alle zu interviewen. Vielleicht gab es einen Weg, mit seinem Geheimnis Geld zu machen. Eine ganze Menge Geld. Sie könnte ihn gegen eine sichere Zukunft für sich eintauschen.

Das Problem war, dass sie ihm ihr Wort gegeben hatte, nichts zu sagen. Und sie mochte ihn zu sehr, um ihm einen solchen Verrat anzutun.

Ein leichter Hauch von Barbecue kitzelte ihre Nase, und ihr Magen verkrampfte sich in freudiger Erwartung. In letzter Zeit aß sie wie ein Schwein; sie schien einfach nicht aufhören zu können. Egal. Heute war ihr Geburtstag. Und nur für diesen einen Tag würde sie aufhören, sich über irgendetwas Gedanken zu machen.

Sie ging zur Hintertür hinein. Sie war nicht verschlossen, was bedeutete, dass Kate und Aaron nicht weit sein konnten.

„Hallo“, rief sie. Das Haus war leer und ruhig, aber auf eine freundliche, wartende Weise. Ein kleiner Ventilator vor dem Fenster blies eine frische Brise durch das Erdgeschoss.

„Jemand zu Hause?“, rief sie und brachte ihren Rucksack und Walkman in ihr Zimmer.

Keine Antwort. Sie trat an die Spüle, um einen Schluck zu trinken und sich frisches Wasser ins Gesicht zu spritzen.

Dann ließ sie kaltes Wasser über ihre Handgelenke laufen. In den alten Georgette-Heyer-Büchern, die sie in einem der vollgestopften Regale gefunden hatte, kühlten die Frauen immer ihre Handgelenke, wenn ihnen nicht wohl war. Als ob das helfen würde. Ihr jedenfalls nicht.

Sie entschloss sich, sich auf die Veranda zu setzen und auf den See zu schauen, bis die anderen heimkamen. Herzlichen Glückwunsch, dachte sie, als sie die Tür öffnete.

Und dann explodierte die Welt.

„Herzlichen Glückwunsch!", rief ein Chor. „Überraschung!"

Wie unter Schock stand Callie erstarrt in der Tür. Einen Augenblick lang ergab das alles keinen Sinn, weder die lächelnden Gesichter noch die Krepppapiergirlande, nicht einmal der Picknicktisch mit dem gigantischen dreistöckigen Kuchen oder der Stapel bunt eingepackter Geschenke auf dem Rasen.

„Today Is Your Birthday" dröhnte aus der Musikanlage.

„Callie!", rief Aaron auf und ab hüpfend. „Bist du überrascht, Callie? Bist du?"

Sie zwang sich, den Mund zu schließen und in stummer Zustimmung zu nicken. Es war wie im Fernsehen, mit all den guten Wünschen, der Musik, den klatschenden Leuten.

Es gab nur einen großen Unterschied: Im Fernsehen war das Geburtstagskind ganz entzückend, mit vor Freude und Dankbarkeit geröteten Wangen. Aber so konnte Callie nicht sein. Sie versuchte es, und beinahe gelang ihr ein Lächeln, aber anstatt sich zu bedanken, brach sie in Tränen aus.

Genau da, vor aller Augen, begann sie zu schluchzen. Es war total beschämend, aber sie konnte nicht anders. Sie weinte vor Freude darüber, dass sich endlich jemand genug für sie interessierte, um eine Geburtstagsparty für sie auszurichten. Und vor Traurigkeit darüber, dass es so viele Jahre ihres Lebens gedauert hatte. Sie weinte vor Glück, dass sie echte Freunde gefunden hatte, die sich wie eine Familie anfühlten, und sie weinte aus Kummer darüber, dass es alles am Ende des Sommers vorbei sein würde.

„Hey, du!“ Luke wirkte zugleich unbeholfen und ritterlich, als er ihr die Schulter tätschelte. „Alles okay?“

„Du solltest eigentlich glücklich sein!“ Aaron klang so verwirrt, dass Carrie lächeln musste. „Das hier ist eine Party, falls du das noch nicht bemerkt hast, *du Genie*.“

„Doch, das habe ich bemerkt.“ Dankbar nahm Callie eine Papierserviette von Kate entgegen und trocknete sich das Gesicht. „Und ich *bin* glücklich.“ Sie schaute zu der kleinen Gruppe, die sich auf dem Rasen versammelt hatte: Kate und Aaron, JD, Mrs Newman, Yolanda und ihr Freund Richie. Und natürlich Luke, der neben ihr stand.

Es folgten lustige Spiele und viel zu viel zu Essen. Aaron brachte jedem die offizielle Livingston-Methode für die Zubereitung von S'Mores bei. Man musste das Marshmallow so lange über das Feuer halten, bis es aufflammte. Dann kratzte man die schwarze Schicht ab, rollte das klebrige Marshmallow in den Mini-M&Ms und drückte die ganze Masse zwischen zwei Kekse. Luke machte mit und aß mindestens vier, und Callie beneidete ihn darum, dass er scheinbar alles essen konnte, ohne dick zu werden. Doch an diesem Abend weigerte sie sich, über ihr Gewicht nachzudenken, und aß so viel, wie es ihr Spaß machte. Von den S'Mores und dem Kuchen wurde sie unglaublich durstig; selbst eine Literflasche Wasser schien da nicht zu helfen.

Der Schwindel kroch wieder in ihr hoch, aber sie schloss einfach die Augen und ließ sich fallen. Sie ritt auf ihm wie ein Surfer auf einer besonders schönen Welle.

„Danke“, flüsterte sie. Sie war sich bewusst, dass niemand sie hörte, aber auch, dass niemand je ahnen würde, dass sie ihr gerade den schönsten Tag ihres Lebens bereitet hatten.

19. KAPITEL

Das war ein voller Erfolg!“, schmunzelte Mable Claire Stunden später. Sie saßen auf der Bank und sahen zu, wie der Mond über dem See aufstieg. „Wir haben sie ja so was von überrascht! Das war ein Riesenspaß!“

„Es war perfekt“, nickte Kate. Die anderen saßen am Lagerfeuer und spielten Scharade, aber Mable Claire und sie setzten diese Runde aus. „Ich habe noch nie eine Überraschungsparty für jemanden veranstaltet.“

„Ich auch nicht“, gab Mable Claire zu. „Ich schätze, wenn man Callie ist, ist alles Gute, was einem begegnet, eine Überraschung.“

Kate lehnte sich gegen den riesigen Baumstamm, der dort seit Generationen lag. Phil hatte seine Initialen hineingeritzt und dazu das Datum: 4. Juli 1984. Eine Erinnerung an ein lange vergangenes Feuerwerk zum Unabhängigkeitstag. Sie zog ein Knie an und schlang die Arme darum. Richie war an der Reihe und versuchte verzweifelt, den Namen eines gehörnten Tieres darzustellen.

„Stier“, rief Aaron.

„Karibu, Elch, Wasserbüffel.“

„Yak“, schlug JD vor, was dazu führte, dass Richie sich dankbar auf die Knie fallen ließ und nickte.

„Yakety Yak! (Don’t Talk Back)“ war die Lösung, ein Song von The Coasters. Natürlich kam sie von Callie. Sie kannte offenbar jedes Lied, das jemals geschrieben wurde.

„Ich bin dran“, sagte Mable Claire und nahm ihren Platz in der Gruppe wieder ein, während Callie ein neues Wort aus dem Hut zog.

Kleine orangefarbene Funken tanzten in der Luft. Das Licht des Feuers vergoldete die Gruppe mit seinem freundlichen Schein, und der Anblick der entspannt spielenden

Menschen ließ Kate ein wenig wehmütig werden. Das Bild brachte sie zurück in andere Zeiten, zu lange vergangenen Sommern, in denen die Nächte ebenfalls mit Spaß und Lachen erfüllt waren.

Aaron entfernte sich von der Gruppe; er konnte sich nicht länger auf das Spiel konzentrieren. Bevor Kate ihn zurückrufen konnte, hatte JD ihn sich geschnappt und wirbelte ihn herum, bis Aaron vor Lachen quietschte. Dann gesellten sich beide wieder zu den anderen Spielern. Kate spürte, dass sie idiotisch grinste. Sie hatte damit gerechnet, dass das der einsamste Sommer ihres Lebens werden würde. Wer hätte gedacht, dass sie hier ihr Glück finden würde?

Ein paar Minuten später setzte JD sich neben sie. „Du siehst zufrieden aus."

„Ja, es ist ja auch eine tolle Party geworden."

„Stimmt." Er griff über sie hinweg zu einem Beutel Marshmallows und steckte zwei auf einen spitzen Stock.

Ein aufregender Schauer überlief sie ob der Vertrautheit, mit der er sich in ihrer Gegenwart benahm. Wenn sie ehrlich war, fand sie alles an ihm aufregend. Sie liebte es, sich mit ihm zusammen wie ein Pärchen zu fühlen. „Weißt du, ich bin dieses Jahr mit sehr geringen Erwartungen hierhergekommen. Ich dachte, Aaron und ich würden uns ohne den Rest der Familie ganz elendig fühlen."

Sorgfältig toastete er die Marshmallows über dem Feuer, konzentrierte sich darauf, sie von allen Seiten gleichmäßig braun zu bekommen. „Und jetzt?"

„Und jetzt ist das völlig egal. Wir haben einen wundervollen Sommer." Sie zeigte auf das Scharadespiel, das mit jeder Minute lauter wurde. „Das hier fühlt sich für mich wie Familie an. Niemand ist mit irgendjemandem verwandt, aber es funktioniert trotzdem."

Immer noch die Marshmallows im Blick behaltend, drehte er den Stock langsam in seiner Hand.

„Callie sieht so glücklich aus.“ Gerade griff das Mädchen nach Lukes Arm, als er sie wegen irgendetwas aufzog. „Ich hoffe, der Junge ist lieb zu ihr.“

„Er ist fürchterlich jung“, murmelte JD.

Ein leiser Unterton in seiner Stimme weckte ihre Aufmerksamkeit. „Er ist Mable Claires Enkel, und laut ihrer Aussage kann er gar nichts falsch machen. Meinst du, er bedeutet Ärger?“

„Ich meine, dass er fürchterlich jung ist, mehr nicht.“

„Sie aber auch“, merkte Kate an.

Er hielt ihr die perfekt gerösteten Marshmallows hin. „Für Sie, Madame!“ Er klang so förmlich wie ein französischer Kellner.

„Wie machst du das? Sie überall braun zu bekommen, ohne dass sie anfangen zu brennen?“

„Ich bin ein Profi. Vertrau mir.“ Er ließ den warmen Marshmallow vor ihrer Nase schweben, und sie griff danach. Süß schmelzend zerging er auf ihrer Zunge. Den anderen überließ sie JD.

„Das weckt in mir sündige Gedanken über dich“, schnurrte sie, wobei sie ihn nicht aus den Augen ließ.

„Das sind die besten.“ Er warf einen Blick zu den anderen hinüber, um sicherzugehen, dass niemand herschaute. Dann beugte er sich vor, um ihr einen kurzen, aber feurig heißen Kuss auf den Mund zu geben.

Sie schmolz beinahe dahin wie das Marshmallow, aber zwang sich dann, ein Stück von ihm abzurücken. „Wow“, hauchte sie. „Es sind Minderjährige anwesend.“ Sie steckte zwei weitere Marshmallows auf den Stock.

„Was der einzige Grund ist, warum ich nicht gleich hier und jetzt über dich hergefallen bin“, erwiderte er. „Hör auf, dir Sorgen zu machen, Kate! Jeder weiß es. Und ich glaube, es schadet Aaron gar nicht, zu sehen, dass jemand verrückt nach seiner Mutter ist.“

Ihr Atem stockte, und sie kämpfte darum, einen neutralen Gesichtsausdruck beizubehalten. So deutlich hatte er seinen Gefühlen für sie noch nie Ausdruck verliehen. Sie traute ihren Ohren kaum.

„Definiere verrückt", flüsterte sie. „Meinst du verrückt wie lüstern – oder ..." Sie hielt inne, wollte den Rest nicht aussprechen oder ihn sehen lassen, wie sehr sie sich danach sehnte, es zu hören.

„Nein. Ich meine, ich bin ständig scharf auf dich, da gibt es nichts dran zu rütteln. Aber was ich meinte, war die andere Art von verrückt."

Kate spürte, wie der Stock ihren Fingern entglitt. Die Marshmallows flammten blau auf, dann warfen sie schwarze Blasen und verschmolzen mit der Kohle. Tief in ihr wisperte eine Stimme: *Wirf es nicht weg!* „Es tut mir leid", sagte sie. „Ich glaube, ich habe dich nicht richtig verstanden. Hast du gerade gesagt ..."

„Kate!" Mable Claires Stimme durchschnitt die Nacht, unterbrach die Anspannung des Moments. „Kate und JD, wir brauchen euch beide! Irgendetwas stimmt mit Callie nicht. Sie ist ohnmächtig geworden."

Bevor Kate die Worte überhaupt verarbeitet hatte, war JD aufgesprungen und an Callies Seite geeilt. Sie lag am Strand, die anderen standen im Kreis um sie herum. Alles Lachen war verstummt.

JD war ganz in seinem Element. Er prüfte ihre Vitalzeichen, rief ihren Namen und schüttelte sie. „Ich brauche meinen Erste-Hilfe-Koffer aus dem Truck", befahl er mit einer Autorität, die Kate noch nie an ihm gehört hatte. „Er steht in der Werkzeugkiste." Richie rannte los, um ihn zu holen.

„Gott sei Dank, dass wenigstens einer weiß, was zu tun ist!", murmelte Mable Claire.

JD machte sich an die Arbeit. Es war erstaunlich, welche Gerätschaften er in seinem Erste-Hilfe-Koffer hatte. Immer wieder rief er Callies Namen, überprüfte ihren Puls, ihren Herzschlag. Yolanda kümmerte sich um Aaron, versicherte ihm, dass alles wieder gut würde, und schaffte es, ihn ruhig zu halten. Was zum ersten Mal nicht schwer war. Er schien die Ernsthaftigkeit der Situation zu verstehen.

Als JD Callies Atmung und Pulsschlag überprüfte, ging Kate ins Haus, um ihre Handtasche und Schlüssel zu holen. Als sie zurückkam, hatte JD Callie schon hochgehoben. Das Mädchen lag schlaff und regungslos in seinen Armen.

Kate umarmte Aaron kurz. „Wir müssen Callie zum Arzt bringen. Du bleibst hier bei Mrs Newman und Luke. Ich komme so schnell zurück, wie ich kann."

„Ich habe Angst", raunte er.

„Ich weiß. Aber alles wird gut. Ich muss jetzt los, Schätzchen." Sie drückte ihren Sohn noch einmal und rannte dann zum Jeep. Richie und JD legten Callie gerade auf den Rücksitz. Luke stand daneben und sah ebenso blass und verängstigt aus wie Aaron.

Kate ging davon aus, dass er darauf bestehen würde, mitzufahren, aber das tat er nicht. „Sie wird wieder", versicherte sie ihm, so wie sie es auch ihrem Sohn versichert hatte. Er nickte und trat zur Seite, die Hände in den Hosentaschen vergraben.

Auf der Fahrt ins Krankenhaus wurden JD und Kate ein Team. Sie fuhr, während er hinten bei Callie blieb. Er hatte sich eine Taschenlampe, das Stethoskop und die Blutdruckmanschette aus seiner Erste-Hilfe-Tasche geschnappt. Leise sprach er mit dem Mädchen, versuchte, seine Aufmerksamkeit zu wecken.

Während Kate durch die Nacht fuhr, wurde Callie langsam wach. Sie protestierte schwach gegen ihre Situation, konnte aber nur vage Antworten auf die üblichen Fragen geben – welches Jahr gerade war oder wie der Präsident hieß. Sie machte jedoch sehr deutlich, dass sie nicht ins Krankenhaus wollte. Und JD machte genauso deutlich, dass er sich auf keine Diskussion zu diesem Thema einlassen würde.

Kaum dass sie wieder Handyempfang hatten, rief er im Krankenhaus an. Kate verstand vielleicht die Hälfte von dem, was er ins Telefon diktierte, wobei er die Informationen sehr präzise und mit eindeutiger Kompetenz vortrug. „Weiß, weiblich, achtzehn Jahre alt ... syncopale Episode ... Blutdruck 102 zu 66", gab er an. „Puls 160, Atmung flach. Patientin zittert, Haut ist klamm, ihr ist offensichtlich schwindelig ..." Es lag etwas ungemein Beruhigendes in seiner Art. Er war so professionell und selbstsicher. Ein ganz anderer Mensch; eine Version von JD, die sie nicht kannte.

„Voraussichtliche Ankunftszeit in zehn Minuten."

Den Rest hörte Kate nicht mehr. Ihre Hände zitterten, aber sie zwang sich, das Lenkrad fest umklammert zu halten. Sie biss sich auf die Lippe, um sich davon abzuhalten, sein Gespräch mit dem Krankenhaus zu unterbrechen.

Kate wollte glauben, dass Callie bei ihm in Sicherheit war. Aber ein gesundes Mädchen brach nicht ohne Grund zusammen.

4. TEIL

„Man kann nichts ändern, das man nicht annimmt.
Verurteilung befreit nicht, sie unterdrückt."
Carl Gustav Jung, Gesammelte Werke

20. KAPITEL

„Ich bleibe nicht hier!“ Gefangen im gleißenden Licht der Deckenbeleuchtung, fühlte Callie, wie die kalte Faust der Panik nach ihr griff. Ihr Brustkorb wurde eng. „Sie können mich nicht zwingen hierzubleiben!“, fauchte sie den Arzt an oder die Schwester oder wer auch immer unter der blauen OP-Kleidung steckte. Sie wollte dem engen, beängstigenden Raum und den an ihr herumfummelnden Fremden entkommen, aber sie wusste nicht genau, was ihre Rechte waren. War sie als Ausreißerin registriert? Würde man sie den Behörden übergeben? Ins Jugendgefängnis schicken? Es gab keine wirklichen Optionen für sie außer … wieder abzuhauen.

„Wir werden uns gut um dich kümmern“, entgegnete die Frau.

„Sie können mich nicht zwingen hierzubleiben! Ich bin achtzehn.“

„Nein, bist du nicht.“ Die Frau sprach leise, aber bestimmt.

Callie spürte ein eiskaltes Prickeln auf ihrer Schädeldecke. Zuerst konnte sie nicht sprechen. Sie fühlte sich gefangen. Sie wollte schreien, dass sie sehr wohl achtzehn war. Alt genug, um zu wählen. Alt genug, sich den Plastikclip vom Finger zu ziehen, die Infusion zu entfernen und all dem Lärm und Licht dieses seltsamen, einschüchternden Ortes den Rücken zu kehren.

Aber irgendwie hatte die Frau in der OP-Kleidung ihr Geheimnis herausgefunden.

„Was meinen Sie?“, fragte Callie. „Ich weiß ja wohl, wie alt ich bin.“

„Ich auch.“

Feindselig kniff Callie die Augen zusammen. „Woher wollen Sie das wissen?“

„Ich bin Ärztin. Es ist mein Job, so etwas zu wissen. Ich heiße Dr. Randall. Ich bin Notfallärztin und ein Naturtalent, wenn es darum geht, an Patientendaten zu kommen."

Callie überlief ein kalter Schauer. Sie musste hier raus, und zwar sofort! Aber ehrlich gesagt, hatte sie Angst davor, die Infusion zu entfernen. Was ziemlich ironisch war, wenn man bedachte, was sie in der Vergangenheit alles überlebt hatte. Und nun hatte sie Angst, die weißen Pflaster abzureißen und sich eine tief in ihrem Arm steckende Nadel herauszuziehen. Sie hatte Schmerzen ertragen, die andere Menschen ihr zugefügt hatten, aber sie hatte eine tiefe und sehr wahrscheinlich gesunde Abneigung dagegen, sich selber wehzutun. In Filmen wurden Infusionen immer mit einer mutigen, schnellen Handbewegung herausgerissen, aber jetzt, wo sie sich selber in der Situation sah, schreckte sie davor zurück. Was, wenn aus dem Loch in ihrem Arm Blut sprudelte? Und selbst wenn sie es schaffen würde, sich von dem Tropf zu befreien – was dann? Sie konnte nicht einfach davonlaufen. Sie trug nur ein blaues Papierhemdchen. Und sie hatte keine Ahnung, was man mit ihren Kleidern gemacht hatte. Oh Mann! Die hatten ihre Klamotten weggenommen. Wie demütigend war das denn?

Luke, dachte sie. Luke würde sie retten. Aber gleichzeitig wollte sie das gar nicht. Wenn er sie jetzt sehen würde, würde er vermutlich schreiend bis zur nächsten Stadt laufen.

Sie versuchte einen anderen Kurs. „Ich habe kein Geld, also werde ich die Krankenhausrechnung nicht bezahlen können."

„Mach dir deswegen keine Sorgen. Das ist bereits alles geregelt."

„Mr Harris?" Callie musste nicht einmal darüber nachdenken.

„Das weiß ich nicht."

Callie wusste es. Es musste JD gewesen sein. Natürlich! Sie war dankbar, dass er sich um sie kümmerte, aber auch frustriert. Sie wollte nicht wie ein Fürsorgefall behandelt werden, auch wenn sie genau das war. JD schuldete ihr gar nichts, und es gab keinen Grund, warum er sich ihrer annahm, außer dass er einfach ein guter Mensch war. Aber sie brauchte keinen verdammten Helden. Sie musste einfach nur hier raus.

„Machen Sie mich los", sagte sie zu der Frau und zeigte auf die Infusion. „Und geben Sie mir meine Sachen zurück. Ich gehe jetzt."

„Bevor du irgendeine Entscheidung triffst, solltest du deinen Zustand kennen." Die Frau sprach so ruhig, dass es schon beinahe nervte. Sie schenkte ihr ein schnelles professionelles Lächeln. „Du bist hier eingeliefert worden, weil du zusammengebrochen bist. Das alleine ist schon bedenklich genug, aber hinzu kommt noch dein Zustand."

„Mein Zustand?" Callie schaute sie zweifelnd an. Ihr Zustand war offensichtlich: Sie war eine fette, heimatlose Verliererin, daran würde auch ein Krankenhausaufenthalt nichts ändern. „Oh mein Gott ..." Ihre Zähne fingen an zu klappern. Sie versuchte, sich zu erinnern, wann sie ihre letzte Periode gehabt hatte.

„Wann bist du das letzte Mal bei einem Arzt gewesen?"

„Wie kommen Sie darauf, dass ich überhaupt schon mal bei einem war?" Callie versuchte, lässig zu klingen, als wenn sie das alles nicht interessierte. Nie bei einem Arzt gewesen zu sein war eine Auszeichnung. Ihre Sozialarbeiter hatten immer dafür gesorgt, dass sie einen ausreichenden Impfschutz hatte, aber niemand hatte sie je zu einer Vorsorgeuntersuchung geschickt.

Dr. Randalls Antwort bestand aus einem kurzen Nicken. Es war irgendwie erleichternd, dass sie sich weder aufregte noch selbstgerecht gab.

„Callie? Ich darf dich doch Callie nennen?", unterbrach die Ärztin ihre Gedanken.

Sie starrte an die Decke. „Also denken Sie, dass ich jetzt einen Doktor benötige, hm?“

„Das hängt davon ab. Wir müssen noch ein paar Tests mit dir machen.

„Was für Tests?“ Sie erschauerte. Würde sie sie jetzt fragen, mit wem und wie oft ... und ob sie verhütet hatte? Oh Gott!

„Du hattest einen Glukosewert von fünfzig, was unsere Vermutung bestätigt, dass du unter Hypoglykämie leidest. Deshalb hängst du auch am Tropf.“

„Großartig, danke!“ Callie blickte finster drein, zu sehr auf der Hut, um sich erleichtert fühlen zu können. Sie betrachtete das langsame Tropfen der Infusion. „Ich kann die Kalorien vertragen.“

Die Ärztin fand das offenbar nicht besonders lustig. „Was hast du für Essgewohnheiten?“

Das Mädchen starrte angewidert auf ihre pummelige Hand. „Ist das nicht offensichtlich?“

„Nein. Ich muss dich bitten, etwas spezifischer zu werden. Isst du regelmäßig? Hast du Mahlzeiten ausgelassen? Machst du vielleicht eine Zeit lang Diät, um danach umso mehr zu essen?“

„Na und?“ Kapiert sie es wirklich nicht? wunderte Callie sich. Bevor sie bei Kate eingezogen war, hatte sie keine große Wahl gehabt. Wenn man nicht wusste, woher die nächste Mahlzeit kommen sollte, lernte man, auf Vorrat zu essen. „Allerdings nicht mehr, seitdem ich bei ... Freunden am See wohne.“

„Aber du lässt immer noch manche Mahlzeiten aus, isst manchmal zu viel und dann wieder gar nichts.“

„Ist doch keine große Sache. Ich bin deshalb ja nicht gleich eine Verrückte ...“

„Das hat auch niemand behauptet. Deine Essgewohnheiten sind typisch für Teenager. Aber in deinem Fall haben sie leider schwerwiegende Folgen gehabt." Sie notierte etwas auf ihrem Klemmbrett.

Callie fühlte die kalten Finger der Angst. „Was für schwerwiegende Folgen?"

„Wir müssen dich noch einer Komplettuntersuchung unterziehen, aber die ersten Beobachtungen weisen auf eine Insulinresistenz hin. Was für dich sowohl eine gute als auch eine schlechte Nachricht ist."

„Dann will ich zuerst die schlechte hören."

„Mit großer Wahrscheinlichkeit hast du Typ-2-Diabetes entwickelt. Weißt du, was das ist?"

„So ungefähr. Man kann dann einen Zuckerschock oder so kriegen."

„Es gehört noch eine ganze Menge mehr zu diesem Krankheitsbild, aber darum kümmern wir uns nach und nach. Wenn die Tests uns verraten haben, womit wir es wirklich zu tun haben, wirst du einen Crashkurs über den Umgang mit der Krankheit bekommen."

Krankheit, dachte Callie. Ich habe eine Krankheit. Es reichte nicht, dass sie fett war. Nein, sie musste auch noch krank sein! „Sagten Sie nicht, Sie hätten auch eine gute Nachricht?"

„Wenn du es schaffst, die Krankheit unter Kontrolle zu bekommen und zu behalten, wirst du ein langes und gesundes Leben führen können."

„Und wenn nicht?"

„Wenn du die Krankheit ignorierst, sind die Gesundheitsrisiken enorm. Vertrau mir – du willst dich lieber darum kümmern. Im Unterricht wirst du alles darüber lernen."

„Was für ein Unterricht?"

„Eigentlich sind es sogar mehrere Kurse. Du wirst Mitglied in einer Selbsthilfegruppe, einer Diabetes-Gruppe, einer Ernährungsberatungsgruppe …"

Der Gedanke an Selbsthilfegruppen ließ die Haut des Mädchens jucken. „Wer sagt das?"

„Du hast es mich doch gerade sagen hören, oder nicht?"

Normalerweise hätte Callie dagegen rebelliert. Stattdessen aber empfand sie die bestimmte Art der Ärztin seltsam angenehm. Niemand hatte sich je dazu herabgelassen, ihr zu sagen, was sie tun und lassen sollte. Trotzdem konnte sie den kleinen Teufel in sich nicht ganz unterdrücken. „Und wer hat Ihnen die Verantwortung übertragen?"

„Niemand", antwortete die Ärztin, „ich habe sie mir einfach genommen. Aber ich kann mich nicht um alles kümmern. Deine Gesundheit wird in deinen Händen liegen; ich kann dich nicht zur Zusammenarbeit zwingen. Aber du bist es dir schuldig, eine vollständige und detaillierte Diagnose zu bekommen und zu erfahren, womit du es zu tun hast."

„Gibt es nicht eine Spritze oder so, die mich wieder gesund macht?"

„Insulinresistenz funktioniert leider nicht so. Das Ziel ist es, sie so lange wie möglich ohne Gabe von Medikamenten unter Kontrolle zu halten."

„Entschuldigen Sie bitte!", fauchte Callie. „Das Ziel ist es, sie wieder loszuwerden."

„Wenn sich die Diagnose einer Diabetes bestätigt, gibt es keine Heilung. Es handelt sich um eine chronische Krankheit, die lebenslange Aufmerksamkeit erfordert. Aber mit Gewichtsverlust, Sport und der richtigen Ernährung kann man sie besiegen."

„Sie können sie nicht heilen, aber ich kann dafür sorgen, dass sie verschwindet?"

„Wenn du wirklich eine Insulinresistenz hast, besteht für dich ein erhöhtes Risiko, Diabetes zu entwickeln. Diese Entwicklung kannst du jedoch verhindern, wenn du dein Leben jetzt sofort änderst." Die Ärztin schaute auf ihr Klemmbrett. „Ich erklär es dir." Sie fing an, die Krankheit in einfachen Worten zu erläutern.

Callie blendete den Vortrag aus. *Chronische Krankheit.*

Diese Worte stachen ihr wie ein eiskaltes Messer ins Herz. Sie waren beängstigend. Verstörend. Betäubend. *Lebenslange Aufmerksamkeit.* Sie weigerte sich, in Tränen auszubrechen. Weinen hatte noch nie geholfen, und ganz sicher würde sich das jetzt nicht ändern. „Und wenn ich mich nicht untersuchen lassen und den Unterricht besuche und all das?", unterbrach sie die Ärztin.

„Dann gehst du ein großes Risiko ein. Du hast die Wahl."

Ich will keine Wahl haben. Sag mir, was ich tun soll. Ich bin doch noch ein Kind.

„Deine Freunde warten auf dem Flur", sagte die Ärztin. „Ich weiß, dass sie es kaum erwarten können, dich zu sehen."

Nein. Sie versuchte, das Wort auszusprechen, aber ihr Kopf nickte gegen ihren Willen.

Ein paar Minuten später standen Kate und JD an ihrem Bett. Callie sah die beiden an, und ihr Herz erkannte die Gefühle, die sie ausstrahlten. So etwas hatte sie noch nie zuvor gespürt, und es gab keinen Grund, warum sie in der Lage sein sollte, sie zu erkennen, aber es war so. Kate und JD waren nicht aus Pflichtgefühl hier oder weil der Staat ihnen einen monatlichen Scheck schickte. Sie waren aus Liebe hier, aus Mitgefühl, und diese Erkenntnis brach über Callie hinein wie die aufgehende Sonne.

Wieder einmal befahl das Mädchen sich, nicht zu weinen. Callie wiederholte den Satz wie ein Mantra in ihrem Kopf: *Nicht weinen. Nicht weinen. Nicht weinen.* Aber es hatte keinen Zweck. Gestern hatte sie sich auch nicht zurückhalten können, als sie sah, was diese Menschen für sie auf die Beine gestellt hatten. Eine Geburtstagsfeier. Eine echte Party mit Spielen und extra für sie ausgesuchten Geschenken. Eine Feier, nur weil sie geboren worden war. Kein Wunder, dass sie in Tränen ausgebrochen war.

Man sollte meinen, dass ein Tag Geheule genug wäre, aber jetzt passierte es erneut. Beim Anblick der Sorge und Liebe in ihren Gesichtern, verlor sie noch schlimmer die Kontrolle als zuvor.

Kate schlang ihre Arme um sie und strich sanft über Callies Haar. Diese sanfte, zärtliche Berührung machte alles noch schlimmer. Carrie weinte, weil sie Angst hatte und ihr Leben ein einziges Chaos war und sie nicht wusste, wie sie sich selber retten sollte. Sie weinte, weil sie schreckliche Fehler begangen hatte und es keine Möglichkeit gab, sie wiedergutzumachen. Sie schluchzte, bis sie sich wie ein ausgewrungenes Geschirrtuch fühlte. Sie brachte kaum die Kraft auf, Kate anzuschauen. Aber als sie es tat, stellte sie erschrocken fest, dass Kate ebenfalls weinte.

„Es tut mir so leid", schluchzte Callie und dachte: Es tut weh. Liebe tut weh. Kann das sein?

„Es gibt nichts, was dir leidtun müsste."

JD reichte ihnen eine Box Taschentücher, und beide nahmen sich welche und trockneten sich das Gesicht ab. JD selber schien erstaunlich ruhig zu sein. Vielleicht hatte er in seinem anderen Leben andauernd solche Sachen gesehen – Menschen, die zusammenbrachen, nach jemandem suchten, an den sie sich anlehnen konnten, auf Unterstützung von ihrer Familie hofften und ausflippten, wenn sie feststellten, dass sie auf sich allein gestellt waren. Er hat einen fürchterlichen Job, dachte Callie und versuchte, sich zusammenzureißen. Und sie hatte so ein verdammtes Glück gehabt, dass er letzte Nacht in der Nähe gewesen war.

„Ich wünschte, du hättest mir gesagt, dass du dich nicht gut fühlst", sagte Kate.

„Ich wollte ja was sagen, aber ich hatte Angst. Und ich war verwirrt, glaube ich. Ich wusste, dass etwas nicht stimmte, aber ich wollte nicht jammern oder dir Sorgen bereiten."

„Oh Süße, dafür bin ich doch aber da."

Callie fühlte sich ausgetrocknet, als ob sie alle Tränen geweint hätte. „Ich muss jetzt alle möglichen Tests machen.

Dr. Randall sagt, dass ich danach mit diesem ganzen anderen Kram loslegen muss – mit Unterricht und noch mehr Tests und Nachuntersuchungen."

„Wir tun alles, um dir zu helfen." Kate warf JD einen Blick zu. „Ich zumindest."

„Wir wollen dir beide helfen", sagte er.

„Da gibt es etwas, das ich euch sagen muss", sprach Callie weiter. Sie wusste, dass sie klang wie der letzte Idiot, aber das war schon okay, wenn man bedachte, was alles passiert war und was sie über sie wussten. Trotzdem hatte sie Angst. Es gab da so eine Sache, eine Riesensache, die sie nicht erzählt hatte. „Euch beiden."

Kate berührte ihre Hand. „Wir hören dir zu."

Sie wusste nicht, wo sie anfangen sollte. „Erinnerst du dich an den Tag, an dem wir uns das erste Mal getroffen haben?", fragte sie Kate. „Als ich dich zu Tode erschreckt habe und du mich dann eingeladen hast, bei euch zu wohnen?"

„Natürlich", nickte Kate.

„Erinnerst du dich, dass du mir gesagt hast, bei dir wäre ich in Sicherheit, und dass ich daraufhin nur gelacht habe? Nun, ich habe nicht über dich gelacht. Sondern darüber, dass du keine Ahnung hattest, was du dir da ins Haus geholt hast."

„Doch, das hatte ich." Kate strich die Decke glatt. „Und ich habe es noch keine einzige Sekunde bereut."

„Du kannst aber nicht sicher sein vor etwas, das in dir selber steckt." Callies Stimme zitterte.

„Ich verstehe nicht, was du meinst." Kate sah sie abwartend an.

Callie warf JD einen Blick zu, der sehr geduldig wirkte, aber im Gegensatz zu Kate kein bisschen verwirrt schien. Warum sollte er auch? Wie Dr. Randall arbeitete er in diesem Geschäft, und in diesem Moment fiel ihr auf, dass sie ihn nicht eine Sekunde lang an der Nase herumgeführt hatte.

„Erzähl weiter, Süße. Was willst du uns sagen?" Aufmunternd drückte Kate Callies Hand.

Callie erstickte beinahe bei dem Versuch, die Worte auszusprechen. „Ich habe gelogen, was mein Alter angeht", gab sie mit zittriger Stimme zu. „Ich kann es dir nicht verdenken, wenn du mich jetzt wieder auf die Straße setzt."

Sie hörte, wie Kate Luft holte. „Auf gar keinen Fall", widersprach sie dann. „Was meinst du damit, du hast bei deinem Alter gelogen?"

Sie versuchte, alle Gefühle in sich abzutöten, damit sie weitersprechen konnte. „Ich wollte auf eigenen Füßen stehen, und so habe ich gelogen. Gestern war nicht mein achtzehnter Geburtstag."

Kate lächelte. „Ist doch nicht schlimm, wenn der Tag nicht stimmt."

„Nein, du verstehst das nicht", warf Callie aufgebracht ein. „Darüber habe ich nicht gelogen. Aber ich bin noch nicht achtzehn." Sie starrte auf ihre geschwollenen Hände, die seltsam geformten Fingerspitzen. „Ich bin gerade erst fünfzehn geworden."

21. KAPITEL

Kate rief bei Mable Claire Newman an, um sich nach Aaron und Bandit zu erkundigen und sie und Luke wissen zu lassen, was los war. „Diabetes", sagte Mable Claire mitfühlend. „Das arme Mädchen."

„Die Ärztin sagt, sie hat noch Glück gehabt. Bisher ist es nur eine Insulinresistenz." Kate hielt einen Moment inne. Sie wusste, dass sie Mable Claire über Callies wahres Alter aufklären musste. „Wir werden wohl noch eine Weile hierbleiben."

„Kein Problem. Aaron und Bandit können so lange bleiben wie nötig. Und ich werde Luke erzählen, was passiert ist."

Mables Enkel war siebzehn und hatte gerade die Highschool abgeschlossen. Als Kate noch dachte, Callie wäre achtzehn, hatte das keine Rolle gespielt. Kate hatte ihr Freiheiten gestattet, die sie einer Vierzehnjährigen niemals erlaubt hätte. Das war alles ganz schön kompliziert.

„Du musst ihm dann bitte auch sagen, dass Callie erst fünfzehn ist."

Mable Claire schwieg einen Moment. „Oh."

Sie mussten umdenken. Dass Callie plötzlich nicht ein paar Monate älter, sondern einige Jahre jünger war als Luke, machte in diesem Alter einen ganz gewaltigen Unterschied. „Das ist eine lange Geschichte", sagte Kate. „Ich erzähle dir alles, wenn ich Aaron abholen komme. Ist er noch wach?"

So müde wie sie war, verspürte Kate ein sehnsüchtiges Ziehen. Sie hatte den starken Drang, Aaron zu sehen, ihn festzuhalten, ihm zu versichern, dass sie ihn mit jeder Faser ihres Herzens liebte. Callies Tortur war eine Erinnerung daran, wie wertvoll das Leben war – und wie zerbrechlich.

„Nein, er schläft schon tief und fest. Aber wenn er aufwacht, sage ich ihm, dass du ihn liebst."

Kate klappte ihr Handy zusammen und drehte sich um. Vor ihr stand JD mit einem Becher Kaffee. „Dich schickt der Himmel“, seufzte sie.

Er zeigte auf eine gepolsterte Bank. „Setz dich! Die Untersuchungen werden noch eine Weile dauern.“

Sie ließ sich neben ihn sinken. An seiner Seite fühlte sie sich so wohl wie niemals zuvor. Die letzte Nacht hatte alles wieder in die richtige Perspektive gerückt. In der Krise waren sie zusammengerückt, und jetzt spürte sie irgendwie, dass alles eine tiefere Bedeutung bekommen hatte. Sie flirteten nicht nur miteinander oder hatten eine kleine Sommerliebelei. Nein, es entwickelte sich eine Beziehung zwischen ihnen. Vielleicht schauten sie sogar in eine gemeinsame Zukunft. „Callie hatte so ein Glück, dass du wusstest, was zu tun ist“, murmelte sie.

„Ich war zur rechten Zeit am rechten Ort“, erwiderte er.

„Und dazu wusstest du, was du tun musstest“, beharrte sie. „Das ist ein Kompliment, okay? Nimm es einfach an.“

JD trank einen Schluck Kaffee. „Mach ich doch.“

Die Müdigkeit steckte Kate bleischwer in den Knochen. Es gab so viel zu bereden, aber jetzt war nicht der rechte Zeitpunkt dafür. Im Moment mussten sie sich darauf konzentrieren, Callie zu helfen, wieder gesund zu werden – oder so gesund, wie es in ihrem Zustand möglich war. „Ich kann immer noch nicht glauben, dass sie so viel jünger ist, als sie gesagt hat.“ Sie rieb sich den Nacken, in dem jeder Augenblick dieser schlaflosen Nacht zu sitzen schien. „Ich bin nicht mal auf die Idee gekommen, dass es nicht stimmen könnte.“

JD trat ans Fenster, von dem aus man über die Wasserstraße die entfernten kanadischen Berge sehen konnte, deren Gipfel von der aufgehenden Sonne in ein warmes Orange getaucht wurden. „Bei Teenagern ist es immer schwer, ihr Alter zu erraten. Ich habe Zwölfjährige gesehen, die wie Erwachsene aussahen, und Menschen Mitte zwanzig, die als Schüler durchgegangen wären."

„Kennst du dich mit Diabetes aus?"

„Mit einigen Symptomen und den Notfallmaßnahmen." Er hakte seinen Daumen in die hintere Hosentasche. Er wirkte angespannt.

„Weißt du, was jetzt noch passieren wird?"

„Normalerweise messen sie den Glukosewert und machen einen oralen Glukosetoleranztest. Callie wird außerdem einen Hämoglobintest und eine komplette Untersuchung über sich ergehen lassen müssen – Body Mass Index, Schilddrüsenfunktion und wahrscheinlich noch eine ganze Menge anderes Zeug. Die Ärztin ist sich ziemlich sicher, dass sie eine Insulinresistenz finden werden."

Kate war beeindruckt. Sie hoffte, dass er sich seinen Traum, Arzt zu werden, erfüllen würde. Sie wusste schon jetzt, dass er sehr gut sein würde. „Und eine Insulinresistenz ist schlecht."

„Sie ist kein Todesurteil. Das Ziel ist es, ihren Blutzuckerspiegel auf einem vernünftigen Level zu halten. Es gibt Medikamente dafür, aber wenn sie Glück hat, reichen erst einmal eine Ernährungsumstellung und ein regelmäßiges Sportprogramm. Sie hat noch einen langen Weg vor sich, Kate. Für ein Kind ist das sehr schwer. Sie muss lernen, ihren Blutzucker selber zu messen und zu überwachen, ihre Diät einzuhalten und die Medikamente zu nehmen, falls es denn welche gibt. Das ist keine einfache Krankheit, und man braucht sehr viel Disziplin und Selbstkontrolle. Zwei Dinge, die bei Teenagern meist nicht sonderlich gut ausgeprägt sind."

„Du wusstest also, dass es ihr nicht gut ging?"

„Ich habe es vermutet." Er sprach, ohne sie anzusehen.

„Warum?"

„Es gab ein paar Symptome ... Das Übergewicht und die Hautprobleme werden mit dieser Krankheit in Zusammenhang gebracht, aber sie können bei Teenagern auch ganz normal sein."

„Hast du mit ihr darüber gesprochen?"

„Dazu war sie noch nicht bereit." Er drehte sich zu ihr um. Ein Bartschatten schimmerte auf Wangen und Kinn; seine Augen wirkten müde. „Ich hätte sie bitten können, einen Arzt aufzusuchen, aber sie hätte nicht auf mich gehört. Und sie gegen ihren Willen zu einer Vorsorgeuntersuchung zu schleppen hätte auch nichts gebracht. Es bestand immer die Gefahr, dass sie wieder weglaufen würde. Um ehrlich zu sein: Ich glaube, diese Gefahr besteht immer noch."

„Sie wird nirgendwohin laufen!" Allein beim Gedanken daran fing Kates Puls an zu rasen. „Ich werde sie nicht gehen lassen."

JD sah sie nachdenklich an.

„Ich hänge nun mal in der Sache drin", murmelte Kate. „Ich kann nicht anders."

„Machst du das oft?"

„Was? Mich in das Leben eines Fremden einzumischen?" Sie schüttelte den Kopf. „Es ist ja wohl recht offensichtlich, dass ich ziemlich neu in diesem Geschäft bin."

„Warum sollte das offensichtlich sein?"

„Sieh doch nur an, was mit Callie passiert ist! Ich habe versagt, und letzte Nacht wäre sie beinahe gestorben. Ich bin schrecklich darin, mich einzumischen."

„Kate, du bist ganz wunderbar darin!"

Bei seinen Worten schmolz sie dahin. „Das ist das Seltsame an dieser Situation. Es ist verrückt", fuhr sie fort. „Ich kümmere mich normalerweise um meinen Kram und konzentriere mich auf mein Leben. Aber Callie …" Einen Augenblick hielt sie inne, aus Angst, zu viel zu sagen. Die Sonne kroch langsam höher und warf ihre ersten Strahlen über den Linoleumfußboden. „Sie bedeutet mir so viel. Und jetzt, wo ich weiß, was vor ihr liegt, möchte ich einfach nur einspringen und … die Kontrolle übernehmen. Ich liebe dieses Mädchen, JD! Ich habe keine Ahnung, wie es passiert ist oder warum, aber ich liebe Callie, als wenn sie meine Tochter wäre. Wenn ihr irgendetwas zustößt, werde ich mir das nie verzeihen können."

JD runzelte die Stirn. „Verdammt, Kate! Hör dir mal zu, was du da sagst! Ja, du kannst Callie helfen, zu lernen, mit der Krankheit umzugehen – aber du kannst doch nicht die Kontrolle über sie übernehmen!"

„Schrei mich nicht an!"

„Ich schreie nicht." Er trank seinen Kaffee aus und warf den Becher in den Mülleimer. „Ich hasse es, zuzusehen, wie du verletzt wirst."

Kate lehnte sich gegen die Wand. „Ich glaube, ich habe nicht den geringsten Zweifel daran, dass ich verletzt werde. Aber warum sollte mich das davon abhalten, Callie in mein Herz zu lassen?"

Unerwartet setzte er sich wieder neben sie und streckte seine Hand nach ihr aus, bis Kate sich ihm zuwandte. Er nahm ihr Gesicht in seine Hände, eine so liebevolle und zärtliche Geste, dass sie beinahe vergaß zu atmen. Sie ertrank fast in seinen warmen, freundlichen Augen. „Sag was", flüsterte sie.

„Was soll ich sagen?"

Sie ließ die Schultern sinken. „Das machst du immer."

„Was?" Er behielt seine Hände da, wo sie waren, und fuhr mit dem Daumen ihren Wangenknochen entlang.

„Da, schon wieder." Auch wenn sie für immer so sitzen bleiben und ihm in die Augen schauen könnte, schob sie seine Hand weg und rutschte ein Stück von ihm fort. „Seit unserem Gespräch letzte Nacht habe ich einen Gedanken im Kopf, der nicht mehr weggehen will." Sie suchte nach den richtigen Worten. „Es geht um das, was du gesagt hast, bevor Callie zusammengebrochen ist." Kate verlor die Nerven und gab auf. „Du erinnerst dich sehr wahrscheinlich gar nicht mehr an diese Unterhaltung."

„Du meinst die, in der ich sagte, dass ich verrückt nach dir bin, und du mich fragtest, ob ich von Lust oder von Liebe rede?"

Sie seufzte erleichtert auf. Zumindest hatte sie es sich nicht eingebildet. „Ja, die meine ich. Ich frag mich nur ... ob du das, was du gesagt hast, auch wirklich so meintest."

Er bedachte sie mit einem langen, unlesbaren Blick. Sie wappnete sich dagegen, abgewiesen zu werden. Sie hatte ihm den perfekten Ausweg geboten. Jetzt war seine Chance, einen Rückzieher zu machen – zu sagen, das sei ihm in der Hitze des Augenblicks nur so herausgerutscht. Zu sagen, dass er voreilig gewesen sei.

„Es tut mir leid", sagte sie von Zweifeln überwältigt. „Ich sollte dich nicht so in Verlegenheit bringen. Du musst mir nicht antworten."

„Ist schon gut", erwiderte er ernst, sehr ernst. Irgendwo im Krankenhaus krächzte eine Stimme durch einen Lautsprecher. Sie ignorierte sie, konzentrierte sich ganz auf JD. Mit einer langsamen Bewegung nahm er seine Brille ab, rutschte näher und umfing sie mit beiden Armen. Dann beugte er sich vor und küsste sie. Erst war es nur ein zarter Hauch, ein leichtes Umspielen und Erforschen. Doch dann vertiefte sich die Berührung seiner Lippen zu einem leidenschaftlichen Kuss.

Kates Herz machte einen Satz, ihr Körper stand in Flammen. In den Händen dieses Mannes war sie Wachs. Was auch immer er von ihr verlangte: Sie würde es tun. Nicht einmal die Antwort auf ihre Frage interessierte sie jetzt noch.

Nach einer Ewigkeit, so schien es ihr, zog er sich zurück und ließ den Kuss langsam ausklingen. Beinahe hätte sie vor Sehnsucht aufgestöhnt, aber sie konnte sich gerade noch zurückhalten. Sie setzten sich beide wieder gerade hin.

Er schluckte, aber sonst war ihm kaum eine Regung anzumerken.

Nur ein kleines, kryptisches Lächeln. Dann setzte er seine Brille wieder auf und sah sie ruhig an. Innerlich wollte sie sterben, so sehr bereute sie es, das Thema aufgebracht zu haben. Dann, bevor ihr einfiel, womit sie das Schweigen hätte brechen können, wurde sein Lächeln breiter. „Ja“, sagte er und übertönte mit seiner Stimme das Knacken aus den Lautsprechern. „Ich habe wirklich gemeint, was ich gesagt habe.“

22. KAPITEL

Für eine romantische Offenbarung, überlegte Kate am nächsten Morgen, als sie wieder zu Hause war, war das alles ein bisschen diffus geblieben. Vielleicht sogar mehrdeutig. Was einer Lüge gefährlich nahekam.

„Komm schon, Kate!", fluchte sie. „Reiß dich zusammen! Du hast jemanden gefunden, mit dem du den Sommer verbringst. Was willst du denn noch?"

Sie wusste es. Allein der Gedanke daran verzog ihre Lippen zu einem ironischen Lächeln. Es war dumm, das wusste sie, aber sie wollte ein Märchen. Sogar heute, nach all den Enttäuschungen, nach all dem Scheitern, verspürte sie diese Sehnsucht tief in ihrem Inneren immer noch. Sie träumte davon, dass ihr jemand die Sterne vom Himmel holte. Sie träumte von jemandem, der vor ihr auf die Knie sank und ihr einen Antrag machte. Und ein bisschen träumte sie auch von einem kleinen königsblauen Samtkästchen mit einem glitzernden Diamanten darin.

„Konzentrier dich!", murmelte sie und versuchte, ihre Aufmerksamkeit wieder auf ihren Laptop zu lenken. Denn darum ging es doch in diesem Sommer. Sich selbst neu zu erfinden, einen neuen Karriereweg einzuschlagen. Einem Traum zu folgen, den sie nie vergessen hatte. Und sie war so nah dran. Das hier war ihre Chance.

Doch sosehr sie es auch versuchte – sie konnte die Unterhaltung mit JD nicht aus ihren Gedanken verbannen. Sie spielte sie sich wieder und wieder vor, analysierte die Wörter, als wenn sie verschlüsselte Verse eines altertümlichen Orakels wären.

Es schadet Aaron gar nicht, zu sehen, dass jemand verrückt nach seiner Mutter ist.

Das hatte er gesagt; seine Worte hatten sich in ihr Gehirn gebrannt. Wie bedeutungsvoll war es, dass er Aaron erwähnte? Hatte es überhaupt etwas zu bedeuten?

„Morgen.“ Callie schlurfte in Bademantel und Flipflops in die Küche.

„Wie geht es dir?“

„Ich schätze, das werden wir gleich wissen.“ Callie bereitete ihr Blutzuckermessgerät für den morgendlichen Test vor. Auch wenn sie gerade erst mit ihrer Behandlung anfing, hatte sie sich bereits einen leichten Zynismus zugelegt. Diese ganze Sache war äußerst lästig. Sie musste jede Mahlzeit planen und in ein Notizbuch eintragen. Sie hatte versprochen, dabei gewissenhaft zu sein, aber Kate spürte, wie frustriert sie war.

„Ich bin es jetzt schon leid, krank zu sein!“ Callie warf einen verächtlichen Blick auf die Bedienungsanleitung des Messgeräts. „Das wird echt schnell langweilig.“

„Brauchst du Hilfe?“

Callie schüttelte den Kopf. „Ich schaff das schon alleine.“

„Ich wette, im deinem Kurs bekommst du jede Menge Tipps. Ich habe in einer Broschüre gelesen, dass du lernen wirst, deinen Blutzucker durch Sport und gesunde Ernährung in den Griff zu kriegen.“

„Ja, großartig! Ich kann es kaum erwarten, damit anzufangen.“

Kate hatte damit gerechnet, dass Callie erst einmal übellaunig sein würde. „Ich muss ein paar Dinge erledigen, während du bei deinem Kurs bist.“

Callie starrte hasserfüllt auf das Messgerät. „Was für Dinge?“

„Zum einen ein paar Nachforschungen in der Bibliothek. Ich habe nämlich folgende Idee“, erklärte Kate. „Ich habe sie meiner Redakteurin noch nicht vorgestellt, aber glaube, dass sie ihr gefallen wird. In meinem nächsten Artikel möchte ich deine Geschichte erzählen.“

Eine Sekunde lang erhellten Überraschung und Begeisterung Callies Gesicht, doch dann unterdrückte sie diese Regung schnell und stieß ein scharfes Lachen aus. „Meine Geschichte. Das Märchen der dicken Loserin, die eine unheilbare Krankheit hat. Als ob jemand *das* lesen will! Ich glaube kaum, dass du damit die Story des Jahres landen wirst."

„Machst du Witze? Du bist ganz erstaunlich, Callie, und du siehst das vollkommen falsch. Du bist keine Verliererin, du bist eine Überlebende. Und du wirst die Kontrolle übernehmen, und es wird dir besser gehen. Das hast du versprochen", erinnerte Kate sie.

Callie nickte mürrisch. „Ja, aber das reicht noch lange nicht für einen Artikel."

„Das lass mal meine Sorge sein."

Callie behielt den Kopf gesenkt und faltete die Bedienungsanleitung zusammen. „Und du willst wirklich *alles* erzählen?"

„Ich werde nichts schreiben, was du nicht willst. Und außerdem können wir dir einen falschen Namen geben, welchen auch immer du willst. Und es wird sicher auch Fotos zum Artikel geben", fügte Kate hinzu. „Darauf habe ich zwar keinen Einfluss, aber eine Zeitschrift dieses Kalibers arbeitet nur mit den Besten. Hättest du etwas dagegen, fotografiert zu werden?"

„Hallo? Von einem Fotografen der *Vanity Fair?* Macht Platz da, It-Girls!" Aufregung flackerte in Callies Augen, bevor sie sich wieder daran erinnerte, möglichst ungerührt zu tun. „Ich schätze, das würde mir nichts ausmachen."

„Ich habe allerdings eine Bedingung", sagte Kate ernst. „Du musst auf jeden Fall die Wahrheit erzählen. Denn das ist es, was deine Geschichte so fesselnd macht: die Tatsache, dass alles real ist."

Callie atmete tief ein. „Ich habe jetzt nichts mehr zu verstecken."

„Ehrlich?"

„Indianerehrenwort.“

„Verrätst du mir, wieso du mit deinem Alter gelogen hast?“, fragte Kate vorsichtig.

„Was glaubst du wohl?“ Callie war den Kopf in den Nacken, und der vertraute harte Zug grub sich wieder in ihre Mundwinkel. „Falls es dir noch nicht aufgefallen ist: Ich bin nicht das ideale Pflegekind. Ich dachte mir, je schneller ich aus dem System rauskomme, desto besser.“

„Besser für wen?“

„Für mich! Mein Gott.“ Callie schaute Kate aus zusammengekniffenen Augen an. „Stört es dich, wenn jemand lügt?“

„Natürlich. Niemand mag es, angelogen zu werden.“

„Nein, ich meine, ob es dich wirklich stört. Also ob du einen Menschen hassen würdest, wenn er dich anlügt.“

„Callie, ich könnte dich niemals hassen.“

Sie stieß ein frustriertes Seufzen aus. „Ich rede nicht nur von mir! Ich will nur wissen, ob eine Lüge für dich unverzeihlich ist.“

„Natürlich nicht! Du hast mir doch erklärt, wieso du gelogen hast.“

„Oh Gott, ich geb's auf!“

Kate betrachtete sie einen Augenblick. Sie hatte das dumpfe Gefühl, dass ihr Schützling über zwei verschiedene Dinge sprach. „Okay, hör mal zu. Wenn wir dieses Projekt gemeinsam durchziehen wollen, wirst du dich daran gewöhnen müssen, dass ich dir eine Menge Fragen stelle. Vielleicht ist es also doch keine so gute Idee.“

„Ich hab doch gesagt, dass ich es will!“

„Aber sei dir sicher, dass du es *wirklich* willst. Du schuldest mir nichts, Callie.“

„Ich schulde dir alles, aber deshalb habe ich nicht Ja gesagt. Ich glaube, es wird cool, wenn du über mich schreibst.“

„Ich gebe dir mein Wort, dass ich mein Bestes gebe“, versprach Kate.

„Abgemacht." Callie nickte. Dann schaute sie erst auf ihr Blutzuckermessgerät und dann auf die ausgedruckte Tabelle. Kate konnte an ihrem Gesichtsausdruck ablesen, dass das Ergebnis nicht besonders zufriedenstellend war. „Ich muss mich fertigmachen", murmelte das Mädchen. Dann verschwand sie in ihrem Zimmer.

Ein paar Minuten später kam Aaron in die Küche. „Muss ich heute mit euch in die Stadt?"

„Nein", sagte Kate. „Ich lass dich einfach den ganzen Tag alleine hier."

„Cool!"

Sie verdrehte die Augen. „Natürlich kommst du mit! Wir fahren in einer Stunde, also kein Getrödel. Ich will nicht, dass Callie zu ihrer ersten Stunde zu spät kommt."

„Ich versteh sowieso nicht, wieso sie da überhaupt hinmuss", beschwerte er sich. „Sie ist doch krank, nicht doof."

„Der Unterricht wird ihr helfen, auf sich aufzupassen, damit sie nicht krank wird." Sie reichte ihm eine Vitamintablette und ein Glas Wasser. „Der Kurs ist wichtig, und sie darf ihn nicht versäumen."

„Okay."

Aaron kannte bisher nur die grundlegenden Fakten: Callie war ohnmächtig geworden, weil sie eine Insulinresistenz hatte. Und um zu verhindern, dass etwas Schlimmeres daraus wurde, musste sie ihren Blutzuckerspiegel regelmäßig überprüfen und ihre Ernährung umstellen. Er hatte das alles sehr gut aufgenommen, aber trotzdem spürte Kate seine Angst und Unsicherheit. „Okay, Buddy", sagte sie. „Ich wette, du hast tausend Fragen."

„Nicht tausend, aber … einige."

„Dann solltest du sie mir stellen", schlug sie vor. „Ich habe vielleicht auch nicht alle Antworten, aber wir können es ja mal versuchen."

„Wieso hat Callie uns nicht gesagt, dass sie krank ist?"

Treffer! dachte Kate. „Vielleicht sollten wir das Callie selber fragen. Ich vermute, es lag daran, dass wir gerade erst anfingen, uns kennenzulernen. Jemandem, den man gerade erst getroffen hat, erzählt man nicht gleich alles von sich."

„So wie ich ihr nicht erzählt habe, dass ich Beidhänder bin."

„Genau. Es ist kein Geheimnis, aber du bist noch nicht dazu gekommen, darüber zu sprechen."

„Wann wird es ihr wieder besser gehen?", wollte er wissen.

Kate lächelte. „Es geht ihr bereits besser. Unsere Aufgabe besteht nun darin, sie dabei zu unterstützen, dass es so bleibt."

„Warum bleibt sie nicht für immer bei uns?"

Treffer versenkt! Solange Callie unter ihrem Dach lebte, konnte sie ihr helfen, aber sie hatte keine Ahnung, wie lange das so bleiben würde. Vor allem jetzt, wo sie wusste, dass das Mädchen noch minderjährig war.

„Ganz einfach: Sie soll bei uns bleiben", entschied Aaron. „Aber wieso hat sie gesagt, dass sie fast achtzehn ist, wenn sie gerade erst fünfzehn geworden ist?", wollte er wissen.

Dritter Treffer. „Frauen lügen immer, was ihr Alter angeht", gab Kate leichthin zurück und stellte ihm eine Schüssel Haferflocken vor die Nase. „Ich dachte, du hättest andere Fragen – solche, die ich auch wirklich beantworten kann."

„So was wie warum sie nicht bei ihren Eltern lebt und so?" Aaron verdrehte die Augen.

„Äh … ja. Wundert dich das nicht?"

„Nein." Er verteilte Ahornsirup über den Haferflocken. „Ich weiß es schon längst. Ihre Mutter ist im Gefängnis. Das hat sie mir gestern Abend erzählt, als ihr aus dem Krankenhaus zurückgekommen seid. Finde ich echt gruselig. Und nein, ich frage mich nicht, wo ihr Vater ist." Er schob sich einen Löffel mit Haferflocken in den Mund.

Kate lächelte. Er wusste genau, wie ihre Gedanken funktionierten. „Nein?"

Er schüttelte den Kopf. „Väter sind vollkommen überschätzt."

„Oh Aaron!" Sie trat an den Tisch, beugte sich über ihn und gab ihrem Sohn einen Kuss auf den Scheitel. Sie wusste doch, wie sehr er sich einen Vater wünschte. Jemanden, der mit ihm angeln ging und der mit ihm Football spielte. Jemanden, der ihm dieses einmalige Gefühl von Sicherheit gab, das Kates Vater ihr vermittelt hatte. Aber Aaron wollte ihre Gefühle nicht verletzen und es laut aussprechen.

Was ihr Junge jedoch nicht wissen konnte, war, dass diese Sehnsucht ihr jeden Tag wehtat. Es gab keinen schärferen Schmerz als das Wissen, dass sie ihrem Kind seinen sehnlichsten Wunsch nicht erfüllen konnte.

„Hey, Familie Livingston!" JD klopfte gegen den Rahmen der Fliegengittertür. Bandit begrüßte ihn mit einem lauten Jaulen.

„JD!" Aaron sprang von seinem Stuhl auf und rannte zur Tür, um ihn hereinzulassen.

Kate wäre am liebsten auch zu ihm gerannt, aber sie zwang sich, still stehen zu bleiben. Sogar nach diesem Augenblick im Krankenhaus – vielleicht sogar erst recht seitdem – versuchten JD und sie herauszufinden, was zwischen ihnen vorging. Jetzt, wo sie miteinander geschlafen hatten, sollten sie ihre Beziehung ... weiterentwickeln. Doch stattdessen hatte Callies Notfall sie wieder völlig aus der Bahn geworfen.

„Du kommst gerade rechtzeitig, um mich zu retten", grinste Aaron.

JD trat ein. „Wovor soll ich dich denn retten?"

„Vor Callies Diabetes-Kurs." Aaron griff sich an die Kehle und gab erstickende Geräusche von sich, während er zur Seite stolperte.

„Oh Mann!“ JD hielt sich den Kopf und ließ sich auf einen Stuhl sinken. „Sag nicht, dass sie dich in diesen Kurs mitnehmen wollen! Das ist ja total verrückt.“

Aaron nickte glücklich. Sein Sinn für Humor passte perfekt zu JDs. „Wem sagst du das.“

„Schnell, schnapp dir eine Wasserflasche und Sonnencreme, und dann verschwinden wir beide von hier“, schlug JD vor.

Kate versuchte, eine ernste Miene aufzusetzen. „In einigen Staaten gilt das als Kidnapping.“

„Ich nenne es Diabetes-Kurs-Vermeidung.“

„Wo nimmst du ihn mit hin?“

„Zum Mount Storm King. Wir werden bis zum Gipfel wandern und Fotos machen.“

Über sich hörten sie Getrappel; Aaron packte offenbar schon seine Sachen zusammen. Kate schaute aus dem Fenster auf die glühende Bergspitze. „Meinst du, das schafft er?“

„Na klar.“

Kate drehte sich zu ihm. „Das ist sehr nett von dir.“

„Schau nicht so überrascht. Ich bin gerne mit Aaron zusammen.“

Kate wusste, dass es JD nicht darum ging, Fotos auf dem Mount Storm King zu machen. Er schien Aaron auch unabhängig von ihr zu mögen. Die Vorstellung erfüllte sie mit einer so intensiven Wärme, die sie fast erschreckte. „Er kann ganz schön anstrengend sein, das weißt du, oder?“ Sie hatte das Gefühl, ihn wenigstens warnen zu müssen.

„Ich komm schon mit ihm klar.“

Ich weiß.

„Kate, ich verstehe es nicht.“ Er trat einen Schritt näher und legte seine Hände auf ihre Schultern.

Sie wollte sich gegen ihn sinken, in seine Arme fallen lassen. „Ich bin es nicht gewöhnt, dass ein Mann Aaron versteht und mag, mit all seinen Macken.“

„Das solltest du aber ganz schnell ändern“, murmelte er und hielt ihren Blick mit seinem fest. „Für einen Jungen wie Aaron ist die Welt jeden Tag neu und aufregend.“

Kates Kehle schmerzte, und einen Moment lang konnte sie nicht sprechen. Er hatte es verstanden. Endlich war hier jemand, der ihren Sohn verstand und mit mitfühlenden Augen betrachtete. Dieser Gedanke war neu für Kate. Die ganze Welt sah Aaron als eine Herausforderung an, als ein Problem. Aber nicht JD. Sie konnte nicht fassen, was für eine Erleichterung es war, jemanden zu treffen, der in ihm das Gleiche sah wie sie. Endlich löste sich der Knoten in ihrem Hals, und sie konnte sagen, was ihr auf der Zunge lag. „Danke.“

Seine Hand glitt über ihren Rücken, ein süßes Echo seiner Berührungen, als sie sich geliebt hatten. „Du siehst mich immer noch so seltsam an.“

Sie lächelte. Sie wusste, dass ihr Herz sich in ihren Augen widerspiegelte. „Man trifft nicht jeden Tag auf einen Mann wie dich.“

„Das ist gut. Ich habe nämlich nur ungern Konkurrenz.“

Er beugte sich vor. Sie sehnte sich mehr noch nach seinem Kuss als nach dem nächsten Atemzug. Aber irgendwo im Haus schlug eine Tür zu und schreckte sie auf. Kate trat einen Schritt zurück und glättete mit nervösen Händen ihren Rock.

Callie kam zu ihnen, immer noch im Bademantel. „Morgen“, sagte sie und nahm sich ein Glas Wasser.

JD nickte ihr zu. „Ich hab gehört, du fährst heute in die Stadt?“

Kate konnte ihn nicht ansehen, obwohl sie den Moment von eben tief in ihrem Inneren festhielt. „Du scheinst ein bisschen nervös zu sein, Liebes“, sagte sie warm. Das hier war schließlich Callies Tag.

„Ich habe Angst“, gab das Mädchen zu und knabberte an seinem Frühstück, das aus einem gebutterten Toast bestand.

„Ich war nie sonderlich gut in der Schule. Ich hatte immer fürchterlich schlechte Noten."

Kate versuchte, angesichts Callies mangelndem Selbstvertrauen nicht in Panik zu verfallen. Hier ging es nicht um Noten. Nur um ihr Leben. „Du wirst keine Noten bekommen, aber du musst einige wichtige Sachen lernen", versuchte sie, das Mädchen zu beruhigen. „Vielleicht lernst du sogar ein paar Freunde kennen."

„Oh ja, das wäre ganz toll. Eine Klasse voller fetter Loser." Angewidert schüttelte Callie den Kopf. „So wie ich."

Kate ging zu ihr und nahm sie in den Arm. „Möchtest du noch ein wenig Shampoo zu deinem Bad im Selbstmitleid?"

Callie versteifte sich. „Ich habe meine Meinung geändert. Lass uns nicht hingehen. Ich habe die Broschüren gelesen, die sie mir mitgegeben haben, das reicht."

„Nichts da! Wir gehen."

Callie schreckte zurück. „Du kannst mich nicht dazu zwingen."

Kate spürte Panik in sich aufsteigen. „Warum machst du jetzt einen Rückzieher? Das hier soll dein Leben retten."

„Schwachsinn", brach es aus Callie hervor. „Ich werde nicht gehen."

„Du kannst das nicht einfach ignorieren."

„Das wollen wir doch mal sehen."

„Callie", unterbrach JD sie mit ruhiger, aber bestimmter Stimme.

„Mein Gott, nicht du jetzt auch noch!" Sie schaute ihn wütend an. „Du kannst mich auch nicht zwingen."

„Das würde mir auch nicht im Traum einfallen."

Kate wollte schon widersprechen, aber er brachte sie mit einem leichten Kopfschütteln zum Schweigen.

„Fein." Callies Stimme zitterte. „Ich lese einfach das Buch, das sie mir mitgegeben haben."

„Tu das", nickte JD leichthin.

Kate biss die Zähne zusammen. Er sollte doch wohl am besten wissen, wie wichtig diese Kurse waren!

„Das werde ich auch!“ Callie reckte ihr Kinn trotzig nach vorn.

„Du sollst doch aber zu den Kursen gehen“, warf Aaron ein. „Das hat der Arzt gesagt.“

„Was geht dich denn das an?“, fauchte das Mädchen. „Das ist mein Problem, nicht deins oder Kates oder von sonst wem!“

„Er macht sich eben Sorgen“, gab Kate scharf zurück. Sie konnte nicht länger schweigen. „Und JD und ich ebenfalls. Wir alle machen uns Sorgen um dich, und es ist einfach nur egoistisch von dir, die Anweisungen der Ärzte zu ignorieren.“

Callies Gesicht verlor jegliche Farbe. Sie sah aus, als wenn Kate sie geschlagen hätte. „*Ich* bin egoistisch? Meinst du, ich habe darum gebeten? Glaubst du, mir gefällt es, ein Freak zu sein?“

„Du bist kein Freak“, erwiderte Kate. Sie war kurz davor, die Geduld zu verlieren. „Und du wirst in diesen Kurs gehen.“

„Werde ich nicht.“

„Dann komm mit uns“, schlug JD vor. „Aaron und ich wollen heute einen Berg besteigen. Du hast die Wahl: Unterricht oder Bergsteigen?“

Callie starrte aus dem Fenster auf die Berge, die sich aus den Tiefen des Sees zu erheben schienen. „Ich bin krank, schon vergessen? Ich würde zusammenklappen.“

„Ich hatte vor, heute nach dem Kurs Make-up zu kaufen“, schnurrte Kate und hielt Callie ihren Geburtstagsgutschein unter die Nase. „Und wolltest du nicht ein bisschen shoppen gehen?“

Callie wandte ihren finsteren Blick Kate zu. „Dann geh ich halt in den doofen Kurs. Jetzt geh ich aber erst mal unter die Dusche.“ Sie stapfte aus dem Zimmer.

Kate schickte Aaron los, seine Digitalkamera zu holen. „Noch nicht einmal neun Uhr, und ich bin schon erschöpft", sagte sie zu JD.

Er legte ihr einen Arm um die Schulter. „Lass uns nach draußen gehen. Es ist so ein wundervoller Morgen."

Wie beruhigend es war, sich an jemanden zu lehnen! Sie gingen hinaus und setzten sich auf den Steg. In der Ferne strahlten die blaugrünen Berge, und das glasklare Wasser warf ihre Spiegelbilder zurück. Jedes Mal, wenn sie zusammen waren, fühlte es sich für sie nach Schicksal an – so als wären sie füreinander bestimmt. Aber wie viel davon war Wunschdenken? Und wie viel war Dankbarkeit darüber, dass sie endlich jemanden getroffen hatte, der bereit war, sowohl mit ihr als auch mit ihrem Sohn eine Bindung einzugehen?

Dass sie so starke Gefühle für ihn verspürte, sollte sie eigentlich ruhiger machen. Doch stattdessen verstärkte es nur ihre innere Anspannung. Sie fragte sich, ob es ihm genauso ging.

„Du bist so still", bemerkte er.

Vielleicht war es doch an der Zeit, ihn zu fragen. „Du auch."

„Ich muss für eine Weile fort."

Oh. Das war ja mal was ganz Neues. Sie blieb stumm, wartete darauf, dass er sich erklären würde. Doch auch er sagte nichts, sondern stützte sich nur mit den Händen auf dem Steg auf und lehnte sich zurück. Okay, dachte sie. Du bist die Reporterin, Kate. Bring den Mann zum Reden.

„Wohin gehst du?"

„Nach L. A."

Sie verspürte einen Hauch Aufregung in seiner Stimme, auch wenn er sich betont locker gab. „Hast du ein Aufnahmegespräch?"

Er blinzelte verwirrt, dann schenkte er ihr ein strahlendes Lächeln. „Genau."

„Ich wette, sie werden so beeindruckt von dir sein, dass sie dich gleich dort behalten wollen."

„Ich glaube nicht, dass das so funktioniert, Kate, aber danke für dein Vertrauen."

„Damit stehe ich nicht allein da." Sie sah ihn nachdenklich an. „Du bist sehr gut in deinem Job. Als ich dich mit Callie gesehen habe, kamst du mir wie ein anderer Mensch vor."

„Was soll das heißen?"

„Ich meine nur … ich habe eine andere Seite an dir gesehen, eine, die ich noch nicht kannte. Als du Callie geholfen hast, habe ich den Menschen gesehen, der du in deinem echten Leben bist."

„Ich bin nur ein Mann, der seine Arbeit macht. Zu Callies Glück war ihr Notfall keine große Herausforderung."

„Du bist viel zu bescheiden", widersprach Kate. „Warum?"

„Ich bin nicht bescheiden, und was sollen überhaupt all diese Fragen?"

Sie lächelte schief. „Wir schieben diese Unterhaltung schon zu lange vor uns her."

„Meine Güte, Kate, was für eine Unterhaltung?"

„Die, mit der wir uns auf einem tieferen Level kennenlernen."

Er schenkte ihr ein verschmitztes Lächeln. „Das muss nicht unbedingt was mit Reden zu tun haben."

„Heute Morgen schon." Sie zog ihre Knie an und stützte ihr Kinn darauf. „Ich meine es ernst. Hier am See sind wir alle weit weg von unserem Alltag. Aber nachdem ich dich mit Callie gesehen habe … bin ich, na ja, neugierig, wer du in deinem wahren Leben bist."

„Also ist das hier für dich nicht real?", fragte er mit einem amüsierten Funkeln in den Augen.

„Das hier ist der See." Kate sah ihn aufmerksam an. „Wenn

du nicht hier bist, wie sieht dein Leben dann aus? Wer spielt darin eine Rolle? Ich will wissen, was dir wichtig ist."

„Du bist mir wichtig", erwiderte er. „Also, was bist du, wenn du wieder in die Zivilisation zurückkehrst? Eine aufgemotzte Großstadttussi in hochhackigen Pumps?"

Sie lachte und biss sich dann auf die Lippe. „Eine arbeitslose Großstadttussi, auch wenn ich meine Stilettos durchaus liebe."

„Entschuldige. Ich wollte dich nicht in Verlegenheit bringen."

„Ist schon okay. Das wird wieder. Ich war in meinem Job bei der Zeitung eh nicht sonderlich glücklich."

Die Wärme verschwand aus seinen Augen. „Die Zeitung."

Sie nickte. „Die *Seattle News.* Nicht gerade die *New York Times,* aber ... Ich bin ... war ... Autorin. Ich hatte eine Kolumne." Er antwortete nicht, und sein Schweigen machte sie nervös. „Sieh mich nicht so enttäuscht an!", bat sie ihn. „Ich war ja keine Klatschreporterin."

„Ich dachte, du würdest für *National Geographic* schreiben."

„Du hättest genauer zuhören sollen. Ich habe gesagt, dass ich einen Artikel für den *Smithsonian* geschrieben habe", sagte sie. „Ich bin Freiberuflerin."

„Wieso hast du mir nie erzählt, dass du Reporterin bist?"

Sein Ton ließ sie zurückzucken. „Weil ich das nicht bin. Ich war das mal." Sie atmete tief durch. „Okay, ich habe nichts zu verbergen. Ich habe fünf Jahre für die Zeitung gearbeitet und bin Anfang des Sommers gefeuert worden." Es hatte keinen Zweck, um den heißen Brei herumzureden. „Meine Chefin dort war zweifache Mutter und geschieden. Sie hatte keine Probleme, Familie und Arbeit unter einen Hut zu kriegen, und im Vergleich zu ihr sah ich aus wie die totale Versagerin. Es gab vorher ein paar Verwarnungen wegen verpasster Deadlines." Sie sah die Frage in seinen Augen.

„Nenn mich verrückt, aber ich neige dazu, alles fallen zu lassen, wenn Aaron mich braucht. Jedes Mal, wenn ein Babysitter oder die Schule angerufen hat, hab ich mich sofort auf ihn konzentriert. Eigentlich ist es ein Wunder, dass ich nicht schon eher entlassen worden bin."

„Vermisst du deinen Job?"

„Natürlich. Aber als ich mich zwischen meinem Sohn und der Arbeit entscheiden musste, habe ich mich für Aaron entschieden. Ich bereue es nicht, aber Tatsache ist, dass meine Prioritäten dazu geführt haben, dass ich rausgeschmissen wurde."

Er stieß den angehaltenen Atem aus. „Also bist du keine Reporterin."

„Nicht mehr."

Er nickte, und sie sah, dass er sich ein wenig entspannte. „Ich kriege das schon hin", erklärte sie. Ob er Probleme damit hatte, eine arbeitslose Freundin zu haben? „Ich sehe es als Chance, mich als freie Journalistin zu etablieren. Ich schätze, meine Entlassung ist der Weg des Universums, mich sämtlicher Ausreden zu berauben." Sie spürte, wie ihr unvermittelt ganz warm ums Herz wurde, als sie ihm von diesem sehr persönlichen Traum erzählte. „Der Artikel im *Smithsonian* wird nächstes Jahr veröffentlicht. Ich hatte wirklich Glück mit der Redakteurin. Sie hat ihren Traumjob bei *Vanity Fair* bekommen und ist sehr an meinem nächsten Thema interessiert."

„Das da wäre …?"

„Callies Geschichte. Ich bin noch ganz am Anfang, aber wenn es gut läuft, schickt das Magazin einen Fotografen aus Seattle, um Fotos zu machen."

„Weiß Callie davon?"

„Natürlich! Ich kann ihre Geschichte ja schlecht ohne ihre Unterstützung schreiben."

„Und sie ist damit einverstanden?"

„Mehr als das. Sie scheint richtiggehend fasziniert zu sein.

Ich habe das Gefühl, dass sie ihre Geschichte erzählen will. Vielleicht um sich die Last von der Seele zu reden, vielleicht um ihrem Selbstbewusstsein einen Schubs zu geben. Sie hat noch eine Menge Heilungsarbeit vor sich."

„In der Presse?", fragte er skeptisch.

„Warum bist du so komisch, was dieses Thema angeht?"

Seine Reaktion war kaum wahrnehmbar, und vielleicht bildete sie es sich ja nur ein. Aber sie hatte das Gefühl, dass er sich unmerklich versteifte und ein wenig von ihr abrückte, obwohl er sich nicht von der Stelle bewegte. „Ich bin nicht komisch. Ich frage mich nur, ob das tatsächlich in Callies Interesse ist."

„Sie ist ganz aufgeregt. Warum sollte es nicht in ihrem Interesse sein?"

„Weil es Menschen gibt, die nicht wollen, dass ihr Leben in der Presse breitgetreten wird?"

„Das hier wird kein Schmierenartikel." So langsam nahm sie seine ablehnende Haltung persönlich. „Im Gegenteil – das Ganze hat sogar hoffentlich etwas Gutes." Sie warf ihm einen Blick zu. „Du klingst wie ein Skeptiker."

„Ich *bin* ein Skeptiker."

„Warum?

„Sie mag die ganze Aufmerksamkeit genießen. Aber was wird es ihr wirklich bringen?"

„Dass sie anerkannt wird", erwiderte Kate in scharfem Ton. „Es wird ihr zeigen, dass sie eine Bedeutung hat. Wie kann das schlecht sein?"

„Um das zu erreichen, braucht es kein Foto in einer albernen Zeitschrift."

Sie bewunderte ihn ebenso, wie er sie verärgerte. Wie er es geschafft hatte, eine Frage über sich in ein Verhör ihrer Person zu verwandeln! Und wie es ihr auf die Nerven ging, dass sie es hatte geschehen lassen. „Was willst du damit sagen? Dass ich es bleiben lassen soll?"

„Ja, das solltest du."

Kate traute ihren Ohren nicht. „Sie muss nicht vor mir beschützt werden, verdammt noch mal! Das ist nun mal das, womit ich meinen Lebensunterhalt verdiene. Ich habe einen Sohn, den ich versorgen muss. Wer bist du, mich zu kritisieren …"

„Ich bin fertig", unterbrach Callie sie. Frisch geduscht mit noch nassen Haaren trat sie aus dem Haus. Ihre Tasche hatte sie bereits über die Schulter geworfen.

Kate warf JD noch einen Blick zu. „Wir müssen los", sagte sie. „Hör zu, ich wollte Aaron eigentlich mitnehmen, also wenn du lieber nicht …"

„Ich möchte den Tag mit ihm verbringen", erwiderte er. „Deshalb bin ich hier."

„Okay." Kate stand auf und klopfte sich den Hosenboden ab. Kein Grund, Aaron den Tag zu versauen, nur weil JD sich ihr gegenüber wie ein Arschloch benommen hatte. Vielleicht ist es ganz gut, dass er ein paar Tage wegfahren muss, dachte sie. Es gab eine Menge, worüber sie während seiner Abwesenheit nachdenken musste.

23. KAPITEL

JD hasste das, was er über Kate erfahren hatte. Nach allem, was sie ihm bisher erzählt hatte, hatte er sie sich als verträumte Autorin vorgestellt, die harmlose Artikel über lange verstorbene Stammesälteste oder die Nestbaugewohnheiten von Kranichen verfasste. Jetzt wurde ihm klar, wie falsch er damit gelegen hatte. Sie war eine verdammte Journalistin! Eine Reporterin! Jemand, der Menschen in der Öffentlichkeit entblößte, mit oder ohne deren Erlaubnis. Sie gehörte zum selben Klub wie der Kerl, der sich vor JDs Apartment versteckt hatte.

Er war von allen großen Zeitschriften des Landes kontaktiert worden, von der *National Review* bis zum *Rolling Stone*, von *Atlantic Monthly* bis *The Star*. Er wusste, wie Reporter tickten. Sie taten so, als wären sie dein bester Freund, dein Anwalt, dein mitfühlender Verbündeter. Und dann ließen sie dich oder die Menschen, die dir was bedeuteten, in der Öffentlichkeit bluten und machten sich direkt danach über ihr nächstes Opfer her.

War Kate auch so?

„Hey, JD, guck mal!“ Vor ihm auf dem Weg kletterten Aaron und Bandit über einen Felsüberhang, der wie ein Amboss geformt war. „Komm schon, beeil dich!“

„Warum muss ich mich beeilen?“

„Weil! Los, JD.“

Da es ein Wochentag war, hatten sie den Weg zum Gipfel ganz für sich alleine. Es war ein ziemlich einfacher Aufstieg, bei dem sich steile Abschnitte und Serpentinen mit langen, geraden Strecken abwechselten.

Aaron war ein echtes Naturtalent im Klettern, wie JD es schon vermutet hatte. Sogar mit zwei Wasserflaschen und der Digitalkamera beladen, marschierte der Junge zielsicher vorweg, als wenn er ein Gebirgsjäger wäre. Er kam auch nicht außer Atem, wie JD bemerkte, sondern plauderte in einer Tour vor sich hin.

Ihr Herankommen schreckte Streifenhörnchen und Dutzende verschiedener Vögel auf. Sie kamen an Bäumen vorbei, die so groß waren, dass Aaron darauf bestand, ein Foto zu machen. Durch das Laub der Bäume konnte man den weit unten liegenden See saphirblau aufblitzen sehen.

„Wenn wir uns hier verlaufen", bemerkte Aaron, „finden die uns nie."

JD sagte nicht, wie gut ihm dieser Gedanke gefiel. „Nach dieser Karte hier sind wir jetzt am höchsten Punkt über dem See." Er zeigte Aaron die topografische Wanderkarte aus der Ranger Station.

„Nein", rief Aaron und rannte ein paar Meter vor. „Der ist hier, direkt an der Markierung."

Und tatsächlich: Da stand ein Stein mit einer kleinen Plakette, die die Höhe über dem Meeresspiegel angab. Sie setzten sich auf einen großen Stein und ließen ihre Blicke über die majestätische, atemberaubende Aussicht gleiten. JD nahm den Anblick mit einem Gefühl von Ehrfurcht und Einmaligkeit in sich auf. Im Osten machten sich die Leute ja keine Vorstellung davon, dass es noch Wälder und Seen gab, wo die Luft so klar war wie hier.

Aaron konnte nicht lange stillsitzen. Er fand einen Stock, dem er dem Hund zuwarf. JD beobachtete die beiden. Er fragte sich, inwieweit der Ort, an dem jemand aufwuchs, Einfluss auf seinen Charakter hatte. Wenn er in einem kleinen Dorf im Hinterland aufgewachsen wäre statt in einem Miethaus in Baltimore, wäre er dann ein anderer geworden?

Vielleicht nicht. Drogenabhängige gab es überall, und seine Mutter hätte hier draußen genauso viele Probleme gehabt wie in der Stadt. Beim Gedanken an Janet verfinsterte sich seine Miene. Sie war der Grund für seine Reise nach L. A., nicht ein Aufnahmegespräch an der Uni, wie Kate vermutet hatte. Ein Teil von Janets Therapie war der Besuch von Familienmitgliedern, und da war er nun mal der Einzige. Er hoffte nur, dass man ihn bei seinem Besuch nicht erkannte.

„Bitte lächeln!" Aarons Stimme riss ihn aus seinen Gedanken, und die Digitalkamera fing seinen überraschten Gesichtsausdruck ein.

JD bezwang das Gefühl der Paranoia, das sich seiner bemächtigen wollte. Er ist nur ein Kind, sagte er sich, ein Kind, das einen Schnappschuss macht.

Ein Kind, dessen Mutter freie Journalistin war.

„Lass mich mal ein Foto von dir machen", schlug er vor. „Direkt da, am Gipfel des Berges."

Aaron reichte ihm die Kamera. Es war nicht einfach ein Spielzeug für Kinder, sondern ein topmodernes Gerät. JD fragte sich, wie man hier wohl Bilder löschte.

Aaron posierte wie ein Eroberer, einen Fuß auf dem Markierungsstein, seinen Wanderstab fest in den Boden gestemmt. Bandit lag hechelnd zu seinen Füßen. Der Wind zupfte an Aarons karottenroten Haaren, und die Sonne tanzte in seinen Augen. Mit einem Mal überkam JD ein ganz seltsames Gefühl. Eine unerwartete Mischung aus Stolz, Zuneigung und Heiterkeit, die von etwas Tiefem begleitet wurde. Etwas, das er zuvor noch nie empfunden hatte und kaum zu deuten wusste.

JD war kein Vater, aber jetzt wusste er mit einem Mal, was ein Vater für seinen Sohn empfand: Es war eine tiefe Zärtlichkeit, die ihn im Innersten berührte, wenn er Aaron bei den einfachsten Dingen beobachtete – wie er ein Glas Milch trank, mit dem Hund spielte, Anlauf nahm und vom Steg aus ins Wasser sprang. Es war vernichtend und überwältigend und gleichzeitig von stiller Freude begleitet. Er dachte an Kate, die diesen Jungen mit ganzer Seele liebte, und fragte sich, wie der Mann, der Aarons Vater war, es geschafft hatte, sich vollkommen rauszuhalten.

„Lass mich mal sehen", sagte Aaron. „Du musst den Knopf nach unten schieben und dann den Pfeil nach links drücken."

Das Bild von Aaron tauchte auf dem kleinen Bildschirm auf. JD war kein professioneller Fotograf, aber er hatte den Ausdruck jugendlichen Muts, die strahlende Unschuld und den unterschwelligen Stolz des Jungen perfekt eingefangen.

Neugierig drückte er noch einmal auf den Pfeil. Da war er, live und in Farbe. Er schaute sich noch ein paar weitere Bilder an und entdeckte eine ganze Strecke, die ihn beim Erklimmen des Berges zeigte. Er sah darauf entspannt und zufrieden aus. Er war sich überhaupt nicht bewusst gewesen, dass er fotografiert wurde.

„Hey", sagte er zu Aaron. „Bist du ein Geheimagent oder so?"

Aaron grinste. „Ja, genau. Wie hast du das nur herausgefunden?"

„Wo ist die Taste zum Löschen?"

„Das verrate ich nicht. Auf gar keinen Fall wirst du meine Bilder löschen."

„Du brauchst die Fotos von mir doch gar nicht. Sie nehmen nur Speicherplatz weg."

Aaron schnappte JD die Kamera aus der Hand. „Brauche ich wohl." Seine Ohren und Wangen nahmen eine tiefdunkle Farbe an.

Großartig, dachte JD. Gleich steht uns einer seiner Anfälle ins Haus. Kate hatte ihn vor Aarons Wutausbrüchen gewarnt, aber sie hatte nicht gesagt, wie er sich in einem solchen Fall verhalten sollte. „Hey, ist ja gut", sagte er mit ruhiger Stimme. „Wir sind doch Kumpel."

Aaron machte ein paar Schritte zurück. Er verlor zusehends die Fassung. „Nach diesem Sommer werde ich dich nie wiedersehen."

Das war es also, was ihn beschäftigte! JD widersprach ihm

nicht. „Ich will dich nicht anlügen. Am Ende des Sommers muss ich den See verlassen, genau wie du und deine Mom."

„Und Callie", ergänzte Aaron.

„Ja, sie auch. Aber warum lässt du dir davon heute schon die Laune vermiesen?"

„Weil ich es hasse." Mit diesen Worten holte er aus und warf die Kamera mit aller Kraft von sich.

Ohne darüber nachzudenken, hechtete JD ihr hinterher und fing sie mit beiden Händen auf. „Ruf deinen Hund, Junge", sagte er. „Wir gehen zurück."

„Nein, noch nicht." Aarons Wut verwandelte sich in hitzige Verzweiflung. „Komm schon, JD! Ich wollte die Kamera nicht werfen, das schwöre ich."

„Stimmt. Sah für mich auch genau wie ein Unfall aus." JD kundschaftete die Gegend nach Stellen aus, an denen Aaron sich verletzen könnte. Es gab scharfe Steine, eine schroffe Felswand, felsige Schluchten und abgeknickte Bäume ... Die Möglichkeiten waren schier endlos. Er wusste, was er riskierte.

„Okay, Aaron, ich habe keine Lust auf einen deiner Tobsuchtsanfälle", sagte er. „Du bist alt genug, um es besser zu wissen. Also lass uns jetzt den Rückweg antreten."

„Ich gehe nicht." Das Gesicht des Jungen war jetzt beinahe purpurfarben.

„Wie du willst." JD pfiff nach Bandit. Mist, dachte er, nun muss ich es auch durchziehen. Ich muss den Jungen hier stehen lassen, sonst hat er mich in der Tasche.

Der Hund kam angelaufen, und JD machte sich an den Abstieg. Er schaute sich nicht danach um, ob Aaron hinterherkam. Er ging einfach nur gemächlich weiter, während der Hund fröhlich vor ihm hersprang. Aber vielleicht war das doch kein so guter Schachzug. Aaron konnte weglaufen, sich in der weiten Wildnis verirren.

JD machte so viel Lärm wie möglich. Er hoffte, der Junge

würde doch noch aufgeben und ihm folgen. Er hatte keine Ahnung, ob sein Trick funktionierte; dazu hatte er zu wenig Erfahrung mit Kindern. In der Regel traf er sie am schlimmsten Punkt ihres Lebens – wenn sie sich selbst verletzt, Gift geschluckt oder ein so hohes Fieber bekommen hatten, dass der Notarzt gerufen werden musste. Sogar gesunde Kinder waren ihm ein Rätsel. Ihr Gehirn schien auf einer anderen Wellenlänge zu laufen. Er verstand sie einfach nicht. Er wusste nicht, was es bedeutete, ein Elternteil zu sein. Trotz seiner Spezialausbildung und all seiner Erfahrung war JD verloren, wenn es darum ging, ein Kind zu verstehen. Das Einzige, was er nicht tun würde, war, Aaron auf- oder seinem Wutanfall nachzugeben. Das war alles, was ihm im Moment klar war.

Ein Kind war die ultimative Herausforderung; das hier war der Beweis. Im Vergleich mit Kindererziehung war es der reinste Ponyhof, Kugeln auszuweichen und Leben zu retten.

Und doch tun es Menschen jeden Tag, rief er sich in Erinnerung. In einem Akt des Vertrauens gaben sie einem Kind ihr ganzes Herz.

JD brauchte seine ganze Willenskraft, um nicht zurückzulaufen und sich zu vergewissern, dass es Aaron gut ging. Denn dann würde der Junge nur lernen, dass ein Wutanfall sich lohnte, um das zu bekommen, was man wollte.

Er ging um eine Kurve. Immer noch kein Aaron. Sein Magen zog sich zusammen. Er ließ gerade Kates Jungen im Stich. Überließ ihn hier mitten in der Wildnis ganz sich alleine.

Das war eine schlechte Idee gewesen, und sie wurde mit jeder Minute schlechter.

Der Hund wurde immer schneller. Er sauste geradezu um die nächste Kurve, statt sein Herrchen zu erschnüffeln.

Komm schon, Aaron! dachte JD. Hör auf, so ein Trotzkopf zu sein!

Er entschied sich, an dem ambossförmigen Felsen eine Pause einzulegen und einen Schluck Wasser zu trinken. Hatte Aaron ausreichend Wasser? Der Junge war so klein; bei dieser Hitze könnte er sehr schnell dehydrieren.

Er versuchte, sich ganz lässig zu geben, als er die Trinkflasche aufschraubte und an die Lippen setzte. Während er den Kopf zum Trinken in den Nacken legte, ließ er seinen Blick unauffällig über das Gelände schweifen.

Kein Aaron.

JD ließ sich Zeit, die Flasche wieder zuzuschrauben und wegzupacken. Bandit stöberte ein Stück weiter unten im Unterholz herum, aber nirgendwo gab es ein Lebenszeichen von dem Jungen. JD überschlug im Kopf, dass er erst wenige Hundert Meter gegangen war. Es war noch nicht viel Zeit vergangen.

Er seufzte tief auf und machte sie wieder auf den Weg. Hoffentlich würde der Junge ihm folgen. Aber bei jedem Schritt, den er machte, verstärkten sich seine Zweifel. Das hier funktionierte nicht. Aaron war schließlich noch ein kleiner Junge.

Der Weg gabelte sich, und JD zögerte. Sekunden später hatte er eine Entscheidung getroffen. Er musste den Weg zurückgehen, den er gekommen war. Er konnte es nicht riskieren, Aaron zu verlieren, nur um seinen Standpunkt klarzumachen. Okay, Kleiner, dachte er, du hast gewonnen.

Geschlagen von einem starrköpfigen Kind, das eine Kamera nach ihm geworfen hatte.

Er wusste nicht, was er sonst tun sollte. Er war ein großes Risiko eingegangen, und das war ein Fehler gewesen. Er pfiff nach dem Hund. Dann drehte er sich um und ging wieder den Berg hinauf, vielmehr lief er. Nachdem die Entscheidung gefallen war, gab er seiner Angst nach, die ihm wie ein Stein im Magen lag. Den Hund dicht auf den Fersen, lief er um die erste Kurve und rief nach Aaron, so laut er konnte.

Sekunden später wurde er von einem Wirbelwind getroffen. Der Junge rannte direkt in ihn hinein und warf ihn beinahe um.

„Wow, Junge!“, rief JD. „Immer mit der Ruhe!“

Aarons Gesicht war schweißbedeckt und immer noch hochrot, aber als JD in seine Augen schaute, sah er keine Wut. Allerdings auch keine Angst oder Verzweiflung.

„Es tut mir leid“, entschuldigte er sich erstaunlich würdevoll. „Ich habe die Kamera absichtlich geworfen, und das hätte ich nicht tun sollen. Es tut mir auch leid, was ich zu dir gesagt habe. Ich hasse dich nicht, kein bisschen.“

Dem Zittern in seiner Stimme nach zu urteilen, nahm JD an, dass dem Jungen diese kleine Ansprache nicht leichtfiel. Er wusste, dass viel von seiner Antwort abhing, und er hoffte, dass er das Richtige sagen würde. „Deine Ehrlichkeit beeindruckt mich.“

„Nimmst du meine Entschuldigung an?“

Kate würde vermutlich sagen, dass das der richtige Augenblick war, um den Vorfall im Detail zu besprechen. Um Aaron Wege zu zeigen, besser mit seiner Wut umzugehen, und Möglichkeiten, diese starke innere Kraft, die den Jungen in solchen Momenten übermannte, unter Kontrolle zu bekommen.

JD betrachtete das kleine Gesicht, das nun vor lauter Reue ganz weich und verletzlich wirkte. Ein anderes Mal, dachte er.

„Ja“, sagte er stattdessen und streckte seine Hand aus. „Ich nehme deine Entschuldigung an.“

Mit ernster Miene schüttelte Aaron seine Hand und ließ seine Finger noch ein paar Herzschläge lang in JDs Handfläche ruhen. „Wärst du wirklich losgegangen und hättest mich hier alleine zurückgelassen?“

„Niemals“, erwiderte JD ernst. „Ich würde dich niemals alleinelassen.“

24. KAPITEL

Kate warf einen Blick auf den Schrittzähler, der an ihrem Hosenbund klemmte. „Wie geht es dir?", fragte sie Callie, die mit strammem Schritt neben ihr hermarschierte.

„Einfach supi."

„Wir haben schon drei Meilen geschafft. Brauchst du eine Pause?"

„Oh Gott, nein! Lass uns die Sache einfach hinter uns bringen."

Sie schwitzten beide in der Nachmittagssonne, aber Callie hatte heute gute Laune. Die Tage seit der Diagnose hatten einer emotionalen Achterbahnfahrt geglichen. Manchmal schien sie sich damit abgefunden zu haben, an anderen Tagen begehrte sie gegen ihr Schicksal auf oder gab sich der totalen Verzweiflung hin. Jeden Augenblick schien sich ihre Meinung zu ändern. Sie wechselte von Rebellion und Mutlosigkeit zu vorbildlichem Engagement und Entschiedenheit. Was – das hatte Kate in dem Crashkurs im Umgang mit Diabetes-Patienten erfahren, den sie belegt hatte – ganz normal war. Sie war entschlossen, so viel über die Krankheit zu lernen wie möglich. Ohne auch nur eine Sekunde darüber nachzudenken, hatte sie die Elternrolle bei Callie übernommen. Das Mädchen brauchte jemanden, der sie ein wenig bemutterte.

Und Kate verspürte den starken Drang, genau das zu tun. Sie widmete sich dem Problem wie ein Militärstratege, bewaffnete sich mit Wissen über Insulinresistenz und Typ-2-Diabetes und entwarf dann einen Schlachtplan, um den Feind in die Flucht zu schlagen. Sie entwickelte Mahlzeiten, die dazu dienten, den Glukosestoffwechsel zu optimieren, und stellte einen Sportplan auf die Beine, der einem professionellen Triathleten alle Ehre gemacht hätte. Sie war bei Callie, wenn diese ihren Blutzuckerspiegel maß und gemeinsam mit ihrem Gewicht in ein kleines Notizbuch schrieb. Gemeinsam gingen sie jeden Tag fünf Meilen, fuhren mit dem Kajak, schwammen und belohnten sich dann selber mit Kinobesuchen oder anderen Ausflügen, die wiederum zu noch mehr körperlicher Betätigung führten.

Manchmal bekamen sie sich dabei in die Haare. Aber trotz der Höhen und Tiefen sah Kate inzwischen einen Hauch von Entschlossenheit und erste Erfolge bei Callie. Das Mädchen hatte bereits Gewicht verloren. Das war das Geschenk der Jugend, dass ihr Körper sich so schnell an die neue Ernährung und den Sport gewöhnte. Dass sie in dieser kurzen Zeit schon fünfzehn Pfund weniger auf die Waage brachte, war deutlich sichtbar. Und dank der Salben und Tabletten, die ihr der Arzt verschrieben hatte, wurde auch ihre Haut langsam besser. Die größte Veränderung aber fand in Callies Verhalten statt. Nach der Diagnose war sie am Boden zerstört gewesen, aber sie hatte es geschafft, daraus eine Quelle der Motivation zu machen.

Das alles hielt Kate tagsüber ganz schön auf Trab. Und hinderte sie zum Glück daran, JDs wegen in tausend Teile zu zerbrechen. Seit sie sich wegen ihres Artikels über Callie gestritten hatten, hatte sie ihn nicht wiedergesehen. Er war zwar aus L. A. zurück, ihrer Meinung nach war es aber an ihm, den ersten Schritt zu tun.

Vor ihnen erkundete Aaron die Dünen und warf nur ab und zu einen Blick zurück, um zu sehen, wo sie blieben. Um der täglichen Routine zu entfliehen, waren sie nach Dungeness Spit gefahren, einer flachen, sandigen Landzunge, die in die Juan-de-Fuca-Straße hineinragte. Es war eine spektakuläre Landschaft, ein wildes, windgepeitschtes Zuhause für achtzig verschiedene Vogelarten und mit einem alten Leuchtturm an der Spitze.

„Ich würde mir gern eine Kopie deiner Geburtsurkunde

besorgen", sagte Kate. „Bei dieser Gelegenheit könnten wir mit der Fähre nach Victoria fahren und dort ein wenig shoppen und bummeln gehen."

Einen Moment lang blitzte Sehnsucht in Callies Augen auf, aber die verbarg sie schnell. „Auf gar keinen Fall! Das Letzte, was ich will, ist, Aufmerksamkeit zu erregen. Sonst stecken sie mich nur wieder in eine Pflegefamilie."

Dieses Thema bereitete Kate schon länger Sorgen. Für kurze Zeit noch lebte Callie in geordneten Verhältnissen. Aber da Kate nun wusste, wie jung das Mädchen war, konnte sie es nicht mehr lange vor sich herschieben, die Sache offiziell mit den Behörden zu besprechen.

„Du kannst dich nicht dein ganzes Leben lang verstecken", erwiderte Kate. „Früher oder später – und ich tippe auf früher – geht der Bericht aus der Notaufnahme an den zuständigen Sozialarbeiter, der dann bei uns auf der Matte steht. Und man muss nicht sehr tief graben, um herauszufinden, dass du als Ausreißerin gesucht wirst."

„Ich bin nicht weggelaufen. Ich wurde verjagt."

Kate ging einige Minuten schweigend neben ihr her. Das war genau die Art Information, die sie für ihren Artikel brauchte, aber inzwischen war sie auch davon nicht mehr hundertprozentig überzeugt. Sie war sich dessen so sicher gewesen – bevor JD ihr Selbstvertrauen untergraben hatte.

„Bisher hat dich das doch auch nicht gestört."

„Bisher dachte ich ja auch, dass du achtzehn bist. Dass du noch drei Jahre von der Volljährigkeit entfernt bist, ändert alles."

Auf dem Weg zurück schlief Aaron im Auto ein. Callie war angenehm erschöpft und zufrieden mit sich. An manchen Tagen hatte sie das Gefühl, dass ihre Anstrengungen sich auszahlten. Wenn sie ihre Mahlzeiten und den Sport richtig plante, hatte sie viel mehr Energie und spürte richtiggehend, wie sie stärker wurde. Heute war ein guter Tag. Und davon hatte sie schon einige gehabt, was sie erstaunlich fand, wenn sie bedachte, was seit ihrem Geburtstag alles passiert war. Sie hatte die Lüge über ihr Alter enthüllt, und die Welt war nicht untergegangen. Bei ihr war eine chronische Krankheit festgestellt worden, und doch ging das Leben weiter. Nicht nur das – sie kam mit der neuen Situation sogar sehr gut zurecht. Es war wenigstens ein Teil in ihrem Leben, über den sie die Kontrolle hatte.

Ihre Einstellung schien ein Pendel an einer sehr, sehr langen Schnur zu sein. An manchen Tagen hasste sie einfach alles: ihre Krankheit, sich, ihr Leben, ihre Situation. An anderen, so wie heute, war alles irgendwo zwischen ganz in Ordnung und gar nicht mal so schlecht.

„Noch ein Grund, warum wir uns um deine Geburtsurkunde kümmern sollten", nahm Kate die Unterhaltung wieder auf und riss Callie damit aus ihren Gedanken, „ist, dass du dann nächstes Jahr Fahrstunden nehmen kannst. Du willst doch lernen, Auto zu fahren, oder?"

„Oh, ich weiß, wie das geht." Als sie und ihre Mutter nach Washington gekommen waren, hatte Callie oft das Auto ihrer Mutter genommen, einfach nur um zu sehen, ob sie damit durchkam. Der Plan war, dass ihre Mutter sie erwischte und ihr Hausarrest gab, aber das war natürlich nie passiert. Es war sowieso ein dummer Versuch gewesen, Aufmerksamkeit zu erregen.

„Ich meinte: *mit* Führerschein", sagte Kate.

„Hm." Callie schaute aus dem Fenster, während sie durch den kleinen Touristenort Sequim fuhren, ein sonniges Städtchen, das inmitten blühender Lavendelfelder lag. Sie genoss das angenehme Schweigen zwischen ihnen.

Irgendwann hatte sie bei einer Familie gewohnt, in deren Einfahrt sich mehr Autos tummelten als auf einem durchschnittlichen Supermarktparkplatz. Dort hatte sie sich ihre

Fahrkünste ab und zu zunutze gemacht. Der Vater bat die Kinder alle naselang, die Autos umzurangieren, dieses hinein- und jenes herauszufahren. Irgendwann war das dann hauptsächlich Callies Aufgabe gewesen. Eines Tages, als sie einen rostigen Chevrolet Malibu von der Einfahrt auf die Straße lenkte, war sie einfach weitergefahren, die Vorortstraße entlang und auf den Highway. Sie war so langsam gefahren, dass die Trucks sie hupend überholt hatten. Im nächsten Ort zwang die Polizei sie zum Anhalten. Das war ihr letzter Tag bei *dieser* Familie gewesen.

Sie zwang ihre Gedanken in die Gegenwart zurück und wandte sich an Kate. „Also, wann ist der dumme Streit zwischen JD und dir wieder ausgestanden?"

Kate umklammerte das Lenkrad fester. „Welcher Streit?"

„Netter Versuch", erwiderte Callie, „aber er funktioniert nicht." Sie wollte Kate nicht ärgern, aber sie war wirklich neugierig. JD hatte seine Besuche bei ihnen eingestellt. Aaron durfte ihn noch besuchen und ihm helfen, das Boot zu restaurieren, aber es gab keine gemeinsamen Mahlzeiten mehr, keine Geschichten und keine Spieleabende. Kein Umeinanderherumschleichen von Kate und JD mehr, wobei Callie noch nicht ganz herausgefunden hatte, worum es dabei wirklich ging. Aber sie starb beinahe vor Neugierde! Hatte er Kate von seiner wahren Identität erzählt – und hatte Kate ein Problem damit? „Worum ging es bei eurem Streit?", fragte sie nach.

„Um nichts." Kates Knöchel waren immer noch weiß, ihre Wangen dafür rot.

„Von Aaron oder mir würdest du diese Antwort nicht akzeptieren", bemerkte Callie altklug. „Komm schon, erzähl's mir."

Kate seufzte und warf durch den Rückspiegel einen Blick auf den schlafenden Aaron.

„Wir beide hatten keinen richtigen Streit, nur eine Meinungsverschiedenheit."

„Und das unterscheidet sich genau wie?“

„Wir wurden nicht laut oder so. Wir hatten nur … unterschiedliche Meinungen zu einem Thema.“

„Und welches Thema war das?“

Kate zögerte. Sie biss sich auf die Lippe und konzentrierte sich auf die vor ihr liegende Straße.

„Es ging um mich“, brach Callie das Schweigen. Es war keine Frage. Das leichte Zögern hatte es ihr verraten. *Verdammt.* „Kate, das ist dumm, wirklich. Ich sollte überhaupt keine Rolle spielen …“

„Natürlich spielst du eine Rolle.“

„Ich meine, nicht wenn es um dich und JD geht.“

„Wir passen einfach nicht zusammen. Es ist besser, nicht noch mehr Zeit und Energie auf etwas zu verschwenden, was sowieso nur einen Sommer hält. Und das ist ganz alleine meine Entscheidung, falls du es genau wissen willst.“

Callie war inzwischen klar, dass Kate ziemlich stur sein konnte. Vielleicht wurde man das als alleinerziehende Mutter. Sie war es gewohnt, sich um alles selber zu kümmern.

„Was soll das heißen, ihr passt nicht zusammen? Das ist doch Bullshit!“

„Mir gefällt deine Ausdrucksweise nicht.“

„Und mir gefällt nicht, dass du mich ausschließt. Ich dachte, wir wären Freunde, Kate. Freunde erzählen sich Sachen. Mein Gott, du kennst sogar mein Gewicht und meinen Blutzuckerwert.“

Kate schürzte die Lippen, als wenn sie nichts mehr sagen wollte. Dann sprach sie doch. „Wir haben uns darüber gestritten, dass ich einen Artikel über dich schreiben will.“

Ein Klassiker, dachte Callie. Natürlich war JD dagegen – und sie wusste auch genau, warum. Kate wusste das allerdings nicht, und Callie konnte es ihr auch nicht erzählen. Oder doch? Wenn sie die Katze aus dem Sack ließe, würde Kate ihn verstehen. Oder sie würde wütend darüber werden, dass JD ihr nicht die Wahrheit gesagt hatte, und ihn ganz aus ihrem Leben streichen. Nun gut, entschied Callie. Sie würde ihren Mund halten. Es war nicht an ihr, seine wahre Identität zu enthüllen, und außerdem hatte sie ihm ein Versprechen gegeben. Du Idiot, JD! dachte sie. Du verdammter Idiot.

„Hast du ihm gesagt, dass ich will, dass du den Artikel schreibst?"

„Natürlich. Ich habe ihm auch gesagt, dass wir deinen Namen ändern werden."

„Nun, ich will es immer noch. Das werde ich ihm auch sagen."

„Du wirst gar nichts tun. Das ist eine Sache zwischen JD und mir."

„Aber es geht doch um mich."

Zurück in Port Angeles, fuhren sie am Rekrutierungsbüro in der First Street vorbei. Und da sah Callie es wieder: das Poster von Jordon Donovan Harris. Einen Meter hoch, stand es direkt vor dem Büro auf dem Bürgersteig. Sie studierte es jedes Mal genau, wenn sie daran vorbeikamen. Er sah so heiß aus! Es war erstaunlich, was eine Hornbrille und eine Baseballkappe aus einem Menschen machen konnten.

„Er denkt, ich könnte dich und deine Situation für meine Zwecke ausnutzen", sagte Kate. „Aber das will ich nicht, Callie, das schwöre ich dir."

„Das weiß ich doch. Deshalb bin ich ja überhaupt mit der ganzen Sache einverstanden."

„Willst du dein Foto wirklich landesweit in einer Zeitschrift sehen?"

Puh. Das wäre das Coolste, was ihr jemals passiert wäre. Aber Callie hatte inzwischen gelernt, was mit Wünschen passierte. Je mehr man sich etwas wünschte, desto unmöglicher wurde es, es zu erreichen. Also versuchte sie, es sich nicht zu stark zu wünschen. „Wir haben das doch alles schon mal besprochen", erwiderte sie nun. „Ich bin kein Covermodel oder so was. Aber wenn das Magazin Fotos braucht, dann bin ich damit einverstanden. Mein Gott, JD regt mich echt auf!" Sie hielt schnell den Mund, bevor sie zu viel sagen konnte, und wandte den Blick ab.

„Hast du mit ihm darüber gesprochen?", wollte Kate wissen.

„Nein", kam die schnelle Antwort. „Ich kann mir nur gut vorstellen, dass er sich über so etwas aufregen kann. Er ist ein so ... zurückgezogener Mensch." Sie spürte, dass ihr wirklich viel daran lag, dass Kate und JD zusammen waren. Es ging sie zwar nichts an, aber zwischen den beiden war etwas. Eine ganz besondere Energie. Dass sie nun kurz davorstanden, alles hinzuschmeißen, fand sie zu traurig. Sie schienen so ein perfektes Paar zu sein: Kate, die ewige Optimistin, und Harris, der gefährliche Beschützer. Ganz zu schweigen davon, dass sie so gut aussahen, dass ein Foto von ihnen jedem Klatschmagazin zur Ehre gereicht hätte. Oh ja! Das würde JD besonders lieben, dachte Callie.

In der letzten Zeit schien Kate ... ein wenig verloren zu sein. Sie schien ihn zu vermissen. Da fiel Callie ein, dass sie vielleicht doch nicht so machtlos war, wie sie gedacht hatte. Wenn ihr doch nur ein Grund einfallen würde, die beiden noch einmal zusammenzubringen! Sicher gab es in Kates Haus irgendwo einen undichten Wasserhahn, den JD reparieren konnte. Darin war er gut. Vielleicht ist das der Schlüssel, sagte sich Callie. Darüber musste sie noch einmal nachdenken.

„Wie auch immer", sagte sie nun laut. „Ich kann einfach nicht glauben, dass ihr deswegen Schluss gemacht habt! Das ist ja, als würde ich schlechtes Karma verbreiten."

„Tust du nicht", gab Kate zurück. „Und wir haben auch nicht Schluss gemacht. Technisch gesehen waren wir ja gar nicht richtig zusammen, also gibt es auch nichts, was man beenden müsste."

Callie schnaubte. „Hörst du dir eigentlich zu? Technisch gesehen? Was soll das denn heißen?" Sie wartete, aber Kate antwortete nicht. „Er hat mein Leben gerettet, schon vergessen?"

„Du musst mich nicht daran erinnern, dass er ein toller Kerl ist."

„Hallo? Es ist ja nicht so, dass die auf Bäumen wachsen."

„Weißt du was?", brauste Kate auf. „Das Thema ist beendet. Wir haben ein Projekt, und zwar, dich wieder auf die Beine zu kriegen. Also konzentrieren wir uns wieder darauf, okay?"

„Nur wenn du mir versprichst, mit dem Artikel weiterzumachen."

Kate lenkte das Auto an den Straßenrand und hielt an. Dann atmete sie tief durch und sah Callie an. „Wenn ich das tue, wird ein Besuch bei deiner Mutter mit dazugehören."

Callies Herz setzte einen Schlag aus. „Warum?"

„Weil sie ein großer Teil deiner Geschichte ist. Ohne sie wäre sie nicht vollständig."

Eine schmerzhafte Mischung aus Panik und Sehnsucht schoss durch Callies Körper. Ihre Mutter hatte sie auf alle nur erdenklichen Arten im Stich gelassen und sie schlussendlich einfach in die Welt hinausgeworfen, wie ein Samenkorn in den Wind geblasen wird. Und doch waren sie Mutter und Tochter. Auch wenn sie nicht wollte, dass ihr das etwas bedeutete, tat es das doch. Es bedeutete ihr alles. „Wie du meinst", murmelte sie. „Ist mir egal."

25. KAPITEL

Callie denkt, dass wir Schluss gemacht haben", sagte Kate schnell, bevor sie den Mut verlor. Letzte Nacht war sie um drei Uhr immer noch durchs Haus getigert und hatte überlegt, wie sie die Situation bereinigen könnte. Doch sie hatte keine Antworten gefunden. Nur Erschöpfung.

Und jetzt stand er plötzlich vor der Tür, als ob er ihre Gedanken gelesen hätte. Aber sein Anliegen schien nicht zu sein, sich mit ihr auszusprechen. Nach einer knappen Begrüßung erklärte er: „Sie hat mir gesagt, dass dein Verandalicht kaputt ist."

Versteht er es wirklich nicht? fragte sich Kate. Das war doch nur ein äußerst fadenscheiniger Vorwand gewesen, um ihn herzulocken. Er jedoch schien Callies Bitte für bare Münze zu nehmen.

Er schaute vom Verandatisch auf, auf dem verschiedene Einzelteile ausgebreitet lagen. „Willst du einen Kippschalter oder einen Dimmer?"

„Will ich … was?"

„Die Lampe. Was für einen Schalter willst du?"

„Tu nicht so, als hättest du nicht gehört, was ich gesagt habe."

„Ich habe es gehört." Er wühlte in seinem Werkzeuggürtel herum, der ihm um die Hüfte hing. „Für ein Außenlicht ist ein Kippschalter genau das Richtige", beschloss er.

„Du weichst mir aus", sagte Kate. Sie bereute es bereits, die Unterhaltung überhaupt angefangen zu haben. Sie klang so weinerlich und besitzergreifend.

„Ich musste weg." Er steckte die Fassung zwischen zwei Klemmen und öffnete eine neue Packung Kabel. „Jetzt bin ich wieder da."

Kate biss sich auf die Zunge und wartete. Wobei sie sich

nicht sicher war, worauf. Wollte sie, dass er sich entschuldigte? Dass er sagte, er hätte kein Recht darauf, ihre Entscheidungen zu billigen oder zu missbilligen? Oder wollte sie hören, dass er sich geirrt hatte und dass es der Mühe wert war, über Callies Leben zu schreiben? Und dass sie es verdient hatte, über sein Kommen und Gehen informiert zu werden?

Jetzt, wo sie so darüber nachdachte, musste sie zugeben: Die Antwort auf alle Fragen war: ja.

Langsam wurde es kompliziert. Ihre Gefühle für ihn wurden kompliziert. Wenn sie wüsste, woran sie mit ihm war, könnte sie energischer nachhaken, sich mit ihm aussprechen, darüber diskutieren. Das taten Menschen doch, die einander mochten. Und doch diskutierten JD und sie nicht. Sie vermieden das Thema und taten so, als wäre das, was zwischen ihnen stand, es nicht wert, darüber zu streiten.

Vielleicht hatte sie zu viel hineininterpretiert. Vielleicht funktionierte ihre Beziehung besser als eine Sommerromanze, die ganz automatisch ihr Ende finden würde.

„Kannst du mir bitte die Abisolierzange geben?", bat er.

Nun gut, er wollte also nicht darüber reden. Vielleicht war das auch besser so. Seit dem ersten Tag hatten sie sich so gut verstanden, dass es schon beinahe unheimlich gewesen war. Ihr fiel auf, dass das daran lag, dass sie sich nie mit schwierigeren Themen beschäftigt hatten als der Entscheidung, ob es Hamburger oder Hot Dogs zum Abendessen geben würde oder welche CD sie einlegen sollten. Sie hätten sich damit begnügen sollen, so durch den Sommer zu gehen. Sie hätten einen großen Bogen um die tiefergehenden Themen machen sollen.

Sie reichte ihm die Zange und tat so, als wenn ihr nicht tausend verwirrende Gedanken durch den Kopf gingen. „Der Elektriker aus der Stadt hat gesagt, dass er erst in ein paar Wochen Zeit hätte."

„Ich bin dein Liebessklave, erinnerst du dich?“, sagte er, während er einen Kupferdraht freilegte.

Kate wurde rot und suchte automatisch den Garten nach Aaron ab. Er war mit Luke Newman zusammen beim Schuppen und half, eine Luftmatratze aufzublasen, während Callie auf einem Liegestuhl daneben saß. Kate schaute den Kindern eine Weile zu. Sie unterhielten sich und lachten gemeinsam. Aaron fand es großartig, mit Luke zusammen sein zu dürfen. Und Luke, der selber noch ein großes Kind war, zeigte ihm gegenüber eine erstaunliche Toleranz.

„Okay“, sagte Kate und schenkte JD ein breites Lächeln. „Wenn ich das glauben darf, werde ich mir in Zukunft schwierigere Aufgaben für dich überlegen.“

Auch wenn sie mit leichter Stimme sprach, fragte sie sich, ob er das mit Absicht tat: das Wort Liebe zu benutzen, ohne es tatsächlich zu meinen. Sie hatten miteinander geschlafen, aber anstatt dass das ihre Beziehung klarer gemacht hatte, war sie verwirrter als jemals zuvor. Er hatte behauptet, verrückt nach ihr zu sein, aber sie hatten sich nie ernsthaft über ihre Gefühle füreinander unterhalten.

Sie wollte ihn fragen, aber hielt sich zurück, als sie sah, dass Callie und Luke zu ihnen herüberkamen. Die Veränderungen an dem Mädchen waren unübersehbar. Kate beobachtete JD aus dem Augenwinkel. Bemerkte er es auch? Aber er behielt seine unlesbare Miene bei.

Callie hielt sich strikt an ihr Programm aus Blutzuckerüberwachung, richtiger Ernährung und Sport. Inzwischen war sie nicht mehr der übergewichtige, schlecht gekleidete Teenager. Inzwischen wirkte das Mädchen so zerbrechlich und leicht wie eine Heldin aus einem Charlotte-Brontë-Roman.

„Wir fahren in die Stadt“, verkündete Callie. „Luke nimmt mich mit. Ich muss zum Unterricht, und danach wollen wir uns eine DVD ausleihen und bei den Newmans gucken.“

„Ich passe auch besonders gut auf sie auf", sagte Luke, der Kates nächste Bemerkung gezielt vorwegnahm. „Wir sind gegen zehn wieder hier."

Nachdem sie weg waren, sagte Kate: „Es ist schwer, sie so alleine losziehen zu lassen."

„Sein Auto hat Airbags, und ich weiß, wo er wohnt", erwiderte JD, als würde das alles erklären.

Sie wandte sich wieder ihren verworrenen Gedanken zu, und er widmete sich wieder seiner Arbeit. Bemerkte er die Spannung zwischen ihnen denn nicht? Ihre Beziehung war noch so frisch, dass sie nicht wusste, wie sie diese ... Auseinandersetzung einordnen sollte. Sie stritten nicht. Niemand hatte die Stimme erhoben, und der Rhythmus, in dem sie ihm die Werkzeuge reichte und er die Lampe reparierte, war auch der Gleiche geblieben.

„Wir reden nie darüber, was wir füreinander empfinden", platzte sie plötzlich heraus.

Er bastelte an der Fassung der Lampe herum. „Natürlich tun wir das." Er streckte die Hand aus, ohne Kate dabei anzusehen. „Klemme."

Sie biss die Zähne zusammen und reichte ihm die Klemme. „Wann?", fragte sie. „Wann haben wir darüber gesprochen?"

Er streckte wieder die Hand aus. „Kreuzschraubendreher."

Sie gab ihn ihm. „Ich habe gesagt, wann ..."

„Ich weiß, was du gesagt hast. Du hast mich gefragt, wann wir jemals über unsere Gefühle gesprochen haben. Wenn du Herzen und Blumen und Minnegesänge erwartest, Kate, dann bist du an den Falschen geraten."

„Wie romantisch!", erwiderte sie ärgerlich. Wie dumm von ihr, etwas von diesem Mann zu erwarten! Von jedem Mann. Das sollte sie inzwischen doch eigentlich wissen.

„Wenn du Romantik willst", setzte er nach, „dann lies ein Märchen."

„Ich verstehe nicht, wieso es so ein großes Problem ist, miteinander zu reden. Ich glaube an Gespräche. Ich bin eine sehr verbale Persönlichkeit."

„Ja, das hab ich auch schon mitbekommen." Er drehte den Lampenschirm fest. „Und ich weiß nicht, wie es bei dir ist, Kate – aber ich sage dir mit jeder Berührung, was ich für dich fühle. Wenn dir das nicht auffällt, musst du vielleicht lernen, besser zuzuhören."

Gab es irgendeine geeignete Erwiderung darauf, außer ihn mit offenem Mund anzustarren? Aber das tust du gar nicht mehr, wollte sie sagen. Du berührst mich nicht mehr.

Er hielt die Lampe an die Wand und streckte die Hand nach den Schrauben aus.

Sie gab sie ihm und wunderte sich über sein Verhalten. Mit beinahe chirurgischer Präzision schraubte er die Lampe wieder fest und betätigte testweise den Schalter. Es überraschte Kate nicht besonders, dass alles perfekt funktionierte.

„Ich schätze, das war's", sagte er und packte seine Sachen ein.

„Danke. Jetzt müssen wir nicht mehr im Dunkeln herumstolpern." Sie versuchte, höflich zu sein, aber irgendwie fühlte sich alles zwischen ihnen komisch an. Komisch und aus dem Lot.

„Kein Problem." Während er seinen Handwerkergürtel abnahm, musterte er sie eindringlich. „Was ist das für ein Gesichtsausdruck?"

„Welcher?" Sie gab vor, ihn nicht zu verstehen, auch wenn das Gefühl, dass zwischen ihnen etwas nicht stimmte, beinahe greifbar in der Luft lag und ihr das Gefühl gab, sich verteidigen zu müssen.

„Du bist wegen irgendetwas sauer."

„Das wäre wohl nicht sehr nachbarschaftlich von mir, auf die Person sauer zu sein, die gerade meine Verandalampe repariert hat."

„Du bist sauer“, wiederholte er.

„Sag mir nicht, wie ich mich fühle!“ Sie setzte sich auf die Stufen, und er setzte sich neben sie.

Sie war hin- und hergerissen zwischen dem Wunsch, sich an ihn zu lehnen, und dem Drang, ihn von sich zu stoßen. Ihr Herz tat ihr weh. So fing es an, das Ende. Das passierte ihr jedes Mal, wenn sie jemanden mochte. Immer. Sie war verrückt, wenn sie dachte, dass es mit JD anders sein könnte.

Ach, aber sie wünschte es sich so sehr! Sie sehnte sich nach ihm wie ein verliebtes Schulmädchen.

Sie hätte es besser wissen sollen. Hätte das Muster erkennen müssen, das inzwischen ein so vertrauter Rhythmus in ihrem Leben geworden war. Wann immer sie einen Mann mochte, passierte irgendetwas.

Eine Bemerkung. Vielleicht nur ein Blick. Sie war jedes Mal erstaunt, wie wenig es bedurfte, um ein zartes Band zu kappen.

Sie spürte JDs Blick und das Gewicht seiner Erwartungen. Es war wohl so weit. Das Beziehungsgespräch war an der Reihe. Und bisher lief es nicht sonderlich gut.

Sie atmete tief ein. „Hast du jemals einen losen Faden an einem Pullover entdeckt“, fragte sie, „und als du dran gezogen hast, löste sich das ganze Kleidungsstück auf?“

Er nickte. „Ich höre normalerweise auf zu ziehen, wenn ich merke, dass alles aufribbelt.“

„Manchmal löst es sich aber von ganz alleine auf“, erwiderte sie. „Ob man nun dran zieht oder nicht.“

„Ich verstehe nicht, worauf du hinauswillst.“

„Ich meine … mir scheint, als wenn wir uns auch langsam auflösen.“ Hitze stieg ihr ins Gesicht, und sie wandte den Blick ab. Laut ausgesprochen klangen ihre Worte so albern. Und es war dumm von ihr, enttäuscht zu sein. Sie sollte sich inzwischen dran gewöhnt haben.

„Und was ist in unserem Fall denn der lose Faden?“

„Das weißt du nicht?“

Er antwortete nicht, sondern sah sie indessen nur abwartend an.

Typisch Mann, erinnerte sie sich. Sie ließen die Frauen die ganze emotionale Arbeit tun und gingen dann ungerührt ihres Weges. „Ich habe dir erzählt, dass ich über Callie schreiben werde“, erinnerte sie ihn. „Und deine Reaktion bestand darin, meine Entscheidung infrage zu stellen.“

Er leugnete es nicht. Stattdessen sagte er: „Ich frage mich nur, ob es dich glücklich machen wird, das Leben anderer Menschen in einer Zeitschrift auszubreiten.“

Autsch. „Es geht hier nicht um mein Glück. Und ich werde mich auch nicht vor dir rechtfertigen. Das ist etwas, was ich tun möchte, wofür ich arbeiten werde, und du hast kein Recht, das zu verurteilen.“

„Dann sollten wir besser das Thema wechseln.“

„So einfach ist das nicht. Ich kann nicht mit jemandem zusammen sein, der meine Träume und Ziele nicht unterstützt. Das ist eine der grundlegenden, unumstößlichen Regeln für eine Beziehung.“

Oh Gott, dachte sie, damit habe ich eine ziemlich klare Linie gezogen.

Er war still. Sie wusste nicht, was er dachte.

„Kate ...“

„JD ...“

Sie sprachen gleichzeitig.

„Hey!“, rief Aaron. „Guckt mal!“ Er stand auf seinem Fahrrad an der höchsten Stelle eines steilen Abhangs, der unten in den Rasen überging. Kaum dass sie zu ihm hinschauten, beugte er sich über den Lenker und fuhr los. Das Fahrrad sauste den Berg hinunter und war nach wenigen Sekunden vollkommen außer Kontrolle.

Kate war sofort auf den Beinen. JD rannte, aber sie waren

zu weit weg, um den Jungen aufhalten zu können. Selbst als sie ihm zubrüllten, er solle bremsen, raste er weiter den buckeligen Berg hinunter.

Hilflos und panisch sah Kate zu, wie ihr Sohn über den Steg brauste, sich am Ende mit einem Jubelschrei in die Luft erhob, das Fahrrad losließ und ins Wasser sprang.

Als er kurz darauf wieder an die Oberfläche kam und ein Kriegsgeheul anstimmte, wandelte sich Kates Angst in Wut. Sie rannte an JD vorbei zum Ende des Stegs. Das Fahrrad kam an die Wasseroberfläche. Aaron hatte zwei Schwimmwesten daran befestigt und zog es nun hinter sich her, als er zur Leiter schwamm.

„Was zum Teufel tust du da?“, rief Kate.

„Nichts.“

Es war der uralte Kampf zwischen wütenden Müttern und ungezogenen Söhnen.

Aaron konzentrierte sich auf JD, der nun mit den Händen in die Hüften gestemmt am Anfang des Stegs stand und ins Wasser schaute.

„Hast du das gesehen, JD?“, fragte Aaron. „Hast du? Hast du mich gesehen?“

„Ja, habe ich. Wie gedenkst du, das Fahrrad aus dem Wasser zu holen?“

„Ich hab das alles ganz genau ausgetüftelt. Aber hast du gesehen, wie wahnsinnig das war?“ Obwohl er vor Kälte zitterte, zog er mit einem breiten Grinsen im Gesicht sein Fahrrad zur Bootsrampe hinüber.

Kate starrte JD an. Sie hasste es, dass er sich mit Aaron gegen sie verbündet hatte. „Du hättest ihm nicht auch noch sagen dürfen, wie toll das war.“

„Aber das war es doch.“

Die Überreste ihres Streits hingen immer noch zwischen ihnen. „Es ist eine schlechte Idee, gefährliches Verhalten zu ermutigen.“

„Er braucht keine Ermutigung. Er hat sich das alles selbst ausgedacht."

Sie gingen zur Bootsrampe hinüber und warteten, während Aaron das Fahrrad ins flache Wasser zog, hinstellte und dann die Rampe hinaufschob.

„Du hast so was von Hausarrest", sagte Kate.

„Das war es so was von wert", erwiderte Aaron.

26. KAPITEL

Ungewohnt heftig machte JD sich am Boot zu schaffen und blies dann mit dem Kompressor den ganzen Staub beiseite, um den nächsten Schritt vorzubereiten. Das Holz musste so staubfrei sein wie nur irgend möglich, damit die einzelnen Versiegelungsschichten, die er nun nacheinander auftragen würde, ganz glatt und eben werden würden. Der gesamte Rumpf musste luft- und wasserdicht abgedichtet sein und für die vielen Schichten Epoxidharz und Lack vorbereitet werden.

Es fiel ihm jedoch schwer, sich auf die Arbeit zu konzentrieren. Was nun? fragte er sich, während er die Welt durch seine Sicherheitsbrille betrachtete. Was zum Teufel sollte er jetzt tun?

Wie ein Narr hatte er etwas mit Kate angefangen. Und wie ein noch viel größerer Narr hatte er es wieder kaputtgemacht.

Es war ein dummes Missgeschick gewesen, sich in sie zu verlieben. Ein ungeplantes Ereignis, das außerhalb seiner Kontrolle gelegen hatte. Es hätte nicht passieren dürfen.

Er wischte jedes Staubkörnchen vom Bootsrumpf, so gewissenhaft wie ein Chirurg. Er wusste eine Menge über Unfälle. Er war schon seit Jahren damit beschäftigt, nach ihnen aufzuräumen.

„*Es war ein Unfall*“, hörte er in seinem Job täglich von den Leuten oder „*Es war nicht meine Schuld*“ oder „*Ich wollte das nicht*“. Diese Sätze von Opfern und ihren Familien zu hören frustrierte ihn normalerweise. Jetzt fiel ihm jedoch auf, dass all diese Sätze perfekt auf seine Affäre mit Kate passten. Er war diesen Sommer hierhergekommen, um von der Bildfläche zu verschwinden und seine Ruhe zu haben. Und nicht um einen Traum zu entdecken, den er sich niemals erlaubt hatte zu träumen.

Als er die Klinge am Hobel wechseln wollte, rutschte er ab. Er schaute auf den tiefen Schnitt in seinem Finger, sah, wie das Blut hochstieg und zu Boden tropfte. Es vergingen ein paar Sekunden, bevor er den Schmerz spürte. „Du Idiot!", fluchte er. Er ging nach draußen zum Wasserhahn und wusch die Wunde aus. Dann legte er sich einen Verband an und machte sich wieder an die Arbeit. Es war doch sonst nicht seine Art, so ungeschickt zu sein! Er musste besser aufpassen.

Er war wütend auf sich, weil er die Dinge so weit hatte laufen lassen. Im Rückblick konnte er nicht einmal genau sagen, wie es dazu gekommen war. Es war neu für ihn, sein Herz zu verschenken, und eines der ersten Dinge, die ihm daran aufgefallen waren, war, dass man Liebe nicht kontrollieren konnte. Aber die Liebe kontrollierte ihn. Und er liebte nicht nur Kate, sondern auch Aaron. Sogar Callie mit ihren Geheimnissen und ihren Seelenschmerzen gehörte dazu. Sie formten eine enge Einheit, die gemeinsam mehr war als die Summe ihrer Teile. JD war sich nicht sicher, wieso er wusste, wie sich eine Familie anfühlte. Aber trotzdem verstand er tief im Inneren, dass er die Essenz dieses Gefühls in diesem Sommer gefunden hatte. Es waren eine Nähe und eine Zufriedenheit, die jeden gemeinsam verbrachten Moment durchdrangen, sogar wenn sie mal nicht einer Meinung waren.

Es gab so viele Gründe, warum das nicht funktionieren konnte, und doch wünschte er sich, er könnte einen Weg finden, mit ihnen zusammen zu sein. Nicht nur für den Sommer, sondern für immer. Aber Kate hatte offensichtlich andere Vorstellungen. Nach ihrem Streit hatten sie sich nicht mehr viel zu sagen gehabt. Kate hatte ihn darüber in Kenntnis gesetzt, dass sie nicht mit ihm zusammen sein konnte, wenn er sie nicht unterstützte. Und er brachte es nicht über sich, seine Meinung über das Callie-Projekt zu ändern.

Das hätte das Ende sein sollen. Doch stattdessen fühlte

es sich an wie der Beginn einer Krankheit, die er nicht abschütteln konnte. Er dachte ständig an sie. In ihm tobte eine Sehnsucht, die ihn nachts wach liegen ließ, die ihn seines Wunsches nach Einsamkeit beraubte und die ihn von den einfachsten Aufgaben ablenkte. Sogar die sonst so befriedigende Restauration des Bootes schien im Moment zu viel für ihn zu sein.

Er fühlte sich elend, dass er es mit ihr vermasselt hatte. Und gleichzeitig war da auch diese seltsame Erleichterung in ihm. Alleine zu sein war doch Teil seines Plans gewesen. Er hatte angenommen, dass er sich diesen Sommer selbst verlieren würde – nicht sein Herz.

„Ich gratuliere!", rief Callie ihm entgegen, als sie seine Einfahrt hinunterkam. Sie sah gut aus, hatte einen leicht federnden Schritt und ihren Eimer mit den Reinigungsutensilien in der Hand, bereit, sich ans Werk zu machen.

„Wozu?", fragte er und warf einen prüfenden Blick auf seinen Verband.

„Du bist von einem normalen zu einem hochgradigen Idioten heraufgestuft worden."

„Ach ja?"

„Tu nicht so, als wenn du nicht wüsstest, wovon ich rede."

„Okay", nickte er. „Ich werde nicht so tun. Ich weiß es nämlich wirklich nicht."

„Ich rede von Kate. Es ist so dumm von dir, dich wegen des Artikels so aufzuregen! Und nein, sie hat mich nicht geschickt, um dir das zu sagen, also frag gar nicht erst."

„Ich rege mich nicht auf – ich halte es nur für eine schlechte Idee. Du sollest noch einmal darüber nachdenken, Callie."

„Es ist nur ein Artikel."

„Soweit du bisher weißt", warnte er. „Diese Dinge können ganz schnell ein Eigenleben annehmen …"

„Das ist mir egal, okay? Ich bin nicht wie du, JD, der total ausflippt, weil er keine Publicity mag."

„Die würdest du auch nicht mögen, glaub mir", versicherte er ihr. „Hör zu, als das bei mir alles angefangen hat, habe ich nach und nach systematisch mein Privatleben verloren. Und es gab nichts, was ich dagegen hätte unternehmen können. Dann kam das mit meiner Mutter dazu ... Vertrau mir – diese Art von Aufmerksamkeit wünschst du dir nicht!"

„Lass mich das doch selber herausfinden."

„Wenn du es herausgefunden hast, ist es schon zu spät. Stell dir vor, jemand gräbt alte Geschichten über deine Mutter aus."

„Das hätte sie verdient."

„Niemand hat so etwas verdient."

„Weißt du was?", entgegnete sie beleidigt. „Ich will nicht mehr darüber reden. Nein, warte, eins will ich dir noch sagen: Du hast einen Knall, wenn du deswegen die Beziehung mit Kate beendest."

„Das sagtest du schon."

„Dann bin ich jetzt fertig. Du hast den nächsten Aufschlag."

JD war mehr als bereit, das Thema fallen zu lassen. Er mochte Callie, und sie weckte einen starken Beschützerinstinkt in ihm. Und er musste ihr widerwillig Respekt für den Mut zollen, das Thema anzusprechen. Er wollte sich jedoch nicht länger mit ihr über Kate unterhalten. Seine Probleme mit dieser Frau gingen tiefer als ihre Meinungsverschiedenheit darüber, dass er ihren Artikel für eine schlechte Idee hielt. Er und Kate hatten einfach fundamental unterschiedliche Wertvorstellungen. Wenn sie mit ihrem Artikel über Callie fertig wäre, würde sie sich wieder anderen Themen zuwenden, was auch ihr gutes Recht war. Aber seine Bedenken würden immer zwischen ihnen stehen. Sie war eine Reporterin auf der Suche nach einer Geschichte. Und er war es leid, eine Geschichte zu sein.

„Hat der Arzt erlaubt, wieder zu arbeiten?“, fragte er Callie.

Sie nickte energisch.

JD musste zugeben, dass ihr verbesserter Gesundheitszustand zu einer Verbesserung ihres Allgemeinzustandes geführt hatte. Das war es, was er an der Medizin so liebte: Manchmal hatte sie wirklich die Kraft, zu heilen, ein Leben zu retten, eine Tragödie in eine zweite Chance zu verwandeln.

„Ich bin froh, dass du wieder da bist“, sagte er.

„Danke. Und, äh, ich hab mich nie für das bedankt, was du in dieser Nacht für mich getan hast, an meinem Geburtstag. Ohne dich wäre ich jetzt vielleicht nicht mehr da.“

JD arbeitete den ganzen Tag und legte kaum einen Pause ein, außer um Callie zu bezahlen und sich von ihr zu verabschieden. Er war von Kopf bis Fuß mit Schweiß und Staub bedeckt, und sein Verband hatte sich inzwischen in seine Bestandteile aufgelöst.

Als ihm zu heiß wurde, zog er das T-Shirt aus und sprang in den eiskalten See. Das klare Wasser brach in sanften, reinigenden Wellen über ihm zusammen und ließ ihm mit seiner schockierenden Kälte den Atem stocken. Er schwamm ein paar Hundert Meter weit hinaus und sah Kates Grundstück mit dem smaragdgrünen Garten, in dem das Haus wie ein Schiff unter vollen Segeln stand. Er fragte sich, was sie wohl gerade machte. Arbeitete sie an ihrem Artikel? Spielte sie mit Aaron, oder plauderte sie mit Callie? Vielleicht war sie auch in die Stadt gefahren. Vielleicht hatte sie schon jemand anderen kennengelernt. Jemanden, der keine Paranoia gegenüber Reportern hatte und nicht über ihre Arbeit zu Gericht saß.

Jemanden, der kein kolossales Geheimnis vor ihr hatte.

Wenn ihre Beziehung mit der letzten Unterhaltung nicht beendet gewesen wäre, hätte die Tatsache, dass er sie den ganzen Sommer über belogen hatte, bestimmt dafür gesorgt.

In seiner Vorstellung hatte er die Unterhaltung schon ein Dutzend Mal durchgespielt.

„Kate, ich bin nicht der, der du denkst. Warte – ich bin der, der du denkst, aber da gibt es etwas, das du über mich wissen solltest ..." Dann würde er ihr in so einfachen Worten wie möglich vom Vorfall im Walter Reed Army Medical Center erzählen. Und Kate, die ihm mal gesagt hatte, er wäre zu gut, um wahr zu sein, würde feststellen, dass sie recht gehabt hatte.

Vielleicht würde sie ihn verstehen. Möglicherweise wäre sie auch fasziniert davon, jemanden kennenzulernen, der unabsichtlich zur Berühmtheit geworden war. Aber schlussendlich würde sie, das war er sich ganz sicher, die zerstörerische Seite des Ruhmes entdecken, genau wie Janet damals. Er war wie ein Monster mit einem Eigenleben, völlig außer Kontrolle. Hier am See diesen Sommer war seine Identität egal gewesen. Aber das hier war auch nicht die reale Welt.

Die reale Welt bestand aus lästigen Paparazzi, mit Lügen gespickten Artikeln, Fernsehreportern, die jeden Schritt verfolgten, unaufhörlich klingelnden Telefonen und Agenten, die die wildesten Versprechungen machten. Und sie bestand aus Menschen, die kein Glück im Leben gehabt hatten und nun versuchten, aus seiner Geschichte Kapital zu schlagen.

Die menschliche Psyche war nicht dazu gemacht, diesen konstanten Druck auszuhalten; JD war der lebende Beweis dafür. Bald schon wäre Kate die Aufmerksamkeit leid, vor allem wenn sie sich auf Aaron richten würde. Und dann käme unweigerlich der Moment, wo sie anfangen würde, JD dafür zu hassen, dass er die ungebetenen Eindringlinge in ihr Leben gebracht hatte. Schlimmer noch: Seine Berühmtheit könnte sie und Aaron auf Arten in Gefahr bringen, die er nicht vorhersehen konnte. Wenn den beiden seinetwegen etwas passieren würde, könnte er sich das niemals verzeihen.

Sam und Penny hatten ihm versichert, dass der Aufruhr sich legen würde, es seiner Mutter irgendwann besser ginge und er eines Tages sein Leben zurückhätte. Vielleicht könnte er dann ...

Mit kräftigen, gleichmäßigen Zügen schwamm er ans Ufer zurück. Der See hatte ihn gründlich gereinigt, auch wenn er nun bis auf die Knochen fror.

Es war an der Zeit, sich um andere Dinge zu kümmern.

Er trocknete sich ab und zog sich an, dann erneuerte er seinen Verband. Er ging an seinen Tisch und betrachtete die fein säuberlich gestapelten Papiere, bevor er sich zwang, sich zu setzen. Das ist doch ganz einfach, sagte er sich. Aber er zögerte trotzdem, den Prozess ins Rollen zu bringen. Vor seinem inneren Auge sah er vor sich, wie das Auswahlkomitee seine Bewerbung durchging. Mit seiner Ausbildung und Erfahrung als Sanitäter würde er als vielversprechender Kandidat gelten. Trotzdem hatte er keine Ahnung, wie eine ehrwürdige Fakultät auf seine unfreiwillige Berühmtheit reagieren würde. Er hatte von vielen Starlets gehört, die ihre Filmkarrieren unterbrochen hatten, um nach Princeton oder Stanford zu gehen. Aber der Unterschied zwischen ihnen und ihm bestand darin, dass er das Licht der Öffentlichkeit scheute.

Ein anderer Grund für sein Zögern war: Er wollte aufgrund seiner Fähigkeiten angenommen werden – und nicht, weil er der Typ war, dessen Foto das Titelbild des *Time Magazine* geziert hatte.

Sam sagte immer, dass es dumm wäre, so zu tun, als hätte es das Attentat nicht gegeben. Die Rettungsaktion war jetzt ein Teil von JD – er konnte sich davon nicht mehr lösen. Außerdem, darauf hatte Sam ihn hingewiesen, musste man alle

Joker ziehen, um einen Platz an der medizinischen Fakultät zu bekommen, selbst wenn das bedeutete, zuzugeben, dass man das Thema der Abendnachrichten war. JD wusste verdammt gut, dass er ausreichend qualifiziert war. Er brauchte nur eine Pause.

Er massierte sich die Schläfen und stellte sich sein Leben als Student vor. Wie ein Mönch würde er lange Nächte an seinem Schreibtisch verbringen und früh am Morgen aufstehen. Arzt zu werden würde ihn vollkommen in Anspruch nehmen. Er hatte es an anderen Sanitätern der Special Forces gesehen, die ein Medizinstudium angefangen hatten. Nachdem sie sich einmal dafür entschieden hatten, verlangte es genauso viel Zeit und Konzentration wie die Ausbildung bei der Army. Es würde dann in seinem Leben keinen Platz mehr für irgendetwas anderes als das Studium und seine Arbeit geben.

Schluss jetzt! dachte er. Er hatte ausreichend Gründe, sich von Kate fernzuhalten. Und nur einen, um sie an sich heranzulassen.

Und auch wenn er versuchte, es nicht zu tun, fragte er sich doch, was sie wohl gerade in diesem Augenblick tat.

27. KAPITEL

Kate sah wegen des Fototermins für die *Vanity Fair* nervöser aus, als Callie sich fühlte. „Flipp jetzt nicht aus", sagte Callie zu ihr. „Sonst flipp ich mit."

„Okay. Ich arbeite dran." Kate streckte ihre Finger am Lenkrad, als sie auf den Parkplatz bog. Callie hatte einen Termin beim Friseur.

Das ist ganz schön einschüchternd, dachte Callie, und Kate ist im Moment keine große Hilfe.

„Ich flippe auch nicht aus", warf Aaron vom Rücksitz ein. Er hauchte wieder ans Fenster und malte mit dem Finger lustige Gesichter auf die beschlagene Scheibe. *Meine Güte, schenk dem Jungen einen Gameboy!* hätte Callie Kate am liebsten zugerufen. „Warum überhaupt die ganze Aufregung?", fragte er.

„Ich mag es nicht, fotografiert zu werden."

„Warum nicht?"

„Weil ich mein Aussehen nicht mag, okay?"

„Nein, das ist nicht okay", sagte Kate, die um die Schlaglöcher herumnavigierte. „Und du meinst das auch nicht so."

„Okay." Callie wollte vor Aarons Ohren keinen Streit vom Zaun brechen. Außerdem hatte Kate vielleicht ein kleines bisschen recht. Seit sie dieses Diabetes-Kontrollprojekt angefangen hatte, hatte sie an Gewicht verloren, und ihre Haut war auch besser geworden – keine dunklen Flecken und Pickel mehr. Mit Erleichterung hatte sie erfahren, dass Acanthosis nigricans und Akne keine Art kosmischer Strafe, sondern Symptome der Diabetes waren. Nachdem sie die unter Kontrolle bekommen hatte, waren auch die Hautprobleme nach und nach verschwunden. Gott sei Dank! „Nein, ich meinte das nicht so. Ich liebe mein Aussehen, und die Bilder werden einfach großartig werden."

„Jetzt bist du sarkastisch."

„Was ist sarkastisch?", wollte Aaron wissen.

Beide ignorierten ihn. „Ich kann doch nichts für meine Gefühle", sagte Callie.

„*Ich* mag, wie du aussiehst", ertönte es von der Rückbank.

Die beiden ignorierten ihn weiter. „Natürlich kannst du", erwiderte Kate.

„Ich *sagte*", brüllte Aaron so laut, dass es unmöglich zu überhören war, „*ich* mag es, wie du aussiehst. Ich mag dein ganzes dummes Gesicht. Da hast du's."

„Du machst mich fertig", grinste Callie.

„Das bist du schon."

„Du bist ein Spinner!"

„Und du bist diejenige, die ihr Haar gebügelt und ihr Gesicht angemalt bekommt", erwiderte er. „Wer ist hier wohl der Spinner?"

Kate fand einen Parkplatz in der Nähe des Friseursalons. „Alle bereit?", fragte sie fröhlich.

„Äh, hör mal", sagte Callie zögerlich. „Würde es dir was ausmachen, mich hier einfach nur abzusetzen. Ich meine, dann müsste Aaron sich nicht so langweilen während der Wartezeit …"

„Es macht mir nichts aus zuzugucken", krähte er.

Callie sah Kate in die Augen, und sie trafen eine schweigende Übereinkunft.

„Ich bin in einer Stunde wieder da."

„Danke."

Callie stand auf dem Bürgersteig und blickte den beiden nach. Sie fuhren den Berg hinunter in Richtung Fährhafen. Dort gab es einen Aussichtspunkt, von dem aus man bis hinüber nach Vancouver Island sehen konnte, bis nach Kanada. Callie warf einen Blick auf ihre Uhr. Noch eine Viertelstunde bis zu ihrem Termin. Eines der Dinge, die sie während ihrer Obdachlosenzeit gelernt hatte, war es, wie man Zeit totschlug. Darin war sie sozusagen Expertin. Sie ging ein kleines Stück die Straße hinunter und erhaschte einen Blick auf ihr Spiegelbild in einem Schaufenster. Ein Mädchen, das alleine die Straße entlangging, die Hände in den Taschen. Sogar mit Kate und Aaron zusammen fühlte sie sich manchmal so alleine. Die beiden waren toll, aber es war so lange her, dass sie jemanden in ihrem Alter um sich gehabt hatte, dass es schon beinahe körperlich schmerzte. Oft träumte sie davon, mit einer Gruppe Gleichaltriger zusammen zu sein, mit ihnen zu lachen wie ...

Sie betrachtete die Gruppe Jugendlicher am anderen Ende des Straßenblocks, die sich vor dem Rekrutierungsbüro versammelt hatten. *Luke.* Sie war sich sicher, dass er es war. Ihr Herz schlug schneller. Sie hatte ihn schon eine ganze Weile nicht mehr gesehen. Er hatte furchtbar viel zu tun. Vor ein paar Wochen hatte er ihr gesagt, dass er deshalb nicht mehr so oft vorbeikommen könnte wie bisher.

Aber jetzt schien er Zeit zu haben. Er stand mit zwei anderen Jungs und drei Mädchen zusammen und wirkte fröhlich und ausgelassen; seine Haltung war ganz entspannt. Callie hatte ihn gefragt, ob es komisch für ihn war, dass sie nicht so alt war, wie sie behauptet hatte, und er hatte Nein gesagt. Sie hatte ihn auch gefragt, ob es komisch sei, dass sie diese Krankheit habe, und auch das hatte er verneint.

Aber irgendetwas war definitiv komisch.

Sie verlangsamte ihre Schritte und überdachte die Situation. Er hatte sie bisher noch nicht entdeckt. Sie könnte einfach um die nächste Ecke biegen und die ganze Sache vergessen. Aber sie wusste, dass sie genau das eben nicht konnte. Die Sache vergessen. Sie würde darüber nachgrübeln. Den ganzen Sommer über hatte er behauptet, hier auf der Halbinsel keine Freunde zu haben, und sie hatte ihm geglaubt. Aber die sechs Teenager wirkten sehr vertraut.

Na und? Er hatte ein paar Freundschaften geschlossen. Das kann richtig gut werden, sagte Callie sich. Es wäre doch lustig, die letzten Sommerwochen mit einer Gruppe anderer Jugendlicher zu verbringen. Die Mädchen trugen Miniröcke und bauchfreie enge T-Shirts. Bestimmt hatten sie auch Nabelpiercings – etwas, was Callie sich versprochen hatte, wenn sie endlich ihr gewünschtes Gewicht erreicht hatte. Eines der Mädchen, das mit den blauschwarzen glatten Haaren, flirtete mit Luke, beugte sich immer nah zu ihm, wenn sie mit ihm sprach, lachte und legte eine Hand auf seinen Arm.

Okay, dachte Callie. Genug ist genug. Sie straffte die Schultern und ging auf ihn zu. Es war lustig, dass er genau vor dem Poster von JD stand, das inzwischen von der Sonne ganz verblasst war. Manchmal brannte Callie nahezu darauf, Luke davon zu erzählen. Es war das coolste Geheimnis aller Zeiten. Vielleicht würde er wieder mehr Zeit mir ihr verbringen, wenn sie ihm verriet, wer JD wirklich war.

Als sie sich der Gruppe näherte, setzte sie ein Lächeln auf. Die anderen erkannten sie natürlich nicht, Luke dafür aber umso mehr. Und er tat so, als hätte er einen Geist gesehen.

Das ist schlecht, dachte Callie und bereute ihre Entscheidung sofort. Das ist ganz, ganz schlecht. „Hey, Luke", sagte sie und hoffte, dass ihre Fröhlichkeit nicht so gezwungen klang, wie sie sich anfühlte.

Er lehnte sich gegen die Mauer des Gebäudes. „Hey."

Sie wartete darauf, dass er sie den anderen vorstellen würde. Sie spürte, wie die sie mit ihren Blicken durchbohrten. „Was macht ihr gerade?", fragte sie.

„Dies und das", erwiderte er mit gelangweilter Stimme und schmalen Augen.

„Das sehe ich." Callie wäre am liebsten gestorben. Sie betete, dass die Erde sich unter ihr auftun und sie verschlingen würde. Sie wusste, es war feige, sich zurückzuziehen, wenn sie ihm ihre Meinung eigentlich direkt ins Gesicht sagen sollte. Trotzdem wählte sie den einfacheren Weg. Er ist es nicht wert, sagte sie sich. Er ist es nicht wert, hierzubleiben und um ihn zu kämpfen. „Na ja, ich muss auch wieder los", gab sie zurück. „Man sieht sich."

„Ciao."

Sie drehte sich auf der Stelle um und ging den Weg zurück, den sie gekommen war. Auch wenn sie versuchte, nicht hinzuhören, waren ihre Ohren perfekt auf die richtige Frequenz eingestellt. Sie hörte, wie Luke ein kurzes, nervöses Lachen ausstieß.

„… niemand", sagte er. „Nur ein Mädchen, das Häuser für meine Großmutter sauber macht."

Callie ging immer weiter und hielt erst an, als sie den Aussichtsturm am Fährhafen erreicht hatte. Sie sah Kates Jeep am Fuß des Turmes stehen und hoch darüber Kate und Aaron, die den Möwen Kekse zuwarfen, die diese mitten im Flug fingen. Alleine der Anblick der beiden schien ihre Verzweiflung zu mildern – zumindest ein wenig. Sie waren so süß zusammen, die beiden Rotschöpfe. Als sie sie beobachtete, verspürte sie auf einmal eine Leichtigkeit in ihrer Brust. Ein Gefühl von … Besitzerstolz.

Sie winkte ihnen zu, und die beiden eilten die Treppen herunter. „Das ging aber schnell", rief Kate ein wenig atemlos. Ihr Gesichtsausdruck veränderte sich, als sie näher kam. „Was ist passiert?"

„Ich hab's mir anders überlegt", sagte Callie. „Ich geh da doch nicht hin."

„Aber der Fotograf …"

„Oh, die Fotos mache ich trotzdem. Aber er wird mich so nehmen müssen, wie ich bin."

Wie sich herausstellte, tat er genau das. Sie trafen sich an Kates Haus – Mr Saloutos und zwei Assistenten –, und er arbeitete schnell und mit großer Professionalität. Anfangs war Callie nervös und unsicher, aber sobald sie draußen war, den See im Hintergrund hatte, fing sie an, sich so groß und weit zu fühlen wie die Landschaft selber. Zum Teufel mit Luke! dachte sie und schaute direkt in die Kamera. Heute ging es mal nur um sie, und das würde sie genießen.

28. KAPITEL

Kate saß mit dem Laptop auf den Verandastufen und formulierte Fragen, die sie Callies Mutter im Interview stellen wollte. Aaron spielte mit dem Hund im Garten, und Callie war mit dem Bus zu ihrem Kurs in die Stadt gefahren. In der Zwischenzeit sollte Kate ein gutes Stück mit ihrer Arbeit vorankommen, aber im Moment fragte sie sich, ob sie wirklich dafür gemacht war, ihr Geld als freie Journalistin zu verdienen. Alleine das Überlegen der Fragen bereitete ihr Bauchschmerzen. Sie konnte sich weder vorstellen, sie zu stellen, noch, ehrliche Antworten darauf zu erhalten.

Ms Evans, was hat Sie dazu gebracht, in einer Kommune zu leben, die von einem Pädophilen geleitet wurde?

Wussten Sie, dass er Ihrer Tochter nachstellen würde, sobald sie in die Pubertät käme?

Und später, als Sie sie in Tacoma zurückgelassen haben – hatten Sie da angenommen, irgendjemand würde Ihnen das als verantwortungsvolle Erziehung auslegen?

In ihrem Studium hatte sie grundsätzliche Regeln dafür gelernt, wie man sogar den widerspenstigsten Personen Informationen entlockt. Aber sie konnte sich nicht erinnern, was zu tun war, wenn das Interview selber schon widerspenstig war. Vielleicht nutzte man dann die uralte Methode, die immer funktionierte: Man ließ den Interviewpartner reden, machte sich Notizen und schrieb dann die Wahrheit.

Was wird es Callie bringen, wenn ihr Leben in der Presse breitgetreten wird? JDs Missbilligung schlich sich in ihre Gedanken und unterspülte ihre Überzeugung. *Halt den Mund!* wollte sie sagen. *Geh weg!* Seine Meinung sollte ihr nicht mehr wichtig sein. Sie war eine eigenständige Person, schon immer gewesen, und für ein paar verrückte Wochen hatte sie sich erlaubt, das zu vergessen. Jetzt war sie wieder klar im

Kopf und entschlossen, über ihn hinwegzukommen. Je eher, desto besser.

„Mom", rief Aaron aus dem Garten. „Hey, Mom, schau mal!"

Dankbar für die Ablenkung, stellte sie den Laptop zur Seite, schlang die Hände um die Knie und lehnte sich zurück, um ihrem Sohn zuzusehen. „Ich bin bereit, Großer", rief sie ihm zu.

Er lockte Bandit in ein Kunststück, das sie den ganzen Sommer über geübt hatten. Ab und zu hatte es geklappt, aber das war mehr Zufall gewesen. Heute jedoch führte der Hund den Trick perfekt aus.

„Lass uns beten", sagte Aaron, streckte seine Hände hoch und schaute in den Himmel.

Sofort setzte sich der Hund, streckte die Pfoten aus und senkte den Kopf, bis Aaron sagte: „Amen!" Dann sprang Bandit auf und rannte wild im Kreis.

Kate war begeistert. Denn auch wenn Bandit ein ganz liebenswerter Kerl war, war er doch nicht der hellste Stern am Hundehimmel. Seine Fähigkeiten hatten sich bisher in dem Befolgen von einfachen, aus einem Wort bestehenden Kommandos erschöpft.

Zumindest hatte sie das gedacht. Dank Aarons Hartnäckigkeit hatte der Beagle aber doch noch einen neuen Trick gelernt. Und Kate hatte ebenfalls etwas gelernt: Man sollte niemanden vorschnell abschreiben, nur weil man denkt, er hätte keine Begabung.

„Ihr seid unglaublich, ihr zwei!", freute sie sich. „Ich bin stolz auf dich, Aaron."

Er richtete sich ein bisschen gerade auf und grinste ein wenig breiter. „Stolz genug, meinen Hausarrest aufzuheben?"

„Das hättest du wohl gerne. Das eine hat aber mit dem anderen nichts zu tun."

„Mom …"

„Noch ein Piep, und ich hänge noch einen Extratag ohne Schwimmen und Radfahren daran."

Er sackte merklich zusammen.

Kate fühlte sich schrecklich, aber sie wusste, dass sie konsequent bleiben musste. Ihm das Radfahren und Schwimmen zu verbieten war jetzt besonders gemein, wo der Sommer sich dem Ende näherte und jeder Tag zählte.

Er sah so unglücklich aus, und für seine Ausdauer mit Bandit hatte er wirklich eine Belohnung verdient.

„Weißt du was?", schlug Kate vor. „Lass uns mit dem Kajak rausfahren."

„Jaaa!" Er rannte los, um Schwimmwesten und Paddel zu holen. Wenige Minuten später paddelten sie schon in Richtung Seemitte, und die Sonne glitzerte auf den Wassertropfen, die von den Ruderblättern rannen.

Wahrscheinlich hätte sie es ihm verbieten sollen – andererseits waren ein Radfahr- und Schwimmverbot schlimm genug. Und Kajakfahren war schließlich eine relativ sichere Art, das Wasser zu genießen.

Sie saß hinter ihm in dem schmalen Boot, und ihr fiel auf, wie stark seine Arme in diesem Sommer geworden waren, wie hell die Sonne seine Haare gebleicht hatte. Sommersprossen sprenkelten seine Haut. Er war in den letzten Wochen auch größer geworden – nicht nur äußerlich, auch innerlich; er war selbstsicherer, weniger wütend. Mein Junge wird erwachsen, dachte sie.

Eine Weile ruderten sie schweigend vor sich hin. Der Schatten des Kajaks jagte die dunkelblauen Tiefen unter ihnen. Sie verspürte einen Anflug von Melancholie. Egal, wie oft sie über diesen See fuhr, er fühlte sich immer wieder neu an und überwältigte sie mit seiner Schönheit.

Den stetigen Rhythmus der Ruderbewegung beibehaltend, sagte Aaron: „Ich vermisse JD."

Ich auch.

„Warum kommt er nicht mehr zu uns? Etwa weil ich mit meinen Fahrrad vom Steg in den See gesprungen bin?"

Kate seufzte. Aaron gab immer sich die Schuld, wenn Männer sie sitzen ließen. „Nein, das hat damit überhaupt nichts zu tun", widersprach sie. „Sei nicht dumm!"

„Ich dachte, ihr seid so was wie Freund und Freundin."

Kate biss die Zähne zusammen. Sie war eine Idiotin! Sie hätte es inzwischen doch besser wissen müssen! Sobald sie einen Mann auch nur zweimal anschaute, fing Aaron an, sich Hoffnungen zu machen. Wenn sie sich in jemanden verliebte, setzte sie mehr als nur ihr Herz aufs Spiel; sie riskierte, dass auch Aarons Herz gebrochen wurde. Das wusste sie. Wie hatte sie nur so sorglos sein können? Es war egal, dass sie von Anfang an immer wieder erklärt hatte, dass JD nicht dauerhaft in ihrem Leben sein würde. Aarons Vaterfantasien waren trotzdem mit ihm durchgegangen.

Als sie die Traurigkeit in der Stimme ihres Sohnes hörte, hätte sie am liebsten auch geweint. „Wir waren ... nicht füreinander bestimmt", versuchte sie sich an einer Erklärung. „Darum gehen wir wieder getrennte Wege."

Ihr Sohn behielt seinen stetigen Ruderschlag bei. „Das ist dumm."

„Warum sagst du das?"

„Weil JD dich mag. Er mag sogar mich."

„Sei nicht albern! Jeder mag dich."

„Ja, genau. Ich weiß, in deinen Augen bin ich nur ein dummer Junge ..."

„Aaron!"

„Aber ich weiß mehr, als du denkst."

„Ich denke, dass du eine ganze Menge weißt."

„Wie zum Beispiel, dass er perfekt für uns ist", offenbarte Aaron. „Und ich finde es doof, dass du ihn vertrieben hast."

„Ich habe ihn nicht vertrieben! Er ist aus freien Stücken

gegangen, und es gibt keinen Grund, darauf zu hoffen, dass er wiederkommt. Denn das wird nicht passieren – nicht mal, wenn ich es mir wünschen würde. Es ist besser so, Aaron! Besser, es passiert jetzt als später. Wir beide halten uns lieber voneinander fern."

„Warum?"

„Das ist kompliziert."

„Ist es nicht! Es ist einfach. Er mochte uns, Mom! Er wollte bei uns sein. Ich wette, er hatte sogar schon angefangen, uns zu lieben. Und das passiert uns nicht jeden Tag."

Beinahe hätte Kate das Paddel fallen lassen. Wer war dieser Mensch, der so erwachsen und selbstsicher klang?

„Niemand hat irgendetwas angefangen." Was bin ich nur für eine Lügnerin, dachte sie. Kein Wunder, dass Aaron alles, was sie sagte, skeptisch betrachtete. Sie nahm einen tiefen Atemzug und versuchte es erneut. „Es gibt viele verschiedene Arten von Liebe, mein Großer. Einige sind dafür gemacht, ein Leben lang zu halten, so wie meine Liebe für dich. Und manche halten nur einen Sommer lang, dann lässt man sie los und zieht weiter. Vertrau mir, es ist besser so. Nur wir beide."

„Klar, Mom."

In besinnlichem Schweigen paddelten sie weiter. Mit den Fußpedalen lenkte Kate das Kajak in die entgegengesetzte Richtung von JDs Haus. Sieh nicht hin! befahl sie sich. Was immer du tust – sieh nicht hin!

Aber sie schaute doch.

Auch wenn sie weiter entfernt waren, konnte sie sehen, dass JD im Garten war und den Rasen mähte. Er hatte sein T-Shirt ausgezogen und in den Bund seiner Jeans gesteckt. Sonnenlicht tanzte über seine sehnigen, braun gebrannten Arme, starken Beine, breiten Schultern. Der Anblick erinnerte sie an das Gefühl, von diesen Armen umschlossen zu werden, an sein Flüstern an ihrem Ohr und daran, wie sein Gesicht den wachsamen Ausdruck verlor, wenn er sie anlächelte. In diesem Moment wusste sie, dass Aaron recht hatte. Sie vermisste JD. Und zwischen ihnen hatte etwas angefangen – etwas Gutes, Echtes. Sie hätte es hegen und pflegen sollen, anstatt ihm zu misstrauen, es zu hinterfragen und dann wegzuwerfen. Aber jetzt war es zu spät. Oder?

„Wie auch immer", unterbrach Aaron ihre Gedanken. „Es sind nicht mehr nur wir beide. Mit Callie sind wir zu dritt."

„Zumindest diesen Sommer über."

„Sie könnte länger bei uns bleiben ..."

„Ja, vielleicht", nickte Kate. „Zumindest sollte man darüber nachdenken ..."

„Was gibt es denn da nachzudenken? Wir haben Bandit adoptiert, dann können wir doch auch Callie adoptieren."

Obwohl Kate eigentlich wusste, dass sie von nichts überrascht sein sollte, was Aaron sagte, war sie es dennoch immer wieder. „Ich habe über das Ende des Sommers nachgedacht", erklärte sie. „Wenn die Jugendfürsorge zustimmt, könnten wir ihre Pflegefamilie werden. Es ist bisher nur eine Idee, aber wir alle drei sollten darüber sprechen. Ob das das Richtige für Callie wäre und wie es funktionieren könnte ..."

„Es würde funktionieren!", rief Aaron im Brustton der Überzeugung. „Kein Problem."

Sie musste lachen. „Teenager bedeuten eine ganze Menge Arbeit."

„So wie Bandit und wie ich."

Kate runzelte die Stirn. „Was meinst du damit?"

„Komm schon, Mom! Du musst meinetwegen ständig irgendwelche Schultreffen, Sportveranstaltungen oder sonst was besuchen, und deswegen hast du deinen Job verloren. Aber es hat dir nichts ausgemacht, weil ich dir wichtiger bin." Er warf ihr über die Schulter einen wissenden Blick zu. „Wie mache ich mich?"

„Ich bin sprachlos!"

„Bist du nicht."

„Stimmt. Du denkst also, du wärst ein ganz schönes Stück Arbeit?"

„Ich *weiß*, dass ich das bin."

Kate war so jung gewesen, als sie mit ihrer Schwangerschaft konfrontiert worden war. Sie erinnerte sich noch gut an die Mischung aus Überraschung, Panik, Freude und Angst, die sie empfunden hatte, als der Schwangerschaftstest ihre Befürchtungen bestätigt hatte. Nathan war von der Bildfläche verschwunden, und für sie hatten sich weder eine Abtreibung noch die Freigabe zur Adoption richtig angefühlt. Also hatte sie Aaron mit offenen Armen empfangen, und sie war jeden Tag dankbar für diese Entscheidung. *Dein Junge ist ein Geschenk,* hatte JD gesagt. Egal, was danach zwischen ihnen passiert war – sie würde sich immer an diesen Satz von ihm erinnern.

„Du machst mir aber auch eine Menge Freude, das weißt du doch, oder?", fragte sie ihren Sohn.

„Weiß ich, Mom. Und ich bin mir sicher, dass es mit Callie und uns als Familie funktionieren würde."

„Meinst du, das sieht sie genauso?"

„Das kannst du sie gleich jetzt fragen." Aaron zeigte mit dem Paddel aufs Haus.

Callie kam gerade die Einfahrt herunter, während im Hintergrund der Bus wieder abfuhr. Bandit sprang ihr freudig entgegen und begrüßte sie mit einem lauten Bellen. Sie kauerte sich hin, streichelte ihn und ließ sich das Gesicht abschlecken. Kate beobachtete die beiden, während das Kajak langsam an den Steg glitt, und verspürte eine starke Zuneigung zu dem Mädchen. Callie hatte den ganzen Sommer über zur Familie gehört. Das sollte nicht vorbei sein.

Nach dem Mittagessen fuhr der Kurierdienst vor und brachte ein kleines, flaches Päckchen. „Das Haus hier ist aber gar nicht leicht zu finden", bemerkte der Fahrer, als Kate den Empfang der Sendung quittierte.

„Deshalb mögen wir es ja auch so gerne", gab sie lächelnd zurück. Doch als sie den Absender des Päckchens las, verschwand ihr Lächeln. Sie ging ins Haus, wo Callie und Aaron gerade das Geschirr vom Mittagessen wegräumten. Aaron rannte nach draußen, bevor sie ihm noch weitere Aufgaben zuteilen konnte.

„Wer war das?", wollte Callie wissen.

Kate antwortete nicht gleich. Sie holte ihren Laptop an den Küchentisch und reichte Callie dann das Paket.

„Oh." Callie klang nervös. Ihre Hand zitterte ein wenig, als sie den Umschlag öffnete und eine glänzende CD herausholte.

Kate vergaß beinahe zu atmen, während sie die CD in ihren Laptop steckte und öffnete.

„Das wird bestimmt ganz schrecklich, ich weiß es", murmelte Callie.

Kate sagte nichts. Sie wusste, wie zerbrechlich Callie war, und hoffte, dass die Fotos ihr nicht noch mehr wehtun würden – aber sie wusste auch, dass die Gefahr bestand. In ihren Jahren bei der Zeitung hatte sie eine Menge schlechter, unvorteilhafter Fotos gesehen. Aber das hier ist die *Vanity Fair*, sagte sie sich. Das Magazin arbeitete nur mit den besten Fotografen.

Das erste Bild erschien auf dem Monitor, und Kate stieß langsam die angehaltene Luft aus. Dann warf sie Callie einen Blick zu, die wie gebannt auf das Foto schaute.

Als sie durch die Fotos blätterten, wurde es Kate warm ums Herz. Die Bilder hatten eine beinahe lyrische Qualität! Wie sie die Fülle der Landschaft in all ihrer majestätischen Pracht einfingen! Im goldenen Licht der Sonne wirkte der Hintergrund wie ein Gemälde. Doch so faszinierend der See und die Berge auch waren: Der Star der Fotos war Callie. Die Linse des talentierten Fotografen hatte eingefangen, wie hart und zäh, aber auch wie verletzlich sie war. Sie wurde mit einer schlichten Ehrlichkeit abgebildet, die zu ihr passte.

„Ich glaube, das hier ist mein Lieblingsbild“, sagte Kate und zeigte auf ein Foto, auf dem Callie leicht nach oben in die Linse schaute. Das Bild fing ihre Intelligenz ein und ihre Traurigkeit, und doch deutete das leichte Kräuseln ihrer Lippen ihren unbeugsamen Sinn für Humor an.

Kate verspürte den Drang, zu JD hinüberzulaufen und ihm wie eine stolze Mutter die Bilder zu zeigen. Aber natürlich unterdrückte sie den Impuls. JD würde die Bilder hassen, egal wie schön sie waren. Sein kompromissloses Missfallen stand kalt und unbeweglich zwischen ihnen. Lächerlich!

Und dennoch führte es dazu, dass sie sich selber infrage stellte. Drang sie nur in Callies Privatsphäre ein, um davon zu profitieren? Oder würde das Leben des Mädchens die Leser berühren?

„Ich bin so aufgeregt!“ Callie scrollte noch einmal durch die Bilder. „Die sind viel besser, als ich je zu hoffen gewagt hatte.“

„Du bist wunderschön“, lächelte Kate. „Die Bilder werden dir wirklich gerecht.“ Aus einem Impuls heraus berührte sie die Hand des Mädchens, und zum ersten Mal zuckte Callie nicht zurück. „Ich bin so froh, dass du langsam wieder gesund wirst.“

„Ja, das rufe ich mir auch jedes Mal ins Gedächtnis, wenn du dich wegen meiner Diät und des Sports wie ein Tyrann aufführst.“

„Ein Tyrann?“

„Na ja, du kommandierst mich schon ganz schön herum. Aber das ist in Ordnung.“

„Das ist wohl meine Art, Elternteil zu sein.“ Kate fragte

sich, ob Callie bemerkt hatte, was ihr da herausgerutscht war. Falls ja, so sagte sie zumindest nichts.

Sie bestaunten noch eine Weile die Bilder, dann zogen sie sich für ihren nachmittäglichen Spaziergang um. Heute war die vier Meilen lange Strecke zum Ende der Straße und zurück bis East Beach dran. Auch wenn Aaron sich beschwerte, weil er nicht mit dem Fahrrad fahren durfte, nahm er Bandit gut gelaunt an die Leine und ging voran. Am Ende des Weges legten sie am Strand eine kleine Pause ein. Callie und Kate machten es sich nebeneinander auf einer Picknickbank bequem und tranken Wasser. Aaron konnte nicht ruhig sitzen bleiben und ging ans Wasser, um für seine Autos Tunnel und Gräben in den Sand zu buddeln.

„Er ist wirklich ein tolles Kind", sagte Callie nach einer Weile.

Kate sah sie überrascht an und lächelte dann. „Das finde ich auch."

„Er weiß sich immer zu beschäftigen. Die Kinder in den Pflegefamilien haben den ganzen Tag nur vor dem Fernseher gesessen."

„Das ist einer der Gründe, wieso ich keinen Fernseher mehr habe, seit Aaron drei ist. Eines Tages stimmte er das Lied aus der Waschmittelwerbung an, als wir im Supermarkt waren, und da dachte ich, dass irgendwas nicht richtig läuft. Ich habe den Fernseher noch am gleichen Tag entsorgt, und jetzt leihe ich mir nur alle vier Jahre einen, um die Olympischen Spiele anzusehen. Kann sein, dass das ein großer Fehler ist, ich weiß es nicht. Manchmal habe ich das Gefühl, ein Kind zu erziehen ist ein einziges soziales Experiment, bei dem man leider keine Kontrollgruppe zur Überprüfung der Ergebnisse hat."

Callie versank wieder in Schweigen, doch Kate spürte ihren Wunsch zu reden. „Wie läuft es bei dir?"

„Meine Diätberaterin findet, dass ich mein Tagebuch zu

schlampig führe“, berichtete Callie. „Sie will, dass ich mich mehr anstrenge und alle meine Gedanken und Gefühle aufschreibe.“

„Und, tust du das jetzt?“

Callie zuckte die Schultern. „Meine Gedanken langweilen mich.“

„Das kann ich mir nicht vorstellen.“

„Ha! Ich sollte es ‚Tagebuch einer Heulsuse‘ nennen. Langweilig, ich sag’s dir. Blutzucker testen, essen, arbeiten, schlafen … und alles wieder von vorn.“ Sie warf Kate aus dem Augenwinkel einen Blick zu, dann schaute sie zu Boden. „Ich habe auch noch etwas anderes geschrieben.“

„Und was?“

„Es ist einfach nur dumm.“ Sie knetete ihre Hände. „Manchmal wünsche ich mir, ich hätte ein Leben wie Aaron und du. Ein Leben, das mir eine Chance gibt.“ Ihre Stimme wurde noch leiser. „Und die ganze Liebe.“

Kate hielt den Atem an und hielt die Worte zurück, die sie so gerne sagen wollte. Mach langsam! ermahnte sie sich. „Du musst bald ein paar Entscheidungen treffen“, sagte sie stattdessen. „Im Herbst fängt die Schule wieder an.“

„Auf gar keinen Fall. Ich suche mir einen Job.“

„Dein Job ist es, eine gute Schülerin zu sein.“

„Als wenn mir das helfen würde.“

„Besser, als schwarzzuarbeiten und sich zu verstecken“, erwiderte Kate. „Ich weiß, dass es schwer ist, Callie, aber du musst dich den Tatsachen stellen. Am Ende des Sommers musst du dich entscheiden, was du bezüglich deiner Wohnsituation unternehmen willst.“

„Ich muss gar nichts entscheiden. Ich nehme jeden Tag so, wie er kommt. Genauso wie ich es gemacht habe, bevor ich euch getroffen habe.“

„Du schläfst also in ungeheizten Häusern“, erinnerte Kate sie. „Hungerst den einen Tag, isst zu viel am anderen.

Laut Dr. Randall ist das einer der Hauptauslöser für deinen Zustand gewesen."

„Ich bin es leid, ständig meinen verdammten Zustand unter die Nase gerieben zu bekommen", gab Callie wütend zurück. „Ich habe es satt, über meine verdammte Zukunft nachzudenken."

„Hast du Angst?"

„Ach, vergiss es, Kate … vergiss es einfach." Callie sprang auf und stapfte davon.

Kate weigerte sich, sich davon verletzen zu lassen. Stattdessen stand sie auf und ging langsam auf Callie zu. Sie berührte sie nicht, aber stellte noch einmal ihre Frage: „Hast du Angst?"

Callies Schulter sackten nach unten. „Ständig." Sie drehte sich um, ihr Gesicht war bleich und vor Furcht ganz starr. „Hör zu. Ich habe gestern sehr lange mit meiner Beraterin gesprochen. Sehr, sehr lange."

Endlich kommt die Wahrheit ans Licht, dachte Kate. Jetzt war es so weit.

„Wir haben über meine Möglichkeiten für das kommende Jahr gesprochen. Sie will, dass ich über eine betreute Wohngemeinschaft nachdenke."

Kate ließ sich keine Regung anmerken, auch wenn ihr Herz hämmerte. Sie konnte den Gedanken nicht ertragen, Callie mit anderen Jugendlichen zusammenwohnen zu lassen, die sicher noch zäher waren als sie. „Was denkst du darüber?", fragte sie ganz ruhig.

„Jetzt klingst du wie die verdammte Psychologin."

„Ich versuche nicht, dich zu psychologisieren. Ich will es einfach nur wissen."

Callie tigerte am Strand auf und ab. „Immerhin muss ich mich dann nicht wieder an eine neue Familie gewöhnen. Das ist gut, denn ich bin nicht sonderlich gut darin, mich in Familien einzuleben."

Kate zwang sich, ruhig zu bleiben. Es war an der Zeit. Sie betete, dass sie es schaffen würde, Callie von ihrer Idee zu erzählen, ohne das Mädchen gleich zu verschrecken. „Nun, dem würde ich widersprechen."

„Tja, danke ... Aber ich schätze, bis ich das Geld zusammen habe, um mir was Eigenes leisten zu können, wird es die Wohngemeinschaft. Alle, mit denen ich gesprochen habe, sagen, dass das gar nicht so schlimm ist, wie es sich anhört." Sie klang, als wäre sie ganz fürchterlich bemüht, es nicht an sich heranzulassen.

„Das Einzige, was zählt", erwiderte Kate, „ist, die richtige Entscheidung für dich zu treffen."

„Ich weiß aber nicht, wie man das macht." Die Stimme des Mädchens zitterte.

„Was ist los, Callie?", fragte Kate. „Irgendetwas liegt dir doch auf der Seele. Und es ist nicht nur die Wohngemeinschaft."

Callie starrte auf den Boden und murmelte etwas Unverständliches vor sich hin.

„Es tut mir leid", hakte Kate nach, „aber ich habe dich nicht verstanden."

„Luke hat mich fallen lassen."

Kate blieb ganz ruhig stehen. Sie zeigte keine Reaktion, während sie über diese Entwicklung nachdachte. Noch vor Kurzem war Callie ganz verrückt nach Luke gewesen. Sie dachte, er wäre ihr Chance auf ein normales Leben.

„Das habe ich nicht gewusst." Kate wählte ihre Worte sorgfältig. „Und es tut mir leid."

Callie zuckte mit den Schultern. „Ist schon okay."

„Das ist es nicht", widersprach Kate.

„Stimmt."

„Geht es dir gut?"

„Ich schätze schon. Wir waren nur Freunde. Ist ja nicht so, dass er die Liebe meines Lebens gewesen wäre oder so.

Aber es ist doof, dass er der einzige Freund war, den ich hatte. Und nun habe ich nicht einmal mehr das."

Kate verstand sie. Callie war ein Mädchen, das keine Bindungen eingehen wollte. Das Leben hatte ihm gezeigt, dass emotionale Verbindungen sehr zerbrechlich waren. Man konnte ihnen nicht vertrauen. „Oh, Liebes …"

„Ist keine große Sache", versuchte Callie, sie zu beschwichtigen. Doch ihre Miene war so übertrieben lässig, dass Kate wusste: Ihr Herz war gebrochen. „Ich habe eh nicht erwartet, dass er bei mir bleibt." Sie setzte sich und zog die Knie an die Brust. „Das tut niemand."

„Er ist ein Idiot!" Kate versuchte, leicht und sarkastisch zu klingen, aber sie wusste, wie sich Callies Schmerz anfühlte. Sie hatte ihn schon oft genug am eigenen Leib erfahren. „Das sind alle Jungs! Wenn du darüber reden willst …"

„Ich brauche keine …" Callie unterbrach sich mitten im Satz. Ihre Augen füllten sich mit Tränen, und Kate tat es in der Seele weh, zuzusehen, wie sie versuchte, alles mit sich alleine auszumachen. Sekunden später schluckte Callie schwer, dann wurde auch schon ihr gesamter Körper von heftigen Schluchzern erschüttert. Einige Leute schauten zu ihnen herüber, aber Callie bemerkte es nicht, und Kate war es egal. Sie nahm das Mädchen in den Arm, strich ihm über das Haar und ließ es weinen. In diesem Augenblick war ihre Verbindung so stark, dass Kate Callies gesamte Trauer, ihre Zweifel und ihre Ängste spüren konnte.

Callie versuchte zu sprechen, während sie sich das Gesicht mit einem Zipfel ihres T-Shirts abwischte. „Ich will doch nur einmal in meinem Leben ganz normal sein. Ich will mit einem Jungen ins Kino gehen und mit meiner besten Freundin am Telefon quatschen und … einfach nur normal sein."

„Du bist mehr als normal", widersprach Kate sofort. „Du bist ein ganz tolles Mädchen, Callie, wirklich."

„Du weißt, was ich meine."

Ja, Kate wusste es. Auch wenn sie es nicht aussprach – sie wusste, dass Callie über die Tatsache nachdachte, dass ihr Leben niemals ihr gehört hatte. Sie hatte eine bizarre Kindheit überlebt und war danach von einem Pflegesystem hin und her geschoben und im Stich gelassen worden. Und nun stand sie da, mit einer Furcht einflößenden Krankheit, niemandem, der sie unterstützte, und einer mehr als düsteren Zukunftsperspektive.

„Wir sollten uns auf den Heimweg machen." Callie stand auf.

Kate rief nach Aaron, der mit einer Gruppe Kinder spielte. Er nahm Bandits Leine und rannte ihnen voran die Straße entlang. Kate passte sich Callies Schritten an. Es war längst an der Zeit, etwas zu sagen. Aber will ich das wirklich? fragte sie sich. Kann ich das überhaupt? Würde Callie Ja sagen?

Sie spürte, wie ihre Kehle eng wurde. Callie wäre wie ... eine Tochter. Eine Schwester für Aaron.

„Ich habe nachgedacht", begann Kate. Sie warf Callie aus dem Augenwinkel einen Blick zu und hoffte, dass ihre nächsten Worte das Mädchen nicht vertreiben würden. Schluss jetzt mit dem Herumeiern! mahnte Kate sich. Sprich es einfach aus. „Ich habe mich als Pflegemutter beworben. Ich muss noch ein Gespräch mit dem Amt in Seattle führen, aber sobald sie mich zulassen, könntest du bei uns wohnen."

Callie stolperte über einen Riss im Asphalt, ging aber weiter.

Kate betrachtete ihren geschockten, ungläubigen Gesichtsausdruck. Das Mädchen sagte kein Wort.

„Natürlich nur, wenn du willst", fuhr Kate fort. „Ich weiß, ich bin nicht alt genug, um wirklich deine Mutter sein zu können, aber ich kann dir ein stabiles Zuhause und meine uneingeschränkte Unterstützung bieten. Das verspreche ich dir." Sie versuchte, nicht zu sehr zu drängen, aber sobald die

Worte ausgesprochen waren, merkte sie, wie sehr sie für Callie in den entscheidenden Highschooljahren da sein wollte. Es wäre für alle Beteiligten nicht einfach, aber es war das Richtige, das spürte Kate in jeder Faser ihres Herzens.

Callie ging schneller, und Kate beeilte sich, mit ihr Schritt zu halten. „Ich weiß, dass mein Angebot für dich ein wenig plötzlich kommt, aber nicht für mich. Der Gedanke geht mir schon seit einer ganzen Weile durch den Kopf."

„Ich weiß nicht, was ich sagen soll."

„Du musst jetzt erst einmal gar nichts sagen. Ich hoffe aber, dass du ernsthaft darüber nachdenken wirst."

„Ich werde an nichts anderes denken können."

„Natürlich kannst du auch andere Alternativen in Erwägung ziehen. Wie dir sicher nicht entgangen ist, bin ich weit davon entfernt, perfekt zu sein. Ich habe keinen Ehemann ..."

„Und machst deine Sache ziemlich gut", sagte Callie loyal.

„Danke. Aber ich will ehrlich zu dir sein: Es vergeht kein Tag, an dem ich nicht darüber nachdenke, dass Aaron ohne Vater aufwächst."

„Wie inzwischen die meisten Kinder", murmelte Callie.

„Ich habe keinen geregelten Job", führte Kate an.

„Versuchst du gerade, mir dein Angebot auszureden?"

„Nein, ich sage dir nur, wie es ist, damit du eine gute Entscheidung treffen kannst. Ich bin alleinstehend und arbeitslos."

„Du arbeitest jeden Tag. Du schreibst. Und außerdem hast du gesagt, dass du Immobilien in Seattle hast."

Die Mietwohnungen. Für Callie musste sich das wie eine Goldmine anhören. Kate war beschämt. Als alleinerziehende Mutter hatte sie sich immer als vom Schicksal herausgefordert gefühlt, als wenn das Leben ihr nicht genug gegeben hätte. In Callies Augen hatte sie jedoch alles. „Lass dir Zeit mit der Entscheidung“, sagte Kate. „Ich will nur, dass du eines weißt: Solange du uns brauchst, wärst du ein Mitglied unserer Familie, und ich hoffe, das wäre für immer.“

Callie starrte geradeaus auf den gepflasterten Pfad. „Du musst das nicht tun.“

„Ich *will* es aber tun.“ Kate unterdrückte den Drang, sie zu schütteln. „Was ist los?“

„Ich mag es nicht, Bindungen einzugehen, weißt du?“

„Nein, weiß ich nicht. Was ist falsch daran?“

„Es ist doof, wenn es nicht funktioniert.“

„Dann sorgen wir eben dafür, dass es funktioniert.“

„Ich versteh dich nicht.“ Callie behielt ihren Stechschritt bei, doch in ihrer Stimme klang etwas Weiches mit. „Du bist so … wie aus dem Bilderbuch. So fröhlich und gut und so was alles.“

„Würdest du lieber bei einem Grufti wohnen?“

„Was ist ein Grufti?“, wollte Aaron wissen. Er war im Kreis gelaufen und trabte nun hinter ihnen her.

„Jemand, der immer Schwarz trägt und selten spricht“, antwortete Kate. Sie schaute Callie an. „Stimmt das so ungefähr?“

Callie kämpfte gegen ein Lachen an. „Ja, schätze schon.“

29. KAPITEL

„Nervös?“ Kates fröhliche Stimme zerrte an Callies Nerven, als sie am nächsten Tag über die Hood Canal Bridge auf die Kitsap-Halbinsel fuhren. Sie hatte definitiv keine Lust auf den Termin, zu dem sie gerade unterwegs waren. Da Aaron den Tag bei Mrs Newman verbrachte, war die Fahrt von langen Schweigepausen erfüllt.

Ach je. Kate konnte in Callie lesen wie in einem offenen Buch.

„Oh nein“, entgegnete Callie gereizt. „Wir kommst du denn auf die Idee? Meine Mutter zu besuchen ist ein Anlass zu großer Freude und Heiterkeit.“ Sie starrte aus dem Fenster. Weinahorn und immergrüne Wälder glitten vorbei, und ab und zu konnte sie durch die Bäume das Wasser glitzern sehen. Dieser atemberaubende Anblick weckte in ihr den Wunsch zu weinen. In letzter Zeit schien das irgendwie ihr Normalzustand zu sein.

Wie eine Schlafwandlerin war sie durch die Tage geschwebt, überwältigt von der Entscheidung, die sie zu treffen hatte. Kate und sie hatten endlos darüber gesprochen, wie das Leben als Familie in Seattle wäre. Kate hatte ihre Wohngegend als ruhig beschrieben, mit großen Bäumen und alten Häusern. Was Kate nicht wusste, war, dass Callie niemals wirklich in so einer Gegend gewohnt hatte. Und sie hatte auch noch nie ein eigenes Zimmer gehabt, außer hier am See bei Kate. In Seattle würde Callie ein eigenes Zimmer haben und sich das Badezimmer mit Aaron teilen. Die Highschool war weniger als eine Meile von Kates Haus entfernt. Sie hatte eintausend Schüler und einen eigenen Radiosender. Kate hatte versprochen, Callie für den Fahrunterricht anzumelden und ihr später, wenn es so weit war, bei den Collegebewerbungen zu helfen.

College. Es war das erste Mal, dass jemand das als echte

Möglichkeit für sie in Erwägung gezogen hatte. Für Kate schien das nur ein logischer Schritt nach der Highschool zu sein und ein durchaus erreichbares Ziel für Callie. Vielleicht hatte sie deshalb so viel Angst, sich dafür zu entscheiden. Aus Erfahrung wusste sie, dass es schlecht war, etwas zu sehr zu wollen. Sobald sie sich in den Kopf gesetzt hatte, etwas Bestimmtes zu wollen, wurde es ihr aus den Händen gerissen. Luke war das perfekte Beispiel dafür. Er hatte ihr die Hand zur Freundschaft gereicht, sogar angedeutet, dass da mehr sein könnte, und dann hatte er sie fallen lassen.

Das Leben, das Kate ihr schenken wollte, war genauso zerbrechlich. Doch Callie wollte das Angebot beinahe verzweifelt annehmen. Seit Kate ihr von der Idee erzählt hatte, lief Callie mit einem dicken Kloß im Hals herum. Sie konnte nicht anders, als sich vorzustellen, wie es wäre, für immer mit Kate und Aaron zusammenzuleben. Ein aufgeräumtes, ordentliches Zuhause zu haben, in das sie nach der Schule zurückkehrte. Mittagessen an einem runden Tisch. Jede Nacht ein eigenes Bett. Es war alles so ... märchenhaft. Genau die Art Geschichte, über die die Kinder in den Heimen und Pflegefamilien ihre Witze machten. Und Callie wusste auch, warum: um sich vor der unstillbaren Sehnsucht nach einem Zuhause und Geborgenheit zu schützen.

Sie zog eine Mauer aus Missmut um sich hoch und versank in noch tieferem Schweigen. Und Kate, die ihre Launen immer verstand, drängte sie auch nicht zum Reden, und sie drängte auch nicht auf eine Entscheidung. Aber irgendwann musste sie sich äußern, das wusste Callie. Später am Tag hatten sie noch einen Termin, um Kates Angebot mit Callies zuständigem Sachbearbeiter zu besprechen.

Aber erst mussten sie noch einen Halt einlegen. Callie riss den Blick von der vorbeifliegenden Landschaft und schaute auf den offiziell aussehenden Umschlag, der zwischen ihnen lag. Darauf war der Stempel des Washington State Frauengefängnisses, und darin waren ihre Passierscheine, um Callies Mutter zu besuchen.

Callie rutschte auf ihrem Sitz hin und her. Sie wünschte sich, sie könnte den Papieren neben sich entkommen.

„Es tut mir leid“, bemerkte Kate, als ob sie ihre Gedanken gelesen hätte. „Ich weiß, dass es hart ist …“

„Weißt du nicht“, widersprach Callie. „Wie solltest du auch? Du hast nette Eltern und eine tolle Familie. Ich habe die Bilder gesehen, Kate, und die Geschichten gehört. Du hattest eine perfekte Kindheit, also kannst du unmöglich auch nur ahnen, wie es ist.“

„Weißt du, was ich glaube?“, fragte Kate. „Ich glaube, der alte Spruch stimmt: Es ist niemals zu spät, um eine glückliche Kindheit zu haben.“

„Ja, klar.“ Callie studierte eingehend ihre pfingstrosenrosa lackierten Fingernägel.

„Du kannst immer noch sagen, wenn du deine Mutter nicht besuchen willst. Da es ja meine Idee war, kann ich auch alleine mit ihr sprechen.“

„Nein, ich mach das.“ Callie verspürte trotz allem eine kranke Loyalität ihrer Mutter gegenüber. Sie wollte sie sehen, ihre Stimme hören. „Du findest es bestimmt seltsam, dass ich überhaupt mit ihr in einem Raum sein will.“

„Mit deiner Mutter?“ Kate schüttelte den Kopf. „Das ist überhaupt nicht seltsam.“

„Auch wenn sie dem Widerling verfallen war, Timothy Stone? Und mich, nachdem da alles zusammengebrochen war, nach Washington geschleppt und da im Stich gelassen hat?“

„Du hast sie dir nicht ausgesucht, aber du hast sie trotzdem bekommen.“

Callie sagte nichts mehr. Sie hatte gelernt, sich nicht in die Karten schauen zu lassen, und alte Gewohnheiten waren schwer zu durchbrechen.

Im Gefängnis von Pury tat Kate so, als wäre das alles keine große Sache. Sie stellte ihr Auto auf dem Besucherparkplatz ab, zeigte ihre Ausweise am Tor vor. Sie war so ruhig, als sie die Granitstufen hinuntergingen. Sie wurden von Geräten durchleuchtet, die sie nicht berührten, sich aber trotzdem wie eine Belästigung anfühlten. Sie gingen durch ein Tor nach dem anderen; jedes schloss sich, bevor das nächste sich öffnete. Kate schien nervös zu sein, während sie all die Schiebetüren, die fluoreszierenden Stempel und die geschlossenen Räumen hinter sich brachten.

Für Callie war das alles nichts Neues; sie kannte sich hier aus. Auf dem Weg zur Besucherstation durchquerten sie einen Garten, der alle überraschte, die zum ersten Mal hier waren. Die Beete quollen über vor Wicken und Dahlien, und es gab sogar einen Teich mit Seerosen. In der Gabel eines wild gebogenen Pflaumenbaumes war ein Nest, und Vogelgezwitscher schwebte auf der leichten Brise dahin. Wenn man die Meter um Meter an Zaun und Stacheldraht ignorierte, die den Garten umgaben, war es die perfekte Oase.

Die Insassen, an denen sie vorbeikamen, wendeten den Blick ab. *Konfliktvermeidung*, hatte es der Gefängnispsychologe genannt. Jeder Augenkontakt war hier eine Herausforderung. Und doch hatten die niedergeschlagenen Augen Callie bei ihrem ersten Besuch hier zu Tode geängstigt. Jetzt war sie nicht nur immun dagegen, sondern sie hatte gelernt, sich ebenfalls konfliktvermeidend zu verhalten.

Sie schaute aus dem Augenwinkel, wie Kate das alles aufnahm. Auf den ersten Blick würde man nicht glauben, dass sie hart genug wäre, um mit so etwas umzugehen. Sie sah aus wie Alice im Wunderland, mit ihren Haaren wie aus der Shampoowerbung und ihren großen Augen. Aber sie war so viel mehr als das. Sie hatte einen Kern aus Stahl. Als eine Insassin sie abschätzend musterte, zuckte sie nicht einmal mit der Wimper.

Sie warteten in einem Raum, der mit Plastikstühlen und laminierten Tischen eingerichtet war. Der Linoleumfußboden war stumpf, und es war so heiß wie in einem Ofen. Durch die Oberlichter kam kein Windhauch. Kate setzte sich und legte Stift und Block vor sich auf den Tisch. Sie richtete sie kerzengerade auf und schickte Callie ein ironisches Lächeln. „Nicht, dass ich nervös wäre oder so."

Callie lächelte zurück. „Mach dir keine Sorgen. Das geht jedem so."

Einige Minuten später wurde ihre Mutter von einer Wache hereingebracht. Kate stand schnell auf, die Füße ihres Stuhls kratzten über den Boden. Callie blieb sitzen, den Arm über die Lehne des neben ihr stehenden Stuhles gelehnt. Ein wahrer Gefühlssturm tobte in ihrem Inneren – Wut und Unbehagen und ein fürchterlicher Blitz aus Hoffnung und Sehnsucht –, aber sie behielt das für sich und tat ganz locker. „Hey", sagte sie und stand endlich und widerstrebend auf.

„Selber hey." Der Blick ihrer Mutter glitt über sie. „Endlich hast du was an Gewicht verloren."

„Ich bin an meinem Geburtstag zusammengebrochen und wäre beinahe gestorben", erwiderte Callie und fragte sich, noch während sie sprach, wieso sie sich überhaupt die Mühe machte. „Bei mir wurde eine Insulinresistenz festgestellt. Das ist ein Vorläufer von Typ-2-Diabetes."

Ihre Mutter verzog keine Miene. „Hättest halt nicht so dick werden dürfen."

Keine Umarmung, kein Lächeln. Callie und ihre Mom waren längst über das Stadium hinaus, in dem sie noch so taten, als ob es eine Verbindung zwischen ihnen gäbe. Alle setzten sich, und Sonja Evans behielt ihr Pokerface bei, genau wie Callie es vermutet hatte. Aber sie war sowieso mehr an Kates Reaktion interessiert. Die Leute waren immer überrascht, wenn sie Callies Mom sahen. Überrascht, wie klein sie war und wie hübsch. Renée Zellweger mit einer aufgenähten Nummer auf ihrem Oberteil.

Kate wirkte ein wenig erstaunt, obwohl sie Sonjas Verbrecherfoto gesehen und somit gewusst hatte, was sie erwartete. Aber sie verbarg ihre Reaktion sehr gut und lächelte. „Mrs Evans, ich bin Kate Livingston. Ich freue mich, Sie kennenzulernen."

Callies Mom trommelte mit den Fingern auf dem Tisch. „Warum?"

„Hauptsächlich aus Neugierde." Kate lehnte sich zurück. Sie hatte garantiert nicht vor, irgendjemandem hier Honig ums Maul zu schmieren und so zu tun, als wenn sie aus Mitgefühl hier wäre. „Und weil ich für einen Artikel recherchiere. Ich hoffte, dass Sie gewillt wären, mit mir über Ihr Leben mit Callie zu sprechen."

Sonjas dunkle Augen verengten sich. „Was für ein Artikel?"

„Er soll nächstes Jahr in der *Vanity Fair* erscheinen."

„Also sind Sie eine Reporterin?"

„Freiberufliche Journalistin."

„Und wenn ich keine Lust habe, Ihnen irgendwas zu erzählen?"

Kate faltete ihre Hände, sittsam wie eine Nonne in der Kirche. „Dann nutze ich die Gerichtsakten und Callies eigene Eindrücke."

„Ach so, Sie schreiben einen Fantasieartikel."

„Wie bitte?" Kate klang höflich, aber die Frage war eine offene Herausforderung.

„Dieses Interview ist beendet", sagte Callies Mom und stand auf, den Mund angeekelt verzogen. „Ich habe euch beiden nichts zu sagen."

In diesem Moment traf Callie die Erkenntnis wie ein Schlag. Diese Frau war ihr niemals eine Mutter gewesen. Ihr ganzes Leben hatte sie gewartet und gehofft, dass ihre Mutter sich zu etwas entwickeln würde, was Kate in nur einem Sommer für sie geworden war. Und ihr wurde klar, dass sie sich all die Jahre an nichts festgehalten hatte – an Luft, an einer Idee von dem, was ihre Mutter für sie hätte sein sollen. Als würde man versuchen, einen Regentropfen zu fangen. Aber Kate war echt. Das Schlimme war nur, dass sie vielleicht nicht für immer da war.

Kate schwieg einen Moment. Callie hatte Angst, dass sie ihr Angebot erwähnen würde, Callie bei sich wohnen zu lassen. Sie hatten eigentlich abgemacht, dass sie erst darüber sprechen würden, wenn Callie eine Entscheidung getroffen hatte. Sie hoffte, dass Kate sich daran erinnerte.

Kate setzte ein kleines, kontrolliertes Lächeln auf. Dann nahm sie sorgfältig Block und Stift vom Tisch und stand auf.

Die Wache trat vor, um Sonja Evans zurück in ihre Zelle zu begleiten. Aber sie musste vorher noch eine letzte Sache loswerden. „Sie wird sie hintergehen, passen Sie nur gut auf! Sie wird sie so hintergehen, wie sie mich hintergangen hat, und dann werden wir ja sehen, wer hier Grund hat, so selbstgerecht zu sein."

„Möchten Sie das vielleicht näher erläutern?", fragte Kate.

„Das werden Sie schon noch herausfinden." Die Wache brachte sie zur Tür. Das Letzte, was Callies Mutter sagte, war: „Fragen Sie sie! Fragen Sie sie, wieso sie von ihrem letzten Zuhause weggelaufen ist. Fragen Sie sie, warum die nie versucht haben, sie zu finden."

30. KAPITEL

Am See gab es selten Sommerstürme, aber manchmal sorgten die Berge für einen schnellen Wetterumschwung. Ende August bot die Natur schon einen kleinen Ausblick auf die kommende Jahreszeit. Die Luft wurde neblig, wenn die dicken Wolkenbänke über die Gipfel zogen und einen Wind mitbrachten, der durch die Schluchten um den See pfiff und fauchte. Kates Blick wanderte unwillkürlich zum Fenster, als das Wetter intensiver wurde und den Regen beinahe waagerecht über den See peitschte. Sie liebte die Dramatik eines guten Sturms mit seinem gedimmten, seltsamen Licht, der wie gepresst wirkenden dicken Luft, dem Geräusch des Windes, der an den Bäumen zerrte, und den auf das Dach trommelnden Regen. Es stimmte, dass ein idyllischer Sommertag am See etwas bezaubernd Schönes war. Doch ein Wetter wie dieses hier hatte seine ganz eigene Magie, die Futter für Kates melancholische Seite war und die Unruhe in ihrer Seele irgendwie zum Schweigen brachte.

Der kalte Wind aus den Bergen hatte sie frösteln lassen, und so hatte sie ein Feuer in dem großen Ofen entzündet, das den ganzen Tag brannte und seine bunten Flammen durch die Glasscheibe in der Ofentür durch den Raum tanzen ließ. Ihr gegenüber am Tisch saß Aaron und wechselte sich darin ab, eine detaillierte Landkarte eines Fantasieortes zu malen und mit seinen Soldatenfiguren zu spielen, die sich unter feindlichem Feuer von der Rückenlehne des Stuhls abseilten. Ab und zu hielt Kate in ihrer Arbeit inne und betrachtete ihren Sohn nachdenklich, doch sie sagte nichts, um ihn nicht in seiner Fantasiewelt zu stören. Seine Helden hatten schwer zu tun. Wie immer.

Callie war den ganzen Tag über produktiv gewesen. Sie hatte ihr Zimmer aufgeräumt und die Bettwäsche gewechselt, die Veranda gefegt und den Küchenboden gewischt, ohne darum gebeten worden zu sein. Sie behauptete, sich vom Regen eingesperrt zu fühlen; die Aktivitäten würden ihr helfen, nicht verrückt zu werden. Seit dem Besuch bei ihrer Mutter hatte sie nicht mehr darüber gesprochen. Weder um die Dinge, die Sonja Evans gesagt hatte, zu bestätigen, noch um sie zu verneinen. Aber Kate spürte eine Art Buße oder Sühne in Callies Aktivitäten und hörte wieder und wieder das Echo von Sonjas Worten ... *Fragen Sie sie.*

Sie atmete tief durch und fing Callies Blick auf. „Ich denke die ganze Zeit über etwas nach, was deine Mutter gesagt hat."

Callie verengte die Augen. „Ja?"

„Darüber, wieso du Probleme mit deiner letzten Pflegefamilie hattest."

„Das ist vorbei", sagte Callie. „Das mit dem Ausreißen habe ich hinter mir."

„Was hat sich geändert?"

Sie schaute zu Boden, dann hinüber zu Aaron. Er schien sie gar nicht wahrzunehmen, so vertieft war er in seine Welt. „Ich habe das nie jemandem erzählt, nicht einmal meiner Mutter. Sie ist der Grund dafür, weshalb ich immer weggelaufen bin – damit ich zu ihr gehen und sie sehen kann. Ich habe sie so sehr vermisst, das war Wahnsinn."

Kates Herz wurde ganz schwer. „Es ist kein Wahnsinn."

„Ist es doch. Sie ist es nicht wert. Sie wollte mich nie. Und sie hatte recht", fügte Callie leise an. „Ich neige dazu, alles kaputtzumachen."

Endlich! Kate hatte die ganze Zeit darauf gewartet, dass Callie sich zu Sonjas Kommentaren äußerte. „Das ist nicht das, was deine Mutter gesagt hat. Sie hat gesagt, ich soll dich fragen, wieso du von deiner letzten Familie weggelaufen bist. Ich habe es bisher nicht getan, weil ich dachte, es ist an dir, zu entscheiden, ob du es mir erzählen willst oder nicht."

„Ich hab es ruiniert", sagte Callie mit sachlicher Stimme. „Die Youngs waren eine gute Familie, und ich hab es mir mit ihnen versaut. Wenn ich nicht von alleine gegangen wäre, hätten sie mich rausgeschmissen."

Kate schwieg. Sie hoffte, dass ihr Schweigen Einladung genug war weiterzusprechen.

Und tatsächlich, wenige Augenblicke später fuhr Callie fort. „Ich habe alles vermasselt, ich ganz alleine. Die Youngs wollten mir helfen, aber ich habe sie nicht gelassen. Ich hab sie weggeschoben. Und dann bin ich weggelaufen."

Kate konnte es sich gut vorstellen. Callies Selbsterhaltungstrieb war stärker als ihr Vertrauen in die grundsätzliche Güte der Menschen. Sie hatte aus Selbstschutz gehandelt, ganz einfach. Kate verstand das.

„Du wirst deine Art, mit Menschen umzugehen, die dich lieben und dir helfen wollen, ändern müssen", entgegnete sie.

„Ja, klar. Was immer du sagst." Callie ging in Richtung Waschküche. „Ich muss noch ein paar Sachen aus dem Trockner holen."

Kate wandte ihre Aufmerksamkeit wieder der Überarbeitung ihres zu langen Artikels zu. Ihre Redakteurin hatte das Thema als wichtig und die Fotos als perfekt bezeichnet, und als Kate das letzte Mal in Reichweite eines Handynetzes gewesen war, hatten sie eine Stunde darüber gesprochen, wie und wann der Artikel veröffentlicht würde. Sie wollten ihn auf dem Titel ankündigen; im Inhaltsverzeichnis würde sogar ein Foto gedruckt werden. Kate schrieb diesen Erfolg Callie zu; ihr Interview war von verstörender Ehrlichkeit gewesen. Kate war mehr oder weniger nur die Stenografin gewesen, die eine Geschichte über Gefahren und Durchhaltevermögen dokumentiert hatte. Sie hatte die ganze Zeit gewusst, dass ihr Artikel nur etwas verändern würde, wenn sie Callies Erzählung ungeschönt weitergab.

Kate hoffte, dass Callie mit dem fertigen Artikel zufrieden sein würde. Er ließ nichts aus und war in einigen Passagen nicht gerade schmeichelhaft, aber niemals so, dass die Leser ihre Sympathie für die Heldin verlieren würden. Kate hatte die Zeitschrift sogar davon überzeugen können, einen Extrakasten mit Informationen über Diabetes einzustellen. In den letzten zehn Jahren hatte sich in den USA die Zahl der Teenager mit Typ-2-Diabetes verdoppelt.

Manchmal dachte Kate beim Schreiben an die Dinge, die JD zu ihr gesagt hatte. Er hatte sie gefragt, wie human es war, von dem Leid anderer Menschen zu profitieren, davon, ihr Privatleben der Öffentlichkeit zugänglich zu machen. Und sosehr sie seine Äußerungen auch gestört hatten, führten sie doch dazu, dass sie einen noch besseren Artikel schrieb. Sie wog jeden Satz, jedes Wort sorgfältig ab. Kate hatte nicht vor, die Ereignisse zu verschleiern, schönzufärben oder zu romantisieren. Aber sie würde sie auch nicht ausschmücken oder künstlich dramatisieren.

Sie würde einfach nur die Wahrheit schreiben. Callie hatte kein Problem damit. Und manchmal, wenn das Mädchen Erlebnisse aus seiner Vergangenheit offenbarte, hatte seine sachliche Erzählweise eine beinahe zerstörerische Kraft. Kate war entschlossen, das in ihrem Artikel einzufangen. Ironischerweise hatte sie es JD zu verdanken, dass sie besonders sorgfältig auf die Integrität ihres Artikel achtete. Seine Missbilligung und Skepsis mahnten sie jeden Moment, besonders sorgfältig, präzise und uneigennützig zu arbeiten.

Nicht, dass sie ihm für diesen ungebetenen Rat dankbar wäre. Das wäre dann doch etwas zu viel verlangt. Sie konnte sich so eine Unterhaltung nicht einmal vorstellen. Würde sie wirklich sagen können: „Du hast aus mir eine bessere Journalistin gemacht?“ oder „Dieser Artikel ist besser geworden, weil du mich nicht unterstützt hast?“

Er hatte ihre Ambitionen angegriffen und ihren Traum

herabgesetzt. So ging man nicht mit jemandem um, den man liebte.

Sie ließ ihre Vergangenheit Revue passieren. Die Männer waren immer gegangen, ohne sie wirklich kennengelernt zu haben, ohne ihren Träumen eine Chance zu geben. Sie hatte gedacht, JD sei anders. Aber das war wohl Wunschdenken gewesen.

Egal, sie machte weiter. Das Treffen mit Callies Fürsorger war gut gelaufen, auch wenn der Bewerbungsprozess ihr noch einmal die Augen geöffnet hatte. Pflegeeltern mussten sich auf alles Mögliche einstellen. Sie sollte ein sicheres und liebendes Heim bereitstellen und versprechen, mit Leib und Seele hinter ihrer Bewerbung zu stehen. Kate hatte festgestellt, dass sie nicht nur sicher war, das leisten zu können, sondern dass sie sich sogar darauf freute.

Ihre Mutter hatte sie davor gewarnt, sich zu sehr in die Sache zu verstricken. Sie hatte darauf hingewiesen, was für eine Pflicht und Verantwortung sie damit übernahm, und wie riskant das ganze Unternehmen möglicherweise war. Aber Kate sah das anders. Sie wollte das tun, wollte das Mädchen zu einem Teil ihres Lebens machen. Die Sachbearbeiterin hatte versprochen, Kates Hintergrund, ihre Unterlagen und Referenzen so schnell als möglich zu überprüfen. Und wenn alles gut ging, würde Callie bald schon offiziell zu ihrer Familie gehören. Die Sehnsucht nach diesem Schritt war bei Kate groß. Sie liebte und respektierte Callie, und sie wollte, dass sie die gleichen Chancen und Möglichkeiten hatte, die jedem Teenager zustanden. Manchmal lag sie nachts wach und fragte sich, ob sie diesem Mädchen überhaupt genug zu bieten hatte. Sie hoffte es. Aaron und sie waren zwar keine traditionelle Familie. Aber nur weil sie keinen Mann hatte, hieß das doch nicht, dass sie sich – und ihren Sohn – um ein weiteres Kind in ihrem Haushalt bringen musste.

Das ganze Erlebnis mit Callie hatte Kate gezeigt, dass sie

die Wahl hatte. Callie bei sich zu haben, und sei es nur für den Sommer, hatte sie für Möglichkeiten geöffnet, die sie früher nie in Betracht gezogen hätte. Ihre Finger rasten wie ein Trommelfeuer über die Tastatur. Vielleicht würde sie diese Erfahrung in ihrem nächsten Artikel verarbeiten. Der Weg von einer alleinerziehenden Mutter zur Pflegemutter. Ihre Redakteurin hatte schon nachgefragt, welches ihr nächstes Projekt wäre. Vielleicht ist es das, dachte Kate, was ich schon immer tun wollte. Aus einem persönlichen Blickwinkel heraus Geschichten von ganz normalen Frauen erzählen.

In dem Moment, als ihr dieser Gedanke durch den Kopf ging, schoss eine Hitzewelle durch ihren Körper, und sie vibrierte wie eine Stimmgabel. Wenn etwas sich so richtig anfühlte, dann hallte es in ihren Knochen wider, und genau das fühlte sie jetzt. Sie setzte sich aufrecht hin und konzentrierte sich darauf. Es war kein radikal neues Konzept. Es war nicht mal besonders originell. Und doch fühlte sich die Idee richtig an. Sie passte zu ihr, und sie wusste, dass sie ihre eigene Stimme und ihre eigenen Erfahrungen mit würde einbringen können.

Sie seufzte aus tiefstem Herzen. „Puh“, murmelte sie. „Gut, dass ich darauf gekommen bin.“

„Worauf?“ Mit Schürze und Gummihandschuhen bewaffnet betrat Callie das Wohnzimmer. Es war erstaunlich, wie dramatisch sie sich seit ihrem Geburtstag verändert hatte. Sie war Sonja wie aus dem Gesicht geschnitten, nur dass ihre Mutter dunkelhaarig, Callie aber blond war. Und je mehr die Pfunde purzelten, je gesünder sie wurde, desto mehr kam diese Schönheit an die Oberfläche.

„Auf die Richtung, die ich einschlagen werde, auf mein nächstes Projekt. Ich fand es wirklich großartig, den Artikel über dich zu schreiben, Callie, und wenn er fertig ist, möchte ich mehr in dieser Richtung machen und weiter über andere Frauen schreiben.“

„Was für Frauen?“

„Über alle möglichen. Frauen, die mit einem Verlust umgehen müssen wie Mrs Newman. Oder alleinerziehende Mütter, die jeden Tag erneut kämpfen, oder …“ Sie hielt inne, wollte den nächsten Satz nicht laut aussprechen: oder über Frauen, die nach einer zerbrochenen Beziehung wieder neu anfangen müssen. „… über Frauen, egal wie alt sie sind, die Entscheidungen treffen müssen“, sagte sie stattdessen. „Wie klingt das?“

„Wie aus einem Frauenmagazin.“

„Genau.“ Kate speicherte ihr Dokument und schloss den Laptop. „Lass uns Essen machen. Ich finde, es ist das perfekte Wetter für Hühnersuppe und Käsetoast.“

„Dosensuppe?“, fragte Aaron und schaute von seinem Spiel auf.

„Ich fürchte, ja.“

„Ja!“ Er reckte die Faust triumphierend in die Luft.

Kate und Callie tauschten ein Lächeln. Sie gingen zusammen in die Küche, wuschen Salat und schnitten Karotten. Kate gab die Zutaten für eine Vinaigrette in ein Schraubglas und gab es Aaron zum Schütteln; das war der perfekte Job für ihn. „Ich werde das Haus hier vermissen“, sagte Callie leise, während sie aus dem großen Fenster schaute.

„Wir kommen jedes Jahr wieder“, warf Aaron ein, der jetzt seine Armee auf dem Küchentresen aufbaute. „Kein Problem.“

Callie streckte die Hand aus und zerzauste ihm das Haar. „Stimmt, Kleiner.“

Kate sah, wie die Sorge an Callie nagte. Sie war so viel herumgeschubst worden, hatte nie gewusst, was als Nächstes auf sie zukam.

„Wir versuchen alles, damit du wenigstens während der Highschool bei uns bleiben kannst“, sagte Kate.

„Das ist aber eine ganz schön lange Zeit“, entgegnete Callie nachdenklich.

„Noch drei Jahre", mischte Aaron sich ein.

„So lange werde ich sehr wahrscheinlich nicht brauchen, um wieder alles kaputtzumachen", murmelte Callie.

Aaron verdrehte die Augen und nahm seine Armee woanders mit hin. Er hatte wenig Geduld mit Callies Angstattacken.

„Sei nicht so negativ!", konterte Kate. „Der Schlüssel dazu, dass Dinge funktionieren, ist, daran zu glauben, dass sie es tun."

Callie lächelte kurz und schnitt eine Tomate in Scheiben. „Das ist der Schlüssel dazu, sich selber zu belügen."

„Du bist viel zu jung, um schon so zynisch zu sein!", schalt Kate.

„Ich habe mir das Recht dazu verdammt noch mal hart verdient", erwiderte Callie mit angestrengter Stimme.

„Das ist Vergangenheit. Von jetzt an bist du bei uns, und da brauchst du nicht mehr so hart zu sein. Du solltest auch mit dem Fluchen aufhören."

„Fluchen?"

„Verdammt?"

„Oh, verfl... noch mal."

Kate warf einen Blick zu Aaron hinüber. Er saugte ihre Unterhaltung auf wie ein Schwamm – und es gefiel ihm. „Hört mal zu, ihr zwei", sagte Kate. „Diesen Sommer über warst du unser Gast, Callie, aber von jetzt an werden wir eine Familie sein. Der Familienberater hat gesagt, dass wir klare Regeln aufstellen sollen. Ab jetzt wird keine Vulgärsprache mehr benutzt, einverstanden?"

„Okay", nickte Callie, „wie du meinst."

Kate lächelte. „Ein Schritt nach dem anderen, genau wie sie es uns geraten haben."

„Ist gut."

„Kannst du mir bitte das Salatbesteck geben?", bat Kate.

Sie erwärmten die Suppe und grillten die Sandwiches,

dann setzten sie sich zum Essen an den Tisch und schauten zu, wie der Wind den Regen über den See trieb. „Mir ist langweilig“, verkündete Aaron und pulte die Kruste von seinem Toast.

„Wir wäre es mit einer Partie ‚Mensch ärgere dich nicht‘ nach dem Essen?“, bot Kate an.

„Au ja“, erwiderte er. Dann schaute er Callie an. „Kommt Luke heute Abend vorbei?“

Sie schaute weiter aus dem Fenster. „Nein.“

„Morgen?“

„Nein, morgen auch nicht.“ Unruhig rutschte sie auf ihrem Stuhl herum. „Ich bin nicht ... Luke und ich werden keine Zeit mehr miteinander verbringen.“

„Das finde ich doof.“ Aaron stand auf und räumte den Tisch ab. Kate lächelte ihn an. Sie freute sich, dass sie ihn nicht erst darum bitten musste. Am Anfang des Sommers hätte es bestimmt einer zehnminütigen Nörgelei bedurft, also war das ein großer Fortschritt.

„Bist du dir mit Luke sicher?“, fragte Kate nach.

„Was meinst du damit?“

„Bist du bereit, ihn aufzugeben, oder ist er es wert, um ihn zu kämpfen? Du hast kampflos aufgegeben.“

„Wie du bei JD.“

Die Worte trafen Kate wie ein Messerstich. Callie und sie verstanden einander manchmal wirklich viel zu gut.

Callie sagte nichts mehr, sondern half Aaron, den Abwasch zu erledigen. Sie schien aufgewühlt zu sein und putzte die Küche mit ungewohnter Heftigkeit. Als Bandit jaulte, weil er rausmusste, schnappte Callie sich den Regenschirm neben der Tür. Der Hund rannte durch den Garten auf der Suche nach dem idealen Platz für sein Geschäft. Aaron bestand darauf, mitzugehen, und schlüpfte in Gummistiefel und einen alten Regenponcho.

Gut, dachte Kate, die die beiden von der Veranda aus beobachtete. Aaron musste seine aufgestaute Energie herauslassen. Wenn er wieder hereinkam, könnte sie ihn vielleicht sogar zu einem warmen Bad überreden. Callie stand unter dem Regenschirm, die Schultern gegen den Wind hochgezogen. Sie sah gleichzeitig alleine und entschlossen aus, und doch viel zu klein, um es alleine mit der Welt aufzunehmen.

Eine Windbö blies über den See und glättete das Wasser. Aarons Poncho blähte sich auf, und Callies Regenschirm wurde von unten angehoben. Die Speichen streckten sich, aber Callie hielt ihn mit beiden Händen fest, bis die Bö vorübergezogen war.

Wie du bei JD.

Kate blinzelte durch den Dunst, konnte das Haus der Schroeders kaum ausmachen. Trotzdem spürte sie, wie sich ihr Magen vor Anspannung zusammenzog. Sie hatte sich immer und immer wieder gesagt, dass es an der Zeit war, mit dem Träumen aufzuhören und ihr Leben weiterzuleben. Aber vielleicht war das falsch gewesen.

Sie klatschte in die Hände, um den Hund wieder hereinzurufen, dann ging sie zum Ofen und legte etwas Holz nach.

31. KAPITEL

Aus Kates Kamin stieg eine feine Rauchfahne auf. Ihre Fenster leuchteten golden im nasskalten Grau der Dämmerung; einladende kleine Lichtinseln inmitten eines seltenen Sommersturms.

Überall mehrten sich die Anzeichen, dass der Sommer sich dem Ende zuneigte. Die Tage wurden bereits merklich kürzer, und der peitschende Sturm war ein Vorgeschmack auf einen windigen Herbst. JD lockerte seine Schultern und rollte den Kopf von einer Seite zur anderen. Er spürte die langen Stunden, die er an seiner Bewerbung für das Medizinstudium gesessen hatte. Ja, er hatte sich entschieden, es zu versuchen. Er musste seine Unterlagen innerhalb einer Frist einreichen, inklusive einer persönlichen Stellungnahme, und er hatte es viel zu lange vor sich hergeschoben. Aber schlussendlich hatte er getan, was getan werden musste – wie immer in seinem Leben. Wenn er fertig war, würde die UCLA mehr über ihn wissen als seine eigene Mutter.

Schlechter Vergleich, dachte er. Seine eigene Mutter wusste so gut wie gar nichts über ihn. In Wahrheit war sie seine ganze Kindheit über relativ unbeteiligt an seinem Leben gewesen. Manchmal kam sie nach tagelanger Abwesenheit nach Hause getorkelt und hatte ihn angesehen, als könnte sie sich nicht mehr an seinen Namen erinnern.

All das war in der Vergangenheit vergraben gewesen, bis er ins Licht der Öffentlichkeit gezerrt worden war. Janets Rückfall war schnell und brutal gewesen, aber zum Glück konnte er sich inzwischen die besten und diskretesten Entzugskliniken des Landes leisten. Sein Besuch bei ihr war vorhersehbar verlaufen. Sie war voller Reue und entschlossen, sich zu bessern. Ein Vorteil dieser Klinik war ihre Erfahrung mit berühmten Patienten. Die Privatsphäre der Insassen wurde rigoros geschützt, und dafür war JD dankbar. Ein Teil von ihm wünschte sich, mit Kate darüber sprechen zu können. Aber das stand jetzt natürlich nicht mehr zur Debatte.

Er musste außerdem noch einmal zu ihr fahren. Er hatte es seiner Mutter versprochen, und dieses Mal hatte er tatsächlich auch einen Termin für sein Aufnahmegespräch. Außerdem neigte sich der Sommer dem Ende zu. Er hasste den Gedanken daran, den See zu verlassen, aber es war an der Zeit. Die Schroeders kamen am Labor-Day-Wochenende, um das letzte lange Sommerwochenende zu genießen. Und auch wenn Sam ihn eingeladen hatte, zu bleiben, hatte er das nicht vor. Er musste wieder in sein eigenes Leben zurückkehren. Er hoffte nur, dass er inzwischen lediglich noch eine dumpfe Erinnerung in den Köpfen der Leute war.

Ruhelos beschloss er, in den Schuppen zu gehen und noch ein bisschen an dem Boot zu arbeiten. Es war zwar eigentlich schon fertig, aber es sollte für Sam und seine Familie perfekt sein. JD schaltete das Oberlicht ein und inspizierte seine Arbeit. Die Mahagoni- und Eichenbohlen, die ein geometrisches Muster ergaben, waren jetzt so glatt wie polierte Steine und schimmerten bernsteinfarben. Die Verbindungen waren sauber und fest, die Fugen beinahe unsichtbar. Im Inneren bot das Boot Platz für drei Leute, und im Bug war eine kleine Vorratskiste eingebaut. Sobald er das Steuerruder eingebaut hatte, war das Boot wieder seetüchtig.

Auch wenn er zugeben musste, dass er sehr gute Arbeit geleistet hatte, besserte das seine Laune kein Stück. Wie immer wurde er von Gedanken an Kate abgelenkt. Er hasste es, wie die Dinge zwischen ihnen standen – eine Sackgasse, aus der keiner von ihnen den ersten Schritt heraus machen wollte. Sie war eine Reporterin, sie war der Feind. Es war ganz gut, dass er bald abreisen würde.

Vielleicht war es dumm, sich in sie zu verlieben. Aber zumindest war er ein glücklicher Dummkopf gewesen.

Während draußen ganz langsam das letzte Licht des Tages schwand, passte er das Ruder und die Pinne an. Der Sturm tobte weiter und schlug unablässig gegen das Dach des Schuppens. Das Gefühl, komplett allein auf der Welt zu sein, war überwältigend. Wie in einem Kokon stand er in dem Schein der von der Decke hängenden Lampe. Als er am Anfang hierhergekommen war, hatte er sich kopfüber in das Gefühl grenzenlosen Alleinseins gestürzt, das ihm der See geboten hatte. Nach all der Aufmerksamkeit war es genau das, wonach er sich gesehnt hatte. Dankbar war er in der Anonymität versunken und hatte sich gewünscht, dass es für immer so bleiben könnte.

Doch seit er Kate kennengelernt hatte, fühlte sich dieses Alleinsein ganz anders an. Es fühlte sich an wie Einsamkeit.

Er wischte sich die Hände an dem Poliertuch ab und trat einen Schritt zurück, um sein Werk zu betrachten. Erst in diesem Moment wurde ihm wirklich bewusst, dass all die Arbeit, die er hier geleistet hatte, nichts zählte. Er hatte ein Wrack in ein wunderschönes Boot verwandelt – na und? Etwas gut zu machen bedeutete gar nichts. Es hieß nur, dass er ungezählte Stunden mit diesem Projekt verbracht hatte. Und nun?

Der Gedanke, dass noch etwas unerledigt, ungesagt geblieben war, ließ ihn nicht mehr los. Ein Projekt zu beenden war nicht genug, auch wenn er es gehofft hatte.

Kate, dachte er. Er musste sie noch einmal sehen, bevor er fuhr. Und Aaron und Callie auch.

Die Entscheidung fühlte sich gut an. Er schloss den Schuppen und rannte zum Cottage hinüber. Der Regen fiel wie ein dichter Vorhang, durchnässte ihn bis auf die Haut. Seine Brillengläser beschlugen. Er duckte sich unter der Tür hindurch und stand dann einen Augenblick zitternd im Flur. Es war eine gute Idee von Kate gewesen, ein Feuer anzuschüren. Es gab keine Möglichkeit, dieses Haus zu heizen.

Das Dumme war nur, der Holzstapel war draußen, gute

zwanzig Meter vom Haus entfernt. Aber nachdem er sowieso schon völlig durchgeweicht war, konnte er genauso gut schnell noch einmal hinüberlaufen. Er schnappte sich eine Taschenlampe, sprintete durch die Pfützen und holte einen Arm voll Holz unter der Plane hervor. Als er wieder drinnen war, war er nicht nur nass, sondern auch schlammbespritzt und mit Holzschnipseln und Sägespänen bedeckt. Eine braune Wolfsspinne krabbelte langsam über seinen Arm.

Wahrscheinlich sollte er sich ein wenig frisch machen, bevor er zu Kate hinüberging. Er öffnete die Tür und schüttelte die Spinne ab, dann ging er wieder rein. Als er tropfend im Wohnzimmer stand und sich die Brillengläser putzte, durchschnitt das Licht von Scheinwerfen den Raum.

Er runzelte die Stirn. Es war zu dunkel, um erkennen zu können, wer da gekommen war. Besuch? Ein verirrter Tourist? Oder hatte er Sams Ankunftsdatum falsch verstanden?

Er hörte das dumpfe Zuschlagen einer Autotür, dann Schritte auf seiner Verandatreppe. Er setzte die Brille auf, öffnete die Tür. Vor ihm stand … Kate. Kate! In einer übergroßen Jacke und mit einem verschlissenen Regenschirm in der Hand. Sie schüttelte den Schirm aus, klappte ihn zu und lehnte ihn an den Türrahmen.

Er musste all seine Kraft aufbringen, sie nicht einfach an sich zu ziehen und ihr jeden seiner verrückten Gedanken zu erzählen. „Kate …“

„JD, ich …“

„Komm erst einmal rein.“ Er ließ sie vorbei und schloss dann die Tür. Sie war vollkommen zerzaust und wunderschön. Doch in ihren Augen tobten Gewitterwolken. „Was ist los?“, fragte er.

„Was meinst du?“

„Ist mit den Kindern alles in Ordnung? Wie geht es Callie?“

„Oh.“ Sie lächelte kurz. „Callie geht es großartig.“

„Und Aaron …?“

„Auch gut.“ Er musterte sie forschend. „Ehrlich.“

„Also kommt jetzt der Teil, wo ich sage ‚Wo tut es denn weh, Ma’am?‘“

„Tu das lieber nicht.“ Sie runzelte die Stirn. „Ich könnte versucht sein, dir die Wahrheit zu sagen.“

„Damit kann ich umgehen“, erwiderte er.

„Die Wahrheit ist: Ich bin verletzt. Was zwischen uns passiert ist … hat mir wehgetan. Und dich nicht zu sehen tut auch weh.“

„Ich weiß. Oh Gott, Kate, es tut mir so leid!“

In einer beschützenden Geste verschränkte sie die Arme vor der Brust. Er nahm es ihr nicht übel. Sie sagte: „Du siehst fürchterlich aus.“

„Ich war eben draußen, um Feuerholz zu holen“, erklärte er. „Ziemlich frisch heute.“

„Hm.“ Sie zitterte und schaute sich nervös um. „JD …“

„Kate …“ Er unterbrach sich selbst. Sie waren beide so verdammt nervös, dass eine normale Unterhaltung nicht funktionieren würde, also zog er sie an sich, ohne weiter darüber nachzudenken. „Ich habe dich vermisst“, raunte er. Und dann küsste er sie. Nicht langsam und zärtlich, sondern mit so hitziger Dringlichkeit, dass sie überrascht nach Luft schnappte.

Sie drückte ihre Hände gegen seine Brust und schob ihn von sich weg. Was ist das in ihren Augen? fragte er sich. Protest? Schmerz? Widerstreitende Gefühle? Er weigerte sich, wegzuschauen, forderte sie stumm heraus zu protestieren. Doch stattdessen krallte sie ihre Finger in sein nasses Hemd und stellte sich auf Zehenspitzen, um ihn ebenso heftig zu küssen, wie er es eben getan hatte.

Als sie wieder Luft holten, gab er zu: „Ich wollte mich gerade auf den Weg zu dir machen.“

„Wirklich?“ Ihr Lächeln traf ihn mitten ins Herz.

„Ich wollte nur kurz vorher duschen."

Ihr Lächeln machte einem etwas weicheren, dunkleren Gesichtsausdruck Platz. „Lass dich von mir nicht abhalten ..."

Das war die womöglich längste Dusche in der Geschichte des Landes. Sie dauerte so lange, bis das heiße Wasser aus war. Dann kuschelten sie sich in einen Berg Handtücher vor dem knisternden Feuer und schauten den tanzenden Flammen zu. JD fragte sich, wie er es überhaupt geschafft hatte, sich von ihr fernzuhalten. Sie liebte ihn mit Leidenschaft, mit Verlangen und voller tiefer Gefühle, die er noch nie zuvor bei einer Frau erlebt hatte. Er hielt sie in den Armen und spürte zum ersten Mal in seinem Leben, was es bedeutete, wahrhaft glücklich zu sein.

Viel später lagen sie auf den weichen Decken und lauschten dem Regen, der aufs Dach prasselte. JD zog sie noch näher an sich heran, und ein ungewohntes Gefühl von Freude stieg in ihm empor. Er fröstelte; auf diese seltsame Kraft war er nicht vorbereitet.

„Ist dir kalt?", fragte sie und kuschelte sich enger an ihn.

„Nein." Er zog sie noch enger in seine Arme. „Ich wünschte, ich wäre derjenige gewesen, der zu dir gekommen wäre."

Sie bewegte sich ein bisschen, sodass ihr Gesicht beinahe seines berührte. Das Licht des Feuers flackerte über ihrer Haut. „Das war kein Wettbewerb", flüsterte sie.

„Ich weiß", erwiderte er. „Ich bin ein Idiot."

Sie küsste ihn lächelnd. „Ich nehme an, das ist ein Teil deines Charmes."

„Ja?"

„Oh ja! Unwiderstehlich."

„Ich habe dich vermisst, Kate", sagte er erneut. Und dachte: Ich liebe dich. Das musste er ihr auch noch sagen.

„Ich bin auch nicht gerade ein Genie", gab sie zerknirscht

zu. „Ich schätze … ich habe von Anfang an das Schlimmste erwartet. Ich habe wohl unterschwellig die ganze Zeit nach etwas Ausschau gehalten, was uns auseinanderbringen könnte. Und dann wurde es zu einer sich selbst erfüllenden Prophezeiung. Ich dachte … du wärst zu gut, um wahr zu sein. Also hab ich beschlossen, dass es nicht funktionieren kann. Dumm, oder?"

„Kate …"

„Ich hätte nicht so ablehnend reagieren dürfen", sagte sie schnell. „Du wolltest Callie nur beschützen und offen mit mir sein. Das ist es, was ich an dir so liebe. Deine Offenheit. Deine Ehrlichkeit." Sie küsste ihn noch einmal, und sein Herz wurde schwer wie ein Felsbrocken. Sie schlang ihre Arme um seine Brust und hielt seinen Blick mit ihrem fest. „Ich liebe dich, JD."

„Und ich liebe dich, Kate."

Ihr Lächeln war so süß, vielleicht sogar ein bisschen selbstzufrieden. „Erinnere dich nur gut daran, dass ich es zuerst gesagt habe."

„Ist das wichtig?"

„Für mich nicht. Ich mache nur Witze."

Es gab noch so viel, was er ihr sagen musste, ihr erklären musste. Aber es war spät, und es regnete immer noch, und ihm war so gar nicht nach Reden zumute. Er wollte den Augenblick nicht zerstören. Sicher würde es später noch ausreichend Zeit geben, miteinander zu reden.

Irgendwann schliefen sie ein. JD wusste nicht, wie spät es war, als er durch irgendetwas geweckt wurde, aber es war immer noch dunkel. Der Regen trommelte weiter auf das Dach. Das Feuer war weit heruntergebrannt; ein Herz aus glühenden Kohlen warf weiches orangefarbenes Licht auf das Gesicht der Frau, die neben ihm lag. Ihre ungeschützte Schönheit berührte ihn. *Ich liebe dich.* Ihr das zu sagen war das

Leichteste in der Welt gewesen, weil es so wahr war. Und es sie sagen zu hören … das war ein Wunder. Das Letzte, was er erwartet hatte, das Letzte, was er verdient hatte, und das Einzige, was er wollte. Jetzt, diese Nacht lang, würde er einfach glücklich sein, entschied er, und sich keine Gedanken über die Schwierigkeiten machen, die vor ihnen lagen.

Er gab ihr einen zarten Kuss auf die Schläfe und lag eine Weile still neben ihr, lauschte auf den Regen und das Klopfen seines Herzens in seinen Ohren. Sie bewegte sich im Schlaf, rutschte näher an ihn heran. Die Liebe und das Vertrauen, die sie so offen verschenkte, berührten ihn.

Sie wachte langsam auf, und in dem Moment, in dem sie ihn sah, breitete sich ein Lächeln auf ihrem Gesicht aus. Auf einen Ellenbogen gestützt, blinzelte sie aus dem Fenster. „Es wird langsam hell."

Er sah die ersten grauen Streifen der Morgendämmerung über den Bergen. „Es ist immer noch dunkel", widersprach er. „Schlaf noch ein bisschen."

„Die Sonne geht auf", sagte sie. „Ich muss gehen."

„Warum? Verwandelst du dich bei Tageslicht in einen Kürbis?"

„Nein, schlimmer – in eine verantwortungslose Mutter. Ich will nicht, dass mein Sohn mich in fremden Betten erwischt."

„Du schläfst nicht in fremden Betten." Er zog an der Decke und entblößte ihre Schultern. „Du schläfst bei mir."

„Deinetwegen werde ich mir noch Ärger einhandeln."

„Das hier empfindest du als Ärger?" Er konnte nicht anders. Er musste sie berühren, mit seinen Händen über ihre warme, samtige Haut gleiten. „Sommersprossen sind sexy", flüsterte er ihr ins Ohr. Sie zitterte, stöhnte auf.

„Schluss jetzt", sagte sie dann aber und strengte sich sichtlich an, auf die Füße zu kommen. „Ich muss los." Sie fing an, sich anzuziehen. Sie trug diesen verrückten roten BH, bei dessen Anblick JD am liebsten gleich noch einmal über sie hergefallen wäre … Aber sie war angespannt und wollte nach Hause.

Als er schließlich auch aufstand, fühlte er ihren Blick auf sich. „Es liegt an deiner Unterwäsche", grinste er. „Ich kann nichts dagegen tun."

„Zieh dir was an", befahl sie mit roten Wangen. „Und beeil dich!"

Widerstrebend stieg er in seine Jeans. Dann beugte er sich vor, um noch ein Holzscheit aufs Feuer zu legen. Es flammte auf und überzog alles in seiner Nähe mit einem bronzenen Glanz.

Sie beobachtete ihn immer noch, als er dicke Wollsocken anzog und sich die Haare mit den Fingern kämmte. „Wir müssen an deiner Kommunikationsfähigkeit arbeiten. Du hasst es, über dich zu sprechen, oder?"

Sie hatte ja keine Ahnung! „Ich sage dir alles, was du wissen musst." Es war schon längst überfällig, ihr reinen Wein einzuschenken.

„Gut. Ich werde darauf zurückkommen." Sie fuhr sich ebenfalls mit den Fingern durchs Haar, was es nur noch unordentlicher machte. Und sexyer.

„Du bist so schön, Kate!"

Sie schüttelte nur leicht den Kopf und schlüpfte in ihre Gummiclogs.

„Ich meine das ernst. Genau so, in einem zu großen Jogginganzug und mit Gartenschuhen."

„Dann muss es wohl wahre Liebe sein", lächelte sie. „Du bist verrückt!" An der Tür drehte sie sich noch einmal zu ihm um. „Vielleicht kann ich mich heute Nacht noch einmal davonschleichen. Damit wir an deiner Kommunikationsfähigkeit arbeiten können."

Er zögerte. Was für ein mieses Timing. „Ich werde heute Abend nicht hier sein."

In ihren Augen blitzte es kurz auf. „Hast du deine Meinung über mich schon so schnell geändert?“

Er ging zu ihr und nahm sie in den Arm. „Nein, nichts dergleichen. Ich muss zurück nach L. A., und Sam kommt übers Labor-Day-Wochenende mit seiner Familie hierher. Ich fahre heute Abend nach Seattle und fliege morgen ganz früh an die Westküste.“

„Morgen schon? Aber wir haben doch gerade erst …“

Er verschloss ihre Lippen mit seinem Finger. „Ich weiß. Es tut mir leid.“ Er wollte ihr sagen, dass er zurückkommen würde. Dass sie dann alles besprechen und er ihr alles erklären könnte. Aber er war es nicht mehr gewohnt, Versprechungen zu machen.

„Also fährst du einfach.“

„Ja. Mein Aufenthalt hier sollte nie von Dauer sein.“

„Ich verstehe. War denn geplant, dass du zurückkommst?“

„Nein.“

Sie zuckte zusammen.

Er zog sie erneut an sich. „Ich wollte nicht zurückkommen, Kate. Aber jetzt …“ Er hielt inne, um sie sanft zu küssen. „Jetzt habe ich endlich einen Grund, es doch zu tun.“

Sie seufzte zufrieden auf. „Du bist ein bisschen schwer von Begriff.“

Er küsste sie noch einmal, und dieser Kuss ließ keine Fragen offen. Er spürte, wie sie zögerte, sich von ihm zu lösen.

„Ich muss wirklich zurück, bevor die Kinder aufwachen“, sagte sie. Dann erhellte ein Lächeln ihr Gesicht. „Wir könnten alle zusammen nach Seattle fahren.“

„Kate …“

„Wirklich, das macht gar nichts. Ich habe auch ein paar Dinge in der Stadt zu erledigen.“ Sie sah aus, als ob sie gleich platzen würde. „Ich habe Neuigkeiten. Los, frag mich danach!“ Ihr Lächeln war ansteckend und berührte sein Herz.

„Ich frage.“

„Ich habe alle Unterlagen beim Jugendamt eingereicht. Aaron und ich werden Callies Pflegefamilie! Ich bin so aufgeregt, JD! Das wird ganz toll für uns alle.“

Bei ihr klang das so einfach – und für Kate war es das auch. Callie brauchte ein Zuhause, und sie konnte ihr eines bieten. Endlich verstand JD, wieso sie seine Kritik an ihrer Arbeit so schwer getroffen hatte. Wenn man jemanden liebte, bedeutete seine Anerkennung einem alles. Er umschloss ihr Gesicht mit seinen Händen. „Du bist unglaublich.“

„Ja, genau“, sagte sie. „So bin ich … unglaublich.“

32. KAPITEL

Das letzte Mal, als Kate einem Mann gesagt hatte, dass sie ihn liebe, hatte er sie schwanger sitzen lassen. Kein Wunder, dass es zehn Jahre gedauert hatte, bis sie den Mut hatte, es wieder zu tun. Sie war jetzt ein anderer Mensch – eine erwachsene Frau, alleinerziehende Mutter. Und doch war sie so aufgekratzt wie ein Teenie vor dem ersten Date. Sie schwebte mit einem idiotischen Grinsen durch den Morgen. JD hatte versprochen, zum Frühstück zu kommen, und später würden sie alle zusammen nach Seattle fahren. Sie duschte, dann spülte sie die Brombeeren ab, die sie am Tag zuvor gemeinsam mit den Kindern gepflückt hatte. Im Radio lief „Dancing in the Street" von Martha and the Vandellas, und sie sang so laut mit, dass Callie davon wach wurde und in die Küche kam, wo sie von Kate sofort in einen spontanen Tanz gerissen wurde.

Am Ende des Liedes hatten sie beide rote Wangen und lachten.

Callies Lächeln blieb auch, als sie ihre Geräte zum Messen des Blutzuckers hervorholte; ein inzwischen unveränderlicher Teil ihrer morgendlichen Routine. Bisher waren alle Werte in einem akzeptablen Rahmen, sodass sie keine Medikamente brauchte. Kate versuchte, nicht zu ungeduldig zu sein. Callie war schon bald erwachsen und würde auf eigenen Füßen stehen. Dann musste sie auch alleine mit der Krankheit zurechtkommen.

„Sittin' on the Dock of the Bay" summten beide mit, während sie das Frühstück vorbereiteten. Als sie die Eier in der Schüssel verrührte, rief Kate nach Aaron.

Callie warf ihr ein Lächeln zu. „Er kann dich nicht hören. Er ist auf dem See."

Kate ließ den Quirl in die Spüle fallen und rannte hinaus. Bandit sprang auf dem Steg hin und her und behielt das auf dem See treibende Boot fest im Blick. Aaron und JD saßen darin.

„Ich bringe sie beide um!", schnaubte Kate, obwohl alleine der Anblick von JD ihre Haut vor Glück kribbeln ließ. „Sie wissen, dass sie mich um Erlaubnis fragen müssen."

„Er ist aufgetaucht, während du unter der Dusche warst", erklärte Callie, die neben sie getreten war. „Ich habe gesagt, dass das bestimmt in Ordnung geht."

Kate atmete tief durch. Die ganze Welt sah aus wie neu. Der Sturm hatte alles reingewaschen, einen klaren blauen Himmel hinterlassen und das Grün des Waldes aufgefrischt. Der See sah so unberührt und durchsichtig aus wie ein Spiegel. Die Luft roch so süß, dass einem beinahe schwindelig wurde, erfüllt vom Gesang der Vögel.

„Habt ihr euch wieder vertragen?", fragte Callie.

Kate spürte, wie ihr die Röte in die Wangen schoss. „Wie kommst du darauf?"

„Du bist gestern Abend zu ihm gefahren." Sie schüttelte den Kopf. „Sich heimlich nachts hinausschleichen! Das ist doch eigentlich meine Spezialität."

„Ich bin nicht geschlichen."

„Nein, du bist nur sehr leise gegangen – ohne jemandem Bescheid zu sagen."

„Aber ..."

„Mein Gott, Kate, entspann dich!", lachte Callie. „Ich finde es großartig, dass ihr wieder zusammen seid!" Sie winkte dem Boot in der Ferne zu und bedeutete ihnen zurückzukommen. „Er war auf der Suche nach dir, aber dann hat Aaron ihn gesehen und so lange nicht in Ruhe gelassen, bis JD ihm eine Bootsfahrt versprochen hat."

Als das schlanke, hölzerne Ruderboot auf sie zuglitt, spürte Kate, dass Callie sie beobachtete. „Also ist jetzt alles gut zwischen euch, oder?"

Die letzte Nacht war perfekt, dachte Kate. Sie hatte sich

nie so geschätzt gefühlt, so von Leidenschaft erfüllt, so sicher, am richtigen Ort zu sein. Callie gegenüber war sie jedoch etwas zurückhaltender. „Wir werden sehen." Ihre Unsicherheit überraschte sie selber. Heute Morgen in seinen Armen war alles so klar gewesen. Das war alles zu neu. Sie war nicht daran gewöhnt.

„Hat er dir erzählt ..." Callie unterbrach sich und steckte die Hände in die Hosentaschen.

„Was soll er mir erzählt haben?" *Dass er mich liebt?* Kate konnte das Grinsen nicht unterdrücken. Er hat es gesagt. Er hat es gesagt. Er hat es gesagt! sang es durch ihren Kopf.

Callie hielt den Blick gesenkt. Kate musterte sie eindringlich. Sie spürte, dass irgendetwas in ihr vorging. „Callie?", hakte sie nach.

„Ich habe mich nur gefragt, ob er dir wohl gesagt hat, was er für dich empfindet."

„Vielleicht haben wir uns ineinander verliebt." Kate konnte nicht anders. Es war zwar viel zu früh, es in die Welt hinauszuposaunen – aber sie musste es einfach laut aussprechen.

„Vielleicht?", schnaubte Callie. „Daran gibt es ja wohl keinen Zweifel."

„Wie kannst du dir da sicherer sein als ich?", fragte Kate.

„Ich habe gute Augen. Und ich weiß, was ich sehe."

Das Boot näherte sich dem Ende des Stegs. Bandit jaulte und rannte wild auf und ab.

„Mom!", rief Aaron, während er aus dem Boot kletterte und gleichzeitig seine Schwimmweste öffnete. „Sieh dir mal JDs Boot an. Ist das nicht cool?"

„Ja, Großer, das ist wirklich cool", erwiderte Kate abwesend. Sie war zu beschäftigt damit, JD verträumt anzuschauen.

Später am Tag holten sie JD ab, um zusammen nach Seattle zu fahren. Er hatte das Cottage verschlossen und wartete in der Einfahrt auf sie. In verschlissenen Jeans und mit seiner Pilotensonnenbrille sah er eher aus wie ein Model als der Mann aus dem Wald.

Das brachte Kate einen Moment lang aus der Fassung. Hier am See war es so einfach, zu vergessen, dass sie alle noch ein anderes Leben hatten – ein Leben, das mit anderen Menschen angefüllt war. Auch darüber wollte sie mit ihm reden. Sie wollte wissen, wer ihm wichtig war, wer ihn diesen Sommer über vermisst hatte. Sie wollte seine Eltern kennenlernen, ihn ihrer Mutter vorstellen.

„Wieso siehst du mich so komisch an", fragte er lächelnd, während er die Heckklappe des Jeeps schloss.

Wenn er wüsste, welche Gedanken ihr gerade durch den Kopf gingen ... „Das wird bestimmt seltsam heute Abend in Seattle", sagte sie. „Seit vor Aarons Geburt habe ich nicht mehr ... Niemand ist jemals über Nacht geblieben."

Er beugte sich vor und küsste ihr die Anspannung von der Stirn. „Aaron kommt damit schon klar."

Kann ich das auch? fragte sie sich. Sie war daran gewöhnt, über jeden Aspekt ihres Lebens das Sagen zu haben – typisch für eine alleinerziehende Mom. Und nun gab es quasi über Nacht zwei weitere Personen in ihrem Leben. Und auch wenn sie sowohl Callie als auch JD anbetete, wusste sie, dass ihre Welt sich ändern würde.

„Mehr nimmst du nicht mit?", fragte sie. „Nur den Seesack?"

„Ich reise gern mit leichtem Gepäck."

Sie nahm das als gutes Zeichen; er würde also definitiv wiederkommen, um seine restlichen Sachen zu holen. Dann wurde ihr bewusst, dass sie schon wieder anfing, an ihnen zu zweifeln. Hör auf damit, Kate! schalt sie sich. Sie setzte sich hinter das Lenkrad und schaltete das Radio an.

Auch wenn es nur etwas über hundert Meilen nach Seattle waren, fühlte es sich an, als würden sie ganze Kontinente und Zeitzonen durchqueren. Die hoch aufragenden, dichten Wälder der Olympic Peninsula machten den Sommerhäusern am Hood Canal Platz, die in die Gegend von Bainbridge Island übergingen. Dort fuhren sie auf die große, weiß-grün lackierte Fähre, die sie das letzte Stück des Weges bringen würde. Callie und Aaron gingen auf das Deck mit den Videospielen, während Kate und JD die Treppen zum Sonnendeck hinaufkletterten, um die schöne Landschaft zu betrachten. Auf dem Deck wimmelte es nur so von Urlaubern, die die letzten warmen Sonnenstrahlen aufsaugten. Touristen schossen Fotos von Mount Rainier oder der Space Needle, aufgedrehte Kinder spielten Fangen, und Raucher versammelten sich an der hinteren Reling.

Kate schaute sich eine Gruppe Teenager an, die ungefähr in Callies Alter waren. Gepierct, tätowiert und in Leder gekleidet, saugten sie an ihren Menthol-Zigaretten. Alleine ihr Anblick machte sie wieder nervös. War sie der Rolle als Mutterfigur für Callie gewachsen? Andererseits: Nervös oder nicht – sie hatte die Entscheidung gefällt.

Ihr Blick wanderte zu einem rundlichen Mann in einem Anzug, der aufgebracht hin und her ging und in sein Handy sprach. Sein Gesicht war knallrot, beinahe lila, und er zog den Zigarettenrauch wie eine Fahne hinter sich her. Willkommen in der Stadt! dachte Kate. Sogar hier auf der Fähre spürte sie schon, wie alles wieder schneller wurde.

Sie schlenderten zum Heck des Schiffes, vorbei an einem Clown, der Tiere aus Luftballons bastelte, und ein paar raufluştigen Jungs, die mit ihren Spielzeugsoldaten spielten. Kate blieb stehen, um ihnen einen Augenblick zuzusehen. Sie lehnte sich gegen die grün gestrichene Reling und betrachtete die vertraute Landschaft. Sie hatte ihr ganzes Leben hier verbracht und musste sich immer wieder in Erinnerung rufen, wie magisch diese Stadt für Touristen und Neuankömmlinge war. Es gab keinen vergleichbaren Ort auf der

Welt, vor allem nicht im Sommer, wenn der Regen nur eine weit entfernte Erinnerung war. Mit JD an ihrer Seite betrachtete sie die Aussicht mit neuen Augen: die schneebedeckten Bergspitzen, die sich aus dem Sund erhoben. Die Fähren und Schleppkähne, die kreuz und quer über das Wasser glitten, die Ausflugsdampfer und Fischerboote, die die bewaldeten Inseln und Meeresarme erkundeten. Das gleiche Wasser, das die Glas- und Stahlbauten der Stadt widerspiegelte, war Heimat für Wale, Robben, Lachse und Adler.

„Eine meiner frühesten Erinnerungen ist, auf dem Weg zum See zur Fähre zu rennen", sagte sie. „Einmal habe ich dafür gesorgt, dass wir das Schiff verpasst haben, weil ich meinen Hamster einfangen musste. Mein Bruder hat deswegen die ganze erste Woche der Ferien nicht mit mir gesprochen. Damals gab es nur ein paar Fähren am Tag – wenn man also eine davon verpasste, war das richtig tragisch."

Er nahm ihre Hand und küsste sie. „Es gibt immer ein nächstes Boot, Kate."

„Das habe ich auch gehört." Sie liebte es, wie er ihre Hand geküsst hatte und sie nun festhielt. Sie fühlte sich wie ein Schulmädchen, das sich das erste Mal mit seinem neuen Freund in der Öffentlichkeit zeigt. Bei dem Gedanken musste sie lachen und schlang ihre Arme um seinen Hals.

Leute gingen an ihnen vorbei und schauten sie an, einige lächelten nachsichtig. Und Kate wurde klar, dass sie genauso aussahen wie all die Frischverliebten, denen sie immer mit sehnsüchtigem Blick hinterhergeschaut hatte.

Ein gehetzt wirkendes junges Pärchen wachte über eine ganze Kinderschar, zu der ein kleines Mädchen und wild mit ihren Actionfiguren spielende Jungs gehörten. Der Vater versuchte, sie für ein Foto an der Reling zu sammeln, während die Mutter ein aufgeregtes Kleinkind in einen Buggy bugsierte.

Irgendwie schaffte der Vater es, die Jungs zusammenzutrommeln. Seine Frau gab dem Kleinen einen Keks, damit er mit dem Weinen aufhörte.

„Wir sollten ihnen anbieten, das Foto zu machen“, sagte Kate und winkte dem Vater zu, um auf sich aufmerksam zu machen.

JD zuckte zurück. „Das kann doch jemand anderes tun.“

Meine Güte, dachte sie, ist er wirklich so schüchtern? Sie ging zu dem Mann mit der Kamera. „Soll ich das Foto machen? Dann sind Sie auch mit drauf.“

„Oh, danke! Es ist eine Digitalkamera. Einfach draufhalten und losknipsen. Der Auslöser ist gleich hier.“

„Okay, das schaff ich. Ich mach gleich ein paar.“

Der Mann beeilte sich, sich zu seiner Familie zu stellen. Hinter ihnen erhob sich eindrucksvoll der Mount Rainier. Der Mann hob das Baby hoch und drehte es zur Kamera.

Die Jungs benahmen sich fürchterlich, frotzelten und schubsten einander und stritten um ihre Actionfiguren.

„Und jetzt alle mal lächeln!“, sagte Kate und schoss zwei, drei Bilder. In ein paar Jahren, dachte sie, als sie dem Mann die Kamera zurückgab, erinnert sich keiner mehr daran, wie ungezogen die Kinder oder wie müde die Eltern jetzt sind. Sie würden sich nur daran erinnern, wie jung sie alle gewesen waren und was für einen schönen Tag auf dem Sund sie verbracht hatten.

„Sie haben eine ganz entzückende Familie“, sagte sie zu der Frau.

„Danke. Das sind unsere ersten gemeinsamen Sommerferien. Wir haben gerade erst geheiratet.“ Sie zeigte auf die Jungs. „Patchworkfamilie – seine, meine und unsere.“

Liebe ist harte Arbeit, dachte Kate. Und sie war es so was von wert, wie Aaron sagen würde.

„Wie wäre es mit einem Bild von Ihnen beiden?“, fragte die Frau. „Sie sind so ein hübsches Paar!“

Ein Paar, dachte Kate. Wir sind ein Paar. Ein hübsches

Paar. „Ich habe leider keine Kamera dabei, aber danke“, erwiderte sie.

„Ich kann es Ihnen doch per E-Mail schicken.“ Die Frau hob die Kamera an. „Bitte lächeln!“

Kate spürte, wie JD sich versteifte und ein wenig abrückte. Und plötzlich fühlte sie sich unbehaglich, wie eine Betrügerin. Sie gehörte nicht zu diesem Mann, hatte kein Anrecht auf ihn. Trotzdem schob sie ihren Arm unter JDs, und einem Impuls folgend stellte sie sich auf die Zehenspitzen, nahm ihm die Sonnenbrille ab und gab ihm einen Kuss auf die Wange.

Sein angespannter Gesichtsausdruck erschreckte sie. „Tu wenigstens so, als würdest du mich mögen“, flüsterte sie.

Er brachte ein Lächeln zustande, und Kate hoffte, dass die Kamera es einfing.

Dann gab sie der jungen Mutter ihre E-Mail-Adresse. Die Frau steckte ihre Kamera weg und schaute JD aus zusammengekniffenen Augen an. „Haben wir uns schon mal getroffen? Sie kommen mir so bekannt vor.“

„Nein, Ma'am“, winkte er ab. „Und danke noch mal.“ Mit einem höflichen, aber abweisenden Lächeln drehte er sich um und blickte über das Wasser. Das Baby fing wieder an zu weinen, und die Frau schob den Buggy davon. Kate fragte sich, wie JD zu Kindern stand, ob er eine Familie haben wollte. Was sie zu seiner Familie führte. Wo lebte sie, und wie war sie? Vermisste er sie? Hatte er ihnen von ihr erzählt?“

„Wo guckst du hin?“, fragte er. Er hatte sie dabei ertappt, verträumt Löcher in die Luft zu starren.

Sie schlang einen Arm um seine Taille und lächelte ihn an. „Ich kann nicht glauben, dass ich dich gefunden habe.“ Ihr Herz quoll über vor Glück.

„Ich wusste nicht, dass du nach mir gesucht hast.“

„Sehr lustig! Du weißt genau, was ich meine.“

„Ja“, sagte er. „Das weiß ich.“

Frag ihn! Es wird langsam Zeit. Sie atmete tief ein, während der Wind mit ihren Haaren spielte. „Wie geht es weiter?“, fragte sie. „Ich meine, wenn der Sommer vorbei ist“, fügte sie hinzu und wand sich innerlich, weil sie so Mitleid erregend klang. Du bist doch gar nicht so bedürftig! rief sie sich in Erinnerung. Sie hatte neunundzwanzig Jahre ohne JD gelebt und hatte ein wundervolles Leben. Sie würde es auch wieder ohne ihn schaffen.

„Was ist so lustig?“, fragte JD, und erst da bemerkte sie, dass sie laut aufgelacht hatte.

„In der Zeit, in der du über eine Antwort nachgedacht hast, hatte ich schon eine ganze Affäre mit dir – inklusive Trennung.“

„Ehrlich? Wie haben wir uns so gemacht?“

„Wir waren großartig zusammen. Das Ende war allerdings fürchterlich, aber wir haben es überlebt, wenn auch ein bisschen mitgenommen.“

„Gut zu wissen.“

„Du hast meine Frage immer noch nicht beantwortet.“

„Ich habe gehofft, dass du es nicht bemerkst.“

„Warum willst du nicht darüber reden?“

Er atmete tief durch und legte einen Arm um ihre Hüfte. Sein Blick schweifte über das Deck, nahm die Möwen wahr, die das Schiff wie eine Eskorte begleiteten, die Dutzenden von Kameras. „Ich will darüber reden, Kate. Es gibt ein paar Dinge, die ich dir erklären muss …“

„Was für Dinge?“ Tausend Möglichkeiten stürmten durch ihren Kopf. War er verheiratet? Litt er an einer schlimmen Krankheit? Hatte er es sich mit ihr anders überlegt?

„Das ist eine ziemlich lange Geschichte“, sagte er. „Lass mich dich heute Abend zum Essen ausführen, dann erzähle ich es dir. Lass mich dich in dein Lieblingsrestaurant ausführen.“

In ihrem Kopf wirbelten die Gedanken durcheinander.

Ein romantischer Abend ... das Geständnis seiner unsterblichen Liebe ... ein Antrag auf Knien ...

„Mom!" Aaron stürmte die Treppe hinauf. „Hey, Mom, rate mal!"

Sie traten schnell einen Schritt auseinander, und Kate schenkte ihm ein reumütiges Lächeln. „So ist das, wenn man eine Affäre mit einer Mutter hat", lächelte sie und wandte sich Aaron zu. „Was gibt's, mein Großer?"

„Du wirst nicht glauben, wer an Bord ist!", sagte er. „Du wirst es so was von nicht glauben!"

Callie gesellte sich ein wenig atemlos zu ihnen. „Ist doch keine große Sache, Kleiner."

„Ist es doch!" Aaron packte Kates Hand und zog sie mit sich. „Komm auch mit, JD. Das musst du sehen." Er führte sie an den großen Schornsteinen vorbei und breitete theatralisch die Arme aus. „*Eyewitness News!*", rief er.

Eine kleine Menschentraube hatte sich in sicherer Entfernung von Reporterin, Kameramännern und Crew versammelt. Es war nicht ungewöhnlich, auf der Fähre einer Nachrichtencrew zu begegnen. Immerhin war die Fähre einer der Orte, die Seattle so einzigartig machten. Kate erkannte Melinda Procter von den Lokalnachrichten, die ein Mikrofon in der Hand hatte und sich gerade für die Aufnahme bereit machte, während ein Assistent versuchte, ihre Haare mit Unmengen von Haarspray zu bändigen.

Kate warf JD einen Blick zu und wich erschrocken zurück, als sie seinen Gesichtsausdruck sah. Er wirkte nicht beeindruckt von dem Zirkus, der da stattfand, sondern eher ... schuldig.

Ich bin die schlechteste Journalistin der Welt, dachte sie.

Das Nachrichtenteam drehte noch eine andere Einstellung; dieses Mal schlenderte Melinda an der Reling entlang, während sie sprach. Aaron, Callie und die anderen Passagiere fanden das alles faszinierend.

Kate versuchte gerade, herauszufinden, wie sie JD am besten einige ernste Fragen stellen konnte, als jemand aufschrie. Erst dachte Kate, es wäre der Schrei einer Möwe gewesen, aber dann erkannte sie die verängstigte Stimme einer Frau.

Das Nachrichtenteam richtete seine Aufmerksamkeit auf die Unruhe im Hintergrund. Kate packte JDs Arm. „Was ist da los?"

„Ich weiß es nicht. Wir legen aber jede Minute an. Lass uns zurück zum Wagen gehen."

„Willst du nicht nachgucken?"

„Ich könnte nicht weniger interessiert sein." Er machte sich auf in Richtung Treppe, die nach unten zum Autodeck führte.

„Tja", erwiderte Kate. „Das gilt aber nicht für mich."

Sie löste sich von ihm und begab sich zu der Menge, wobei sie Aaron fest an der Hand packte. „Bleib bei mir!", bestimmte sie. „Wo ist Callie?"

„Ich weiß nicht." Aaron kletterte auf eine grün gestrichene Bank, um besser sehen zu können. „Guck mal, Mom! Der Mann ist krank oder so."

Sie stellte sich neben Aaron. Der füllige Geschäftsmann von vorhin lag mit aschfahlem Gesicht auf dem Boden. Er schien nicht mehr zu atmen.

Kate rief im gleichen Moment nach JD, als über Lautsprecher ein Arzt ausgerufen wurde. JD war bereits an der Treppe. Er zögerte nicht, umzudrehen, aber seinem Gesicht war deutlich anzusehen, wie widerstrebend er es tat.

Callie war es, die ihm den Weg freimachte. „Machen Sie Platz", befahl sie mit ungekannter Autorität. „Dieser Mann ist Sanitäter."

Das schien das Zauberwort zu sein. Bis auf einen aggressiven Kameramann drängte die Menge zurück und blieb in einem weiten Kreis um den am Boden liegenden Mann stehen.

„Was ist passiert?“, fragte JD. „Hat irgendjemand gesehen, was passiert ist?“ Während er sprach, nahm er seine Sonnenbrille ab und sank auf die Knie. Diese Facette seiner Persönlichkeit hatte Kate schon einmal gesehen, in der Nacht von Callies Notfall: Er war professionell und selbstbewusst, und er hatte die Situation unter Kontrolle. Sie fand es gleichzeitig aufregend und beruhigend, ihn so zu sehen.

„Gibt es einen Defibrillator auf diesem Schiff?“, fragte er. Ohne auf eine Antwort zu warten, öffnete er Krawatte und Hemd des Mannes und entblößte seine weiße, behaarte Brust.

„Er ist einfach zusammengebrochen“, wusste einer der tätowierten Teenager. „Er war am Telefon, und plötzlich lag er auf der Erde.“

„Wie heißt er?“

„Keine Ahnung. Ich glaube, er ist alleine auf dem Schiff.“

Aaron stand auf Zehenspitzen und reckte den Hals. Kate nahm seine Hand, aber er wandte den Blick nicht von JD ab. Niemand tat das. Das ganze Schiff, inklusive der Nachrichtencrew, war wie gebannt. Sie alle hatten noch nie eine solche Hautfarbe gesehen. Sie hatte die Farbe von kalter Asche.

„Ist der Mann tot?“, fragte Aaron.

„Ich glaube nicht. JD versucht, ihm zu helfen“, erwiderte Kate.

Die Frage nach dem Defibrillator wurde negativ beantwortet. JD hatte vermutlich damit gerechnet, denn er hatte bereits mit der Herzmassage und der Mund-zu-Mund-Beatmung begonnen. Ein Crewmitglied kam mit einem großen roten Koffer an. JD entnahm ihm ein Stethoskop und machte sich wieder an die Arbeit.

Es war eine ganze besondere Form der Energie, die die Menschen erfasste, während sich das Drama vor ihren Augen entfaltete. Ein Gefühl atemloser Spannung und kollektiven Daumendrückens, das JD in seinen Bemühungen um den

Mann unterstützte. Dutzende Schaulustige hatten den Notruf gewählt. Die Fernsehkameras waren ununterbrochen auf ihn gerichtet, doch JD sah nicht mal auf. Er konzentrierte sich einzig auf den Mann.

Kate hörte die Motoren der Fähre aufheulen, als das Schiff an Fahrt zulegte. Bevor sie den Anleger erreichten, konnte sie schon die Lichter der Krankenwagen flackern sehen. Glücklicherweise gab es eine voll ausgestattete Feuerwehrzentrale direkt am Colman Dock, wo die Fähre anlegen würde.

JD ließ in seinen Bemühungen keine Sekunde nach. Kate fiel etwas Merkwürdiges an den Umstehenden auf. Einige von ihnen machten doch tatsächlich Fotos. Sie traute ihren Augen nicht. Das zeugte ja nun wirklich von unglaublich schlechtem Geschmack. Was war nur mit diesen Leuten los?

Sie behielt Aarons Hand fest in ihrer. Sie hatte nicht gesehen, wohin Callie gegangen war, aber sie bezweifelte, dass sie sich weit vom Schauplatz entfernt hatte. Als die Fähre endlich anlegte, ertönten verschiedene Ansagen durch die Lautsprecher. Fahrer und Passagiere wurden gebeten, alle Treppen und Ausgänge freizuhalten. Es schien eine Ewigkeit zu dauern, bis die Fähre vertäut war.

Zu dem Zeitpunkt, als das Rettungsteam eintraf, war eine Massenhysterie ausgebrochen. JD war schweißbedeckt, seine Brust hob und senkte sich schwer. Er trat zurück, um die Rettungssanitäter übernehmen zu lassen, während er sie darüber informierte, was passiert war. Es war zu laut, um ihre Unterhaltung zu hören. Aber das Ergebnis war eindeutig, als zwei der Sanitäter den Mann auf eine Trage schnallten.

Der dritte Sanitäter tauschte noch ein paar Sätze mit JD, dann schüttelten sie sich die Hände. Die drei Männer trugen den Bewusstlosen zu dem wartenden Lastenaufzug.

Einer der Kameramänner begleitete sie. Kate erwartete, dass die anderen es ihm gleichtun würden, aber stattdessen passierte etwas ganz Seltsames.

Sie fielen über JD her.

Anders konnte sie es nicht ausdrücken. Menschen drängten sich gegen ihn, versuchten, seine Aufmerksamkeit zu erregen; von allen Seiten waren Kameras auf ihn gerichtet. „Sergeant Harris"-Rufe wurden laut.

JD schien in einem Meer von Menschen zu ertrinken.

„Was ist da los?" Aaron zog an ihrer Hand.

Kate erwiderte nichts, sondern sprang von der Bank und versuchte, zu JD durchzukommen. Die Menschenmenge war einschüchternd und sie niemand, der sich rücksichtslos durchdrängelte. Also umrundete sie die Gruppe auf der Suche nach einem Durchgang. Beinahe wäre sie über die Stromkabel des Nachrichtenteams gestolpert, und dann hörte sie die Moderatorin sagen: *„… live von der MV Wenatchee. Vor wenigen Sekunden hat Sergeant Jordan Donovan Harris ein weiteres Leben gerettet …"*

Verwirrt rief Kate nach JD, aber sie bezweifelte, dass er sie hören konnte. Sie kam an der Frau mit dem Buggy und den vielen Kindern vorbei, die sagte: „Ich wusste doch, dass ich ihn irgendwoher kenne! Als Zivilist sieht er ganz anders aus."

Kate hatte das Gefühl, den Verstand zu verlieren. Warum nannte ihn jeder Sergeant Harris, als wäre er … Sie erstarrte.

Sergeant Harris. Sergeant Jordan Donovan Harris.

Sie spürte, wie ihr Körper taub wurde, als hätte sie eine Betäubungsspritze bekommen.

Was, wenn er nicht der war, für den sie ihn hielt? Sie hatte fraglos akzeptiert, dass er ein Freund der Schroeders war. Dass er eine Auszeit von seinem Job nahm. Dass er als Rettungssanitäter an der Ostküste arbeitete. Dass er vorhatte, Medizin zu studieren. Sie hatte nichts davon auch nur für eine Sekunde angezweifelt.

„Mom, gehen wir jetzt zum Auto?" Aaron zupfte ungeduldig an ihrem Ärmel.

Callie erschien von irgendwoher. Mit einem Blick erkannte Kate, dass das Mädchen genau wusste, was los war.

Endlich, nachdem gefühlte Stunden vergangen waren, schaffte JD es irgendwie, sich loszueisen. Die Reporterin trabte neben ihm her und löcherte ihn weiter mit Fragen. Schaulustige streckten ihm Stifte und Zettel hin und bettelten um ein Autogramm, doch er ignorierte sie alle. Der Mann, der da auf Kate zukam, die Augen dunkel vor Entschlossenheit und Wut, sah genauso aus wie JD. Aber trotzdem war jetzt alles anders. Er war nicht JD. Und war es auch nie gewesen.

Wer hätte das gedacht, schoss es ihr durch den Kopf, ich habe mit dem Helden Amerikas geschlafen! Sie war immer noch wie gelähmt. Sie war den ganzen Sommer über mit ihm zusammen gewesen, während er sich versteckt hatte. Sie hatte seine Fähigkeiten nie infrage gestellt, sich nie darüber gewundert – nicht über seine Kompetenz als Sanitäter, nicht über seinen Orientierungssinn, seine technischen Kenntnisse oder sein perfektes Französisch. Alle hochrangigen Sanitäter der Special Forces verfügten über diese Kenntnisse, aber Kate hatte sie einfach so hingenommen.

Die Situation war unwirklich. Der Mann, der auf sie zukam, war Sergeant Jordan Donovan Harris, Held einer ganzen Nation. Aber für Kate war er ein Fremder.

33. KAPITEL

Das hatte gerade noch gefehlt, dachte JD angewidert, als er zum Autodeck zurückging und ihm ein spontaner Fanklub folgte, als wäre er der Rattenfänger von Hameln. Außer durch einen beherzten Sprung über die Reling gab es keinen Weg, den Menschen oder den forschenden Augen der Kameras zu entkommen. Die Menge folgte ihm bis zu Kates Jeep. Wie ein Sperrfeuer prasselten die Fragen auf ihn ein. Sogar nachdem sie alle vier das Auto erreicht hatten und eingestiegen waren, ließen die Menschen sie nicht in Ruhe.

„Verschließ die Türen!“, befahl er Kate.

„Was …“

„Schließ einfach die verdammten Türen ab!“, wiederholte er gereizt.

Sie war nicht schnell genug. Jemand öffnete die hintere Tür neben Aaron.

„Sergeant Harris!“, hörten sie einen Mann rufen.

JD drehte sich um und zog die Tür mit Wucht zu. Dieses Mal drückte Kate auf den Schließknopf. Der Hund war kurz vorm Durchdrehen und bellte sich an der Scheibe heiser. Es war unerträglich, dort wie ein Fisch im Aquarium zu sitzen und darauf zu warten, endlich losfahren zu dürfen, während die Menschen sich um den Wagen drängten.

Als die ersten Autos sich endlich in Bewegung setzten, räusperte sich Kate. „Warum hast du nichts gesagt?“, fragte sie leise.

Sogar die Fährenmitarbeiter, die den Verkehr regeln sollten, winkten dem Jeep wild hinterher, als er an ihnen vorbeifuhr.

„Deshalb“, knurrte er grimmig.

„Das ist so cool, dass du er bist!“, krähte Aaron. „Wir haben einen Artikel über ihn – also dich – in der Zeitung gelesen.“ Aufgeregt hüpfte er auf seinem Sitz auf und ab.

Callie legte ihm eine Hand auf die Schulter. „Beruhig dich, Kleiner, okay? Und schnall dich an."

Aaron hörte auf zu hüpfen. „Ja, ja, ist ja schon gut", entgegnete er in einer Imitation von Callies gelangweiltem Ton.

„Sehr wahrscheinlich wird irgendjemand versuchen, dir zu folgen", warnte JD Kate. „Fahr lieber nicht auf direktem Weg zu deiner Wohnung."

„Das ist doch verrückt!"

Er sagte nichts.

„Diese Leute sind verrückt!", fuhr sie fort. „Ich werde mich nicht von ihnen einschüchtern lassen."

Großartig! dachte er. Anfangs hatte er sich auch noch so gefühlt – aufsässig, nicht gewillt, seine persönliche Freiheit einschränken zu lassen. Es hatte jedoch nicht lange gedauert, bis er der Wahrheit hatte ins Gesicht sehen müssen: Trotz konnte gegen eine hysterische Masse rein gar nichts ausrichten.

Als sie die Fähre verließen, schloss ein schwarzer SUV auf.

„Oh Gott!" Kate warf einen Blick in den Rückspiegel. „Ich nehme es zurück. Ich *bin* eingeschüchtert."

„Es tut mir so leid, Kate!"

„Das glaub ich gern", murmelte sie.

Er verstand ihren Ärger, das Gefühl, betrogen worden zu sein. Er würde sein Bestes geben, um es ihr zu erklären, aber die Situation war so bizarr, dass er nicht sicher war, ob sie ihn verstehen würde.

„Hey, JD", meldete Aaron sich von hinten. „Darf ich dich trotzdem noch JD nennen?"

„Natürlich. So haben mich meine Freunde schon immer genannt."

„Und der Typ hat wirklich versucht, den Präsidenten in die Luft zu jagen?", fragte Aaron. „Ich kann nicht glauben, dass du dabei warst! Was ist mit ihm passiert? War er ein Terrorist? Hast du ihn umgepustet?"

„Er war kein … nein. Er war ein verwirrter, dummer Junge, der Aufmerksamkeit erregen wollte."

Callies ungewohntes Schweigen blieb Kate nicht verborgen. Sie warf ihr durch den Rückspiegel einen Blick zu. „Hast du davon gewusst?"

„Ja", sagte Callie mit leiser Stimme. Sie war offensichtlich erleichtert, es endlich loswerden zu können.

Kates Hände krampften sich ums Lenkrad. „Du hast es ihr erzählt, aber nicht mir?", wandte sie sich an JD.

„Ich habe es alleine herausgefunden", warf Callie ein.

„Es wäre total cool gewesen, wenn ich es gewusst hätte", warf Aaron ein. „Du hättest es uns erzählen sollen."

JD verspürte die vertraute Erschöpfung in sich aufsteigen, die dumpfe Kapitulation. Genau dieser Zustand hatte in ihm überhaupt erst den Wunsch geweckt, in die Anonymität abzutauchen. Ihm gingen tausend Dinge durch den Kopf, die er antworten könnte, aber nichts davon schien ihm angemessen. Also schwieg er. Doch die Auseinandersetzung hing wie eine dicke schwarze Wolke über ihnen, als Kate die West Seattle Bridge überquerte und in eine hübsche Wohngegend mit pastellfarben gestrichenen Häusern und zu vielen am Bürgersteig geparkten Autos einbog.

Er warf einen Blick in den Seitenspiegel. Er war sich ziemlich sicher, dass sie verfolgt worden waren, aber das war jetzt auch schon egal. Für jeden, der sich das Kennzeichen gemerkt hatte, war es nur eine Frage von Minuten, Kates Adresse herauszufinden.

Als Kate in die stille, steile Sackgasse mit den großen Ahornbäumen einbog, hatte sich alles verändert. Das hier war Callies neues Zuhause, erinnerte sich JD. Egal, was auf der Fähre passiert war – sie mussten das erst einmal hinter sich lassen und Callie an die erste Stelle setzen. Er hasste es, dass seine Berühmtheit sie überhaupt vom Mittelpunkt des heutigen

Tages verdrängt hatte; das war eine der hässlichen Seiten des Ruhms. Kate schien allerdings genauso entschlossen zu sein wie er. Ohne überhaupt darüber gesprochen zu haben, schoben sie das Drama von der Fähre beiseite und richteten ihre Aufmerksamkeit auf das gleiche Ziel: dass Callie sich in ihrem neuen Heim wohlfühlte.

Als er Kates Haus sah, wusste JD, dass er sich keine Sorgen hätte machen müssen. Genau wie das Haus am See wirkte auch dieses direkt wie aus einem Bilderbuch: ein schindelgedeckter Bungalow mit einem weißen Lattenzaun und einer Rosenhecke. Es war eines von nur vier Häusern in dieser Sackgasse. Die anderen waren ähnlich charmant, und auf der anderen Straßenseite trat ein Nachbar heraus und winkte ihnen freudig zu.

Callie nahm alles mit glänzenden Augen auf, diese neue Welt, die jetzt auch ihre seine würde. In ihrem Blick lag so ein sehnsüchtiger Hunger, dass JD sie warnen wollte, sich von all dem nicht zu sehr einfangen zu lassen. Er kannte sich mit dem Unerreichbaren aus, mit der Sinnlosigkeit von Hoffnung und wie sie sich in Enttäuschung verwandeln konnte. Aber er wusste, dass seine Lebenserfahrung auf taube Ohren stoßen würde, als Aaron nach Callies Hand griff und sie mit sich zum Haus zog, um ihr seine Welt zu zeigen.

„Beeil dich, Mom!“, drängte er. Selbst der Hund sprang wild hin und her und kratzte an der Tür.

Kate schloss auf und ließ Aaron hineinstürmen, der die immer noch überwältigte Callie mitriss. Angefüllt mit nervöser Energie, öffnete Kate ein Fenster, um die laue Nachmittagsbrise einzulassen, bevor sie dann durch die Räume wanderte, die mit Familienfotos, Büchern und allem Komfort angefüllt waren, den ein ordentliches Haus brauchte. „Glaubst du, es wird Callie hier gefallen?“ Sie bemerkte seinen Gesichtsausdruck. „Was?“

„Du lebst in einem Disneyfilm, Kate. Was sollte sie daran nicht mögen?“

„Das stimmt." Callie betrat den Raum.

Sie schien allerdings nicht gekränkt zu sein. Im Moment wirkte sie einfach nur überwältigt und hoffnungsvoll. Er verspürte Bewunderung für dieses Mädchen. Nach allem, was Callie mitgemacht hatte, hatte sie die Hoffnung dennoch nicht verloren.

„Es ist großartig!", jubelte sie. „Einfach nur ... großartig."

„Wirklich?", fragte Kate. Ein Strahlen erhellte ihr Gesicht, und JD fühlte schmerzlich, wie sehr er sie liebte.

„Total!" Callie scharrte mit den Füßen. Plötzlich sah sie so alt aus, wie sie war – jung und etwas unbeholfen. „Ähm, ich wollte euch noch was erzählen. Jetzt, wo ihr hier zusammen seid, habe ich das Gefühl, es sagen zu müssen."

Kates Lächeln schwand und machte einem Ausdruck der Sorge Platz. „Ist alles in Ordnung mit dir?"

„Ja, sicher. Das ist es ja ... Wisst ihr, was diesen Sommer passiert ist, meine Krankheit und all das ... Am Anfang hat es sich angefühlt wie die Katastrophe des Jahrhunderts. Ich dachte, mein Leben wäre so gut wie vorbei oder dass es von jetzt an zumindest nicht mehr sonderlich schön werden würde."

„Callie ..." Kate trat einen Schritt vor, blieb dann aber stehen, als ob sie Angst davor hätte, was als Nächstes kommen würde. JD wollte sie beruhigen, aber er wusste, dass Callies nächste Worte das tun würden.

„Wie auch immer", fuhr sie fort. „Es ist dann alles ganz anders geworden. Ich will nicht sagen, dass ich dankbar dafür bin, krank geworden zu sein, denn ehrlich gesagt: Ich hasse diese Krankheit! Ich hasse es, mich selber überwachen zu müssen und nach einem dummen Zeitplan zu essen. Ich hasse es, keinen Zucker naschen zu dürfen, und ich hasse Aerobic." Sie hielt inne, weil ihre Stimme zitterte. Ein schmerzhafter Ausdruck huschte über ihr Gesicht, als sie schluckte. „Aber wisst ihr – wenn das alles nicht passiert wäre, hätte ich euch nicht."

JD wusste, wie schwer es für sie war, solche Dinge zu sagen. Und wie notwendig. Er schätzte, dass Kate und Aaron ihr das Gleiche gegeben hatten wie ihm: ein Gefühl dafür, wie es war, Mitglied einer Familie zu sein. Und eine Vision davon, dass das Leben schön war.

Callie nahm einen tiefen, zittrigen Atemzug. „Na ja, das wollte ich euch jedenfalls sagen. Das und ... danke. Und fangt jetzt bloß nicht an zu heulen, weil ich das nicht leiden kann."

„Tja, damit musst du leben", sagte Kate mit Tränen in den Augen, als sie Callie in die Arme zog. „Ach Callie! Erinnerst du dich, worüber wir gesprochen haben? Dass es niemals zu spät ist für eine fröhliche Kindheit?"

Auch wenn die Worte für das Mädchen gedacht waren, berührten sie JD tief im Inneren. Ja, dachte er. Ja.

Aaron, der die ganze Zeit im Türrahmen gestanden hatte, sah ein wenig unbehaglich aus. „Können wir jetzt rausgehen?", fragte er.

„Ich komme in einer Sekunde mit." Callie trat einen Schritt zurück und trocknete sich das Gesicht. Sie umarmte JD, auch wenn sie beide sich dabei ein wenig seltsam vorkamen. „Meine Arztrechnung ist von deiner Stiftung bezahlt worden, oder?"

„Dafür ist sie da." Er erwartete keine Gegenleistung dafür, aber sie gab sie ihm trotzdem. Einen dankbaren Blick, der direkt aus ihrem Herzen kam, der wie eine Blume aufblühte und ihr Gesicht erhellte.

„Dieser ganze Kram von wegen Amerikas Held und so ist mir egal", sagte sie. „Du bist mein Held." Sie stellte sich auf die Zehenspitzen und gab ihm einen Kuss auf die Wange. „Und jetzt geh ich besser mit Aaron raus, bevor noch jemand einen Zuckerschock bekommt bei all dem Süßholzgeraspel."

Kate brach in ein erleichtertes Lachen aus und nahm sich ein Taschentuch. Nachdem Callie und Aaron gegangen waren, sagte sie: „Du hast eine Stiftung."

„Ja."

„Verdammt, JD, verstehst du denn nicht, dass ich das nicht länger akzeptiere? Ich will keine ausweichenden einsilbigen Antworten mehr von dir hören!"

„Das war nicht ausweichend, ganz im Gegenteil: Ich habe Ja gesagt. Ja, ich habe eine Stiftung."

„Stellst du dich absichtlich dumm?"

„Was willst du von mir?"

„Antworten! Erklärungen! Warte, ich habe eine Idee: Wie wäre es mit der Wahrheit? Oder verdiene ich die nicht?"

„Was du verdienst, Kate, ist so viel mehr, als ich dir geben kann." In diesem Zugeständnis lag ein bitterer Funken Wahrheit. Er hatte immer gewusst, dass es sich eines Tages bitter rächen würde, dass er ganz alleine aufgewachsen war, ohne jedes Sicherheitsnetz. Und heute war der Tag gekommen. Er wusste einfach nicht, wie er das sein konnte, was eine Frau wie Kate brauchte, was sie verdient hatte.

„Warum um alles in der Welt sagst du das?"

„Weil es stimmt. Ich bin und bleibe nur ein Sanitäter. Wenn du nach einem Ehemann suchst, bist du bei mir an der falschen Adresse." Die Worte sprudelten aus ihm heraus, getragen von einer Welle der Panik und Unsicherheit. Die Wahrheit traf sie wie ein Schlag in den Magen. Gott, sie verstand es nicht! Wie sollte er ihr nur erklären, dass er keine Ahnung hatte, wie man sich in einen Ehemann, einen Vater verwandelte? Dass er lieber jetzt gehen würde, als Aaron und sie zu verletzen? „Was heute auf der Fähre passiert ist ... Ich muss noch ein bisschen länger verschwinden. Ich weiß nicht, was ich sonst tun soll. Ich weiß nur, dass ich so nicht leben kann."

Sie verschränkte die Arme und trat einen Schritt zurück.

„Deshalb hast du so heftig reagiert, als ich dir von Callies Artikel erzählt habe.“ Sie war ganz blass geworden. „Du dachtest, ich würde auch mit dir an die Öffentlichkeit gehen. Du hast mir nicht vertraut, deshalb hast du mir nichts erzählt.“

„Ich habe es *niemandem* erzählt. Ich war mich selber leid, war es leid, diese von den Medien erfundene Person zu sein.“

„Du hättest mir vertrauen können.“

„Ich habe niemandem vertraut.“

„Aber du hattest kein Problem damit, mit mir zu schlafen“, sagte sie.

Ein schreckliches Schweigen breitete sich zwischen ihnen aus. Er hatte das Gefühl, einen Autounfall in Zeitlupe und ohne Ton zu sehen. Er hatte ihre Beziehung irreparabel verletzt, sie zerstört. Was zwischen ihnen gewesen war, war unrettbar verloren. Und das war auch ganz gut für sie, fiel ihm auf, auch wenn ihr das noch nicht bewusst war. „Kate ...“ Er versuchte, ihr die Erklärung zu geben, die sie verdiente. „Ich kann nicht das sein, was du brauchst.“

„Woher weißt du, was ich brauche?“

Er machte eine Geste, die das ganze Haus und die Bilderbuchnachbarschaft einschloss, die sich vor den Fenstern ausbreitete. „Mein Leben ist verrückt. Ich habe keine Ahnung, wohin es mich verschlagen wird.“

„Du tust gerade so, als gäbe es keinen Weg, mit dem Ruhm umzugehen“, sagte sie. „Aber die Menschen tun es jeden Tag. Sieh dir all die Schauspieler, Sportler und Politiker an ...“

„Es gibt einen entscheidenden Unterschied“, unterbrach er sie. „Diese Menschen haben sich für Ruhm und Bekanntheit entschieden. Sie haben dafür gearbeitet und danach gestrebt. Ich habe nichts davon gewollt, und ich schwöre dir, Kate, du willst es auch nicht.“

„Es gibt nur einen Grund, wieso du das alles sagst“, erwiderte sie. „Du hast Angst.“

Ihre Wut ging ihm unter die Haut. Er hasste das hier. Und

er hasste den alten Schmerz, die alte Scham über seine Mutter. Er musste hier verschwinden, bevor die Medien herausfanden, wo er war. Vielleicht gab es noch eine Chance für Kate, anonym zu bleiben. „Ich rufe mir ein Taxi. Vielleicht bekomme ich ja heute Abend noch einen Flug."

„Einfach so?", fragte sie mit leiser, schmerzerfüllter Stimme.

„Ich lasse mich auf die Warteliste setzen", erwiderte er. Dann erst wurde ihm klar, was sie wirklich gefragt hatte. Wollte er nicht bleiben und um sie kämpfen? Zum Teufel, natürlich wollte er! Aber was er wollte, zählte weniger, als das Richtige zu tun. „Ich muss noch mit Aaron und Callie reden, und dann wird es Zeit für mich."

Sie standen auf entgegengesetzten Seiten eines unüberwindlichen Grabens. Er merkte, wie er an den Tag dachte, an dem sie ihm den Angelhaken aus dem Daumen gezogen hatte. *Wenn Sie schnell machen, werde ich es überleben*, hatte er gesagt. Jetzt hatte sie den gleichen Gesichtsausdruck. Ein paar Sekunden vergingen. Dann ging er raus, um die Kinder zu suchen.

„Du hast gesagt, du lässt mich nie allein!" Aaron warf den Baseball mit aller Kraft. Mangels eines Handschuhs fing JD ihn mit der bloßen Hand. Der Schmerz zuckte bis auf den Knochen.

„Ich meinte an jenem Tag, dass ich dich niemals auf dem Berg allein lassen würde." JD warf den Ball zurück. Mit ihm im Vorgarten Bälle zu werfen war die einzige Möglichkeit, wie er Aaron zum Zuhören bewegen konnte. Langsam lief ihm die Zeit davon, denn das Taxi würde jede Minute hier sein, um ihn zum Flughafen zu bringen.

„Na toll! Was soll das denn für ein Versprechen sein? Das würde jeder zu einem Kind sagen." Der Junge warf den Ball wieder zu JD. Bandit schaute aufmerksam zu, bereit, jederzeit loszuhechten.

„Du hast recht", gab JD zu. Er fing den Ball und streckte dann seine Finger. Das Kind hatte einen ganz schönen Wurf am Leib. Dieses Spiel würde er noch ein paar Tage mit sich herumtragen. „Ich hätte es besser erklären sollen."

„Es ist doof, dass du einfach abhaust."

Vielleicht hast du recht, dachte JD und warf den Ball zurück. Aaron erwischte ihn nicht. Der Ball sprang am Zaun entlang; der Junge und der Hund jagten ihm hinterher.

Ein grün-weißes Taxi hielt am Bordstein. Aaron richtete sich auf, Bandit trottete mit dem Ball im Maul davon. Aaron drehte sich zu JD um. Er behielt einen starren Blick bei, während er rief: „Mom, er geht jetzt!"

Kate und Callie kamen nach draußen, und JD wünschte, er wüsste einen Weg zu bleiben.

„Hier, für dich!" Callie reichte ihm einen dicken Umschlag. „Lesefutter für den Flug."

Kate schaute sie mit gerunzelter Stirn an, schwieg aber. Endlich sagte sie zu JD: „Hab eine gute Reise."

Sie waren so wundervoll zu ihm, alle drei. Einen Sommer lang waren sie seine Familie gewesen, so nah dran an der Realität, wie es nur sein konnte. Aber am See waren sie geschützt gewesen vor den Paparazzi und den bohrenden Fragen. Hier in der wirklichen Welt konnte er sie nicht davor bewahren. Deswegen musste er gehen.

„Wann kommst du wieder?", wollte Aaron wissen.

„Ich weiß es nicht." Er umarmte sie, jeden einzeln. Es fühlte sich schrecklich an. Zum Teufel, es *war* schrecklich! Denn auch wenn er gesagt hatte, er wüsste es nicht – er wusste es doch.

34. KAPITEL

Du hättest ihn nicht gehen lassen dürfen." Callie stand im Nachthemd in der Tür zu Kates Arbeitszimmer.

Es war spät, und Aaron schlief schon, aber offensichtlich litt Callie unter der gleichen Schlaflosigkeit wie Kate. „Es lag nicht in meiner Hand. Er ist gegangen", antwortete Kate.

„Du hättest ihn aufhalten können."

„Und was dann?"

„Dann wärt ihr zusammen."

„Ich wüsste nicht, wie es dazu kommen sollte."

„Warum nicht?"

„Ich könnte dir eine ganze Liste an Gründen aufzählen, aber es gibt nur einen, der wirklich zählt: Er will nicht wirklich mit mir zusammen sein. Vielleicht will er mit niemandem zusammen sein. Ich weiß es nicht."

„Das ist Blödsinn! Er ist so in dich verliebt, dass er kaum geradeaus gucken kann."

Kates Magen zog sich vor Sehnsucht zusammen, aber sie verbarg es. „Sehr witzig, Miss Allwissend!"

„Ich weiß mehr über sein Leben als du."

Kate stellte sich vor, wie er Callie die Wahrheit über sich erzählt hatte. Zweifelsohne hatten sie lange tiefschürfende Gespräche geführt, von denen Kate ausgeschlossen gewesen war. Bei dem Gedanken spürte sie ein hässliches Gefühl in sich aufsteigen – Neid. Er war zu Callie ehrlich gewesen, hatte aber Kate im Dunkeln gelassen.

„Und?", fragte Callie, die sich inzwischen in den Drehstuhl am Schreibtisch gesetzt hatte. „Bist du gar nicht neugierig?"

„Ich schätze, wenn er gewollt hätte, dass ich diese Dinge weiß, hätte er mir davon erzählt."

„Hör auf damit, Kate! Das sind doch keine Geheimnisse."

Callie beugte sich verschwörerisch vor. „Ich wette, du weißt nicht, warum er zur Army gegangen ist."

„Nein, das weiß ich wirklich nicht." Natürlich nicht. Das war eines der Millionen Dinge, die er ihr zu erzählen nicht für nötig befunden hatte.

„Weißt du, er hatte diese fürchterliche Mutter – schlimmer noch als meine – und hat sein ganzes Leben lang nur versucht, irgendwie zu überleben. Deshalb ist er auch so gut darin, Sachen zu reparieren. Er hat so viel gespart, wie er nur konnte, um aufs College gehen zu können. Dann ist seine Versagermutter in den Entzug gegangen, was ihn all sein Geld gekostet hat. Also ist er statt aufs College zur Armee gegangen."

Callie hatte das die ganze Zeit über gewusst; Kate hatte es nicht mal ansatzweise geahnt. Da schlief sie mit dem Kerl, und doch begegnete er ihr nicht auf Augenhöhe. Aber sein gesamtes Leben vor Callie auszubreiten, das schien ihm keine Probleme bereitet zu haben.

Trotz ihres tiefen Unmuts konnte Kate nicht anders, als sich das Leben vorzustellen, das Callie ihr da beschrieb. Bevor sie Callie getroffen und ihre Geschichten niedergeschrieben hatte, hätte sie das nicht gekonnt. Sie hätte sich nicht vorstellen können, dass eine Mutter in der Lage war, ihr Kind einfach so aus reinem Egoismus beiseitezuschieben. Geschweige denn, sich auszumalen, welche Auswirkungen so etwas auf das Kind hatte. Doch jetzt fing sie an, es zu verstehen. Mit diesem Hintergrund konnte JD nicht wissen, wie eine Familie funktionierte. Wie auch Callie befürchtete er, nichts richtig und alles falsch zu machen.

„Du bist wütend", stellte Callie fest.

„Nicht auf dich", gab Kate traurig zu. „Er hätte es mir sagen müssen."

Callie machte ein finsteres Gesicht. „Ja, genau! Sag mal – glaubst du eigentlich, es macht Spaß, so etwas zugeben zu müssen? Der einzige Grund, warum er es mir erzählt hat, war, dass ich dabei war, mich aufzugeben. Ich musste hören, dass man eine miese Mutter überleben kann. Das ist aber eine Erfahrung, die du nie gemacht hast."

Kate brachte ein dünnes Lächeln zustande. Sie war am Ende ihrer Kräfte. Er hat uns so leicht aufgegeben! dachte sie. Und dann traf es sie wie ein Blitz: Genau das hatte sie auch getan!

Callie schaute über Kates Schulter auf den Computermonitor. „Bist du gerade im Internet?"

Kate berührte die Tastatur, um den Monitor zum Leben zu erwecken. Sie hatte verschiedene Browserfenster geöffnet. „Ich habe mich ein wenig über Jordan Donovan Harris informiert. Guck dir das mal an." Sie klickte auf ein Foto, um es zu vergrößern.

Callie rollte mit ihrem Stuhl noch ein Stückchen näher heran. „Mein Gott, er war so ..."

Heiß, dachte Kate. Das war das perfekte Wort. Ihr Erstaunen wuchs, als sie Bild um Bild im Internet anschaute. Sie fanden sogar ein Video des Vorfalls, der ihm Ruhm und Ehre eingebracht hatte.

„Wann hast du es herausgefunden?", wollte Kate von Callie wissen. Sie schauten sich ein Bild von ihm im Tarnanzug an. Ein viel jüngerer JD hatte darauf einen Arm um Sam Schroeder geschlungen. Im Hintergrund ragte das Hindukusch-Gebirge wie eine unbewohnbare Mondlandschaft auf.

„Als ich das erste Mal bei ihm geputzt habe, bin ich auf ein Klatschmagazin gestoßen. Er hat nicht mal versucht, es zu leugnen. Hat mir gleich alles erzählt."

„Warum hast du mir nichts gesagt?"

„Weil ich es ihm versprochen hatte. Ich habe ihm mein Wort gegeben."

Und natürlich lag es nicht in Callies Verantwortung, Kate darüber zu informieren, dass der Mann, den sie liebte, seine wahre Identität vor ihr verbarg. Das wäre JDs Aufgabe gewesen.

Sie biss die Zähne zusammen und scrollte weiter. Nach Muldoons Anschlag war die Nation darüber informiert worden, dass die Terrorwarnung auf Rot gesetzt worden war, die höchste Stufe. Das Video des Attentats wurde im Fernsehen rauf und runter gespielt, und Standfotos daraus zierten die Titelseiten der Zeitungen im ganzen Land. Der gesamte Vorfall war von verschiedenen Experten Sekunde für Sekunde analysiert worden.

Nachdem endlich das Motiv hinter dem Anschlag aufgedeckt worden war, wandelte sich die Terrorangst in der Bevölkerung in eine mulmige Traurigkeit. Der Angreifer war kein Fremder, sondern einer ihrer eigenen Leute. Terence Lee Muldoon war der Footballstar seiner Highschool gewesen. Er stammte aus einer verarmten Familie. Ein großzügiger Bonus hatte ihn davon überzeugt, in die Armee einzutreten. Er unterzog sich dort der härtesten und umfangreichsten Ausbildung, um ein Mitglied des superelitären Geheimkommandos zu werden.

Er hätte eine lange und angesehene Karriere vor sich haben sollen. Doch stattdessen war er in eines der grausamsten Löcher des Pentagon gefallen: Nur ein paar Monate vor Ende seiner sechsunddreißigmonatigen Verpflichtung war Muldoon im Mittleren Osten verwundet worden. Bei einem Autounfall hatte er eine Niere verloren, was ihn zu einem Invaliden machte. Während er sich im Krankenhaus von der Operation erholte, wurde ihm mitgeteilt, er müsse seinen Bonus zurückzahlen – schließlich sei er seiner Verpflichtung nicht bis zuletzt nachgekommen. Man hatte seinen Namen bereits an ein Inkassounternehmen weitergereicht.

Jeder hatte Verständnis für seine Wut. Aber niemand hatte vorhersagen können, was er dagegen tun würde.

In seiner verwirrten Logik entschied Muldoon, dass

der Präsident persönlich für seine Zwangslage verantwortlich war. Dank seiner hervorragenden Ausbildung fiel es im leicht, einen Angriff zu planen, der das Ziel hatte, den Oberkommandierenden der Streitkräfte, ein Militärkrankenhaus und sich selbst innerhalb weniger Sekunden auszulöschen.

Laut einem Artikel in der *Washington Post* hatte er keine Probleme, den tödlichen Sprengstoff zu besorgen, indem er falsche Waffenbeschaffungspapiere benutzte.

„Narzisstische Persönlichkeitsstörung" lautete die Diagnose der Experten angesichts der vollkommenen Zuversicht, mit der er sich am Weihnachtsabend ins Walter Reed Army Medical Center hatte einliefern lassen. Sein Timing war perfekt. Wie sich später herausstellte, hatte er Zugriff auf den Terminplan und die Route des Präsidentenbesuchs gehabt. Muldoon hatte sich nur an einer entscheidenden Stelle verkalkuliert, eine Sache übersehen: dass nämlich in diesem Krankenhaus Menschen wie Jordan Donovan Harris arbeiteten. Menschen, die genauso hoch qualifiziert waren wie Muldoon selber.

Als Kate und Callie sich Seite für Seite durchs Internet klickten, wurde Kate langsam klar, warum dieser *Vorfall* die Menschen so bewegt hatte. Hier gab es keine Zwei- oder Mehrdeutigkeiten. Keine Fehler oder Vertuschungen. Nur einen abtrünnigen Soldaten, einen Sanitäter, der seinen Job erledigte, und ein gutes Ende. Das einzige Blut, das vergossen worden war, stammte von Muldoon und JD, und beide Männer überlebten ihre Verletzungen.

Die Leute liebten solche Geschichten. Das pure Drama, wenn das Gute über das Böse siegte. Und als alle Einzelheiten nach und nach bekannt wurden, liebten sie JD sogar noch mehr. Es war die Geschichte vom Tellerwäscher, der zum Millionär wurde, in neuem Gewand. In Baltimore von einer hart arbeitenden, alleinerziehenden Mutter aufgezogen – ein Detail, bei dem Callie ein skeptisches Grunzen von sich gab –, hatte er eine mehr als ansehnliche Karriere bei der dienstältesten Spezialeinheit der Army, den Special Forces, hingelegt. Und er hatte etwas, was den Unterschied zwischen Erfolg und Fehlschlag bedeutete: die Fähigkeit, Leben zu retten.

Über Nacht hatten die Medien ihn zum amerikanischen Helden stilisiert. Begabt, stark, klug, aufopferungsvoll und bescheiden. Und darüber hinaus auch noch zur rechten Zeit am rechten Ort. Im ganzen Land beteten die Menschen für die Genesung von Sergeant Harris. Manche glaubten bis zum heutigen Tag, dass die Macht ihrer Gebete ihn gerettet hatte, ihn befähigt hatte, aus dem Koma zu erwachen und das Krankenhausbett zu verlassen. Andere schrieben dieses Wunder den beispiellosen Anstrengungen eines unermüdlichen Ärzteteams zu.

„Wenn Sie sich auf einen Selbstmordattentäter werfen wollen“, hatte der Sprecher des Krankenhauses in einem Interview gesagt, „dann könnten Sie sich dafür keinen besseren Ort aussuchen als das Walter Reed Army Medical Center.“

„Wo kommen all diese Leute her?“, wunderte sich Kate.

„Lies weiter“, drängte Callie. Während Harris im Koma lag, hielt die Nation Wache. Kirchen und Tempel im ganzen Land boten Worte der Unterstützung und Ermutigung. Gelbe „*Gott schütze Jordan Donovan*“-Schleifen mischten sich unter die traditionelle Weihnachts- und Silvesterdekoration. Kate erinnerte sich noch gut daran, wie sie damals einen Leitartikel in der Zeitung gelesen und tiefe Dankbarkeit verspürt hatte, dass es auf der Welt Männer wie Jordan Donovan Harris gab.

Sie war immer noch dankbar. Privilegiert sogar – immerhin hatte sie ihn kennenlernen dürfen. Doch gleichzeitig verspürte sie auch eine tiefe Traurigkeit. Denn genau die Tatsache, dass er ein Held war, war zu dem Keil geworden, der sie auseinanderbrachte.

„Es ist seltsam, das alles zu sehen, oder?“, sagte Callie. „Es geht um ihn, aber er ist es nicht.“

„Die Presse vermittelt nur einen Eindruck von einer Person – nicht die Person selber.“ Kate wurde in diesem Moment klar, dass es egal war, was sie über Callie geschrieben hatte. Die Leser würden dieses Mädchen niemals kennen, nicht wirklich. Vielleicht war es das, was JD versucht hatte, ihr mitzuteilen.

„Ich bin müde.“ Callie gähnte. „Ich geh ins Bett. Du solltest noch ein bisschen weiterstöbern. Lies, was mit seiner Mutter passiert ist. Vielleicht verstehst du dann, wieso er nicht wollte, dass jemand erfährt, wer er wirklich ist.“

Callie ging ins Bett, aber Kate war immer noch ruhelos. Es gab eine scheinbar unendliche Anzahl an Artikeln über JD. Eifersucht brannte in ihr, als sie las, dass er eine Freundin namens Tina gehabt hatte, eine Mitarbeiterin des Kongresses, die alles über ihn enthüllte hatte: von seiner Vorliebe für Krebse bis zu seinen sexuellen Vorlieben. Ihr Selbsthilfe-Ratgeber wurde ein Bestseller. Hoffentlich hat er dich schnell und hart fallen lassen, dachte Kate.

Sie erfuhr auch alles über seine albtraumhafte Kindheit, die Callie ja schon angerissen hatte – und über seine Mutter, die ihrer Rolle nicht einmal ansatzweise gerecht geworden war. Janet Harris hatte den Ruhm ihres Sohnes mit offenen Armen empfangen, aber dann war er ihr zum Verhängnis geworden. Sie verfiel in ihre alten Gewohnheiten. Mehr als einer Quelle zufolge hielt sie sich in einer Entzugsklinik in Südkalifornien auf.

In diesem Moment ging eine neue E-Mail ein. Die Nachricht war von einem unbekannten Absender, doch als sie das Foto sah, erinnerte sie sich. Es fühlte sich an, als ob es ein ganzes Leben her wäre: JD und sie, wie ein ganz normales Pärchen auf der Fähre. Jetzt, wo sie verstand, was er hatte verbergen wollen, bemerkte sie die Anspannung in seinem

Gesicht. Er musste sich schrecklich unwohl vor der Kamera gefühlt haben.

„Es war eine Ehre, Sie und Jordan zu treffen", schrieb die Frau.

Stimmt, dachte Kate, das war es.

Sie hatte sich immer eingebildet, ganz genau zu wissen, wie sich Einsamkeit anfühlt. Doch das war, bevor sie JD kennengelernt hatte. Und jetzt wurde ihr klar: Sie hatte keine Ahnung gehabt.

35. KAPITEL

Um Viertel vor sechs schreckte das Telefon Kate aus dem Schlaf. Nach der Ruhe am See fiel sie beinahe aus dem Bett, bevor sie nach dem Hörer griff und einem perfekten Traum Lebewohl sagte.

„Tut mir leid, wenn ich dich geweckt habe", sagte ihre Schwägerin Barbara, die an der Ostküste lebte. „Ich dachte, es würde dich interessieren, dass du in *Good Morning America* bist."

Kate setzte sich kerzengerade auf, die letzten Spuren des Schlafs wurden von totaler Demütigung verscheucht. „Was?"

„*Good Morning America!* Also los, schalt den Fernseher ein, und sieh es dir an!"

„Was zum Teufel ..."

„Ist er jetzt bei dir?"

„Ist wer ...?" Endlich klärte sich Kates Kopf. „Du meinst JD."

„So nennst du ihn? Mein Gott, Kate, wie lange seid ihr schon zusammen?"

Nicht lange genug. „Erzähl mir, was sie im Fernsehen gezeigt haben."

„Zuerst ging es nur um den Typen – Sergeant Harris. Sie haben einen kurzen Beitrag aus Seattle gezeigt, wo er einem Mann eine Herzmassage verpasst hat. Dann kam ein Bericht darüber, dass er für ein paar Wochen aus der Öffentlichkeit verschwunden war. Angeblich hat er für eine Realityshow gedreht. Er soll der neue *Bachelor* sein und du die Frau, die er gewählt hat."

Der Gedanke an diese Sendung jagte Kate einen Schauer über den Rücken. „Er war am See", erklärte sie. „Er hat im Schroeder-Cottage gewohnt."

„Unfassbar, Kate! Ich kann nicht glauben, dass du es uns nicht erzählt hast."

Und ich kann nicht glauben, dass er es mir nicht erzählt hat, dachte Kate. Sie brachte es nicht über sich, zuzugeben, dass er sie belogen hatte. Es war kein Geheimnis in ihrer Familie, dass sie kein Glück in der Liebe hatte, aber das hier war mehr als das. Das hier wirkte einfach nur ... dumm.

Im Hintergrund hörte sie Barbaras Familie – laufende Schritte, Kinderstimmen, Lachen. Barbara bedeckte die Muschel mit der Hand und bat sie, etwas leiser zu sein. Mit vier Kindern schien eine ungestörte Unterhaltung am Telefon nahezu unmöglich.

„Im Fernsehen haben sie gezeigt, wie er mit dir zusammen ins Auto gestiegen ist“, fuhr Barbara fort. „Wie cool ist das denn bitte?“

„Muss ja ein lahmer Tag in der Welt sein, wenn das die Neuigkeiten sind.“ Kate schlüpfte in ihre Hausschuhe und zog ihren Bademantel über, der schon bessere Tage gesehen hatte, aber immer noch gemütlich war. Sie erzählte Barbara eine Kurzfassung der Ereignisse. Während sie sprach, schlappte sie die Treppe hinunter und machte die Kaffeemaschine an.

„Wie ist er so?“

Weg, dachte Kate. So ist er. Sie wusste, dass sie das nicht aussprechen konnte, ohne auseinanderzubrechen. „Still“, sagte sie stattdessen und durchforstete ihre Erinnerungen an ihn. Vom ersten Augenblick, als sie ihn gesehen hatte, hatte er ihr genau gezeigt, wer er war. Sie hatte es nur nicht wahrgenommen. Er war ein Retter – ob das nun bedeutete, einer Fremden an der Supermarktkasse auszuhelfen, sich mit einem kleinen Jungen anzufreunden, mit einer einsamen Frau zu schlafen oder jemandes Leben zu retten. Zum Glück hatte er es nicht geschafft, sein wahres Ich ganz und gar zu verbergen. Aber er hatte genug verborgen, um sie zum Narren zu halten.

Narr, das war genau das richtige Wort. Er hatte einen Narren aus ihr gemacht.

Und sie hatte jede Minute davon geliebt.

„Idiot", murmelte sie.

„Was hast du gesagt?", fragte Barbara.

„Nichts", erwiderte Kate. Sie hatte total vergessen, dass sie noch am Telefon war. „Ich habe nur laut gedacht."

„Nun ja, ich kann es zumindest kaum erwarten, ihn kennenzulernen", erklärte ihre Schwägerin. „Er klingt einfach zu gut, um wahr zu sein."

„Oh, das ist er." Es war noch zu früh am Morgen, um den ganzen Sommer zu erklären. Kate fühlte sich verletzt und verwirrt, noch weit entfernt davon, die ganze Sache mit jemandem zu diskutieren. „Hör mal, Barb, kann ich dich vielleicht später zurückrufen?"

Nachdem sie sich verabschiedet hatten, beschäftigte Kate sich mit banalen Dingen – Geschirr wegräumen, den Hundenapf mit frischem Wasser füllen. Sie versuchte, sich auf all das zu konzentrieren, was sie heute erledigen musste. Die letzten Vorkehrungen für Callie treffen, sie an der Schule und für den Fahrunterricht anmelden. Das Ende des Sommers kam schnell näher. Wenn sie die Formalitäten erledigt hatte, konnten sie wieder zum Haus am See zurückkehren und es winterfest machen.

Später kamen Aaron und Bandit zum Frühstück herunter. „Morgen", murmelte er. Er schien ihr heute sehr blass und still zu sein. Er sah wieder aus wie der schüchterne, unglückliche Junge, der er am Anfang des Sommers gewesen war.

„Hey, Großer", sagte sie und hielt ihm eine Tüte hin. „Kannst du die bitte in den Müll bringen?"

Aaron machte die Hintertür auf. Bandit schoss als Erster raus, und obwohl er normalerweise ein sehr ruhiger Hund war, fing er sofort an zu bellen.

„Ruhe, Bandit, du weckst noch die Nachbarn auf!", rief Kate, während sie den beiden nachlief.

Ein Blitz flammte auf und blendete sie. Irgendetwas – ein

Mikrofon – wurde ihr entgegengehalten, und ein vielstimmiger Chor an Fragen füllte die Luft. Es klang wie ein Gesang in einer fremden Sprache: *Miss Livingston, oder ist es Mrs? Sind Sie verheiratet? Ist das Sergeant Harris' heimliches Kind? Wie lange kennen Sie ihn? Hat er die Armee wirklich verlassen? Wir haben nur ein paar Fragen …*

Kate ließ den Müllsack fallen. Nasses Kaffeepulver und Eierschalen verteilten sich auf dem Asphalt. Sie schnappte sich Aarons Hand, und wie erstarrt standen sie da, verängstigt wie Bambi und seine Mutter im Fadenkreuz der Jäger. In einem Anfall von Panik rief sie verzweifelt nach dem Hund. Die blitzenden Kameras nahmen ihren offenen Mund auf, die ungekämmten Haare, den abgewetzten Bademantel.

Ein breitschultriger Reporter mit einem Diktiergerät in der Hand löste sich aus der Menge. „Kommen Sie schon, meine Liebe! Erzählen Sie uns was. Wir verdienen hiermit unser Geld."

„Sie sind einem großen Fehler aufgesessen", schaffte sie zu sagen. „Es gibt hier keine Geschichte. Hier gibt es rein gar nichts."

„Quatsch", widersprach der Typ. „Jeder hat eine Geschichte."

Sie zuckte unter seinen Worten zusammen und zog Aaron näher an sich. „Vielleicht. Aber meine ist keine, die die Menschen lesen wollen. Also gehen Sie jetzt bitte. Stellen Sie echten Berühmtheiten nach und lassen mich in mein Leben zurückkehren."

Zum Glück kam Bandit auf ihr Kommando zu ihr. Sie huschte ins Haus zurück und zog Aaron mit sich. Nachdem sie die Tür hinter sich zugeschlagen hatte, lehnte sie sich dagegen und versuchte, ihr wild hämmerndes Herz zu beruhigen.

„Alles okay mit dir?", fragte sie Aaron.

„Machst du Witze?" Er grinste und trat ans Fenster, um herauszulinsen. „Das war unglaublich."

Kate schaute zu dem Telefon auf dem Tisch und überlegte, die Polizei zu rufen. Doch dann zog sie einfach nur alle Gardinen zu und befahl Aaron, im Haus zu bleiben, bis es an der Zeit war, die letzten Papiere für Callie bei der Behörde einzureichen und sie an der Schule anzumelden. Kate war nervös, sie nahm Umwege zu ihren Zielen und schaute alle paar Sekunden in den Rückspiegel, ob sie verfolgt wurden.

Die frühmorgendliche Attacke vor ihrem Haus war ein Vorgeschmack auf das gewesen, was JD monatelang ertragen hatte, das wusste sie nun. Es erklärte auch, wieso er sein Leben in Washington, D. C., hinter sich gelassen und vor der Öffentlichkeit geflohen war. Aber es erklärte nicht, wieso er auch sie verlassen hatte.

„Mom, was ist außerehelich?", fragte Aaron.

„Warum willst du das wissen?" Sie war unaufmerksam. Es war eine lange Woche gewesen. JD hatte sich nicht gemeldet. Ihr Herz war in Aufruhr und ihr Leben ein einziges Chaos.

„Weil in der *Star Tracks* steht, dass du mich so geboren hast." Er drehte die Zeitung zu ihr um. „Genau hier. Da steht: *‚Katherine Livingston hat ein außereheliches Kind*'."

„Gib mir das!" Sie riss ihm die Zeitschrift aus den Händen und warf sie in den Müll. „Sieh dir so was gar nicht erst an!"

Ihr war schlecht. Das war alles völlig außer Kontrolle geraten. Was für eine harte Lektion! dachte sie. Sie hatte immer davon geträumt, eine Reporterin zu sein, die Geschichten hinterherjagte – aufregenden, manchmal sogar wichtigen Geschichten. Jetzt wusste sie, wie schrecklich es sich anfühlte, sich selbst im Bademantel in der Zeitung zu sehen, die Hand ihres verwirrt dreinblickenden Sohnes umklammernd.

Fremde riefen sie an, schickten ihr E-Mails, tauchten unvermittelt vor ihrer Haustür auf. Die meisten waren harmlose Neugierige, aber einige machten ihr wirklich Angst, wie der Kerl, der sie gefragt hatte, ob sie ihm eine ihrer Höschen schenken würde. Reporter gruben alles Mögliche über sie aus: Sie hatte ein uneheliches Kind. Ihr Großvater war in den Sechzigern ein Radikaler gewesen. Sie war von ihrem letzten Arbeitgeber gefeuert worden.

Am schlimmsten von allem aber war der Anruf von der Fürsorge. Ein Internetblog spekulierte, Callie sei drogenabhängig, genau wie Harris' Mutter. Kate war außer sich, aber leider auch vollkommen machtlos. Sie wusste, wenn sie sich dazu äußern würde, würden die Leute glauben, dass sie die Anschuldigungen ernst nahm. Wenn sie sie ignorierte, würden wiederum andere sagen, dass es dann wohl stimmen musste. Sie erhielt E-Mails von ihrer Redakteurin, die Insiderinformationen haben wollte. Kate war kurz davor, auszuflippen. Und dann kam der Anruf von Callies Sachbearbeiterin. Sie machte sich Sorgen, ob es eine gute Idee wäre, das Mädchen in Kates Obhut zu geben. Sie war sich nicht sicher, ob all die Aufmerksamkeit gut für Callie war.

„Die ist für niemanden gut", stimmte Kate zu. JDs Worte schossen ihr durch den Kopf. *Ich habe nichts davon gewollt, und ich schwöre dir, Kate, du willst es auch nicht.*

Und am Ende tat sie genau das, was er getan hatte: Gejagt von einer Berühmtheit, um die sie nicht gebeten hatte, floh sie an den See.

5. TEIL

„Das Geheimnis der Gesundheit für Körper und Geist ist es nicht, die Vergangenheit zu beweinen, sich Sorgen über die Zukunft zu machen oder Probleme zu erwarten, sondern aufrichtig und weise in diesem Augenblick zu leben."
Buddha

36. KAPITEL

„Letzte Chance, dieses Jahr noch mal schwimmen zu gehen“, sagte Callie zu Aaron. Ihre Aufgaben im Haus hatten sie so gut wie erledigt. Kate war in die Stadt gefahren, um den Nachsendeantrag aufzulösen und ein paar Einkäufe zu erledigen. Es bedeutete Callie sehr viel, dass sie ihr vertraute, auf Aaron aufzupassen. Am Anfang des Sommers hatte Kate darauf bestanden, dass sie sich ohne ihre Aufsicht nicht dem Wasser näherten. Aber jetzt, da Aaron schwimmen konnte und Callie zur Familie gehörte, war Kate lockerer geworden. Sie behandelte Callie wie ... eine Tochter.

Callie und Aaron hatten den ganzen Nachmittag über schwer geschuftet. Sie hatten das Kajak abgespritzt und zusammen mit dem Picknicktisch und den Gartenmöbeln im Gartenhaus verstaut. Nach einer Meisterrunde Krocket – die Callie mit weitem Vorsprung gewann – hatten sie auch das Spiel bis zum nächsten Sommer weggepackt. Sie holten die Flagge ein, falteten sie wie eine Reliquie und legten sie in ihre Schachtel. Es ist so cool, dass die Familie Jahr für Jahr wieder hierherkommt, dachte Callie. Die Fahne war schon so alt, dass sie nur achtundvierzig Sterne hatte.

Sie hatten auch alle Lebensmittel entsorgt, damit die Waschbären und Feldmäuse nicht ins Haus einbrechen würden. Jetzt gab es nichts mehr zu tun, außer auf Kate zu warten, die das Abschiedsabendessen mitbringen würde. Am nächsten Morgen würden sie den Haupthahn zudrehen und die Wasserrohe entwässern, damit sie über den Winter nicht einfroren. Und dann wäre der Sommer offiziell vorbei.

Callie konnte nicht anders – sie musste über Aarons tragischen Gesichtsausdruck lachen. „Hey, das ist doch nicht das Ende der Welt, Kleiner! Nur das Ende des Sommers.“ Sie versuchte gar nicht erst, es ihm weiter zu erklären, denn ehrlicherweise verspürte sie nichts von seiner Niedergeschlagenheit. Sie war niemand, der ganz sentimental wurde, weil eine Jahreszeit sich dem Ende neigte. Ehrlich gesagt, freute sie sich sogar darauf, dass die Schule losging. Nicht, dass sie das jemals zugegeben hätte. Es fühlte sich nur so gut an, all die Sachen zu machen, die ein normales Mädchen tat – ihr Zimmer aufzuräumen, Musik zu hören, sich auf den ersten Schultag vorzubereiten. Als Kate ihr versprochen hatte, in der Stadt mit ihr für die Schule einkaufen zu gehen, war Callie so begeistert gewesen, dass sie am liebsten einen Freudentanz aufgeführt hätte – was sie natürlich nicht tat.

„Ich bleibe die ganze Nacht wach!“, schwor Aaron.

„Was immer du willst.“ Sie wusste, dass er es nicht durchhalten würde. Nach dem Schwimmen, Abendessen und ein paar Runden Kartenspiel würde er im Stehen einschlafen. Das war eines der Dinge, die sie an ihm so liebte. Er war total vorhersehbar, wie eine kleine Maschine – essen, spielen, schlafen in einem nie enden wollenden Kreislauf.

„Wer zuerst am Wasser ist!“ Und schon rannte Aaron los zum Steg.

Callie folgte ihm sofort. Sie genoss ihre neu gewonnene Bewegungsfreiheit. Dreißig Pfund vorher hatte sie kaum die Energie gehabt, zu gehen, geschweige denn zu rennen. Sie trug einen schwarzen Tankini, und sie sah … okay aus. So wie Kelly Osbourne vielleicht.

Sie holte Aaron ein und nahm genau in dem Moment seine Hand, als sie vom Steg absprangen. Gemeinsam platschten sie ins Wasser und tauchten lachend wieder auf. Wie immer war das Wasser eiskalt, aber gleichzeitig unglaublich klar. Sie fühlte sich gewichtslos und schlank, schwamm mit Aaron umher und tauchte immer wieder unter, um zu sehen, ob sie den Grund des Sees würde berühren können. Was ihr natürlich nie gelang. Die dunklen, unendlichen Tiefen des Sees waren Teil seines Zaubers.

Wieder an der Wasseroberfläche, behielt sie Aaron im

Auge, auch wenn er von Mal zu Mal weniger Aufsicht benötigte. Nachdem er seine Angst vor dem Wasser einmal überwunden hatte, war er mit jedem Tag stärker geworden.

„Was guckst du so?“, fragte er.

„Ich sehe mir ein Kind an, das schwimmt wie ein junger Otter.“ Wassertretend genoss sie das Strahlen, das bei ihren Worten sein Gesicht erhellte. Dann sagte sie etwas, was sie noch nie ausgesprochen, aber schon oft gedacht hatte. „Ich bin stolz auf dich.“

„Ich auch“, sagte er. „Ich bin stolz auf dich.“

Sie grinsten einander ein paar Sekunden lang an, und als es peinlich wurde, fing Callie an, Aaron mit Wasser zu bespritzen. Er tauchte unter. Unweigerlich kam der Moment, wo es zu kalt war und sie zum Steg zurückschwammen und hinauskletterten. Bandit begrüßte sie, als hätten sie sich tagelang nicht gesehen. Sie trockneten sich ab und legten sich dann auf die verwitterten Planken, um sich die Haare von der Sonne trocknen zu lassen.

Nach einer Weile sagte Aaron: „Mom tut mir leid. Sie ist so traurig wegen JD.“

„Ja, sieht so aus“, sagte Callie. „Aber das wird schon wieder.“

„Ich schätze, ich bin auch irgendwie traurig.“

„Na ja, du wärst ja auch kein Mensch, wenn du nicht ab und zu traurig wärst. Also willkommen in der menschlichen Rasse.“

Sie genoss das Gefühl der Sonne auf ihrem Gesicht. Was war das für ein Sommer gewesen! Er hatte in tiefster Verzweiflung begonnen und endete nun mit einem großen Hoffnungsschimmer. Sie hatte eine Familie, einen Plan für ihre Zukunft. Ihre schmerzhafte Vergangenheit würde immer da sein, genau wie ihre Insulinresistenz immer da sein würde. Aber sie würde mit beidem umgehen können, da war sie sich inzwischen sicher.

Ein paar Minuten später ließ sie das Geräusch von Schritten auf dem Steg hochschrecken. Ein kühler Schatten fiel über sie. Sie setzte sich auf und blinzelte. Von einem hellen Lichtkranz umgeben, stand Luke Newman vor ihr und verdeckte die Sonne.

„Luke." Aaron rappelte sich auf. „Hey, Luke! Wo bist du gewesen?"

„Beschäftigt."

Callie stand ebenfalls auf. Mit einem Mal fühlte sie sich sehr unsicher. Sie war versucht, sich in ihr Handtuch zu wickeln, widerstand dem Drang jedoch. Sie war, wer sie war, und hatte nicht vor, das jemals wieder vor ihm zu verstecken. „Hey", sagte sie mit neutraler Stimme.

„Selber hey."

„Ich sterbe vor Hunger!", behauptete Aaron erstaunlich einfühlsam. „Ich geh rein. Komm, Bandit."

Nachdem er weg war, breitete sich Schweigen zwischen Luke und Callie aus. Endlich sagte er: „Du siehst gut aus."

Sie wusste, dass das stimmte. Seine Augen waren ein Spiegel, das Bild, das sie zurückwarfen, unterschied sich deutlich von dem Mädchen, das er zu Anfang des Sommers kennengelernt hatte. „Ich fühle mich auch gut."

Mehr Schweigen, aber in ihrem Inneren schrien tausend Fragen durcheinander. *Was willst du von mir? Was machst du hier? Wieso bist du ausgerechnet heute hergekommen?*

„Das ist gut", sagte er. „Hör zu, Callie ..." Er hielt inne und schaute sie an, als ob er erwartete, dass sie ihn retten würde.

Lass ihn ruhig warten, dachte sie. Sie würde es ihm nicht leichter machen. „Ja?"

„Ich will, dass du weißt, wie leid es mir tut, dass ich dich so behandelt habe. Okay?"

Auch wenn ihr Herz einen Sprung machte, bewahrte sie Haltung. „Nein. Das ist nicht okay! Du hast so getan, als wären wir Freunde – *gute* Freunde, aber du hast niemandem von mir erzählt." Sie zuckte immer noch zusammen, wenn sie an die Szene beim Shoppingcenter dachte. Sie war so froh gewesen, ihn zu treffen, so aufgeregt, seine Freunde kennenzulernen. Sie konnte immer noch die eisige Ablehnung der anderen Kids spüren, den Sarkasmus in seiner Stimme hören, als er sie hatte abblitzen lassen. Herauszufinden, dass er ihre Freundschaft verheimlicht hatte, hatte sie umgehauen. Er hatte sich geschämt, mit diesem dicken Sonderling gesehen zu werden.

„Damit habe ich mich selber um etwas sehr Schönes gebracht", sagte er. „Und ich habe keine andere Entschuldigung als die, dass ich ein Arschloch war. Du bist etwas Besonderes, und das bist du schon immer gewesen. Ich fühlte mich wie der letzte Idiot, weil ich dich so behandelt habe."

„Du warst ja auch der letzte Idiot." Sie hob ihr Handtuch auf und wandte sich zum Gehen.

„Hör mir bitte zu." Er berührte sie mit seiner Hand und brachte sie dazu, sich wieder umzudrehen und ihn anzuschauen. „Du hast mir gefehlt."

Seine Worte schlangen sich auf die gleiche Art um ihr Herz, wie seine Finger sich um ihre Hand schlangen. „Ist das dein Ernst?"

„Ich bin hergekommen, um dich zu fragen, ob du heute mit zum Bowling kommen willst. Einige von uns treffen sich später am Bowl Me Over. Hast du Lust?"

Endlich, nachdem sie einen ganzen Sommer lang darauf gewartet hatte, bot er ihr an, sie seinen Freunden vorzustellen. Aber dennoch sagte sie: „Ich bleibe heute Abend lieber hier. Wir reisen morgen früh ab."

Er schaute sie an, und sie konnte förmlich sehen, wie er die Neuigkeiten verdaute. Kurz flackerte Enttäuschung in seinen Augen auf. „Bist du sicher?"

„Ja, ich bin sicher." Sie konnte das Lächeln nicht unterdrücken, als sie hinzufügte: „Ich werde bei Kate in Seattle leben."

„Du scheinst glücklich darüber zu sein."

„Ich *bin* glücklich." Es war so ungewohnt, das zu sagen. Und es war das erste Mal in ihrem Leben, dass es auch wirklich stimmte.

„Ich habe auch gute Neuigkeiten", sagte Luke. „Ich habe mich bei der Küstenwache gemeldet."

Sie konnte sich ihn zwar nicht geschniegelt, gestriegelt und in Uniform vorstellen, aber er wirkte sehr stolz und aufgeregt. „Luke, das ist ja großartig!"

„Ja, ich bin schon total zappelig. Aber bevor ich fahre, wollte ich dich noch einmal sehen – sehen, ob du mir vergeben kannst."

Ein leichter Windhauch spielte mit ihren Haaren. „Danke."

„Die Grundausbildung fängt nach dem Labor Day an, und wer weiß, wo ich dann hingeschickt werde? Ich dachte, vielleicht könnten wir per E-Mail in Kontakt bleiben?"

„Klar, gerne. Das können wir tun."

„Ich will, dass du weißt, wie schlecht ich mich fühle, weil ich mich so idiotisch benommen habe. Es war alles mein Fehler. Ich war ein Vollidiot, aber ich hoffe …" Seine Stimme verebbte, und er wirkte ziemlich unbehaglich.

„Vergeben und vergessen." In dem Moment, in dem die Worte ihren Mund verließen, wusste Callie, dass sie stimmten. Sie waren nur Teenager. Sie hatten beide noch so viel zu lernen.

37. KAPITEL

Kate hielt an der Post an, um ihren Nachsendeantrag abzubestellen. Während sie in der Schlange wartete, beobachtete sie ein Pärchen, das sich mit einer so leichten Vertrautheit neckte, dass ihr unvermittelt das Herz schwer wurde. Liebe konnte im einen Augenblick so einfach und im nächsten so unglaublich kompliziert sein. Oder, wie in Kates Fall, sogar total unmöglich. Das Pärchen vor ihr machte ihr ihre Einsamkeit noch mehr bewusst, und erschrocken bemerkte sie, wie ihr die Tränen in die Augen stiegen.

Reiß dich zusammen! schalt sie sich. Schnell. Der Mann drehte sich um und sah, dass sie ihn anstarrte. Schnell senkte sie den Blick auf ihre nicht existierende Uhr und tat so, als hätte sie ihn gar nicht bemerkt. Aus irgendeinem Grund ließen sich die drohenden Tränen nicht zurückdrängen. Als sie an der Reihe war, schob sie schnell ihren Antrag über den Tresen und beeilte sich, zur Tür zu kommen.

„Kate? Kate Livingston? Ich bin's, Sam Schroeder." Das Paar stand an der Tür, als ob es auf sie gewartet hätte.

Von irgendwo tief in ihrem Inneren kramte sie ein Lächeln hervor. Sie hatte Sam seit Jahren nicht gesehen, aber er hatte sich nicht sehr verändert. Er war schon immer ein sonniger, unkomplizierter Typ gewesen, und genauso sah er auch jetzt noch aus. „Meine Güte, Sam Schroeder! Das ist ja eine Ewigkeit her."

Er hielt ihr die Tür auf. Sie gingen hinaus und standen inmitten der preisgekrönten Rosen vor dem Postgebäude. „Darf ich dir meine Frau Penny vorstellen? Wir verbringen das lange Wochenende am See mit den Kindern."

„Schön, Sie kennenzulernen", sagte Kate artig, auch wenn sie nie weniger Lust verspürt hatte, sich in Smalltalk zu ergehen. „Sie haben sich die perfekte Zeit für einen Besuch hier ausgesucht."

„Danke. Wir sind bereits ganz begeistert. Die Jungs würden am liebsten für immer hierbleiben. Wo wir gerade von ihnen sprechen", fügte sie an, „ich glaube, ich sehe mal besser nach ihnen. Sie warten im Auto." Sie eilte über den Parkplatz und ließ Kate und Sam auf dem Bürgersteig stehen.

Es hätte peinlich sein können – Sam erinnerte sich bestimmt an die ungeschickten Umarmungen in lange vergangenen Sommern, als sie fast noch Kinder gewesen waren. Aber inzwischen war so viel Zeit vergangen, dass es Kate beinahe vorkam, als wären sie damals andere Menschen gewesen, Menschen, die sie nicht mehr kannte. Anstatt sich also unbehaglich zu fühlen, fühlte sie sich ... leer. „Du hast Familie", bemerkte sie.

„Ja. Und einen Job und eine Hypothek, wie ein echter Erwachsener. Hör mal, du musst uns unbedingt besuchen kommen. Bring deinen Jungen ..."

„Meinen Jungen?"

„Ja, damit er meine beiden kennenlernen kann."

„Woher weißt du, dass ich einen Sohn habe?", fragte sie, während ein Verdacht in ihr aufstieg.

„JD hat es mir erzählt", sagte er leichthin. „Ich schwöre dir, manchmal ist es schlimmer als Zähneziehen, ihm Informationen zu entlocken, aber nicht, wenn es um dich und ... Adam? Nein, Aaron? ... geht."

Kates Wangen brannten wie Feuer. „Also habt JD und du über ... mich gesprochen." Es war seltsam, so eine persönliche Unterhaltung mit Sam zu führen, nachdem sie sich so lange nicht gesehen hatten. Vielleicht aber auch nicht. *Wenn das Us-Magazine erst mal deine BH-Größe veröffentlicht hat, ist nichts mehr tabu.*

„Er ist mein bester Freund", sagte Sam. „Und deshalb sage ich jetzt, was ich zu sagen habe. Du bedeutest ihm sehr viel, Kate. Und ich schätze, das beruht auf Gegenseitigkeit, oder nicht?"

„Hat er dir das gesagt?"

„Nein. Aber dein Gesichtsausdruck hat's mir verraten."

Sie erinnerte sich, dass Sam eine ganz besondere Eigenschaft gehabt hatte. Da er mit drei Schwestern aufgewachsen war, hatte er ein tiefes Verständnis für Frauen entwickelt und ein beinahe magisches Talent, ihre Gedanken zu lesen. Offensichtlich hatte sich das nicht geändert. Sie umklammerte ihre Tasche etwas fester. „Wir sind nicht ... wir waren niemals ..." Sie unterbrach sich, bemerkte erschrocken, dass ihr erneut Tränen in die Augen gestiegen waren.

„Es tut mir leid", sagte er, „dass dich das so traurig macht."

„Es ist so dumm, traurig zu sein", schniefte sie.

„Nein, ist es nicht. Hast du dich in ihn verliebt?"

„Ich muss jetzt los." Kate stapfte in Richtung Auto.

Er begleitete sie, weigerte sich, sich von ihr abschütteln zu lassen. „Dann sei in ihn verliebt. Hör auf, nur von ihm zu träumen."

„Sehe ich etwa so aus, als würde ich das tun? Du kennst mich nicht mehr, Sam. Zumindest nicht mehr gut genug, um mir Ratschläge zu erteilen. Und außerdem geht es dich sowieso nichts an."

„Er ist mein bester Freund, darum geht es mich sehr wohl etwas an! Hör zu – jede Frau in seinem Leben hat ihn entweder gelinkt oder aufgegeben. Er glaubt nicht mehr daran, dass es auch anders sein kann."

„Vielleicht kann es das ja auch nicht."

„Du weißt, dass es das kann!"

Kate verdrehte die Augen. „Als ob ich die große Expertin wäre."

„Das bist du." Er lächelte sie an, und sie sah den Jungen durchscheinen, den sie vor so langer Zeit einmal gekannt hatte. „Das bist du schon immer gewesen."

Sie lächelte auch und hoffte, dass er nicht merkte, wie

kurz davor sie war, in Tränen auszubrechen. Sam, mit seiner liebenswerten Frau und den Kindern, schien es einfach zu finden, Ratschläge zu erteilen. „Auf Wiedersehen, Sam", sagte sie leise.

Kate brachte Pizza und Salat fürs Abendessen mit. Sie prosteten sich mit Mineralwasser zu und spielten eine letzte Partie Gin Rommé, die so lange dauerte, bis Aaron beinahe am Tisch eingeschlafen wäre. Kate schickte ihn mit dem Versprechen ins Bett, ihn gleich zuzudecken. Callie ging ebenfalls in ihr Zimmer und vertiefte sich in einen Roman.

„Es war ein toller Sommer, oder?", sagte Kate zu Aaron, als sie auf seiner Bettkante saß.

„Klar."

„Du hast schwimmen gelernt, Großer!"

„Jaaa!"

„Und du bist größer und stärker geworden und hast nicht mal große Sehnsucht nach deinen Cousins gehabt." Sie verspürte den Drang, ihn an all die guten Sachen zu erinnern, die passiert waren, damit er nicht länger über JDs Abwesenheit grübelte.

„Vielleicht ein bisschen." Er kämpfte, um die Augen offen zu halten.

„Und Callie kommt mit uns, um bei uns zu wohnen." Sie hatte die Sachbearbeiterin davon überzeugen können, dass die Presse sie in Ruhe lassen würde, jetzt, wo JD nicht mehr da war.

„Hm." Er kuschelte sich enger in die Decke.

Kate streichelte ihm noch ein wenig den Rücken, dann schlüpfte sie aus dem Zimmer und ging wieder nach unten. Sie war kein bisschen müde. Die heutige Begegnung mit Sam hatte sie unruhig und ein bisschen nervös zurückgelassen.

Sie räumte ein letztes Mal in diesem Sommer die Küche auf und stieß dabei auf eine halb volle Flasche Rotwein. Er war inzwischen sicher umgekippt. Sie hielt die Flasche schon über den Ausguss, um sie wegzugießen, doch stoppte mitten in der Bewegung.

Was soll's, dachte sie und nahm sich ein Weinglas. Sie hatte noch nie zuvor alleine getrunken. Sie hatte aber auch nie zuvor ein so großes Bedürfnis gehabt, sich in Selbstmitleid zu suhlen. In der Vergangenheit war sie der Welt immer positiv gegenübergetreten, komme, was wolle. Doch dieses Mal war es anders, unmöglich beiseitezuschieben oder zu verdrängen. Eine tiefe Melancholie zupfte an ihr, und für diesen einen Abend entschied sie, es zuzulassen. Warum auch nicht? Das hier sollte der Sommer ihrer Unabhängigkeit sein, ihre Bestätigung, dass sie total zufrieden mit dem war, was sie war – eine alleinerziehende Mutter, eine Autorin, eine Tochter, eine Schwester. Im Juni war sie fest entschlossen hergekommen, sich von der Schmach ihrer Kündigung zu erholen und gestärkt daraus hervorzugehen.

Stattdessen war das Unmögliche passiert: Sie hatte einen Mann kennengelernt und hatte sich Hals über Kopf in ihn verliebt.

Die Erinnerung ließ sie lächeln, auch wenn sie vor Schmerz zusammenzuckte.

Die Weinflasche war noch von einem Abend übrig, an den sie sich mit quälender Deutlichkeit erinnerte. Es war der Merlot, den sie mit JD getrunken hatte. Sie erinnerte sich daran, wie sie neben ihm auf der Schaukel auf der Veranda gesessen und eine Entenfamilie beobachtet hatte, während die Sonne langsam unterging. Sie erinnerte sich auch daran, gedacht zu haben, wie perfekt alles an diesem Abend zusammenpasste. Vor allem sie und JD. Sie ließ ihre Gedanken durch den Sommer gleiten, erinnerte sich an Gespräche, die sie geführt, und Gelächter, das sie geteilt hatten, an jede intime Berührung, jedes romantische Flüstern.

Ihre Hand zitterte, und der Flaschenhals stieß gegen das

Glas, als sie sich einschenkte. Dann nahm sie Flasche und Glas und ging zum Wasser. Ich betrinke mich jetzt! dachte sie. Was für eine Premiere!

Ein geheimnisvoller Sommermond stand am Himmel. Er ragte hinter den zerklüfteten Schultern der Berge auf. Er war riesengroß und schien nah genug, um ihn berühren zu können.

„Auf dich", prostete Kate ihm zu, als sie sich auf dem Steg niederließ. „Und auf ... wen auch immer." Ihr fiel nicht ein einziger aufbauender Satz ein. Sie nahm einen großen Schluck. Wenigstens eine Sache hatte heute geklappt – der Wein war nicht umgekippt. Das Wasser schlug in sanften Wellen ans Ufer. Auf der anderen Seite des Weges konnte sie Lichter sehen. Ein paar Boote waren auf dem See, und sie konnte sehen, wie eine Laterne sich am Rande des Wassers bewegte.

Sie trank noch einen Schluck Wein und entschied, dass sie ganz schlecht darin war, sich in Mitleid zu wälzen. Sie versuchte die ganze Zeit, rational zu bleiben, sich zusammenzureißen. Was ihr passiert war, war leider nichts Besonderes. Überall auf der Welt erlebten Frauen das jeden Tag. Sie hatte sich verliebt, und es hatte nicht geklappt. So einfach war das. Aber daran, wie weh es tat, war leider gar nichts einfach.

Das Boot mit der Laterne schien näher zu kommen. Sie schwenkte den Wein im Glas und starrte auf die einsame Silhouette, die sich gegen den Mond erhob. Kräftige Arme, die in langen, gleichmäßigen Zügen ruderten.

Kates Herz fing an zu rasen. Sie saß wie angewurzelt da, die Beine über dem Wasser baumelnd. Und endlich, im unpassendsten Moment, stürzten sich die Tränen, die sie den ganzen Tag so tapfer zurückgehalten hatte, über ihre Wangen. Sie versuchte, sie mit einem Zipfel ihres T-Shirts zu trocknen, aber sie liefen einfach weiter – ein unendlicher Strom aus Erleichterung, Freude, Angst und Vorahnung.

JD steuerte das Boot längsseits des Stegs und band es fest. „Ich habe gehört, dass es unhöflich ist, alleine zu trinken."

„Ich war nicht alleine." Sie schniefte und wischte sich noch einmal übers Gesicht. „Ich habe dem Mond zugeprostet."

„Du bist verrückt, weißt du das?"

„Ja, das weiß ich", sagte sie und gab den Versuch auf, ihre Tränen zurückzuhalten. Ihre Gefühle waren ein Teil dessen, wer sie war. Sie wollte sich nicht mehr verstecken. „Was machst du hier?"

„Ich bin mit dem Wasserflugzeug aus Seattle gekommen. Das geht am schnellsten."

„Ja, aber was machst du hier?", wiederholte sie.

„Callie hat mir eine Kopie deines Artikels zum Lesen gegeben", antwortete er. „Er ist sehr gut geworden, du kannst mit Recht stolz darauf sein."

„Und um mir das zu sagen, bist du hierhergekommen?"

„Ich habe noch eine ganze Menge mehr zu sagen. Ich fange ja gerade erst an." Er stand auf und suchte sein Gleichgewicht, bevor er ihr die Hand entgegenstreckte. „Steig ein. Ich nehm dich eine Runde mit."

Sie stellte den Wein beiseite, stand auf und nahm seine Hand.

„Hallo, Schöne", raunte er, beugte sich zu ihr und küsste sie. Dieser Kuss erschütterte sie. Nicht weil er so sexy oder leidenschaftlich war. Aber ihn zu fühlen und zu schmecken war so wunderbar! Fast hätte sie wieder angefangen, zu weinen – aus lauter Glück darüber, ihn zu küssen, wo sie doch noch vor wenigen Minuten gedacht hatte, sie würde ihn nie wiedersehen.

Sie setzte sich ins Boot. Er stieß sich vom Steg ab und ruderte leichthändig auf den dunklen, geheimnisvollen See hinaus. Das Boot war wirklich ein kleines Kunstwerk geworden, mit der Laterne und den dunklen Planken in ihrem auffälligen Fischgrätmuster. Sie wusste, dass die spiegelglatte Lackierung das Ergebnis von Stunden hingebungsvoller Arbeit war. Jede Fuge und Kurve lud ihre Hände ein, über sie hinwegzustreichen und sich an ihrer Ebenmäßigkeit zu erfreuen.

„Ich muss wissen, wieso", sagte sie.

„Warum ich gegangen oder warum ich wiedergekommen bin?"

„Beides. Warum hast du dich versteckt und so getan, als wenn nie etwas gewesen wäre?"

„Weil es beinahe jemanden ruiniert hätte, an dem mir viel liegt."

Nachdem sie selber den Aufruhr in Seattle mitbekommen hatte, verstand sie es. „Ich hasse es, dass du mir die Wahrheit vorenthalten hast."

„Ich habe es niemandem gesagt."

„Ich bin aber nicht irgendwer."

„Das stimmt", gab er leise zu. „Du bist so viel für mich geworden, Kate."

Dieser Gedanke schien schmerzhaft für ihn zu sein. „Du hast etwas Wundervolles getan", gab Kate zurück. „Nicht nur, weil du den Präsidenten gerettet, sondern weil du den Menschen Hoffnung gegeben hast. Dich zu sehen und zu wissen, was du getan hast, lässt sich die Menschen wieder sicher fühlen und wissen, dass es noch Gutes in der Welt gibt."

„Ich will aber nicht jedermanns Hoffnung sein", widersprach er. „Ich will einfach nur mein Leben."

„Und tust du das? Oder lässt du einfach nur die Tage an dir vorüberziehen?"

Er ruderte ein paar Minuten, ohne zu sprechen. Dann sagte er: „Ich bin geblieben, weil ich bei dir das Gefühl hatte, das erste Mal wirklich zu leben. Und dann bin ich gegangen, weil ich dich nicht ins Rampenlicht zerren wollte. Aber ...

so bin ich nun mal." Er streckte die Hände aus. „Ein Mann, der dich liebt – auch wenn du etwas Besseres verdient hast. Jemand, der dein bester Freund, dein Liebhaber sein wird, solange du mich lässt." Er sicherte die Ruder in den Riemen und ließ das Boot treiben. „Das ist die Antwort auf deine zweite Frage. Deshalb bin ich zurückgekommen: weil ich alles tun will, was nötig ist, um bei dir zu sein. Ich liebe dich, Kate. Ich liebe alles an dir."

Sie lächelte unter Tränen. *Wenn du Herzen und Blumen und Minnegesänge erwartest, Kate, dann bist du an den Falschen geraten,* hatte er einmal zu ihr gesagt. *Wenn du Romantik willst, dann lies ein Märchen.* Er hatte keine Ahnung, dass er ihr in genau diesem Moment all das schenkte, wovon sie immer geträumt hatte. „Siehst du?", flüsterte sie. „Das war doch gar nicht so schwer."

„Du hast recht. Es ist das Einfachste, was ich jemals getan habe."

„Und nun?"

Er zögerte, und Kate stockte der Atem. War er etwa aus den falschen Gründen zurückgekommen? Stellte er sich vielleicht eine Fernbeziehung vor oder eine, die nur auf eine gewisse Zeit begrenzt war? „JD …"

„Als ich weg war, ist mir etwas klar geworden: Ich will nicht in L. A. sein, wenn du hier bist. Ich will mir ein Leben mit dir aufbauen, mit dir und Aaron und Callie … Ich könnte mich an der hiesigen Universität bewerben. Natürlich nur, wenn es einen Grund dafür gäbe …"

„Ja", sagte sie und umklammerte den Bootsrand noch fester. „Es gibt tausend Gründe, genau das zu tun."

„Du musst das verstehen. All das wird hoffentlich irgendwann abebben, aber nicht sofort. Es wird sogar schon ein Film darüber gedreht, und ich habe keine Möglichkeit, das zu verhindern. Meine einzige Hoffnung ist, dass er im Entwicklungsprozess stecken bleibt. Aber ich weiß nicht, wie lange die neugierigen Reporter und Fotografen noch bei uns herumlungern werden."

„Deine Mutter konnte damit nicht umgehen, aber ich kann es", sagte Kate warm. „Und Callie und Aaron auch. Gemeinsam schaffen wir das."

Er lächelte. Der Mond tauchte ihn in weiches Licht, ließ ihn jung und idealistisch und hoffnungsvoll aussehen. „Wenn ich jetzt auf die Knie gehe, wird dieses Ding hier umfallen. Also musst du deine Vorstellungskraft ein wenig bemühen."

Sie war so voller Emotionen, dass sie nur nicken konnte.

„Aber das hier musst du dir nicht vorstellen." Er holte eine kleine Schachtel heraus und legte sie in ihre Hände. Sie fühlte warmen Samt. Im Mondlicht sah er königsblau aus. Sie öffnete die Schachtel und sah den Mond auf einem Satinkissen liegen. Seine wunderschöne Reinheit spiegelte sich in jeder Facette des Diamanten wider.

„Das ist ... Woher wusstest du?"

„Also wirklich, Kate, was für eine Frage!"

Oh, er kannte sie! Er kannte jeden Traum, der in ihrem Herzen lebte. Er wusste, dass sie das Märchen wollte, und er war entschlossen, es ihr zu geben. Dass jemand sie so liebte, war einfach ... überwältigend.

„Und – willst du?", fragte er. „Für immer?"

Sie hielt den Atem an. Das ist es, dachte sie. Die Vorstellung war erschreckend und aufregend und lebensverändernd zugleich, nicht nur für sie, sondern auch für Aaron, sogar für Callie. Und Kate wollte es so sehr, dass es ihr beinahe Angst machte. Aber Angst zu haben war ja nichts Neues für sie.

„Ja", rief sie. „Ja, ja, ja." Sie warf sich in seine Arme. Das Boot schaukelte, und der Mond auf dem Wasser zerstob in tausend kleine Wellen.

– ENDE –

ANMERKUNG DER AUTORIN

Liebe Leser,

vielen Dank, dass Sie Ihre Zeit mit Kate, JD und den Kindern am See verbracht haben. Lake Crescent auf der Olympic-Halbinsel ist einer der magischsten Orte auf der Welt. Ich hoffe, dass Ihre Sommer mit genauso viel Liebe und persönlichen Entdeckungen erfüllt sind, wie der von Kate es war.

Die Recherche für Callies Geschichte hat mir die Augen für etwas geöffnet, worüber ich bis dahin nicht besonders viel gewusst habe. Laut Gesundheitsbehörde ist die Anzahl der an Typ-2-Diabetes erkrankten Kinder in den USA in den letzten fünf Jahren um das Zehnfache gestiegen. Das liegt hauptsächlich an einer zu zuckerhaltigen Ernährung – kaum verwunderlich, bedenkt man, wie viel Limonade und Cola viele Kinder jeden Tag zu sich nehmen. Zum Zweiten ist der hauptsächlich sitzende Lebensstil schuld; bei all den Stunden im Internet, bei Videospielen oder vor dem Fernseher ebenfalls keine Überraschung. Teenager neigen außerdem dazu, die langfristigen Konsequenzen ihres Verhaltens außer Acht zu lassen. Sie verschieben die dringend notwendigen Änderungen ihres Lebensstils nur zu gern auf den nächsten Tag.

Eine lebensbedrohliche Krankheit wie Diabetes widerspricht der Vorstellung der Jugendlichen, unbesiegbar zu sein. Die gute Nachricht ist: Gesunde Ernährung und regelmäßiger Sport können die Prognose bei jungen Leuten dramatisch verbessern. Sich einem Sportverein anzuschließen, jeden Tag einen kleinen Spaziergang zu machen oder mit dem Fahrrad zu fahren kann das Leben eines Patienten verändern. Durch Sport und gesundes Essen kann der Blutzuckerspiegel unter Kontrolle gebracht werden. Im Internet gibt es ganz hervorragende Informationen und Selbsthilfegruppen für Betroffene.

Herzliche Grüße,
Susan Wiggs
www.susanwiggs.com